KB161314

낙원의 오후

# 낙원의 오후

ⓒ조강은 2019

| | |
|---|---|
| **초판1쇄 인쇄** | 2019년 2월 14일 |
| **초판3쇄 발행** | 2023년 2월 20일 |
| **지은이** | 조강은 |
| **펴낸이** | 박대일 |
| **편집** | 이문영 · 임유리 · 신지연 · 박현주 · 전보라 |
| **교정** | 박준용 |
| **마케팅** | 임유미 |
| **디자인** | 김은희 |
| **펴낸곳** | 파란미디어 |
| **출판등록** | 2004년 9월 14일 제313-2004-00214호 |
| **주소** | 03992 서울시 마포구 동교로23길 14 국제빌딩 6층 |
| **전화** | 02.3141.5589 영업부 070.4616.2012 편집부 |
| **팩스** | 02.3141.5590 |
| **전자우편** | paranbook@gmail.com |
| **카페** | http://cafe.naver.com/paranmedia |
| **인스타그램** | @paranmedia |
| ISBN | 978-89-6371-644-2(04810) |
| | 978-89-6371-642-8(전3권) |

\* 이 책의 판권은 지은이와 파란미디어에 있습니다.
   이 책 내용의 전부 또는 일부를 재사용하려면 반드시 양측의 서면 동의를 받아야 합니다.
\* 잘못된 책은 구입하신 서점에서 바꾸어 드립니다.

낙원의 오후

조 강 은  장 편 소 설

파란

차례

## 1. 바람의 정체

......................................

밤이 내려앉는다.

불빛이 하나둘 켜지기 시작한 서울을 등 뒤로 기태신 상무는 책상에 엎드려 있다. 눈만 감고 있는 것인지 잠이 든 것인지 가늠이 되지 않는다. 김중오 IM 총괄사장과 개인 면담을 끝낸 지 10분이 지난, 잠들기엔 충분하기도 하고 모자라기도 한 시간이었다.

하나는 조용히 문을 닫았다. 오전에 모스크바에서 귀국해 쉴 틈 없이 스케줄을 소화했으니 피곤할 법도. 하지만 30분 뒤 동성홀딩스와의 식사를 겸한 회의에 참석해야 한다. 김 과장이 정문에 차를 대기해 놓고 기다리고 있었다.

"상무님."

하나는 작은 목소리로 태신을 불렀다. 반응이 없다. 한 발짝 앞으로 걸어가 다시 한번.

"상무님."

그제야 고개를 든다. 미처 물러가지 않은 잠 때문인지 태신의 얼굴엔 그동안 보지 못했던, 이른 봄 갓 올라온 새순 같은 연함이 배어 있다. 새순 같은 연함이라니, 이렇게 어울리지 않는 단어가 있을까. 연함보다는 짙음, 곡선보다는 직선, 면보다는 모서리라는 말이 어울리는 사람이다.

태신은 잠을 내보내려는 듯 손바닥으로 얼굴 양옆 관자놀이를 지그시 누르며 천천히 눈을 뜬다. 잠이 묻어 있는 시선을 마주한 순간, 하나는 깊고도 따스한 물에 빠진 듯한 착각이 든다. 그렇게 몇 초나 지났을까. 몽롱한 눈빛으로 하나를 바라보던 태신이 미간을 찌푸리며 일어섰다. 그러고는 곧장 책상을 돌아나와 집무실을 빠져나갔다.

"상무님, 필요하신 게 있으시면……."

"물 한 잔뿐이에요."

뒤따라오는 하나의 말을 가볍게 끊은 태신이 곧장 탕비실에 들어가 목이 긴 컵을 건조대에서 꺼내 들었다.

"제가 하겠습니다."

태신이 그만하라는 듯 손을 들었다. 하나는 입을 다물었다. 물을 가득 채운 태신이 몸을 돌려 싱크대에 기대었다.

"일정이 뭐죠?"

"우이동에서 동성홀딩스와의 미팅입니다."

고개를 끄덕이고 물을 마시기 시작하였다. 천천히 물을 마시는 태신의 시선이 자신의 얼굴에 다시금 곧게 와 닿자 하나는 당황하여 한 걸음 뒤로 물러섰다. 탕비실은 좁고 고요했다. 때마침 작동을 시작한 냉장고의 희미한 모터 소리가 반가울 지경이었다. 지금쯤 어느 집에선 퇴근하여 돌아온 사람이 불을 켜겠지. 옷부터 먼저 갈아입는 사람, 마트에 들러 산 저녁거리를 냉장고에 정리하는 사람, 지친 듯 소파에 주저앉아 텔레비전을 켜는 사람도 있을 것이다. 물론 자신처럼 아직 회사에 있는 사람도. 그런데 그중 상사가 물 마시는 모습을 보는 사람도 있을까. 쓸데없는 생각을 하는데 물을 다 마신 태신이 컵을 싱크대에 내려놓았다.

"자, 움직입시다."

잠을 완전히 걷어 낸 듯, 목소리는 산뜻하고 움직임에 지체가 없었다.


상무를 처음 본 건, 연수원에서의 신입사원 연수 마지막 날이었다.

그날을 떠올리면 뜨겁던 태양과 수천의 사람들이 뿜어내던 흥분의 열기, 살갗을 버석거리게 했던 뿌연 모래 먼지가 생각난다. 각 계열사 연수원에서 연수를 받던 신입사원들이 한자리에 모여 매스게임을 했는데, 계열사 간 자존심뿐 아니라 한 달이라는 시간을 투자했기에 모두들 투지로 펄펄 끓어오른 상태였다.

우승팀 발표를 위해 상무가 단상에 서며 양옆에 설치된 멀티비전에 상무의 모습이 나타나자 사람들은 커다란 함성을 내질렀다. 신문이나 경제 잡지에서 심심찮게 접했던 인물을 눈앞에서 보자, 한 달간의 연수원 생활보다 태원그룹에 입사했다는 것이 실감 나는 순간이었다.

매끈한 이마 위로 독특하게 휘어진 짙은 눈썹 때문이었을까, 눈썹 뼈 아래로 깊게 들어간 긴 눈매 때문이었을까. 실제의 기태신은 고집스럽고 날카로우며 빈틈이 없어 보였다. 다만 아랫입술 가운데에 손톱으로 누른 듯 팬 가느다란 선이 그의 얼굴에 반전에 가까운 느낌을 부여했는데, 은폐된 갈망이나 비틀린 열정 같은 것이 그 가느다란 선에 새겨져 있는 듯, 이질적이면서도 눈을 뗄 수 없는 선명한 인상을 주었다.

상무가 선물처럼 봉투를 꺼내 들자 수천 개의 눈동자가 그의 입술에 쏠렸다. 사람들이 각기 손에 들고 있던 응원용 막대풍선을 맞부딪치기 시작하자, 거대한 물결과도 같은 커다란 소리가 운동장을 둥둥 울렸다. 하나 또한 햇빛에 번쩍거리는 푸른색 막대풍선을 빠르게 맞부딪치며 그의 얼굴을 바라보았다. 고조된 긴장감은 당장이라도 폭발할 듯하였다.

그때 상무가 입술에 검지를 갖다 대었다. 그저 간결한 동작일 뿐이었지만 리모컨 버튼을 눌러 음소거를 한 것처럼 거대한 소란은 일시에 잠재워졌다.

곧 짤막한 연설을 하기 시작하였다. 신입사원에 대한 기대와 그룹에 대한 자부심, 앞으로의 찬란한 비전에 대해. 상무는 진실로 특별한 것은 여러분이 통과해 온 시간이라고 했다. 불확실한 시간을 극복한 저마다의 믿음과 끈기는 보상을 누릴 수 있는 자격이자 꿈을 이룰 수 있다는 증명이라고 하였다. 이렇게 멋진 여러분과 함께 일할 수 있어 기쁘다는 말 또한 빼먹지 않았다.

사람들은 기꺼이 설득당했고, 용암처럼 들끓었으며, 스포츠 경기 관중처럼 열광했다. 그날의 상무는 넘치는 자신감에 약간의 겸손함을 더한, 완벽하게 빛나는 모습이었다. 어쩌면 그 순간만큼은 기태신에게 반했는지도 모른다.

남자로서가 아닌, 완전한 어른으로서.

이제 막 사회에 첫발을 딛는 하나에게 태신은 명징한 눈빛과 유쾌한 웃음, 마음을 움직이는 신뢰감 가득한 목소리, 간결한 동작만으로도 집중시키는 힘을 가진 흔들림 없는 강력한 리더이자 위대한 멘토로 보였다.

3년 1개월이 지난 지금은, 잘 모르겠다. 알겠다 싶다가도, 입술에 팬 가느다란 선처럼 기태신 상무는 자신을 비틀어 버린다.

그 변덕스러움이 하나는 늘 당혹스러웠다.


하나는 손에 들고 있던 양복 재킷을 태신이 입기 편하도록 펼쳐 들었다.

"김 과장은요?"

"아래에서 대기하고 계십니다."

'아아─.' 태신은 짧은 탄식 같은 소리와 함께 재킷을 입고 돌아섰다. 하나는 태신의 목에 느슨하게 매달려 있는 넥타이를 조이고, 세심하게 각도와 모양을 잡았다. 옷에 머리카락이나 먼지가 붙어 있는지 살펴보는데, 머리 위로 한 줄기 바람이 지나갔다.

어디서 부는 바람인지.

창문이 열려 있던가? 하나는 고개를 돌려 창문을 바라보았다. 그동안 어둠은 더욱 두텁게 내려앉아 창으로 두 사람의 모습이 비친다. 둘의 키 차이는 22센티미터 정도. 하나도 작은 키는 아니지만 상무가 장신인 탓이다.

"왜요?"

"창문이 열려 있나 해서요."

"바람이 불어서?"

"상무님도 느끼셨어요?"

"아니."

'바람이 불어서?'라고 물어 놓고서 느끼지는 못했다니, 뭔 소리야. 하나는 어이없다는 듯 태신을 올려다보았다. 태신이 별다른 말 없이 소리 없는 휘파람을 부는 듯 입술을 모아 휘—, 숨을 내보낸다. 하나는 정수리에 손을 갖다 대었다.

긴 숨이, 바람의 정체였던가.

효자동 정류장에서 내려 주민센터 쪽으로 걸었다. 붉은색 벽돌로 지어진 3층짜리 건물을 돌아 경복고교 방향으로 걷다 보면 길 건너 자그마한 약국이 보인다. 하나는 날듯 가볍게 2차선 도로를 건너 형광등 불빛을 밝히고 있는 약국으로 향했다. 유리창 너머로 드라마에 심취해 있는 아빠가 보인다. 하나는 유리창을 톡톡 치고 손을 흔들었다. 아빠가 안으로 들어오라고 손짓을 하였다.

"피곤하지? 홍삼 한 병 마실래?"

"아니, 괜찮아. 어, 둘이 이제 사귀어?"

하나는 카운터 안으로 들어가 가방을 내려놓았다.

"저번 주까지만 해도 원수처럼 싸우더니 이번 주는 좋다고 저런다. 드라마가 영 개연성이 없어."

말은 그렇게 하시지만 아빠의 얼굴은 재미로 가득하다. 그 뒤로 30분 동안 소화제와 자양강장제, 파스, 아스피린을 팔며 드라마를 보던 부녀는 드라마가 끝나자 약국을 정리하고 문을 닫은 뒤 셔터를 내렸다.

"아, 배고프다."

"저녁 아직 안 먹었어?"

"응. 집에서 먹으려고."

"먼저 가지. 엄마가 보리굴비 구웠던데 짭짤한 게 맛나더라."

하나가 제일 좋아하는 생선이다. 따끈한 흰 쌀밥에 촉촉한 보리굴비 한 점을 올려 먹을 생각을 하니 입이 절로 방싯 벌어진다.

"하나야, 혹시 만나는 사람 있어?"

"아직 없어요."

"그럼 선 한번 보자. 2층 내과 민 원장이 자기 아들 소개시키고 싶다고 하더라. 대학병원 피부과 레지던트로 있는데, 자기 안 닮고 인물 훤칠하대."

하나는 곰돌이 푸처럼 동글동글한 민 원장을 떠올렸다. 푸 아들이 훤칠하면 어떤 곰인 걸까. 뽀로로의 포비? 귀엽기는 하지만.

"나는 두나 시집보내고, 아빠하고 엄마하고 요요하고 계속 살 거야."

"실없는 소리."

"지인—짜루."

하나는 자연스럽게 아빠의 팔짱을 끼고 두런두런 이야기를 나누며 야트막한 길을 오르기 시작했다. 오르막길에는 떨어진 목련 꽃잎이 가득했다. 나무에 피는 크고 탐스런 연꽃이라 목련이라고 들은 기억이 있다. 더 이상 완벽한 흰색은 없다는 듯 눈부신 흰색을 자랑했던 목련이 짙은 갈색을 넘어 검게 썩어가고 있었다. 친구인 경주는 시든 목련의 갈색이 가장 클래식한 갈색이라며 좋아했지만, 하나는 목련이 지면 벚꽃이 한창임에도 봄이 끝난 것 같아 아쉬웠다.

그때 어디서 바람이 부는지, 스커트가 무릎을 휘감고 머리를 헝클어뜨렸다. 하나는 괜스레 정수리에 손을 갖다 대었다.

## 2. 까마귀의 집

붉은 실핏줄이 터진 눈물 가득한 소년의 눈과 마주치며 잠에서 깨었다. 꿈은 잊어선 안 된다고 주장하듯 언제나 같은 장면이 집요하게 반복되었다.

잠에서 깬 태신의 온몸은 흠뻑 젖어 있었다. 등으로 느껴지는 뜨겁고 눅눅한 습한 기운을 그대로 느끼며 그는 꼼짝 않고 누워 있었다. 눈을 감자 그의 방은 고요하고 축축한 습지로 변해 갔다.

외지고 어두운 습지의 정적을 파고드는 공기청정기의 미약한 소리는 나무와 나뭇가지 사이를 빠져나오는 바람의 소리고, 땀으로 젖은 시트는 끈적한 진흙이며, 문밖으로 들리는 소리는 붉은 눈의 짐승들이 썩은 나뭇잎을 밟으며 숲을 지나가는 소리다. 두툼한 몸통의 전나무는 하늘 끝까지 까마득하게 솟아 있고, 나무의 끝에는 검은 까마귀 떼가 날아다니고 있다. 고개를 조금이라도 돌리면 물컹한 진흙이 입이며 코로 들어올 것이다.

오디오에서 알람으로 맞춰 놓은 오페라가 터져 나왔다. 성악가의 목소리가 등이라도 때린 것처럼 태신은 침대에서 벌떡 일어났다.

창밖으로 가는 비가 내리고 있었다. 창문을 열자 빗물이 몇 방울 치고 들어왔다. 인왕산에 옅은 안개가 내려앉아 있었다. 그 옆으로 보이는 북악산의 옆모습도, 아래로 둥그런 그릇에 담긴 듯한 동네도 옅은 안개에 뒤덮여 있었다. 그의 집이 있는 부암동 언덕은 청와대 근처라 고도 제한이 있는 데다, 높은 지대 덕분에 서울에서 가장 조망이 좋은 곳이었다.

9년 전, 처음으로 언덕을 올랐던 늦저녁에는 가는 눈발이 흩날렸었다. 멀리 뿌연 눈발에 잠긴 서울의 고층 빌딩과 진회색에 가까운 날씨 때문에 더 진한 녹색으로 빛나는 남산 서울타워가 보였고, 연노란 조명으로 감싸인 세종문화회관과 광화문 등의 낯익은 건축물들이 낯선 풍경을 보여 주었었다.

6년 전 겨울, 다시 이 언덕길을 올라 집주인에게 시세보다 세 배의 금액을 쥐여 주며 집을 손에 넣은 후, 건축가에게 요구한 조건은 한 가지였다. 창 하나하나 풍경을 담고 있는 액자로 만들어 달라는 것.

창들은 사계절이 바뀌는 액자가 되었다.

그의 집은 철 대문을 지나면 1층은 거실과 주방, 좁은 계단을 오르면 2층은 침실과 욕실, 다시 또 좁은 계단을 오르면 3층은 서재, 마지막 계단을 오르면 북악산, 북한산, 인왕산이 말 그대로 발아래 펼쳐지는 옥상으로, 주택 평면을 차곡차곡 쌓아 올린 구조로 완성되었다.

옥상에서 내려다보면 꼬불꼬불 돌아 꺾어지는 골목들이 펼쳐진다. 단독주택과 다세대 빌라, 작은 커피숍과 세탁소, 홈패션 가게가 뒤섞여 있는 그 길 틈새에는 이름뿐인 작은 슈퍼 하나가 있다. 황동색의 알루미늄 출입문에서부터 선반과 물건에 쌓인 먼지까지도 한껏 무력한 그 가게는 9년 전 태신이 초라한 마음으로 골목길을 오르내릴 때 술을 샀던 가게였다. 카운터에 정물처럼 앉아 있는 주인 할아버지는 늘 최소한의 동작으로 돈을 받고 거슬러 준다. 9년 전에도 지금도. 마치 천 년 전부터 노인이었던 것처럼. 햇빛이 밝은 날 옥상에서 그 가게를 내려다보고 있자면 가게의 변함없음이 그에게 묘한 감흥을 일으키곤 하였다.

발바닥에 차가운 타일의 촉감을 느끼며 세면대에 물을 가득 채우고 고개를 숙였다. 머리끝에 피가 몰릴 때까지 물속에 얼굴을 박고 있다가 고개를 들었다. 잠에서 깨는 데 최고의 방법이다. 욕실의 긴 거울을 통해 시내의 반대편인 북쪽이 보였다. 북악스카이웨이가 지나가는 북악산 줄기와 그 너머로 북한산 보현봉이 파르스름한 비안개에 싸여 있었다.

비는 낮이 되면 그칠 것이다.

샤워를 하고 수건으로 물기를 닦아 낸 다음 머리를 말린다.

속옷을 입고 양복을 입기 시작하였다. 드레스 셔츠의 단추를 채우고 능숙하게 넥타이를 매는 그의 얼굴은 바닥이 보이지 않는 검은 우물과 같다. 우물 안으로 돌멩이를 던지면 덩, 덩, 덩, 돌이 떨어지는 소리가 오래 울릴 것이다.

시계를 차고 재킷을 입은 뒤 거울을 본다. 거울 속의 남자는 날렵하고 자신만만해 보인다. 자신과 타인에게 익숙한 모습이다. 넥타이 매듭이 비뚤어진 것 같아 왼쪽으로 살짝 움직여 본다. 너무 왼쪽인가. 다시 되돌린다. 그러다 피식 웃는다.

이하나.

방심하면 기다렸다는 듯 마음을 치고 들어오는 이름.

무관심으로 가장한 관심, 냉소로 포장한 진심, 장난으로 표현한 욕망. 그 모든 아이러니의 총합.

어제의 장난도 너의 동그란 이마에 입을 맞추고 싶어서였다는 것을, 반짝이는 네 까만 눈동자에 때론 할 말을 잃는다는 것을, 네 작은 몸짓에도 공기는 큰 파동을 일으켜 내 몸에 한 떼의 나비가 동시에 날아오르게 한다는 것을, 구분할 수 없는 고통과 기쁨 그리고 욕망 사이에 네가 있다는 것을 넌 모를 것이다. 내가 알게 하지 않을 테니.

'목련으로 손목을 그으라 했다.'[*]

대학 도서관 열람실 책상에 검정 사인펜으로 휘갈긴 듯 쓰여 있던 글귀였다. 글귀가 마음에 들어 그 자리를 지정석처럼 쓰면

---

[*] 김성대 시인에게 선물 받은 문장입니다.

서 때때로 의미를 파악하려 한 적이 있었다. 그때는 어렴풋이 가슴만 치던 저 한 줄의 섬뜩함을 지금은 온전히 알 수 있었다.

목련으로 손목을 그으라 했다. 그깟 목련으로. 감히 손목을.

목련으로 손목을 긋진 못해도, 비는 낮이 되면 그칠 것이다. 낮이 아니라도 언젠가 구름이 생을 다하면. 그러니 보이지도 않고 잡을 수도 없는, 다만 감각으로 존재하는 이 '어이없는 감정'에 휘청거리는 자신도 언젠가는 괜찮아질 것이다.

태신은 담배 한 대를 물고 집을 나섰다. 담배는 슬쩍 지나가는 바람처럼 그의 신경을 환기시킨다.

"오셨어요."

"이 대리, 안녕."

환외미술관 큐레이터인 K가 베이지색 트렌치코트에 두 손을 찔러 넣은 채 상무실로 들어왔다. K의 뒤를 200호짜리 그림을 든 미술관 직원 두 명이 뒤따랐다.

"이번엔 꽤 크죠?"

K는 직원에게 포장을 뜯으라는 듯 두 손가락을 경쾌하게 튕겼다. K는 자신의 이름이 그저 K라고 했다. 명함에도 K라는 이니셜과 전화번호, 이메일만 적혀 있었다. 3년이 넘게 알고 지내면서도 절대 자신의 본명을 알려 주지 않았다. 보통 키에 위태

로울 정도로 마른 이 남자는 폭이 좁은 얼굴형과는 반대로 지나치게 긴 눈매에 조금 튀어나온 눈 때문에 부속실 직원들 사이에 외계인이라는 별명이 있었다.

"요즘 내가 키우고 있는 작가예요. 어때?"

하나는 우선 '아.' 대답하고 입을 다물었다. 붉은색 양귀비꽃이 푸른 바다 밑에 한가득 피어 있는 사진 같은 그림이었다. 바다도 꽃도 너무 생생하여 바다 밑바닥에 꽃을 심어 놓고 사진을 찍었다고 하는 편이 믿기 쉬웠다. 하나는 좀 더 가까이 다가가 그림을 바라보았다.

"사진인 줄 알았어요."

"대단하지. 이 작품 처음 보고 오르가슴을 느꼈다니까. 우리나라에서는 하이퍼리얼리즘이 별로 인기 없지만, 얘는 새로운 트렌드가 될 거예요."

"상무님이 마음에 들어 하실지 모르겠어요."

너무 강렬하다. 무엇보다 상무가 꽃을 싫어해서 상무실에는 흔한 센터피스도 테이블에 올려놓지 않는다. 그런데 저렇게 살아 있는 듯 생생한 꽃이라니.

"일단 걸어 봐요."

"그게……."

"이 대리, 날 믿어요. 아마 기 상무도 까암—짝 놀라며 좋아할걸."

"진짜 자신 있으시죠? 믿어도 되죠?"

하나는 다짐을 받듯 재차 물었다. K는 자신만만한 미소를 지으며 엄지와 검지로 원을 만들었다.

태신과 김 과장이 들어온 건 그림을 막 걸고 하나와 K가 회의 테이블에서 그림을 바라보며, 멀리서 볼수록 진짜 사진 같다고 말하고 있을 때였다. 태신은 K와 하나 그리고 그림을 번갈아 쳐다보고는 자신의 책상으로 걸어갔다. 김 과장이 고개를 살짝 숙이는 걸로 K에게 인사를 대신했다. 의자 대신 책상에 걸터앉은 태신은 김 과장에게 손을 내밀었다. 외출 전에 잠시 들른 듯했다.

"이 대리."

태신은 김 과장이 건네준 서류를 보며 심상한 목소리로 하나를 불렀다.

"네, 상무님."

"박운현 명장님 생신이 언제죠?"

박 명장은 골드니들의 대표로 기운형 회장의 양복은 30년, 기 상무의 양복은 15년 동안 만들어 왔다.

"음력 10월 19일이십니다."

"생신 선물은 뭐로 드렸었지?"

"명장님께서 온천욕을 좋아하셔서 제주 S호텔 숙박권을 준비했었습니다."

"역시……. 이 대리는 기억력도 좋고."

태신은 김 과장에게 손을 내밀어 이번엔 펜을 받아 든다. 방 안에 있는 사람들의 시선이 서류 위에서 빠르게 움직이는 기름한 손가락에 모인다. 찰나의 시간이 이렇게 길고 무겁게 느껴질 수 있을까.

"참 섬세한 거 같은데."

목소리가 태연하여 오히려 긴장되었다. 하나는 자세를 유지하기 위해 발가락에 힘을 주었다.

"나한테는 함량 미달이란 말이야."

목소리가 흔적을 남긴다면 하나의 가슴팍에는 더러운 진흙이 잔뜩 묻었을 것이다. 태신은 서류에 엑스를 크게 긋고는 김 과장에게 다시 넘겼다.

"그림 치워요."

미술관 직원들이 그림을 갖고 상무실에서 나갈 때까지 침착함을 유지하기 위해 하나는 자신이 알고 있는 세상의 모든 신을 떠올렸다. 부처님, 하느님, 알라신. 또 누가 있지? 아, 삼신 할머니. 왜 저런 인간을 태어나게 하셨나요.

"이 대리, 미—안—요."

K의 조심스러운 목소리에 하나는 숨을 고르고, K를 향해 몸을 돌렸다. 이를 악물었다.

"즈.슨.있.으.시.드.면.스.요."

"와, 기 상무 성격 장난 아니네. 생긴 것도 요래 생겨서."

K는 손가락으로 눈썹을 위로 들어 올렸다. 웃지 않으려 했는데, 피식 웃음이 나온다.

"그림……."

분노가 다시 치밀어 오르려 해, 잠시 말을 멈췄다.

"그럼, 다른 작품으로, 되도록 빨리 부탁드릴게요."

K는 두 시간 이내에 그림을 교체하겠다는 말과 함께 상무실을 재빨리 빠져나갔다. 하나는 잰걸음으로 탕비실로 들어갔다. 물을 마시려 컵을 꺼내는데 생각지도 못한 눈물이 후드득 떨어졌다. 웬 눈물. 울 일도 아니잖아. 우는 건 지는 거다. 그래도……, 김 과장은 그렇다 쳐도 K와 미술관 직원들이 있는 자리에서 질책을 받은 것이 부끄러웠다.

태원그룹에 입사하고 부속실에 발령받았을 때 의아했었다. 비서학과 출신도 아니었고 희망 부서로 적은 곳도 아니었다. 공채 신입사원이 부속실에 발령받는다는 건 엘리베이터를 타고 바로 조직의 핵심에 들어간다는 의미였다. 다른 곳도 아닌 기태신 상무의 비서실이었다. 연수원에서 저 멀리, 까마득하게 보았던 사람이다. 동기들의 질투를 받기도 했다. 하지만 튀지 않는 '무나니즘'을 모토로 사는 하나에게는 원치 않은 행운이었다. 게다가 그 행운이 불운이었다는 것을 깨닫는 데에는 한 달도 채 걸리지 않았다.

물론 행운도 있었다. 미래전략실에서 추진하는 프로젝트의 핸들링에 직접 참여한다는 것은 값진 경험이었다. 어디서부터 준비해 나가야 하는지, 변수로는 어떤 것들까지 계산해 놔야 하는지, 각 분야의 최고는 누가 있는지부터 그들을 상대하는 스킬까지 척척 배워 나가는 자신이 기특했다. 거기에 일 처리가 깔끔한 김 과장 밑에서 배울 수 있다는 것은 보너스 행운이었다.

다만, 기태신.

자신을 못마땅해하는 듯한, 가끔은 처음 보는 낯선 사람처럼 경계하는, 어제처럼 친근한 장난을 치다가도 오늘같이 막 대하는 상무의 변덕스러운 성정이 하나를 괴롭혔다.

가면 장수도 기태신보다 많은 가면을 가지고 있지는 않을 것이다. 무엇보다도 기태신에게 이하나라는 존재가 하찮게 취급당하는 느낌이 싫었다. 기분 내키는 대로 굴어도 신경 쓸 필요 없는, 언제나 대체 가능한 소비재.

인간으로서 인정받고 싶었다. 기태신 상무의 인정. 점점 절실해지는 욕구에 반비례해, 실망은 오늘처럼 더블로 적립되어 돌아오곤 했다.

하나는 숨도 쉬지 않고 물 한 컵을 다 마셨다. 후—우. 복식호흡을 하고 입꼬리를 위로 들어 올렸다. 가슴팍에 묻은 더러운 진흙을 털듯 옷의 먼지를 떨어내고 옷매무새를 정리했다. 상무의 변덕 따위, 나에게 단 한 방울의 영향도 끼치지 못하게 하리라.

강해지자.

다음 주면 은혜로운 월급날이다. 보너스도 나오니, 더블로 은혜롭다.

정확히 8시에 시작한 전략1팀 회의는 밤 11시가 넘어도 끝나지 않고 있었다. 팀원들은 열렬히 토론 중이었고, 태신은 김 과장과 귓속말을 주고받고 있었다. 하나는 그 모습을 물끄러미 바라보았다. 자신이 김 과장만큼 연차가 쌓이고 상무의 신뢰를 얻게 되면 저렇게 귓속말도 주고받을 날이 올까 싶었지만.

아서라.

자신에게 귓속말을 하는 상무가 상상되자 목덜미가 차가운 손에 잡힌 것처럼 등줄기를 타고 소름이 돋았다. 어깨가 저절로 들린다. 순간 상무와 눈이 마주쳤다. 반짝 빛난 것처럼 느껴진 건 착각이겠지. 지지 않고 시선을 마주하고 싶었지만, 하나의 시선은 저절로 아래로 향했다.

그림은 한 시간 반 만에 도윤희 작가의 〈존재—부유〉로 교체되었다. K는 흑연의 검은색과 물감의 옅은 청색과 분홍색이 깊은 곳에서 존재하는 내면의 환상세계를 상징한다고 설명했지만, 하나에게는 생물 시간에 현미경으로 보았던 양파 같았다. 7시가 넘어 상무실로 돌아온 태신은 그림은 쳐다보지도 않았다. 긴장이 풀린 것도 잠시. 화가 치밀며 태신의 얼굴을 잡고 고개를 돌려 그림이 마음에 드느냐고 묻고 싶을 지경이었다.

회의는 12시가 넘어서야 끝이 났다. 장장 네 시간에 걸친 마라톤 회의였다. 하나가 마지막으로 상무실을 나오는 중에도 태신과 김 과장은 진지한 얼굴로 이야기를 나누고 있었다. 자리로 돌아와 책상 정리를 끝냈을 즈음 김 과장이 상무실에서 나왔다.

"상무님은 조금 더 있다 퇴근하신대. 이 대리도 그만 마무리해."

"수고하셨습니다."

"이 대리도 수고했어요. 아……."

김 과장이 할 말이 생각났다는 듯 검은색 브리프케이스를 집어 들다가 내려놓았다.

"낮에 있었던 일은 맘에 두지 마."

"저 괜찮아요."

"그럼 다행이고."

"다음 주에나 뵙겠네요."

하나는 주제를 돌렸다.

"그러게."

"기분이 어떠세요? 무지 기다리셨잖아요."

"떨려. 탈러를 직접 본다고 생각하니까. 이 대리도 같이 들으면 좋을 텐데."

과연 10년 뒤에는 참석하게 해 주려나.

내일부터 사흘 동안 기 상무와 김 과장은 쉐라톤워커힐에서 열리는 '세계지식포럼'에 참석할 예정이다. 참가비가 500만 원이 넘게 드는 포럼에서 제공되는 지식이 보편적인 것은 아닐 것이다. 500만 원이 그것을 상징하는 간명한 표시였다. 강연자들의 면면을 보면 노벨 경제학상 수상자인 리처드 탈러와 토머스 셸링, 유럽 최고의 석학이라는 자크 아탈리, 투자자 마크 파버 등 하나로서는 이름만 들어 본 석학과 기업의 CEO였다.

세계적 석학과 세계 최고의 금융 자본가와 한국의 경제 리더

들이 모여 사흘간 토론하고 세 끼의 식사를 한다. 사람들이 비싼 참가비를 내고 들어야 하는 지식은 물론 '돈 되는 지식'이다. 거기에 플러스알파 해서, 포럼의 본질적인 목적인 '돈 되는 정보와 인간관계'도 있는 것이다. 하나에게 있어서는 그저 사흘간의 해방일 뿐이고.

"그럼 먼저 들어갑니다."

김 과장이 사무실을 나간 뒤, 하나는 숄더백에 휴대폰과 지갑을 집어 던지듯 넣었다. 숄더백을 어깨에 멨다가 내려놓고는 무언가를 단단히 결심한 듯 크게 심호흡을 한 뒤 상무실 문을 노크하고 열었다.

태신은 모니터를 바라보고 있었다. 그는 문 앞에 선 하나를 보고 의아스럽다는 표정을 짓고는 다시 모니터로 시선을 돌렸다.

"퇴근 안 했어요?"

용기를 쥐어짜 입을 열었다.

"상무님."

"음?"

태신은 모니터에 시선을 둔 채 성의 없이 대답하고는 전화기로 손을 뻗었다. 버튼을 누르다 생각난 듯, 시선을 하나에게 돌렸다.

"말해요."

하나는 주먹을 쥐었다. '바꾼 그림은 마음에 드세요?' 따위의 말들이 입 안에서 맴돌았지만 결국 내뱉지는 못했다.

"포럼 기간 동안 특별히 체크해야 할 일이 있을까요?"

태신이 그걸 왜 자신에게 묻느냐는 표정으로 하나를 바라보았다. 예, 저도 압니다. 바보 같은 질문이라는 것을요. 있었다면 진즉에 김 과장이 전달했겠죠.

"없습니다."

간결한 대답 뒤, 태신은 그만 나가라는 표시로 전화기를 귀에 갖다 대었다.

"이만 퇴근하겠습니다."

고개를 숙여 인사를 하고 상무실을 빠져나왔다. 숄더백을 챙겨 사무실을 나오는데 뒤통수가 덴 듯 화끈거렸다.

환상적인 사흘이 지나갔다. 점심시간엔 사무실에서 샌드위치를 먹으며 인터넷도 했고, 커피도 마셨다. 평소에는 상상도 할 수 없었던 일이었다. 금요일에는 포럼 마지막 날을 기념해 정시 퇴근도 했다.

퇴근 후, 경주를 만나 세종문화회관 뒤편 술집에서 술을 마시기 시작했다. 붉은 등이 가게 앞에 대롱대롱 매달려 있는 다섯 평 남짓한 술집의 주메뉴는 큰 컵에 마시는 청주와 각종 꼬치구이였다. 카운터 테이블이 벽을 따라 빙 둘러 있는 1층엔 자리가 없어 좁은 계단을 올라 2층에 자리를 잡았다. 출근 압박 없이 따끈하게 데운 청주에 모둠꼬치구이를 안주로 달큼히 취하도록 마셨다. 지난주에 7년간 사귄 오래된 애인과 헤어진 경주는 술을 마시고 꼬치를 빼 먹는 중간중간 울먹거렸다. 하나는 경주의 하소연을 들어 주며 홀짝홀짝 마신 게 두 컵이나 됐다. 몽롱한 기분에 문득 지구는 크고 작은 슬픔들의 무게로 점점 가라앉을지도 모르겠다는 생각을 하였다.

지갑을 사무실에 놓고 온 걸 알게 된 건 경주와 마신 술값을 계산하려 할 때였다. 가방을 뒤지며 당황해하는 하나 대신 경주가 계산을 하고 택시비까지 쥐여 주었다. 집까지 걸어가도 되는 거리라는 것을 알면서도 술에 취해서인지 막무가내였다. 하나는 노래를 흥얼거리며 비틀비틀 걷는 경주를 부축해 오피스텔에 데려갔다.

오피스텔은 엉망으로 어질러져 있었다. 옷을 갈아입히고, 바닥에 널브러져 있는 옷가지들은 세탁 바구니에 넣어 놓고, 방을 대충이나마 치웠다. 깊게 잠든 걸 확인하고 거리로 나서자 뜨끈한 술기운에 발갛게 된 볼에 봄 밤바람이 시원하게 스쳐 지나갔다.

그대로 집에 갈까 하다가, 지갑도 챙기고 술도 깰 겸 회사까지 걸어가기로 하였다. 사람들에 휩쓸려 건널목을 건너 시청 쪽 회사 방향으로 걷기 시작했다. 술기운인지 길을 오가는 사람들이 모두 웃고 있는 것처럼 보였다. 시간은 11시를 조금 넘기고 있었다.

30층에 도착해 엘리베이터에서 내리자 센서등이 자동으로 켜졌다. 구두 소리를 삼키는 단단한 질감의 회색 카펫이 깔린 복도는 걸어갈 때마다 등이 자동으로 켜져, 마치 연극 무대 위에 오른 기분이 들었다. 사무실로 들어가 책상 위에 놓인 민트색 반지갑을 가방에 넣고 나오려는데 상무실 문이 벌컥 열렸다. 기태신이었다.

포럼 애프터 파티에 있을 사람이 왜 여기에 있지.

"지갑을 놓고 퇴근해서……."

태신은 문가에 비스듬히 몸을 기대었다. 그 자세로 하나를 물끄러미 바라보던 태신이 애매한 표정으로 말했다.

"술 마셨어요?"

술 냄새가 거기까지 나나? 하나는 손으로 입을 막았다.

"조금, 마셨습니다."

"누구와?"

"친구요."

"남자?"

남자건 여자건 왜. 별걸 다 묻네.

"여자 친구와 마셨습니다."

"술 잘 마셔요?"

하나는 고개를 저었다.

"아니요."

"꽤 마신 것 같은데. 얼굴도 빨갛고."

"딱 두 잔 마셨습니다."

"맥주?"

"청주요."

"청주 두 잔이면 많은 거 아닌가."

"그런가요. 그런데 술을 많이 마시면 비서 자격이 없는 건가요, 상무님?"

속을 따뜻하게 덥힌 술기운 때문에 하나는 아주 '조금' 대담해졌다.

"술을 마시면서도 고민했고, 사실 저는 매일매일 고심하고 있답니다. 어떻게 하면 상무님의 마음에 쏘옥 드는, '함량 100퍼센트'의 비서가 될 수 있을까 하고요."

도전적인 말에 태신은 하나를 빤히 바라보았다. 눈을 돌리면 또다시 지는 것 같아 하나는 그 눈을 피하지 않기 위해 남은 술기운을 모조리, 모조리 그러모았다.

1초, 2초, 3초. 그리고 얼마큼 지났는지 모르는 시간이 지나갔다. 하나의 얼굴을 바라보는 태신의 눈이 느리게 깜빡였다. 쳐다보고 있자니 이상한 눈이었다. 비밀이 겹겹이 감춰진 듯, 눈동자 테두리에서 시작된 진갈색이 검은색 동공까지 물에 풀어진 듯 채워져 있었다.

문득 서로의 눈을 뚫어져라 바라보고 있는 이 상황이 조금 우습게 느껴졌다. 실제로 웃음이 나오려 해 입술을 지그시 깨물었다. 술에 취하기는 했지만 미친 건 아니었으니까.

먼저 눈을 돌린 건 하나였다. 시선을 비스듬히 사선으로 옮겨 태신과 문 사이를 바라보았다. 그러다 결국 픽 웃었다.

"왜?"

태신은 웃는 이유가 무엇이냐는 말이 생략된 질문을 하였다.

왜 웃었는지는 그녀도 모른다. 그저 이 상황이 우스웠다. 늘 진지하고도 제멋대로인 남자와 그 남자 때문에 속이 상해 술 한 잔 걸친 여자라는 공식은 개그도 멜로도 미스터리도 호러도 아니었다. 아, 리얼 버라이어티 오피셜 스토리인가?

하나는 몸을 똑바로 하고 허리를 숙였다.

"죄송합니다. 술을 마셨더니 웃음이 새나 봅니다."

저질 변명이나 하는 혀를 깨물고 싶다.

"이 대리."

"네, 상무님."

"이리 와 봐요."

태신의 말에 놀라 하나는 고개를 들었다. 남자의 표정은 진지했다.

"싫은데요."

왜냐면, 전 취했거든요. 그래서, 이건 다 술주정이거든요. 그러니까, 익스큐즈해 주셔야 하거든요.

"싫, 어?"

"아니요. 갑니다."

하나는 천천히 한 걸음씩 태신을 향해 걸었다. 고비사막의 뜨겁고 건조한 모래 위를 걷는 듯 발바닥이 버석거리는 것 같았다. 알코올은 뜨거운 태양열에 순식간에 증발했다.

하나는 최대한 공손한 태도로 섰다. 뭔가 말을 하고 싶었지만 입 안에 모래가 가득 차 있는 것 같았다.

"많이 취했군."

"그런 것 같습니다."

정신은 이미 말짱해졌지만, '술에 취해서'라는 면죄부를 받기로 하였다.

"술을 마신 이유가 나예요?"

"그렇지 않습니다. 친구가 남자 친구와 헤어져서 함께 위로주를 마셨습니다."

"왜 내가 이 대리를 마음에 들어 하지 않는다고 생각하지?"

"말실수였습니다."

"고개 들어요."

마침표를 찍듯 딱 떨어지는 말에 고개가 저절로 들렸다. 침이, 꼴깍 넘어간다.

"다시 한번 말할 기회를 줄게요."

"상무님은……."

도저히 말이 이어지지 않았다. 누군가 소리를 다 잡아먹은 듯 사방이 고요해졌다. 곧바로 후회라는 감정이 시큼한 토사물처럼 목구멍을 넘어오려 하였다. 아니, 이 상황이 너무 현실감이 없어, 지금이라도 짙은 무대 분장을 한 사내가 나타나 박수를 치며 연극은 끝났다고 말하는 것이 덜 놀라울 거 같았다. 입사 3년 1개월 만의 최대 위기였다.

"그 뒤는?"

태신이 재촉하듯 되물었다.

"설명하기 어렵습니다. 그저 가끔, 아니, 꽤 자주 상무님의 행동에 제가 너무 무능력하게 느껴집니다.”

“이 대리가 실제로 무능력해서일 수도 있죠.”

심장이 덜컹 내려앉았다. 눈물이 나오려 해, 하나는 고개를 숙였다.

“아니면 쓸데없이 예민하든가.”

입술을 깨물었다. 발가락에 꾹 힘을 주었다.

“고치겠습니다.”

“이하나.”

“네, 상무님.”

“난 이야기할 때 상대방이 고개 숙이는 거 안 좋아해요.”

태신의 말이 끝나기 무섭게 하나는 고개를 들었다. 아이러니하게도 그의 얼굴에 희미한 미소가 배어 있었다.

“그림 때문에 마음 상하게 했다면 사과할게요. 과했던 거 인정. 앞으로 조심할게요.”

말을 마친 태신은 관대한 미소까지 띠었다.

무려 기태신에게 사과를 받았다. 한데 전혀 기쁘지 않았다. 차라리 화를 내지. 이럴 땐, 어디서 감히 상사에게 주정을 하냐며 화를 내야 하지 않나. 상무와의 거리가 지구에서 아직 관측되지 않은 머나먼 행성과의 거리보다 더 멀어진 기분이었다. 마음이 답답해졌다.

도대체가 속을 알 수 없는 사람이었다. 깊은 눈동자에서 감정이라고는 찾아낼 수가 없었다. 엷은 미소까지 띠고 있는 태신 앞에서 하나는 녹슨 못이 단단하게 박혀 있는 시멘트벽을 마주 본 기분이었다. 우울한 회색빛 벽에 군데군데 녹물이 흘러내린 자국이 있는 벽 같은 사람. 뭐가 부족한 사람이라고 이런 생각이 드는지 모르겠지만, 하나에겐 그랬다.

"이만 물러가겠습니다."

하나는 고개를 숙여 인사를 하고 상무실을 빠져나왔다.

엘리베이터가 올라오길 기다리며, 그가 자신을 '이하나'라고 불렀다는 사실을 깨달았다.

그게 뭐.

하나는 눈자위를 손으로 꾹 눌렀다.

## 3. 동백꽃을 쥐어뜯어

토요일 아침, 하나는 엎드린 채로 침대에서 미끄러져 내려와 아코디언처럼 접히는 덧문을 열고 툇마루로 몸을 반쯤 빼내었다. 양팔과 배, 가슴, 얼굴에 나무 바닥의 찬 기운이 잠옷을 타고 물기처럼 퍼졌다.

아침 찬바람에 금세 팔에 오스스 소름이 일었지만, 봄 햇살은 밀가루처럼 보드라웠다. 눈을 부스스 떠 마당을 바라보았다. 엄마와 하나의 자부심인 마당 텃밭에는 2주 전에 심어 놓은 파, 치마상추, 고추, 방울토마토가 어느새 푸릇하게 자라 있고, 화단에는 작년보다 일찍 핀 노란 수선화와 금잔화, 붉은 팬지가 피어 있었다. 담 옆의 능소화와 살구나무에 맺힌 이슬이 햇빛에 반사돼 찌르는 듯 눈이 부셨다.

그 눈부심에 하나는 고개를 숙여 이마를 바닥에 대었다. 몇 번 이마를 마루에 박다가 머리를 감싸 안으며 꽥 소리를 질렀다. 그 소리에 옆방에 있던 동생 두나와 고양이 요요가 방으로 들어왔다.

"언니, 왜 그래?"

냐아—.

'하나야, 무슨 일 있어? 두나야, 언니 무슨 일 있다니?' 방 너머 부엌에서 엄마의 목소리가 들렸다.

"엄마, 아무것도 아니야. 굴러서 그래."

얼굴을 묻은 채 큰 소리로 대답하였다. 하나의 대답에 두나가 킥킥대며 발로 하나의 종아리를 툭툭 찼다.

"굴렀다면서 위치가 왜 그려?"

"뭐가."

"거기까지 몸이 데굴데굴 굴러가서 빠졌어? 우왕."

하나는 손짓으로 나가라고 하고 한동안 그대로 엎드려 있었다. 창피해서 월요일에 도저히 상무 얼굴을 보지 못할 것 같았다. 후회와 당혹감과 부끄러움이 누비이불처럼 누덕누덕 기워져 있었다. 손끝을 잘근잘근 깨물다 목이 말라 일어서는데, 요요가 낮게 야옹거리며 동그란 얼굴로 하나를 올려다보았다. 한숨을 쉬며 요요를 안아 들었다.

"요요, 잘 잤쪄?"

니야—.

대답하듯 우는 요요의 목덜미를 조물조물 만져 주다 엉덩이를 톡톡 쳐 주었다.

주말 동안 화단을 가꾸었다. 더 늦기 전에 제라늄 씨를 뿌리고 달리아 알뿌리를 심었다. 뇌의 주름을 편 채 손에 흙을 묻히며 부지런히 화단과 텃밭을 오갔다. 굳이 상무를, 다가올 월요일을 생각하지 않으려 했다. 방심한 사이 불쑥 떠오르면 정신을 환기시키듯 손바닥을 짝 소리 나게 맞부딪쳤다. 그다지 효과는 없었지만.

성벽처럼 높고 견고한 담은 검은색 주차장 셔터가 내려진 곳을 제외하고는 출입구가 없어 보인다. 태신은 주차장 셔터가 올라가는 동안 룸미러를 통해 얼굴과 옷매무새를 점검하였다. 긴 숨을 내쉬고 결심한 듯 차에서 내려 정원으로 이어진 문을 통과하였다. 저녁 6시, 막 저물어 가는 햇빛이 금실처럼 흩뿌려지고 있었다. 정원은 잔디가 깔려 있는 여느 집들과는 다르게 다양하고 복잡한 패턴의 돌들이 매끈하게 깔려 있고, 그 중앙에 서 있는 매화나무에 분홍색 꽃이 비누 거품처럼 피어 있었다. 집 전체가 통유리로 되어 있어 정원에서도 내부가 들여다보였다. 집 안은 갤러리처럼 조각품과 그림이 보일 뿐, 가구도 사람도 보이지 않는다.

"태신아."

현관에 들어서자 부드러운 목소리가 태신을 맞이했다. 잔잔한 미소를 띤 유정이다.

"좀 늦었습니다."

"아버지는 와인 고르러 지하 창고에 갔고, 할아버지는 저녁 일찍 드시고 서하재에 계셔. 식사하고 건너오라고 하셨다. 그나저나 볼 때마다 얼굴이 축나 있는 거 같아. 밥은 제때 먹어?"

태신은 그저 웃었다.

"어머니 말대로면 제 얼굴은 이미 해골이 되어 있겠어요."

유정은 다정한 미소를 지었다. 176센티미터의 큰 키인 유정은 다정함과 절제에서 오는 긴장감을 동시에 지니고 있었다. 단호하되 무정하지 않았고, 다정하되 곁을 주지도 않았다. 단순한 몸짓이나 잠깐의 응시로 상황과 관계를 압도하며 타인에게 자신의 감정과 위치를 인지시켰다. 태원의 안주인이자 도예가이며, 환미술관의 관장인 한유정을 말이다.

사람들은 태신이 유정의 큰 키와 균형 잡힌 골격, 간결한 몸짓, 깊은 눈매를 그대로 물려받았다고 했다.

한때, 아니, 어쩌면 지금도, 그것이 진짜이기를 자신 또한 얼마나 열망했던가.

태신은 유정의 뒷모습을 바라보다 고개를 틀었다. 흑단을 사용한 바닥을 제외한 나머지 모든 면이 흰색인 거실의 벽 중앙에는 빛에 따라 색이 변하는 순백의 벽체가 있고, 그 끝에 유정이 6년 전에 직접 빚은 어른 키만 한 도자기가 있었다. 마치 화선지에 그린 듯 도자기 전면에 넓게 퍼진 검은색 점은 실존하는 블랙홀처럼 생생하여, 가까이 다가오는 모든 생물체를 빨아들여 안으로 삼켜 버릴 듯하였다.

자신이 만든 도자기지만 정작 유정은 마음에 들어 하지 않았다. 다소 그로테스크해 보이는 도자기가 거실을 차지할 수 있었던 건, 태신이 마음에 들어 했기 때문이었다.

도자기는 유정의 작업실 한가운데에 놓여 있었다. 태신은 천천히 걸음을 옮기며 도자기를 한 바퀴 돌았다. 고개를 숙여 가까이 들여다보다 빨려 들어갈 것 같아 몇 걸음 뒤로 움직였다.

'도자기가 마음에 들어?'

'예.'

유정은 알 듯 말 듯 한 표정을 지으며 고개를 갸웃 기울였다.

'……왜?'

'다 먹어 치워 놓고도 감쪽같아 보여서요.'

'멋진 해석인데. 안 보이는 곳에 숨겨 둘 생각이었는데 재고해 봐야겠다.'

'도자기가 마음에 안 드세요?'

'벌어진 석류 같아. 속을 내보이는 기분. 검은색에 붉은색 느낌이라니, 우습지.'

태신은 고개를 돌려 유정의 눈을 바라보았다. 붉은색이라니. 도자기는 검은색이다. 완벽하도록 까만, 시치미를 떼는 색. 문득 유정의 눈동자와 도자기의 검은 점이 흡사하다는 생각이 들었다. 모든 것을 빨아들이고도 변하지 않은 그 경이로울 만큼의 태연함이.

'작품명이 뭔가요?'

'〈관棺〉. 내 관이거든. 몸에 꼭 맞아.'

곧 유정이 입을 벌려 소리 내어 웃었다.

'심각하긴. 농담이야. 우리 아들이 마음에 들어 한다니, 거실 제일 잘 보이는 곳에 둬야겠는걸.'

아들……. 뒷덜미가 달아오르며, 잡아 뜯기는 것처럼 욱신거렸다.

'한데, 태신아.'

'네, 어머니.'

'나에 대한 네 감상인 건 아니지?'

말하는 유정의 눈이 순간 반짝 빛났다 곧 탁 꺼졌다. 그때 뭐라고 대답했더라? 기억이 나질 않는다. 아마 대답을 기다리지 않고 유정이 몸을 돌렸을 것이다. 자신의 빈약한 대답이야 뻔했을 테니.

아닙니다, 어머니.

그럴 리가요, 어머니.

둘 중의 하나. 아니면 둘 다.


기운형 회장이 와인 저장 창고에서 올라온 건 5분 정도가 지나서였다. 태신의 인사에 가볍게 어깨를 두들기고는 화이트 와인을 식탁에 내려놓았다.

"얘 얼굴 봐요. 그만 좀 잡으세요."

유정이 타박하듯 말하였다.

"내가 너 잡았냐?"

"아닙니다, 회장님."

"여긴 집이야."

"아닙니다, 아버지."

운형이 흡족한 얼굴로 자리에 앉았다. 잡곡밥과 쇠고기토란 국에 중국식 도미찜이 메인이었다. 셋이 모두 자리에 앉자 민 씨 아주머니가 고수와 대파채를 올린 도미찜을 내려놓고 끓는 기름을 고르게 끼얹었다. 치—익 소리와 함께 고수와 대파의 향이 은은하게 퍼졌다.

"아주머니, 살이 아주 실해요."

"상무님 오신다고 관장님께서 특별히 준비한 통영 돌돔이에 요. 오늘 새벽에 잡은 걸 특급 배송으로 받았습니다."

운형과 민씨 아주머니의 대화를 옅은 미소를 띤 채 듣던 유 정이 태신을 향해 고개를 돌렸다.

"아들, 먹자."

식사는 8할의 침묵과 간간이 주고받는 대화로 진행되었다. 대부분 운형이 말을 꺼내고 태신이 짧게 대답하는 식이었다. 유정이 도미의 흰 살을 발라내 태신의 밥 위에 올려 주었다.

"밑반찬만 먹지 말고."

태신은 도미 살을 내려다보다 밥과 함께 입에 밀어 넣었다.

"태신이 결혼해야지."

갑작스러운 운형의 말에 태신은 수저를 조용히 내려놓고 앞 에 놓인 컵을 들어 물을 마셨다. 유정이 눈짓으로 민씨 아주머 니를 식당 밖으로 내보냈다.

"당신도 참. 갑자기."

"갑자기는 뭐가 갑자기야. 저 녀석 나이를 생각해 봐."

"생각 없습니다."

운형이 태신과 똑같이 독특하게 꺾인 눈썹을 치켜세웠다.

"너, 남자 좋아해?"

"여보."

유정이 다급하게 말을 끊었다.

"아닙니다."

"그럼, 사지 육신 멀쩡한 데다 남자 좋아하지도 않는 놈이 왜 결혼을 안 하겠다는 거야?"

"제 할 바는 다 합니다. 하지만 결혼은 안 해요."

"결혼해서 가정을 꾸리고 대를 잇는 것도 네가 할 일이야."

태신이 피식 웃었다.

"결혼해 교배하듯 대까지 이어야 합니까?"

"기태신."

태신은 고개를 들어 운형의 눈을 똑바로 바라보았다.

"유치하고 자극적인 말버릇, 참 좋아."

낮은 목소리로 한껏 비꼬는 운형의 팔을 유정이 잡았다.

"그만해요. 태신아, 너도."

"반항이야?"

유정의 만류에도 운형이 말을 이었다.

"아닙니다."

"그럼 시위야?"

"할아버지 뵙고 오겠습니다."

태신은 자리에서 일어났다.

"대답하고 가."

팽팽한 긴장감 위로 날 선 침묵이 내려앉았다.

"최소한의 제 권리입니다, 아버지."

뱉듯이 말하고 식당 문을 열었다.


현관을 나섰다. 봄의 저녁 공기는 아직은 차갑고 건조했다. 동백나무가 심어져 있는 길을 따라 정원 안쪽으로 걸음을 옮겼다. 동백꽃의 붉은 꽃잎 사이로 샛노란 수술들이 고개를 내밀고 있었다. 태신은 한쪽 팔을 들어 동백나무를 쓸며 걸음을 옮겼다.

투둑.

손안에 잡힌 커다랗고 새빨간 동백꽃을 그대로 쥐어뜯었다. 걸음을 멈추지 않고 그대로 바닥에 버렸다.

투둑. 툭. 투둑.

짙푸르고 두꺼운 혁질의 잎사귀가 함부로 손안에서 뜯겼다. 잎사귀에 손금이라도 새길 듯 꾹 쥐었다가 걸음을 멈추지 않고 바닥에 하나씩 하나씩 뿌리며 걸었다.

짙은 저녁의 하얀 달빛이 남자의 등 뒤에서 어른거렸다.


동백나무가 끝나고 달맞이꽃이 군락을 이루는 곳에 다다르자 할아버지가 별당으로 쓰는 서하재가 나타났다. 대각선의 교

살 문양이 가득한 창으로 노란 불빛이 새어 나왔다.

"할아버지, 태신입니다."

대답을 기다리지 않고 안으로 들어갔다. 서하재는 세 개의 방이 미세기로 분리되어 있어, 문을 열어 놓으면 하나의 긴 방이 되고 닫으면 세 개의 방으로 나뉘는 구조였다.

산마필 붓으로 힘차게 휘갈겨 쓴 한시 병풍을 뒤로하고 기성호는 제일 안쪽 방에 앉아 있었다. 팔순이 넘었음에도 허리가 꼿꼿했으며, 머리카락은 은색 능라처럼 매끄러웠다. 태신이 먹 향이 가득한 방을 지나고 미세기를 통과하는 동안에도 기성호는 고개를 들지 않았다. 다만 먹을 갈던 손을 멈추고 붓을 들어 정확한 자세로 글씨를 써 내려갔다. 논어를 필사한 화선지가 한 장 두 장 쌓여 가는 동안 태신은 그 앞에 무릎을 꿇고 앉아 있었다.

접혀진 다리의 감각이 없어졌을 즈음 태신은 바람에 흔들리는 풍경 소리에 고개를 돌렸다. 들쇠에 걸어 열어 놓은 들어열개 밖으로 청매화와 백련, 국화가 심어져 있는 뒤뜰이 보였다. 화강암으로 마감한 화단에는 자귀나무, 붉은 매괴와 함께 달항아리가 놓여 있고, 화단 끄트머리에는 해태가 입을 벌린 채 엎드려 있었다. 해태 입에서 뱉어져 나온 물이 돌 물받이에 떨어지며 사방으로 튀어 오르더니, 이내 연지처럼 붉은 매괴 속으로 빨려 들어갔다.

꽃에 깊은 정이 있다면 오직 붉을 뿐花有情深只有紅이라고 했던가.

태신은 한 여자의 술에 취해 발그레했던 뺨과 다홍빛 입술을, 연한 눈매와 미세한 진동이 느껴졌던 목소리를, 길고 흰 목덜미와 맞잡고 있던 가느다란 손가락을 또다시 떠올렸다.

만지고 싶었다. 여자의 발간 뺨에 자신의 뺨을 맞대고도, 언제나 달콤한 향내를 풍기는 흰 목덜미에 얼굴을 묻고도, 손가락 하나하나에 입을 맞추고 붉은 입술을 훔치고도 싶었다. 누군가를 향한 욕망이 이토록 뜨겁고도 무거워, 달팽이처럼 등에 껍데기 집을 얹고 지내 온 시간과도 맞먹을 정도였다.

"다리 아프지 않아?"

한 시간 가까이 아무 말 없이 필사를 하던 기성호가 붓을 내려놓으며 입을 열었다. 태신은 자세를 가다듬었다.

"괜찮습니다."

"저녁으로 무엘 먹었어."

"도미찜 먹었습니다."

"살은 실하든?"

"예."

"다 먹었고?"

"……반쯤 비웠습니다."

기성호가 돋보기 너머로 태신을 우묵하게 바라보았다.

"애비가 뭐라고 했어?"

"아닙니다."

기성호는 화선지를 들어 글씨를 훑어보고는 바닥으로 내려놓았다. 그만 마치나 싶었으나 소매를 바로잡고는 새 화선지를 깔고 다음 장을 필사하기 시작했다. 화선지가 또다시 한 장 두 장 쌓여 갔고, 처마에 걸려 있는 둥근 등이 시간을 알려 주듯 켜졌다.

"미련한 놈."

고개를 들지 않은 채 할아버지가 툭 말을 던졌다.

바람이 불었다. 풍경이 흔들리며 청명한 소리가 뒤뜰로, 앞마당의 달맞이꽃 군락으로 퍼져 나갔다.

태신은, 대답하지 않는다.

그로부터 한 시간 뒤에 태신은 서하재를 나와 구두에 발을 집어넣었다. 달을 향해 고개를 들자 이마에 스며든 달빛이 몸의 습지를 따라 흐르다 발밑으로 빠져나갔다. 달빛에 긁힌 속이 못내 따가웠다. 이마 끝까지 차오른 습기가 머리카락으로 손끝으로 배어 나와 뚝뚝 떨어지기 직전이다.

술이 필요한 날이다.

## 4. 느닷없이 꽃 진 자리처럼

시간은 미룰 수 없어, 월요일이 도착하였다. 그것도 지옥행 특급열차를 타고.

하나는 울고 싶은 마음으로 출근 준비를 하며 불현듯 사표를 생각했다. 생각해 보면, 마음대로 시간을 부리며 살았던 적이 한 번도 없었다. 그럴 수 있을 땐 너무나 어렸고, 그리고 싶었을 땐 목표로 하는 대학에 가기 위해 혹독한 입시 생활을 했다. 대학에 가서도 그랬다. 커다란 정원을 가꾸며 살고 싶다는 막연한 희망뿐, 그걸 이루기 위한 뚜렷한 계획은 없었다. 고작해야 경주와 함께 플로리스트와 가드닝 과정을 들은 것이 다였다. 그저 늘 남보다 종종거리며 하루를 보냈고, 그래야 마음이 편했다. 쉬고 싶다고, 여유가 필요하다고 늘 생각해 왔지만, 보면 자신을 쉬지 못하게 한 것은 하나 스스로였다.

졸업과 동시에 태원에 입사해 바쁜 상사의 스케줄에 맞춰 살아왔다. 립글로스를 바르며 이제야말로 온전히 내 시간의 주인이 될 때라고 스스로를 설득하였다. 지금이 아니면 평생 시간의 여유를 누려 보지 못한 채 늙어 할머니가 되어 버릴 거라는 조바심까지 들었다.

꽃도 싫어하는 무감한 상무여. 이젠 안녕, 안녕이다.

입맛이 없어 엄마의 잔소리에도 주스만 마시고, 바닥에 뿌리를 내릴 것 같은 발을 끌고 회사에 도착하였다. 아이러니하게 평소보다 훨씬 빠른 6시 반이었다. 컴퓨터에 전원을 넣고 탕비실에 들어갔다. 일단 뜨거운 커피가 절실하다. 카페인을 충전시키면 온몸을 장악하고 있는 불안과 초조의 면적을 조금이나마 줄일 수 있을 것이다. 카페인 때문에 심장이 빨리 뛰어 더 불안해지면 어쩌지, 따위의 걱정은 넣어 두기로 했다.

커피를 들고 상무실 안을 마지막으로 돌아보는 양, 천천히 걸어 다녔다. 스무 명은 족히 앉을 수 있는 회의용 테이블과, 한 단 위에 놓여 있는 상무의 커다란 책상, 언젠가는 꼭 한번 앉아 보고 싶었던 회전의자. 벽에 걸려 있는 파울 클레와 도윤희의 유화를 은은하게 비추고 있는 간접등의 숫자를 세며 커피를 마셨다. 고개를 돌리니 선팅된 창문 너머로 감빛 구름이 보였다.

하나는 천천히 창문으로 걸어갔다. 차도를 메운 차들, 움직이는 점처럼 보이는 사람들, 화면이 빠르게 교차되는 광고 전광판, 높은 빌딩들과 더 멀리 남산 서울타워가 도시를 채우고 있었다. 거기에 높고 낮은 건물들은 그 사이사이에 좁고 긴 여러 갈래의 골목길과 사람들을 감추고는 시치미를 떼었다.

정체와 적요.

소리가 차단된 풍경은 사진 같다. 세상이 그대로 멈춰 굳어버릴 것 같아 하나는 손을 뻗어 조심스레 창문을 밖으로 밀어내었다. 오래 닫혀 있던 창문이 날카로운 소리를 내며 밀린다. 바람과 함께 세상의 소리들이 들어왔다. 충동적으로 머그잔을 내려놓고 창 바깥으로 머리를 내밀었다. 그대로 발끝에 힘을 주고 몸을 앞으로 기울이면 30층 허공 위에 잠시 떠 있다 낙하할 것이다. 그럼 상무를 안 봐도 되겠지. 어쩌면 상무가 본인의 인색한 태도에 대해서 후회할지도 몰라. 생과 사의 중간에 있다는 아슬아슬한 스릴을 만끽하며 유치한 상상을 하였다.

"뭐 합니까?"

뒤에서 들리는 목소리에 하나는 기절할 듯 놀라 버둥거렸다. 정말로 몸이 창밖으로 떨어지듯 앞으로 쏠리는 것 같아 손가락이 하얘지도록 창틀을 부여잡았다. 성급하게 몸을 빼내다 창틀에 머리를 부딪쳤다. 눈물이 쏙 나올 만큼 아팠지만 신음 소리조차 내지 못했다. 눈앞에 마블링 된 나선형들이 떠다니며 순간적으로 시력을 잃어버린 것 같은 공포감까지 몰려왔다. 하나는 덜덜 떨리는 몸을 가까스로 추스르며 몸을 똑바로 하였다. 허리를 숙여 인사를 하는데, 눈앞이 뿌옜다. 튀어나올 듯 쿵쾅대는 심장을 손바닥으로 지그시 누르고 싶었다. 아니, 주저앉고 싶었다. 아니, 투명인간이 되고 싶었다. 아니, 벽이 되었으면 싶었다. 바닥이 되어도 불만이 없었다.

"괜찮아요?"

태신의 질문에 하나는 고개만 주억거렸다.

그의 목소리는 걱정스러운 것 같기도 하고, 화가 난 것 같기도 하였다. 창피하고 민망해 눈을 꾸욱 감았다. 태신이 하나의 두 팔을 잡고 회전의자로 이끌었다. 앉는데 의자가 옆으로 조금 움직여 하나는 태신의 팔목을 움켜쥐었다.

심장이 아래로 툭 떨어졌다. 얼른 손을 떼었다. 둘 다 숨을 들이쉬었다.

잠시 그 상태로 서 있던 태신이 허리를 깊숙이 숙여 하나의 얼굴을 살폈다. 착각인지 태신에게서 옅은 알코올 냄새가 나는 듯하였다.

얼마쯤 시간이 지났을까. 눈을 뜨고 처음 본 건, 태신의 눈동자였다. 빤히 쳐다보는 눈빛에 뒷덜미에 날카로운 상처가 난 듯 몸이 움츠러들었다. 침묵과 긴장에 미칠 것 같은데, 이 상황을 벗어날 수 있는 한마디 말도 떠오르지 않았다. 태신이 몸을 세워 머그잔을 건네주었다. 뭉근한 온기가 남아 있는 잔을 양손으로 쥐는데 벌벌 떨렸다. 떨어뜨리는 줄 알았는지, 태신이 손으로 잔 밑을 받쳤다. 그 행동에 당황해 하나는 남아 있던 커피를 단번에 들이켰다. 곧이어 기도에 걸린 커피 때문에 발작적으로 잔기침이 터져 나왔다. 얼굴이 새빨개졌다.

최악의 최악이다. 부끄러움과 낭패감에 미칠 것 같았다.

"물 갖다 줄까요?"

"괜찮습니다."

하나는 자신의 얼굴을 살피는 태신의 시선을 피해 고개를 숙였다. 탕비실 벽에 머리라도 박고 정신을 차려야겠다. 지금까지의 추태만으로도 밤새 '허공 하이킥'감이다. 하나는 후들거리는 다리에 힘을 주어 일어났다.

태신에게서 또다시 알코올 냄새가 맡아졌다. 낯설었다. 얼마나 마셨기에 아침까지 남아 있는 걸까. 그에게서 맡아진 방종의 흔적은 지도에도 없는 외딴 마을에 발을 디딘 듯한 기분을 주었다. 7할의 두려움과 2할의 호기심 그리고 1할의 스릴을.

하나는 잰걸음으로 자리에서 벗어나 문을 열다 돌아보았다. 태신은 여전히 그 자리에 서 있었다. 그가 고개를 돌리려는 듯해, 재빨리 상무실을 빠져나왔다. 손안의 머그잔은 차갑게 식어 있었다.

기분이 이상했다. 느닷없이 꽃 진 자리처럼, 어리둥절했다.

콘퍼런스의 대가는 혹독했다. 사흘간 밀린 일과 새로이 밀려드는 일들은 월요일부터 목요일까지 새벽 1시~2시는 가뿐히 넘기게 했다.

상무의 일정은 테트리스와 같다. 게임 오버가 되지 않도록 부지런히 틈과 틈을 맞추어 막대를 없애야 한다. 이번 주 같은 경우는 반쯤 채워진 채 시작되는 셈이었다. 잠시라도 지체를 하면

게임 오버. 머리와 몸을 부지런히 움직여야 하는 것이다. 이럴 때일수록 머피의 법칙처럼 메일은 쌓이고, 전화는 종일 끊이지 않는다. 대부분은 일에 관한 통화지만, 정체가 불분명한 단체가 후원을 요청하는 전화이거나, 간혹 상무의 동창인데 급전이 필요하니 1억 원만 부탁한다며 계좌번호를 부르는 사람도 있었다.

피날레는 기 상무와 김 과장의 베이징 출장으로 장식되었다. 비행시간에 맞춰 상무가 떠난 금요일 저녁 7시의 상무실에는 모자란 수면과 거른 식사, 피로가 돌돌 뭉쳐진 먼지 덩어리처럼 바닥을 굴러다녔다.

하나는 경주를 만나 세종문화회관 옆 녹색 간판의 회전초밥집에 들어갔다. 사장이자 주방장인 남자가 큰 소리로 인사를 했고, 카운터에 서 있던 안주인이 노란 고무줄처럼 옆으로 긴 타원형의 카운터 테이블의 빈자리를 가리켰다. 자리에 앉자 종업원이 포트를 들고 와 국그릇에 미소장국을 따라 주었다. 미소장국의 냄새는 언제 맡아도 다정하다. 숟가락이 없는 곳이라, 하나와 경주는 국그릇을 들고 한 모금 마셨다. 컨베이어를 따라 움직이는 초밥 중 하나는 새우초밥을, 경주는 참치초밥을 집어 들었다.

입 안에서 툭툭 터지듯 씹히는 새우를 먹는데 상무가 떠올랐다. 베이징엔 잘 도착했나 몰라. 남은 새우초밥을 입에 넣는데,

경주가 참치초밥 한 개를 먹고는 초생강과 락교를 계속 집어 먹고 있었다.

"아무리 초생강과 락교가 더 좋아도, 초밥 좀 많이 먹어. 열두 접시 먹어도 돼. 오늘은 내가 쏜다."

"진짜?"

"얼굴 상한 거 봐."

하나의 말에 경주는 히죽 웃으며 컨베이어에서 장어초밥을 집어 들더니 '오늘 좀 달려 볼까.' 장난스럽게 말하고는 한입에 쏙 집어넣었다.

"나 이제 술 안 마시기로 했어. 그건 불가촉천물不可觸賤物이야."

우물거리며 초생강 대여섯 개를 한 번에 입에 넣었다. 보는 하나의 입 안에 달짝지근하고 새콤한 맛이 돌았다. 미소장국을 한 모금 마셨다.

"왜, 술 마시고 승민이한테 카톡 보냈어?"

"……귀신같은 것. 내가 창피해 죽어."

"죽더라도 초밥은 먹고 죽어."

하나는 키조개관자초밥을 집어 경주 앞에 놓았다. 사실 무슨 말을 해 줘야 할지 막막하다. '괜찮아, 그럴 수 있지.'라고 말하는 건 어딘가 무책임하고 건성으로 느껴진다. '미쳤어? 왜 그랬어?' 따위의 애정 어린 타박이라도 마찬가지다. 무슨 말을 하든지 결과적으로 헛말을 한 듯한 기분이 들 것이다. 지금은 그저 초밥을 먹는 시간이다.

"술 마실 시간에 못 읽었던 책이나 읽어야지. 책이야말로 인간을 혼자 있을 수 있게 하는 물건이라잖아."

자신이 말하고도 웃겼는지 하하 웃는 경주를 따라 하나도 괜히 웃었다. 웃음이 잦아들며 오히려 기분이 가라앉는 것 같아 오버하며 명랑하게 말하였다.

"최경주, 열두 접시 꼭 채워서 먹어. 세 보고 모자라면 입을 벌려서라도 먹일 거야. 내가 성질 더러운 상무 밑에서 입에 단내 나도록 일해 번 걸로 사 주는 거니까, 초밥 하나하나에 감사의 마음을 담아서. 알았남?"

"예예, 하나 아씨. 참, 기 상무는 요즘 어때?"

"늘 그렇지, 뭐. 오늘 베이징으로 출장 갔어."

"출장도 참 자주 가."

"아마 그동안 쌓인 항공 마일리지만으로도 세계 일주 열두 번은 가능할 거야."

하나는 연어초밥 속의 고추냉이가 코끝과 머리를 찡 하고 울리게 하여, 손바닥으로 정수리를 톡톡 쳤다. 이 집 초밥은 바로 이 맛에 먹는 것 같다. 코끝부터 정수리까지 얼음이 깨지는 것처럼 쨍쨍하게 울려 주는 고추냉이를 맛본 뒤, 고소한 미소장국을 그릇째 마시는 재미로 말이다. 흰 플라스틱 접시는 하나둘 쌓였고, 미소장국은 비워졌다 싶으면 부지런히 채워졌다.

초밥집을 나왔을 땐, 날이 완전히 어두워져 있었다.


경주가 살고 있는 오피스텔 1층 빵집에서 초콜릿무스케이크를 사 들고 올라갔다. 케이크와 함께 커피를 마시며 영화를 보겠다는 계획이었지만, 돼지우리 같은 방은 둘째로, 전기밥솥 안에서 푸르게 번식한 곰팡이를 보고 한바탕 잔소리를 하며 청소를 하였다. 한 시간가량의 청소를 끝내고, 소파에 기대어 열 번은 넘게 본 〈러브 어페어〉 DVD를 보기 시작했다.

화면 속 워렌 비티는 여전히 멋졌고, 아네트 베닝은 아름다웠다.

— We're heading into a rough sea.

'우리 지금 불장난하는 거 맞죠.'라고 번역된 대사는 들을 때마다 하나의 가슴을 울렁거리게 하였다. 아네트 베닝이 흰색 홀터넥 드레스를 입고 워렌 비티와 타이티의 들판을 거니는 장면을 보며, 입 안이 얼얼할 만큼 단 초콜릿무스케이크의 마지막 조각을 입에 넣었다.

"나, 실은 어제 진짜 쪽팔린 짓 저질렀어."

"술 마시고 전화한 거 말고?"

"어떤 여자인지 궁금하잖아. 페이스북 알아내서 들락날락거렸었는데, 마우스에서 손이 미끄러져서 좋아요 눌렀어. 정말 너무 황당하고 쪽팔리니까 막 웃음이 나오더라. 그 전까지만 해도 마음이 되게 무겁고 슬펐는데, 한순간에 시트콤이 된 거 있지."

경주는 그대로 옆으로 쓰러지며 두 손으로 얼굴을 감쌌다.

"둘이 내 얘기 하면서 비웃겠지."

손바닥으로 가린 얼굴 사이로 경주의 목소리가 비어져 나왔다.

"뭘 또 비웃기까지 하겠어. 생각 있는 여자애라면 승민이한 테 애기 안 할 거야."

"생각 있는 애가 애인 있는 남자 뺏었겠어? 페이스북 대문에 다가 '우리 사랑은 운명이야. 러브 뽀에버.' 이렇게 적어 놨더 라. 진짜 '뽀에버'라고 귀척 떨면서 적어 놨는데, 진심 토하는 줄 알았어. 6개월이라도 가면 내 손에 꽃을 피운다."

"6개월이 뭐야. 60일이 되기도 전에 헤어진다에 올인."

경주는 대학교 1학년 때 영화 원어 감상 동아리에서 만난 승 민과 큰 싸움 한번 없이 7년을 잘 사귀어 왔었다. 배낭여행도 어학연수도 둘은 같이 갔다 왔으며, 승민이 수정체 이상으로 군 면제를 받는 바람에 남들처럼 떨어져 있던 기간도 없었다. 그런데 2주 전, 승민은 고작 6주간 만난 여자가 자신의 운명이 라며 경주에게 이별을 '선언'했다.

"이유가 너무 같잖지 않아? 6주밖에 안 만났으니 당연히 운 명 같지. 우리는 안 그랬어? 너 기억하지? 내가 연애 초기에 사 랑의 잔 다르크처럼 굴었던 거. 우리 애정 행각이 아직도 동아 리에서 전설처럼 회자되잖아."

하나는 열렬히 고개를 끄덕였다. 경주의 이 이야기는 저번 주에도 들었던 말이다. 사실 전화할 때마다 듣는 레퍼토리였다. 하지만 경주는 언제나 처음 애기하는 것처럼 감정이 북받쳐 흥 분을 가라앉히지 못하고 이야기하였다.

"그 새끼, 지도 교수 생신이라고 꽃바구니 만들어 달라고 해서, 제일 비싼 꽃들로 리본, 포장 빵빵하게 만들어서 줬더니, 그 여자애 페이스북에 올라와 있더라. 생일 선물로 받았다고."

"이런……."

이건 처음 듣는 이야기다.

"사진 보는 순간 얼굴이 터질 거 같은 기분 알아? 분노도 아니고 부끄러웠어. 내가, 이 최경주가 부끄러웠어. 그런 놈이라는 걸 모르고 7년이나 사귄 내가."

경주는 짜증을 내듯 말하였다.

"나 그동안 밤마다 울면서 기도했다. 그 자식 박사 논문 통과 실패하라고. 평생 교수는커녕 어디 시간강사 자리도 못 얻게 해 달라고. 그럼 분 좀 풀리겠다고."

경주는 금방이라도 울 것 같은 표정이었다.

"그 자식은 단순히 날 버린 게 아니야. 내 청춘을 우습게 만들었어. 아름답고 찬란했던 기억까지 구역질나게 만들어 버린 거라고. 이유라도 거창했으면 이렇게까지 분하지는 않을 거야. 걔가 차라리 죽었다면 나 평생 독신으로 살 수도 있고, 따라 죽을 수도 있어. 근데 지금 내 꼴이 이게 뭐니. 남의 페이스북 몰래 살피다가 좋아요나 누르고. 인생 참 순식간에 우습게 된다."

"안 되겠다. 페이스북 주소 알려 줘. 댓글 달아야겠어. 개미 커플아, 하스코 출동한다. 하스코!"

하나의 말에 경주가 웃었다. 탄력 받은 하나가 방역제를 살포하듯 두 손을 좌우로 움직이며 칫칫 소리 내자 좀 더 크게 웃었다.

"그나마 내가 너 때문에 웃는다."

"그렇지. 그렇게 웃는 거야. 햅삐하게 사는 게 최고의 복수라잖아."

"근데 왜 페이스북에 싫어요는 없을까? 주커버그 씨한테 건의해 볼까?"

"그러게. 백 번은 눌러 줄 수 있는데."

"더해서 열세 번 더."

"왜?"

"그 자식이 숫자 13을 싫어하거든. 초딩 시절 미국물 좀 잡수셔서 그렇다나 뭐라나. 개소리 왈왈댔었어. 볼 때마다 찜찜하라고."

"그러다 누가 한 번 더 눌러서 14가 되면, 아흔아홉 번 더 눌러야 되는 거야?"

"그런가? 야, 귀찮다. 다 때려치워. 아이디는 또 언제 만들어. 주커버그 씨한테 안 만들어도 된다고 해야겠다."

동시에 실없이 깔깔대며 웃다, 다시 영화로 시선을 돌렸다.

"〈러브 어페어〉 볼 때마다 아네트 베닝이 아까워. 워렌 비티는 너무 느끼하잖아."

경주가 혼잣말하듯 중얼거렸다. 화면을 바라보는 경주의 얼굴을 찬찬히 살펴보다, 하나는 입을 열었다.

"경주야."

"응?"

"밤에도 울지 마."

하나의 말에 경주가 희미하게 웃었다.

"내가 왜 울어. 똥차랑 헤어진 건 축복이야."

"그러니까 내 말이. 벤츠가 달려옵니다. 부릉부릉부릉."

말은 그렇게 했지만, 경주의 눈에 눈물방울이 고이더니 볼을 타고 흘러내렸다. 하나는 손을 뻗어 경주의 눈물을 닦아 주었다.

## 5. 손가락을 입 안에 넣어 이로 긁어내렸다

'상무님 공항에서 바로 순화동 디자인센터로 가시는 길이야. 늦어도 7시에는 끝날 거 같거든. 혹시 모르니까 퇴근하지 말고 자리 지키고 있어요.'라고 김 과장이 말한 게 여덟 시간 전이었다. 현재 시각은 두 바늘이 서로 겹쳐지기 직전인 12시였다.

언제 들어올지 몰라 저녁도 못 먹고 내내 사무실을 지켰다. 8시부터 한 시간 간격으로 전화를 걸었지만 회의가 끝나지 않았는지 휴대폰은 계속 꺼져 있었다. 마지막이야. 이번에도 안 받으면 나 퇴근해. 퇴근한다. 퇴근할 거야. 이제 오든 말든 상관없어. 비장한 마음으로 수화기를 들었다. 드디어 회의가 끝났는지 신호가 가더니 곧이어 김 과장의 목소리가 들렸다.

"과장님, 회의 끝나셨어요?"

— 아, 맞다. 이 대리, 아직 사무실이야?

"네."

그럼 어디겠어요?

— 미안하네. 회의가 길어지면서 깜빡했어요. 눈치 봐서 퇴근하지 그랬어. 상무님도 바로 퇴근하셨고, 나도 집에 가는 길이야.

"네에—."

김 과자—앙. 지금 나랑 장난쳐?

— 빨리 정리하고 퇴근해요. 그럼 내일 봐.

"조심해서 들어가세요."

훈련된 사회성을 최대한 끌어올려 상냥하게 대답하고, 수화기를 소리 나게 내려놓았다.

장난하냐, 장난해? 뭐? 까먹어? 신경질을 내며 가방을 챙기는데 문이 열렸다.

기태신이었다.

하나는 곧바로 자세를 바로 하였다.

'이 시간에 왜 여기에 있니?' 하는 눈빛을 툭 던지고 태신은 집무실로 걸음을 옮겼다. 하나는 재빨리 책상 앞으로 나가 태신의 뒤를 따라 걸었다.

"과장님이 상무님은 바로 퇴근하셨다고……."

태신이 상무실 중간 즈음에서 갑자기 걸음을 멈춰, 하나는 놀라 입을 다물었다.

"내일 11시부터 1시까지 스케줄이 어떻게 되죠?"

"11시에는 베스트바이 경영진과의 화상 통화가, 11시 20분에는 애널리스트데이 준비 문제로 홍보팀의 보고가 예정되어 있고, 12시부터 1시 30분까지 회의실에서 브랜드관리위원회 위원장과 점심을 겸한 미팅이 있습니다."

놀란 마음과 달리, 하나의 입에서 스케줄이 술술 나왔다.

"홍보팀 보고는 10시로 앞당기고, 점심은 다음 주로 미뤄 주세요."

"네."

태신이 몸을 반쯤 돌리고 하나를 빤히 바라보다, 시선을 외틀었다. 하나의 시선도 자연스럽게 태신의 시선을 따랐다. 벽과 벽이 직각으로 꺾어지는 자리에 머무른 태신의 시선에는 가벼운 경멸의 빛이 어려 있었다. 무엇을 경멸하고 있는 것일까. 설마 벽을 경멸하는 것은 아닐 테고, 하나에게 향한 것도 아니었다.

침묵과 고요.

누구도 움직이지 않아, 오히려 금방이라도 튀어 오를 것 같은 팽팽한 긴장감이 흘렀다. 상무와 둘이 있는 것만으로도 숨쉬기 거북할 만큼의 위압감이 느껴졌다. 오늘 회의에서 무슨 일이 있었나? 김 과장 목소리는 나쁘지 않았는데.

"바래다줄게요."

갑작스러운 태신의 제안에 하나는 자신도 모르게 한 발짝 뒤로 물러섰다.

"아직 버스 있습니다. 택시 타도 금방이고요."

"알아요."

그러니 더 이상은 쟁알쟁알하지 말라⋯⋯는 의미다.

"10분 뒤에 출발할 테니까 준비해요."

"차, 대기시킬까요?"

"됐어요."

"⋯⋯네."

하나는 자리로 돌아와 소리라도 날까 조심스럽게 의자에 앉았다. 현실감이 없었다. 그러고 보니 어딘가 약간 분위기가 달라 보였다. 뭘까 곰곰이 생각하다, 상무의 머리가 헝클어진 채라는 것을 깨달았다.


로비에서 태신의 차를 기다리며 하나는 수백 가지 상상을 하였다. 갑자기 왜 저러지? 일을 너무 해서 정신이 살짝 아스트랄해졌나? 아니, 왜 안 하던 짓을 하냐고, 심장 떨리게. 단둘이 타고 내려왔던 엘리베이터에서부터 심하게 뛰기 시작한 심장은 점점 속도를 올리고, 피가 목에서 이마까지 솟구쳐 올라 봄밤의 서늘한 바람에도 얼굴이 달아올랐다.

검은색 세단이 앞에 멈춰 섰다. 하나는 경비 아저씨에게 가볍게 목례를 하고 차에 올라탔다. 질 좋은 가죽 냄새와 지하 주차장의 습한 냉기가 차 안을 희미하게 떠돌았다. 상무의 머리는 여전히 헝클어져 있었다. 하나는 편하게 앉지 못하고 허리를 세워 앉았다.

광화문삼거리에서 신호등에 걸려 멈춰 설 때까지 차 안은 조용하다 못해 고요하였다. 블루투스로 음악을 연결하는 건 기대도 안 했지만 라디오라도 틀어 놓지.

"출장은 잘 다녀오셨어요? 딤섬도 드셨어요?"

입에서 뱉자마자 후회했다. 잘 다녀왔으니 옆에 있지. 딤섬은 니가 점심때 먹었잖아. 무엇보다 태신의 무반응이 더 부끄러운 결과를 낳았다. 하나는 입을 다물고 차창 밖만 바라보았다. 늦은 시간인데도 꽤 많은 사람들이 버스 정류장에 서 있었다.

"하나 씨는 본인이 생각하는 것보다 유능한 사람이니까, 창문 밖으로 뛰어내릴 생각은 하지 말아요."

그의 뜬금없는 말에 하나는 고개를 돌려 태신을 바라보았다. 지난 월요일 아침에 있었던 일을 말하는 거였다. 이어질 말을 기다렸지만, 태신은 차를 출발시키며 앞만 바라볼 뿐 더 이상의 말은 하지 않았다. 하나는 장난이었다고, 설마 뛰어내릴 생각이었겠냐고, 오히려 신경 쓰시게 하여 죄송하다고 말을 하려다 그만두었다.

이건, 기태신 방식의 위로라는 생각이 들었다. 어쩐지 그의 귀가 붉어진 것 같다는 착각도 들었다. 하나는 입을 꼭 다물며 미소를 삼켰다. 좀 전과 같은 침묵이었지만 차 안의 공기가 부드럽게 변했다는 것이 느껴졌다. 하나는 시트에 등을 기대었다. 꼬리뼈부터 어깨까지 부드럽게 이완되며 녹아들었다.

태신은 광화문삼거리에서 좌회전한 뒤 직진하였다. 차가 자하문터널 방향으로 우회전할 때 하나는 시트에서 등을 일으켰다.

"저기 청와대를 지나서 바로 세워 주시면 돼요."

"정확히 집이 어디예요?"

"예? 내려서 걸어 올라가면 금방이에요. 여기서 세워 주셔도 충분해요."

그는 차를 세우지 않고 바로 우회전하여 그대로 야트막한 오르막길을 올라갔다.

"어, 어, 상무님. 여기요. 여기서 세워 주세요."

태신이 차를 멈추자 하나는 '감사합니다.' 길게 숨을 쉬듯 인사를 하고 차 밖으로 나왔다. 놀랍게 그도 차에서 내렸다.

"집은, 길 건너 골목 바로 두 번째 집이에요. 다시 한번 감사합니다."

태신은 대답 대신 담배를 꺼내 들었다. 담배를 피웠던가? 회사에서 상무가 담배 피우는 모습을 본 적이 없었다. 라이터가 켜지고 얼굴을 깊숙이 숙여 불을 붙였다. 곧 푸른 연기가 그의 입에서 흘러나왔다. 연기는 천에 물이 들듯 공기 중으로 번져 나가다가 점점 투명해지며 사라졌다. 태신은 천천히 담배를 피웠고, 하나는 그 앞에 조용히 서 있었다. 담배를 다 피울 동안은 같이 있어야 할 것 같았다. 막연히……, 그가 그만큼의 시간을 허용하고 있다는 것을 알 수 있었다.

시간은 4분의 3박자로 흘렀다. 빠르지도 느리지도 않은, 다만 나른한 흐름이었다.

드문드문 켜져 있는 외등의 흐릿한 불빛과 길 아래 공원에서 새어 나오는 불빛이 거리를 희미하게 비추고 있었다. 하늘을 올려다보니 만월의 달이 걸려 있다.

담배를 다 피운 그는 바닥에 떨어뜨려 발로 비벼 껐다. 담배 끝 붉은 불꽃이 짧은 원을 그리며 튀어 오르다 사라진다.

"여기 청와대 근처라 경찰들 많아요. 담배꽁초 무단 투기, 벌금 2만 원이에요. 아, 5만 원인가? 아니다, 3만 원인가?"

하나의 장난기 섞인 말에 태신이 피식 웃는다. 보기 좋게 휘어진 입꼬리가 슬쩍 위로 올라가며 조그마한 보조개가 팼다. 어렴풋한 웃음이었지만, 자신 앞에서 웃는 건 처음이었다. 그 웃음은 뭐랄까, 하나를 감싸고 있던 공기의 균형을 흩뜨려 놓을 만큼 강력했다. 사람들 말처럼 상무는 단순히 잘생긴 것 이상의, 단번에 타인의 시선을 잡아끌며 공간을 지배하는 힘이 있었다.

하나는 기분이 붕 떠오르는 것 같았다.

"상무님, 웃으니까 훨씬 좋아요. 보통 때 어떠신지 아세요? 안 그래도 무섭게 생기신 분이 만성 두통에 시달리는 것처럼."

하나는 양미간을 모아 잔뜩 찌푸리고 입을 꾹 다물어 보였다.

"이러셨어요. 사람 안절부절못하게……."

하나는 말을 멈추었다. 자신의 모인 미간에 닿은 태신의 손은 뜻밖에도 뜨거웠다. 태신은 하나의 미간을 부드럽게 매만진 후 그대로 손을 아래로 떨어뜨렸다.

숨 막히는 침묵이 둘 사이에 가라앉았다.

한 줄기의 바람도 지나가지 않았다.


얼마가 지났을까. 침묵을 깨듯 맞은편 이층집 창문이 뻐근한 소리를 내며 열렸다. 숄더백 안에선 휴대폰이 진동을 일으켰다. 하나는 휴대폰을 꺼내 들었다.

"어, 엄마. 나 다 왔어. 지금 집 앞이야."

하나는 전화를 받으며 태신의 눈치를 살폈다. 그는 평소의 표정으로 돌아가 있었다. 하나는 전화를 끊고 태신에게 꾸벅 인사를 하였다.

"데려다주셔서 감사합니다."

"잘 자요."

"네. 상무님도 조심해서 돌아가세요."

태신이 다시 옅게 웃었다. 분명 웃음인데, 그가 자신 앞에서 찌푸렸을 때보다 더 완강한 금이 그어진 느낌이 들었다.

마치 '여기까지. 더 이상 선을 넘지 않는다.' 부드럽게 알려주는 듯했다.


태신의 차가 완전히 사라진 뒤에야 하나는 집으로 향했다. 등 뒤로 달빛이 고요히 흘렀다.

현관문을 여니 엄마와 두나와 요요가 나란히 서 있었다.

"왜 이렇게 늦었어?"

"왜 이렇게 늦었어?"

에옹.

두나가 엄마가 한 말을 고대로 따라 하자 요요도 에옹, 하며 거들었다.

"회사 일 때문이지, 뭐."

"밥은?"

"밥은? 어, 엄마! 회사 일 때문이라는 말에 이렇게 쉽게 넘어가는 거야?"

두나가 더 난리다. 하나는 두나를 향해 주먹을 쥐어 보였다.

"뭐라도 먹을래?"

"아니, 그냥 잘래."

"피곤하겠다. 얼른 씻고 자."

하나는 고개를 끄덕이고 방으로 향하였다. 방으로 따라 들어온 요요가 자신의 다리에 얼굴을 비비며 에옹, 에옹, 애교를 부리는 것도 알아차리지 못한 채, 태신을 생각했다. 아직도 코끝에 그가 피웠던 담배 냄새가 맴도는 듯하였다. 뭐였을까, 아까 그 분위기는. 발 가운데가 간지러운 듯한 이 기분도…….

"언니, 늦게 들어온 죄로 저번 주에 새로 산 원피스 내가 입는다."

블라우스를 벗다가 기가 막혀 두나를 쳐다보았다. 겨자색 원피스가 두나의 손에 들려 있었다.

"안 돼. 나 아직 개시도 안 했다."

"아우, 촌스럽게. 개시가 뭐 그리 중요하다고. 나 내일 학부모 참관 수업 있단 말이야."

"안 된다면 안 된다. 얼른 옷장에 넣어 놔. 그거 말고 다른 건 다 입어도 돼."

"난 이게 꼭꼭꼭꼭—꼬오—오오옥 입고 싶어. 이거 입고 수업하면 되게 잘할 거 같단 말이야. 그리고 이렇게 말하고 입는 나같이 매너 좋은 동생이 세상천지에 어딨냐? 언니가 자는 동안 몰래 가져가서 입을 수도 있었단 말이심."

"그랬으면, 넌 나한테 죽었지."

"아 몰라몰라몰라. 언니, 쌩유. 이쁘게 입을게."

두나는 원피스를 들고 하나의 방에서 후다닥 나갔다. 하나는 손을 뻗었다가 아래로 떨어뜨렸다. 이두나가 누구인가. 쫓아가면 옷에다 침을 뱉어서라도 입을 위인이었다.

'요요야, 언니 옷 갈아입고 놀아 줄게, 쭈쭈. 기다려.' 고양이를 어르고 블라우스와 치마를 벗었다.

옷을 갈아입다 말고 캐미솔에 스카프를 두른 채 거울을 바라보았다. 형광등 아래여서 그런지 평소보다 창백해 보이는 얼굴에 붉은 입술, 헝클어진 머리카락의 자신이 서 있다.

하나는 입술을 동그랗게 모으고 마릴린 먼로처럼 눈을 게슴츠레 뜨며 입술을 내밀어 보았다. 조금도 섹시하지 않아. 오밤중에 이게 뭐 하는 짓이람.

멋쩍어하는 얼굴이 거울 속에서 보인다.

"언니 웃긴다. 그치, 요요야."

하나는 샐쭉 웃으며 요요의 목덜미를 만져 주었다. 요요가 갸르릉거리며 앞발을 하나의 팔에 올려놓았다.

태신의 뜨겁던 손이 떠올랐다. 그의 손가락이 닿았던 미간이, 마치 촛농이 떨어진 것처럼 발작적으로 뜨겁게 조여드는 느낌이 들었다.

고개를 들어 창밖을 바라보았다. 지금쯤 상무도 집에 도착했을 것이다.

부암동 361번지. 외벽이 가죽의 뒷면처럼 우둘투둘한, 좁고 세로로 긴 짙은 회색 집.

1년 전, 봄과 여름 사이에 경주와 함께 상무의 집을 찾으러 다녔었다. 효자동인 하나네 집과 가까운 듯해 호기심에서 시작된 탐험이었다. 중간에 길을 잘못 들어 환기미술관 쪽에서 헤매다 북악스카이웨이 입구까지 넘어갔다가, 다시 뱅뱅 돌아 두 시간 만에 겨우 찾았었다. 마치 동경하는 스타의 집을 찾은 것처럼 신기해 아픈 다리도 잊고 바라보았었다. 경주가 초인종을 누르고 냅다 뛰는 바람에 정신없이 따라 도망치며, 어쩐지 그에게 어울리는 집이라고 생각했었다. 좁고 세로로 긴, 짙은 회색의 부암동 361번지 집이.

거울을 통해 열린 창문 사이로 라일락 꽃잎이 방 안으로 흩날려 들어오는 것이 보였다. 고개를 돌리자 보랏빛 향이 왈칵 밀려들었다. 꽃잎을 주워 들었다. 손톱으로 꾹 누르자 벨벳 같은 꽃잎에 손톱자국이 선명하게 새겨진다. 태신의 아랫입술에 새겨져 있는 가느다란 선이 떠올랐다. 그 선에 엄지손톱을 갖다 대어 보는 상상을 하다, 고개를 흔들었다.

꽃잎이 흩날린다. 봄이었다.

투욱—툭. 침실에 들어가자 창문 가까이에 심어져 있는 아까시나무 가지가 창에 부딪히고 있었다. 사흘 전 나간 그대로 엉망으로 구겨진 채 뒹구는 흰 시트가 푸르무레한 빛을 발한다. 방은 흡사 깊고 어두운 물속 밑바닥 같았다. 태신은 창을 열고 매트리스에 걸터앉았다. 달빛과 함께 둥근 외등에서 흘러나오는 창백한 빛이 방 안으로 밀려들어 왔다.

재킷을 벗어 바닥에 떨어뜨리고, 곧이어 넥타이를 풀고 양말을 벗었다. 그대로 매트리스 위에 몸을 눕혔다. 사흘간 혹사당했던 몸이 달구어진 팬 위의 버터처럼 녹아들었다. 외등의 빛을 받은 아까시나무의 그림자가 바람의 움직임에 따라 천장에 어른거렸다. 움직임을 멈추게 하려는 듯, 태신은 한쪽 팔을 들어 손바닥을 활짝 폈다 쥐었다.

나뭇가지는, 손안에서도 하릴없이 움직였다.

방 안으로 들어온 바람이 길을 따라 걷는 듯 네 개의 벽을 치며 지나다, 끝으로 발끝을 툭툭 친다. 차갑다. 이불을 끌어당겨 몸에 둥글게 말았다. 풀썩, 사흘간 내려앉은 먼지가 공기 중으로 춤추듯 떠올랐다.

몸은 피곤한데 정신은 각성된 채, 여자의 미간을 매만졌던 순간을 계속해서 반복 재생하였다. 미간에 닿았던 엄지 손끝의 저릿함이 사그라지지 않는다. 손끝에 닿았던 살결의 감촉과 그 순간의 표정, 주변에 맴돌던 향까지.

가까이에 서면 언제나 달콤한 냄새가 났다. 오렌지에 설탕을 듬뿍 넣어 바짝 조린 듯한, 달큼한 냄새가. 아침, 낮 그리고 밤까지 이어졌다. 그 냄새는 살포시 웃는 미소에도, 살랑이는 치맛자락에도, 가느다란 손가락과 붉은 입술에도, 긴 속눈썹 끝에도 묻어 있다.

여자의 미간에 닿았던 엄지의 첫째 마디가 간지러워, 태신은 손가락을 입 안에 넣어 이로 긁어내렸다.

## 6. 밀크커피

하나는 두나 옷장에서 개시도 못 하고 뺏겼던 겨자색 원피스를 꺼냈다. 입었으면 드라이클리닝은 못 해도 내 옷장에 다시 걸어 놨어야 할 거 아냐. 하나는 엄지발가락으로 두나의 콧방울을 꾹 눌렀다. 두나는 잠결에 얼굴을 찡그리며 코를 긁더니 돌아눕는다. 방으로 돌아와 옷을 입고 거울 앞에서 옷매무새를 살피었다. 이 정도면 오케이. 숄더백을 들고 나왔다.

"아직 밥 안 됐는데. 어쩌지?"

"밥 남은 것도 없어?"

"두나가 어젯밤에 김치볶음밥 해 먹어서 남은 게 없다. 한 10분만 있으면 밥 다 될 텐데 기다렸다 먹고 가."

으이구, 두나 이것은 평생 도움이 안 돼요. 하나는 냉장고를 열어 요플레를 하나 집어 들었다.

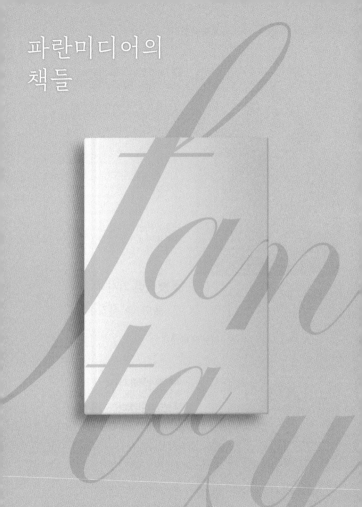

파란미디어의
책들

e-mail paranbook@gmail.com
cafe cafe.naver.com/paranmedia
instagram @paranmedia
tel 02-3141-5589  fax 02-6499-5589

파란

## 로잘린 보가트 하노 지음

**왕세자가 왕가의 파산을 막기 위해
평민 여자와 결혼 협약을 맺다**

고귀한 혈통의 왕가로 들어간 부르주아 상단의 미운 오리 새끼 로잘린 보가트.

본래대로라면 태생부터 닿지 않았어야 할 평행선 같은 사이.

이것은 운명일까, 신의 장난일까.

"사랑은 불완전하고, 그 어느 것도 보장하지 못해요, 전하. 그러니 제 환심을 사려는 노력이라도 하세요. 또 모르죠, 남편이 어여쁘면 시가에 돈벼락이라도 떨어뜨릴지."

만족스러운 식사를 끝낸 듯한 얼굴을 보고 로비엔 왕세자는 생각했다.
그녀가 해치운 식사가 나였던 건가

## 찬란한 너에게 풀잠 지음

**아카데미 생활 2회차,
빼앗았던 인생을 돌려주고 싶다
그 누구보다 찬란한 너에게**

아카데미 수석, 검술 천재, 마물이 수시로 출몰하는 북부 지역에서 실전으로 이름을 날린 공작가의 후계자 케인하르트 윈터.

로즈 카르테는 아무리 노력해도 절대 그를 이길 수 없었다. 그가 폭주하던 마물로부터 그녀를 구하고 죽기 전까지.

어느 날 눈을 떠 보니 아카데미 입학식 전날로 회귀했고, 그 케인하르트가 물끄러미 나를 바라봤다.

나는 케인하르트 덕분에 목숨을 구했다. 그에게는 반드시 빚을 갚아야 했다.
현재는 아직 일어나지 않은 일이라고 해도.

## 거짓말의 거짓말의 거짓말 류다현 지음

### 《계약직 아내》 류다현 작가 신작!

우리의 거짓말은 날카로운 얼음 조각이 되어 서로의 심장에 꽂히고. 그렇게 우리가 서로에게 한 거짓말의 거짓말의 거짓말.

눈 내린 크리스마스이브, 상처 입은 나에게 네가 한 거짓말.

"걱정 마, 내가 네 오빠가 되어 줄게."

우리가 다시 만난 그날, 시선을 피하는 너에게 내가 한…… 거짓말.

"나랑 결혼해 줘요, 당신을 사랑할 일은 결코 없을 테니."

사랑하지만 서로에게 상처만 되는 존재, 그리고 끊임없이 계속되는 거짓말. 진실을 말할 수 없는 두 사람이 맞이할 결말은 무엇일까?

## 독신 마법사 기숙 아파트 Girdap 지음

### 네이버 시리즈 ★ 9.7의 별점!
### 네이버 일요 웹툰 연재 중!

시골 지방의 촌 아가씨, 랑세 엔나. 공무원 시험에 합격하여 수도로 올라왔는데 이런, 월세가 미쳤다! 공무원 아파트는 재개발 중, 갈 수 있는 곳은 마법사 전용 아파트뿐인데……

"여자다!"

누군가의 외침과 동시에 아파트의 모든 창문이 열렸다. 수십 명의 시선이 쏟아진다.

"우와! 여자다!"

나, 남자들이다. 마법사 남자들이다. 나, 남자 전용 독신 아파트였나.

나…… 여기서 잘 적응할 수 있을까?

### 2017년 중국 드라마 시청률 1위
'특공황비 초교전' 정식 한국어판 소설

고대 국가 대하제국의 노예 소녀로 타임 슬립한 특공대원 초교.

그녀를 기다리는 것은 귀족의 재미만을 위해 이용당하는 파리 목숨과도 같은 노예 생활. 초교는 부당하고 부조리한 신분제를 피해 자신의 운명을 찾아 떠나려 한다. 한편 황제에 의해 가족들이 몰살당하자 복수심과 증오로 진황성을 초토화하는 연순. 초교는 그를 도와 모반을 일으키고 연북으로 향한다. 제갈월은 자신을 속이고 떠난 초교를 향한 애증으로 그녀를 뒤쫓는데……

### 왜 내 인생엔 고난과 역경이 디폴트야?!

지옥을 탈출한 소녀, 민소요.
씩씩한 그녀 앞에 나타난 세 명의 남자!
지켜 주고 싶은 연약한 아름다움, 엽십칠.
천사 같은 얼굴로 적을 쓸어버리는 요괴, 상류.
가면을 쓴 것처럼 속을 알 수 없는, 헌.
잘생긴 남자가 셋. 드디어 내 인생에 잭팟 터진 줄 알았는데……
숨길 수밖에 없는 과거, 외면하고 싶은 진실, 끊어내야 하는 인연. 모든 것이 얽히기 시작했다!

"이거나 먹지, 뭐."

싱크대에 기대어 요플레를 떠먹기 시작하였다.

"참나물?"

"아빠가 통 입맛 없어 해서 새콤하게 무쳐 주려고."

하나는 고개를 끄덕끄덕하며 요플레를 마저 먹었다. 몇 숟가락 안 먹었는데도 금방 바닥이 드러난다. 그만 먹자니 아쉽고 한 개를 더 먹기엔 부담스럽다. 비빔면과 요플레는 양이 왜 이렇게 애매할까.

"사과라도 깎아 먹어. 젊다고 밥 굶으면 나이 들어 고생이야."

"괜찮아용, 엄니. 나 갈게. 내 것도 남겨 놔야 해!"

하나는 재빨리 구두를 신고 현관을 나섰다. 아침 특유의 가벼운 공기가 코끝으로 스민다. 기분이 좋아, 입에서 나오는 대로 노래를 흥얼거렸다. 금요일이라 기분이 좋은 것도 있었지만, 상무가 집까지 바래다준 월요일 이후 내내 기분이 좋았다.

'하나 씨는 본인이 생각하는 것보다 유능한 사람이니까, 창문 밖으로 뛰어내릴 생각은 하지 말아요.'라니. 다시 생각해도 웃음이 나올 만큼 짜릿하다.


커피를 가지고 상무실에 들어가자 김 과장이 일정에 대해 브리핑하고 있었다. 태신은 커피를 들고 들어온 하나를 흘깃, 무심한 눈길로 쳐다보고 시선을 치웠다. 뭐, 이 정도야. 그나저나 상무는 오늘도 스케줄이 빡빡했다. 연속되는 회의와 약속, 업무 보고가 줄을 잇고 점심은 물론 저녁 식사 약속까지 잡혀 있었다.

커피를 내려놓는데, 그에게서 옅은 물 냄새가 났다. 샤워한 지 얼마 되지 않은 모양이었다. 자신이 내려놓은 커피잔을 드는 태신의 손가락을 보는데 가슴이 내려앉았다. 그의 손가락이 닿았던 미간이 화끈거렸다. 하나는 얼른 상무실을 빠져나와 쟁반으로 부채질을 하였다.

침착하자. 그날은 둘 다 분위기에 휩쓸렸을 뿐이다. 낭만적으로 말해서, 달빛에 취했다고 하자. 하지만 그뿐이다. 그래도 가슴이 내려앉은 건, 어쩔 수 없었다.

하나는 자리에 앉아 태신의 스케줄에 맞추어 자신이 준비해야 할 것들을 체크하기 시작하였다. 점심은 김성범 구주전략본부장과 약속이 되어 있었다. 이건 따로 준비할 건 없고. 이게 뭐야? 화환 보낼 곳이 두 곳이나 있네. 하나가 일정을 정리하는 동안 상무실에서 나온 김 과장이 하나에게 파일 하나를 건네주었다.

"상무님 다음 달 13일부터 일주일간 헝가리 부다페스트로 출장 잡혔어. 현지 주재원들에게 연락해서 알리고, 상무님 일정 준비 과정에 대해서 매일 체크해. 가이드 주재원은 '제발' 똘똘한 사람으로 뽑으라고 하고."

김 과장이 '제발'을 강조해서 발음했다. 구주전략본부장과 점심 식사를 하는 이유가 여기에 있었구나. 헝가리 법인 주재원들은 준비하느라 또 울겠다. 10개월 전, 기운형 회장까지 동행한 출장에서 부다와 페스트를 잇는 세체니다리에 대한 회장의 질문을 주재원이 제대로 대답하지 못해, 단체로 깨진 일이 있었다.

인물도 능력도, 거기에 성질도 그룹 회장들 중 으뜸이라는 기 회장이 '이것도 모르면서 무슨 일을 하겠다는 거야.'라고 했다던가. 부다페스트 주재원들이 총출동하여 호텔 회의실에 상황실을 설치하고 상주한 보람도 없이 말이다. 그래도 이번에는 상무만 출장을 가는 거니까, 저번보다는 낫지 않을까. 하나는 가볍게 한숨을 쉬고 김 과장이 건네준 파일을 열었다. 해외 자료였다. 하나가 묻듯 바라보자 김 과장이 웃는다.

"이 대리도 이제 슬슬 훈련 시작해야지. 내년이면 상무님 승진할 테고, 자연스럽게 인력 충원되면서 이 대리 업무도 달라질 거야."

"아."

하나는 새삼 손에 쥔 파일을 내려다보았다.

"상무님 내일 오전에나 회사로 다시 들어오실 거 같으니까 퇴근 전까지만 해. 오늘은 처음이니까 몸 푼다 생각하고 시간 많이 주는 거야. 앞으로 시간 체크해서 점점 줄여 나갈 거고 말이야. 빠른 시간에 정확히 이해해서 전달하는 훈련이야. 상무님 네이티브인 거 알지? 번역할 거 없이 핵심 구절은 형광펜으로 표시하고, 그래프하고 통계자료에서 포인트 되는 수치만 따로 체크해서 한눈에 들어오게 정리하면 돼. 마지막 장에서 서너 줄 정도로 요약하고. 중요한 건 이 대리가 리포트의 내용을 완전히 파악해야 한다는 거야. 무슨 말인지 알지?"

"네, 과장님."

"제대로 안 돼 있으면 상무님이 6초 이상 쳐다본다."

'6초'는 기 상무의 분노를 상징하는 일종의 고유명사다. 어원의 시작은 하나가 입사하기 전인 제4회 태원 애널리스트데이에 일어났던 일로, 이전에도 이후에도 없는 일이라고 한다.

태원 애널리스트데이는 국내외 애널리스트와 기관 투자가, 정보 기술 전문가 등 300~400여 명을 초청한 가운데 회사의 전략과 비전을 제시하는 행사로, 첫날은 김종인 태원전자 부회장을 비롯해 반도체, 정보통신, LCD 등 사업 부문별 최고경영자들이 대거 나서 경영 현황과 개별 사업 전략을 설명하고, 이튿날엔 세미나와 기흥·안양 사업장 초청 방문 형식으로 기업 설명회를 한다. 보통 5개월 전부터 내부적으로 큰 틀을 잡고, 한 달 정도 기획홍보4팀 전원이 집중할 정도로 비중 있는 행사다.

태원 애널리스트데이 첫날, 행사에 대한 관심을 반영하듯 기운형 회장은 물론 부인인 한유정 관장과 퇴임 후 좀처럼 모습을 드러내지 않는 기성호 명예회장까지 참석했었다.

물 흐르듯 진행되던 행사가 막바지에 이르렀을 즈음 문제가 터졌다. LCD 총괄사장 김지문의 발표 차례에 전전 발표자의 자료가 화면에 띄워진 것이다. 즉시 수정되었고, 김지문 사장의 농담으로 유연하게 마무리가 되었다고, 팀원들은 생각했었다고 한다.

첫날 일정이 끝나자마자, 기태신으로부터 대리급 이상에게 행사가 열렸던 W호텔의 스위트룸으로 호출이 떨어졌다. 문을 열고 들어가자 무섭도록 딱딱하게 굳은 얼굴로 기태신이 룸 한 가운데에 버티고 서 있었다고 했다.

3오 횡대로 선 팀원들을 기태신이 6초 정도 바라보았는데, 꼭 조선왕조 500년 하고도 100년 같았다고. 곧이어 기 상무가 진행 순서가 적혀 있던 핸드아웃을 자신들에게 집어 던졌는데, 다들 종이가 이마에 꽂히는 것 같았다고. 일정 크기 이상 목소리를 높이지 않던 상무가 얼굴을 시뻘겋게 붉히며 소리를 지르는데, 귀가 먹먹해질 지경이었다고. 화를 못 이긴 기태신이 양복 상의를 벗으려 자꾸 헛손질을 해 김 과장이 다가갔었는데, 손을 들어 다가오지도 못하게 하던 모습이 마치 검붉은 용암을 꿀럭꿀럭 뱉어 내기 직전의 활화산 같았다고도 했다.

사람들은 상무가 기성호 명예회장까지 참석한 행사에서 그런 실수가 있었다는 것이, 상무를 패닉 상태로 몬 것 같다고 했다. 그만큼 후계자로서의 압박이 상상 외로 상당한 게 아니겠냐는 말이었다.

"그 뒤로 난 상무님이 4초 이상만 쳐다봐도 6개월씩 늙는 기분이야. 이 대리도 긴장해."

하나는 웃음으로 대답을 대신했다. 자신은 그와 눈싸움까지 한 적이 있었으니까.

∗

마지막 요약을 워드로 정리하는 데만 벌써 한 시간째다. 시간은 8시 14분. 초조한 마음에 식은 지 오래된 커피를 총명탕 삼아 한 모금 마신다. 좀 더 명료하게, 핵심만. 마지막 한 줄엔 논리적 의견을. 눈과 입으로 읽어 내려가며 이쯤 하면 됐다는 생각이 들 때까지 수정한 뒤, 한 글자 한 글자 틀릴세라 조심히 적어 내렸다.

김 과장에게 전화가 온 건 정리가 막 끝난, 9시가 넘어서였다.

— 이 대리, 혹시 오전에 줬던 파일 정리 다 됐어요?

"네, 과장님."

— 다행이네. 윤 기사님 보낼 테니까 전달 좀 해 줘요. 20분 정도 걸릴 거야.

"하얏트죠? 제가 갈게요."

— 그래 줄래? 그럼 부탁해요.

상무는 하얏트 스위트룸에서 DS사장단과 저녁 식사 겸 회의를 하고 있었다. 내일 아침엔 역사학자 H와 정기 조찬도 있어서 하루 묵는 일정이었다. 역사 마니아인 기운형 회장의 권유로 시작됐다는 두 번째 토요일 아침 8시 조찬이 벌써 5년을 넘어간다. 하나는 콜택시를 부르고 재빨리 서류와 가방을 챙겼다.

한밤중의 호텔 로비는 어딘지 야간 개장한 놀이공원과 비슷하다. 로비 한가운데에 하얗고 붉게 색칠한 회전목마가 빙빙 돌아도 놀랍지 않을 것이다. 라운지에서 흘러나오는 피아노 연주를 들으며 로비를 통과해 엘리베이터를 타고 20층을 눌렀다. 문 앞에서 서류만 전달하면 끝. 제발 기 상무가 마음에 들어 했으면 좋겠는데. 숙제 검사를 앞둔 학생처럼 심장이 뛰었다. 스위트룸에 도착해 벨을 누르자 김 과장 대신 메모리사업부 윤 차장이 문을 열었다.

"이 대리, 웬일이야?"

"김 과장님께 전달해 드릴 서류가 있어서요."

"김 과장이, 지금, 보자, 보드룸에 있나? 찾아서 불러 줄게, 들어와 앉아 있어요."

윤 차장을 따라 복도를 지나 들어간 리빙룸은 곳곳에 의자가 너무 많아, 정작 어디에 앉아야 할지 애매했다. 그중 만만해 보이는 창가 데이베드에 앉아 스위트룸을 둘러보았다. 예약만 했지 와 본 건 처음이었다. 맞은편 벽에 격자 형태로 열여섯 개쯤 걸려 있는 액자 속 세밀화를 보고 있는데, 뜻밖에도 태신이 전화 통화를 하며 보드룸에서 나왔다. 당황하여 자리에서 일어선 하나를 문득 바라보더니, 보드룸에 다시 들어가 버렸다.

다시 앉아도 되는지 이대로 서 있어야 하는지, 어정쩡한 자세가 되었다. 망설이다 다시 주춤 앉는데 통화를 끝낸 태신이 리빙룸으로 나왔다.

"서류 전달해 드릴 일이 있어서……."

하나의 소심한 얼버무림에 태신은 큰 걸음으로 다가와 파일을 건네받고는 넥타이를 비틀듯 잡아당겨 풀었다. 상무실이 아닌 장소에서 보는 그는 조금 다른 느낌이다. 집처럼 꾸며진 공간이라서 그런가. 태신이 파일을 열어 차례로 살펴보는데 뒷머리카락이 한 올씩 잡아당겨지는 듯하다.

"저녁은 먹었어요?"

안 먹었지만.

"네."

"거짓말."

태신의 단정적인 말에 하나는 얼굴이 달아오른다.

"아시면서 왜 물으신 거예요."

하나의 말에 태신이 낮게 웃으며 일어섰다. 웃음소리에 하나의 손끝에 힘이 들어갔다. 상무의 목소리를 색으로 치자면, 깊은 바닷속 짙은 푸른색이었다. 아아, 또 상무에 대해서 이런 생각을 하다니.

"식사하고 가요."

"아니요. 아닙니다. 집에 가서 먹으면 됩니다."

"나도 아직 식사 전이에요. 같이 먹어."

상무와 같이 밥을 먹는다니. 생각만 해도 체할 것 같지만 업무라 생각하자.

"……네. 감사합니다."

"뭐가?"

"저녁요. 사 주시는 거 아니에요?"

하나의 말에 태신이 하하 웃었다.


호텔 일식당의 문을 열고 들어가자 태신을 알아본 매니저가 한달음에 달려와 허리를 숙였다. 태신은 가볍게 고개를 끄덕이고 비어 있는 창가 쪽 자리로 걸음을 뗐다. 걸음을 맞추기 위해 하나는 스커트가 허용하는 범위에서 쭉쭉 보폭을 늘렸다.

자리에 앉자 매니저가 메뉴판을 건네었다. 50대 중반으로 보이는 매니저의 시선이 하나에게 잠시 머물렀으나 능숙하게 거둬진다.

"마감 시간일 텐데, 번거롭게 합니다."

"별말씀을요."

태신의 말에 매니저가 담백하게 응대하였다.

"가능한 선에서 빨리 되는 걸로 준비해 주세요."

"코스는 물론이고 데판야끼도 됩니다, 상무님."

"데판야끼는 과하고, 코스 할래요?"

태신의 갑작스런 질문에 하나가 당황해 답 대신 고개를 저었다.

"그럼 초밥 괜찮아요?"

"네."

들었냐는 듯 매니저에게 고개를 끄덕이며 메뉴판을 건네었다. 매니저가 자리를 뜨자 태신이 느릿하게 얼굴을 쓸어내렸다. 어쩌다 이 시간까지 저녁을 못 먹었을까. 스케줄을 되짚어 보았다. DS사장단과의 회의 전 스케줄이었던 커뮤니케이션 이인용 사장과의 면담에서 꼬인 듯했다.

"피곤하시죠?"

"조금."

태신의 간결한 대답에 뒤이어 할 말이 떠오르지 않았다. 고개를 돌려 창밖의 푸른색 조명으로 어른거리는 야외 수영장을 바라보았다. 시간이 늦고 아직은 쌀쌀한 날씨 때문인지 수영장은 텅 비어 있었다. 창문으로 자신을 바라보고 있는 태신이 희미하게 비쳤다. 조심스럽게 고개를 돌리자 허공에서 두 눈이 마주쳤다.

자연스럽게 시선을 피해야 할까, 아니면 아무 말이라도 꺼내야 할까. 생각만 할 뿐 어느 것도 하지 못한 채, 테이블을 사이에 두고 태신의 짙은 눈을 마주 바라보았다. 소리가 소리에 먹힌 듯 고요하기만 했는데, 만약 공기를 만질 수 있다면 두껍고 뜨거울 것 같았다.

그때 다행히 달걀찜이 서빙되었다. 포실포실한 달걀찜을 한 스푼 떠 입에 넣었다. 고명으로 들어가 있는 은행과 쇠고기가 입 안에서 함께 부서졌다. 깨끗하게 비우자 초밥과 소바, 튀김이 함께 담긴 사각 쟁반이 앞에 놓인다.

초밥을 겨우 하나 입에 넣는데, 테이블 위에 올려 둔 태신의 휴대폰이 지—잉 울린다. 액정에 앱이 실행되고 참조 리스트만 열 줄 가까이 되는 메일이 뜬다. 눈으로 찬찬히 읽어 낸 태신이 짧게 리턴 메일을 쓰고 종료 버튼을 누르는데 또다시 지—잉 알람 진동이 온다.

"상무님."

하나의 부름에 태신이 고개를 들었다. 하나가 테이블 위로 손을 뻗었다.

"휴대폰 주세요."

"뭐?"

"휴대폰요."

다시 말하고 어서 달라는 듯 손가락을 움직였다.

"식사하는데 예의 지켜라?"

"아니요."

"그럼."

"일단 주세요."

태신이 뚫어질 듯 바라보며 하나의 손에 휴대폰을 내려놓았다. 하나는 팔을 거둬 태신의 휴대폰을 자신의 옆에 내려놓았다.

"저 건방지죠?"

"어."

"그래도 식사하실 땐 편하게 식사만 하셨으면 좋겠어요. 이제 겨우 식사하시는 거잖아요. 단 20분만이라도요."

말을 마치고, 하나는 생긋 웃었다. 동의를 구하듯 고개도 살짝 기울였다.

"미인계야?"

"제가 그럴 만큼의 미모는 아니고요, 상무님."

새우초밥을 들어 입에 쏙 넣었다.

"초밥 엄청 맛있어요. 어서 드세요."

"충분해."

"네?"

태신은 답하지 않고 식사를 시작했다.


침묵 속의 식사가 끝났다. 둘 다 후식은 물리고 자리에서 일어섰다. 일식당을 벗어나 정문으로 걸어가며 하나는 휴대폰을 내밀었다. 태신이 피식 웃으며 받아 들었다. 휴대폰이 오가는 잠깐 동안 스친 느낌만으로도 손가락에 정전기가 일어난 듯 따끔했다. 하나는 재빨리 손을 뒤로한 뒤 주먹을 쥐었다.

정문에 도착해 뒤쪽에 대기하고 있던 택시를 잡으려는데, 태신이 하나의 팔을 가볍게 잡았다. 아직은 서늘한 봄밤의 바람이 순식간에 달아오른 뺨에 와 닿았다. 태신이 하나의 팔을 잡은 채, 윤 기사와 짧은 통화를 하였다.

"택시 타고 가면 되는걸요."

"타고 가요. 택시 잡는 게 더 번거로워."

"저기 주르륵 서 있는데……요."

자신의 말은 신경도 안 쓴다는 얼굴이다. 여전히 잡혀 있는 팔이 불편해 하나는 옆으로 걸음을 떼었다. 이 호텔 정문에 서 있는 사람들 중 기태신의 얼굴을 아는 사람이 반은 넘을 것이다. 혹시 모를 억측이나 시선은 미리 피하는 것이 맞다.

"아, 미안."

태신이 잡은 팔을 놓으며 가볍게 말하였다. 뺨에 닿는 바람이 차가웠다. 얼굴이 더 달아오른 것인지, 봄밤의 바람이 더 서늘해진 것인지 알 수가 없었다. 곧 검은색 세단이 정문에 도착하자, 태신이 뒷자리 문을 열고 하나에게 고갯짓을 하였다. 하나는 차를 타기 전 일부러 더 공손하게 허리를 숙여 인사하였다.

"이만 들어가겠습니다, 상무님."

또박또박한 인사에 왜 그러는지 안다는 듯, 태신이 희미하게 웃었다. 탁, 차 문을 닫아 주고 한 걸음 물러섰다.

＊

소월로 양옆으로 심어져 있는 아까시나무에서 막 피기 시작한 흰 꽃이 어둠 속에서 빛난다. 하나는 창문을 조금 열었다. 봄바람이 꽤 서늘하다. 작년 5월 어린이날, 마음은 어린이라며 경주, 두나와 함께 옛날왕돈가스를 먹고, 케이블카도 타고, 아까시나무 향이 진동하던 북측 순환로 산책길을 걸었던 기억이 떠올랐다.

너무 웃고 너무 걸었더니 배가 다 꺼졌다며 명동에서 핫바도 사 먹었지. 밤공기를 가르던 웃음소리는 맑았고, 아까시 향은 꿀 냄새처럼 진하고 달콤했다. 그날 상무는 무엇을 했을까? 아마 봄이 온 줄도 모르고 일하고 있었겠지.

윤 기사에게 부탁해 경복궁역에서 내려 천천히 걸었다. 잠시라도 혼자 걷고 싶었다. 혼자 천천히 걸으며 이 모호하고 갑작스런 감정의 울렁증을 즐기고 싶기도, 이해하고 싶기도 하였다.

길을 천천히 올라가다 자전거를 타고 내려오는 사람 때문에 길 끝으로 바짝 붙으며 몸을 반쯤 틀었다. 대각선으로 태신이 차를 세웠던 길이 보이고, 그 옆으로 천장이 낮아 명색만 2층짜리인 낡은 건물도 보였다. 1층은 철물점, 2층은 공방인 건물 앞에는 군데군데 페인트칠이 벗겨지고 녹슨, 두나가 '보기에도 지저분해 누가 저기서 커피를 뽑아 먹을지 의심스럽다.'고 한 에

메랄드색 자판기가 있었다.

하나는 길을 건너 자판기에서 밀크커피를 뽑았다. 불량 식품처럼 자극적이고 달콤한 향이 봄 공기 중으로 퍼져 나갔다.

밀크커피를 한 모금 마셨다. 모호한 감정 속에서 한 모금 더. 누군가를 생각하며 또 한 모금. 결국 마지막까지 마시고 감정을 접듯 종이컵을 납작하게 눌러 가방에 넣었다.

집에 도착해 세수를 하고 이를 닦으며 입 안에서 밀크커피 맛을 지웠다. 옷을 갈아입고 반쯤 멍한 기분으로 로션을 바르는데 화장대 거울로 요요가 가방 입구에 얼굴을 들이밀고 있는 모습이 보였다. 그제야 넣어 두었던 종이컵이 생각나 가방을 열었다. 가방 안에는 다 마신 줄 알았던 커피가 흘러 작은 얼룩이 져 있었다.

# 7. 스탠더드 브루노

처음엔 누가 귀를 툭툭 치는 줄 알았다. 잠에서 반쯤 깨서야 화장대 위에서 진동하는 휴대폰 소리라는 것을 알았다. 하나는 침대에서 비틀거리듯 일어나 잠이 뚝뚝 떨어지는 팔을 뻗어 휴대폰을 잡았다. 이 시간에 전화를 걸 사람은 한 명뿐이었다.

"경주니?"

— 이하나 씨 휴대폰 맞나요?

남자의 목소리였다. 아연한 기분에 그제야 눈을 뜨고 휴대폰 액정을 확인했다. '기태신 상무'라고 적혀 있다. 팽팽한 피아노 줄이 팅 하고 끊어지며 뒤통수를 후려친 것처럼 정신이 번쩍 들었다.

"누구세요?"

— 기태신이라고 아시죠?

"네. 상무님께 무슨 일이 생겼나요?"

— 어, 그게, 얘가 술을 너무 마셨어요. 여기 좀 와야 되겠는데요.

흰 원피스에 자줏빛 카디건을 걸치고, 지갑과 휴대폰만 챙겨 뛰어나왔다. 다행히 큰길까지 나가기 전에 택시를 잡을 수 있었다.

'지하철 상수역으로 가 주세요.'라고 말하고 시계를 보았다. 새벽 2시 27분. 마음이 진정되지 않아 하나는 손안의 휴대폰을 만지작거렸다.

'여기가 찾기가 좀 복잡해서요. 상수역 3번 출구에서 전화 주세요.' 전화를 건 남자의 말투는 이런 일에 익숙한 듯 산뜻하게 느껴질 정도였다.

하나로서는 태신이 전화도 걸지 못할 정도로 술을 마셨다는 것도 놀라웠지만, 자신에게 전화가 왔다는 것이 더욱 놀라웠다.

주말을 맞아 오전엔 마당 텃밭과 화단에서 잡초를 솎아 내었다. 오후에는 냐옹, 캬옹, 왱왱, 우는 요요를 두나와 붙잡아서 목욕을 시킨 뒤, 볕이 좋은 마루에서 창문을 활짝 열어 놓고 털을 말려 가며 빗질을 해 줬다. 엎드려 책을 읽는 두나의 등에서 꾹꾹이 하는 요요 사진도 찍어 주고, 마당에 떨어진 꽃잎들도 비질하고 물로 씻어 냈다. 불과 한나절 전이었는데도 빛바랜 스냅사진처럼 평화롭고 아련하다. 낮까지만 해도, 아니, 잠들기 직전까지도 지금 이 상황을 상상이나 했을까.

휴대폰 액정을 켰다 껐다 시간을 확인하며 차창 너머 도로를 달리는 차들을 바라보았다. 헤드라이트의 불빛들이 어둠에 잠긴 듯 고요히 흘렀다.

마중을 나온 남자는 30대 후반쯤으로, 카고 바지에 티셔츠를 입고 있었다. 키가 크고 어깨가 넓어 꽤 말랐음에도 강건해 보이는 체격이었다. 며칠 면도를 안 했는지 수염이 거칠거칠하게 나 있어 좋은 첫인상은 아니었지만, 아래로 슬쩍 처진 눈에 깊게 잡힌 잔주름이 어쩐지 마음을 놓이게 했다.

전화상의 산뜻함과는 달리, 자신을 유건이라고 소개한 남자는 다소 무뚝뚝했다. 이하나 씨냐고 묻고는 말없이 앞장서서 걷기 시작하였다. 건물 앞에 취해 널브러져 있는 청춘들이 보이고, 편의점에서 컵라면이나 삼각김밥을 먹는 사람들도 제법 있었다.

"저……, 상무님은 괜찮으세요?"

"네, 뭐. 근데 태신이랑은 무슨 관계예요?"

"상무님 비서예요."

남자는 의외라는 듯 '에.' 하고는 입을 다물었다. 골목에 골목을 지나, 10분쯤을 걷고서야 '스탠더드 브루노'라고 쓰여 있는 가게 앞에 도착했다. 다음에 다시 찾아오라면 절대 찾을 수 없을 정도로 외진 구석이었다.

"여기예요."

남자는 하나가 따라오는지 확인도 하지 않고, 익숙한 듯이 척척 계단을 내려갔다.

　지하로 연결된 시멘트 계단은 폭은 넓지만 조명이 밝지 않아, 아차 하면 그대로 구를 것 같았다. 계단에 껌이 들러붙어 있는 건지 군데군데 검은 얼룩이 있고, 벽에는 공연을 알리는 포스터들이 붙여졌다 떼인 흔적들로 지저분했다. 하나는 손을 벽에 대고 한 발 한 발 조심스럽게 내려갔다.

　40평 남짓한 공간은 목공예 작업실이었다. 한쪽 면에는 원목들이 천장까지 쌓여 있고, 재단이 끝난 목재들과 클램프로 고정해 놓은 의자들, 샌딩 후 오일을 발라 마르기를 기다리는 테이블이며 컵보드들이 늘어서 있었다. 거대한 크기의 작업대 두 개가 양쪽으로 놓여 있었는데, 그 각각의 위에는 스크레이퍼와 목장갑, 클램프와 렌치 등이 제멋대로 놓여 있고, 바닥에는 수십 개의 데니시오일 통과 붓이, 양쪽 벽에는 등대기톱과 외날톱 등이 걸려 있었다. 그리고 태신이 낡은 티셔츠에 청바지를 입고서 집진기 옆 스툴에 앉아 기타를 치고 있었다.

　하나는 입이 헤벌어진 줄도 모른 채, 태신을 바라보았다.

　어깨를 둥글게 구부린 채, 기타 줄 하나하나를 짚으며 내는 기타 소리는 쓸쓸하고 위태로웠다. 끊어질 듯 이어지고, 멈추었다 다시 시작되는 소리는 푸른 허공에 매달린 긴 줄을 장대도 없이 걸어가는 듯했다.

　"기타 되게 못 치죠. 1년에 두어 번 저래."

　남자는 턱으로 태신을 가리켰다.

　"보통 저 상태면 스튜디오 휴게실에서 재우는데, 오늘은 여행 갔다 온 친구 둘이 차지해서 재울 곳이 없는 거야. 그렇다고 호텔 잡기도 뭐해서. 이따가 보면 알겠지만."

남자는 손목을 90도로 꺾어 보였다.

"이렇게 되거든요."

"상무님 괜찮아 보이시는데요."

"조금만 기다려 봐요."

남자는 의미심장한 미소를 지었다.

"그런데 어떻게 저한테 전화하셨어요?"

전화를 받은 순간부터 궁금했던 질문을 하였다.

"태신이가 불러 달라고 했어요."

"네?"

"여자 친구인가 했는데."

"아니에요!"

하나는 필요 이상의 큰 소리로 말했다. 남자가 하하 웃는데, 쿵 하는 소리가 났다.

태신이 바닥에 널브러져 있고, 기타는 뒤집혀 발치에 있었다. 남자는 '거 봐요.' 하며 빙글거릴 뿐이었다. 하나는 태신에게 뛰어갔다. 얼마나 마셨는지 술 냄새가 훅 끼쳐 왔다.

"어―, 어. 상무님. 상무님."

정신을 잃은 건지 잠이 든 건지, 하나가 태신의 어깨를 잡아 흔들어도 눈조차 뜨지 않았다.

"걔 안 일어나요. 잠든 거니까 걱정하지 말고. 운전할 줄 알아요? 대리 부를까? 걔네 집 알아요?"

"상무님 댁은 알아요. 면허는 있는데 그렇게 익숙하지는 못해서. 게다가 밤이고."

"그럼 대리 부르죠, 뭐."

남자가 굽혔던 허리를 세우더니 '창식아, 대리 불러.' 큰 소리로 말하고는 테이블로 걸어가 카키색 점퍼를 집어 들었다.

"이거 걔 거예요. 주머니 안에 자동차 키 들어 있어요."

남자는 점퍼를 하나에게 던졌다. 받아 든 점퍼는 마치 흙에 묻어 두었던 것처럼 낡고 묵직했다. 점퍼는 꽤 오랫동안 입은 듯 소매 끝이 해져 있었다. 하나는 태신의 머리맡에 무릎을 굽혀 앉았다. 주머니에서 키를 빼서 손에 쥐고, 점퍼를 둘둘 말아 태신의 머리 밑에 받쳐 주었다. 넘어지면서 다친 곳은 없는지 꼼꼼히 살펴보았는데, 다행히 피가 나거나 긁힌 곳은 없어 보였다.

남자가 한쪽 무릎을 바닥에 대고 하나의 맞은편에 앉았다.

"괜찮다니까."

"소리가 너무 크게 나서. 게다가 위험한 것들도 많았고."

하나는 말을 멈추고는 뒤집혀 있는 기타를 집어 들었다.

"상무님 기타인가요?"

"내 거예요."

"혹시 망가졌으면, 여기로 전화 주세요."

하나는 지갑에서 명함을 꺼내 남자에게 건네주었다. 남자는 명함을 받아 들더니 앞뒤로 돌려 보고는 바지 주머니에 쑤셔 넣었다.

"얘 회사에서 어때요?"

"……좋으세요."

머뭇거리다 대답했다.

"에―, 솔직해도 돼요. 못 들어."

남자의 탐색하듯 보는 눈길이 불편했다. 하나는 대답 대신 눈을 똑바로 바라보았다.

"대리 기사분은 언제쯤 오실까요?"

"글쎄요. 창식아, 연락했어?"

창식이라는, 깨끗하게 밀어 버린 머리에 둥그런 뿔테 안경을 낀 남자가 5분쯤 후면 도착할 거라고 말해 주고 다시 들어갔다.

"5분이래요."

"상무님 차는 어디에 주차되어 있나요?"

"여기서 한 50미터 정도?"

"먼저 차에 태우는 게 나을 것 같아요."

하나는 얼른 태신을 업지 않고 뭐 하냐는 표정으로 남자를 빤히 바라보았다. 남자가 재미있다는 듯 바라보더니, 고개를 돌려 또다시 창식이라는 남자를 불렀다.

"태신이 차에 태워 놔야겠다."

"형이 해요."

"인마, 나 하루 종일 샌딩실에서 사포 쳐서 팔에 힘이 없어."

창식이라는 남자가 투덜거리며 걸어와 태신을 업었다. 하나는 태신의 점퍼를 챙겨 팔에 걸쳤다. 창식의 걸음에 따라 팔이 하릴없이 흔들리는 태신의 모습이 막대기인 양 하나의 가슴을 툭툭 쳤다. 손가락으로 점퍼를 잡아 쥐었다.

낡은 점퍼와 낡은 티셔츠. 낡은 청바지와 낡은 운동화.

당신이 지금 가지고 있는 것들은, 왜 이리도 다 낡은 것들일까.

태신의 머리가 하나의 목덜미를 파고들었다. 뜨거운 이마가 닿은 목덜미에 잔소름이 오소소 올라왔다. 태신이 숨을 깊게 내쉴 때마다 술 냄새와 함께 하나의 잔머리가 흔들렸다. 하나는 손을 들어 태신의 머리를 살짝 밀었다. 옆으로 조금 밀어졌다 싶던 태신은 전보다 더 깊고 집요하게 하나의 목덜미를 파고들었다.

뜨겁다……고 생각했다.

태신의 이마가 닿은 곳에 새빨간 물이 드는 것 같았다. 새빨간 물이 목덜미에서 얼굴로, 어깨며 팔과 발끝으로, 혈관을 따라 온몸으로 퍼져 나갔다.

정수리가 뜨겁다. 태신의 술 냄새에 자신마저 취할 것 같다.

하나는 차창을 3분의 1쯤 내렸다. 봄밤의 서늘한 바람이 이내 차 안에 가득 차올랐다. 태신은 여전히 깊게 잠들어 있었다.

대리 기사를 보내고 차에 태신을 그대로 둔 채, 하나는 골목골목을 헤집고 다녔다. 집 주소도 알고 찾아와 본 적도 있었지만, 1년 전이었고, 지금은 밤이었다. 10분 가까이 헤매다 태신의 좁고 세로로 긴 짙은 회색 집을 찾아내었다. 옅은 비늘구름에 감싸인 하현달이 옥상 끝에 매달려 있었다.

술에 취한 남자의 몸은 물에 잔뜩 젖은 솜 같다. 하나는 금방이라도 고꾸라질 것 같은 몸을 다잡고 발걸음을 옮겼다. 태신은 여전히 잠이 든 채, 하나의 움직임에 따라 발만 움직였다. 어깨는 빠개질 것 같고, 왼쪽 팔에 걸쳐 놓았던 점퍼는 자꾸 떨어지려 하였다. 태신의 팔이 둘러진 어깨에 땀이 났다.

그의 몸은 여전히 뜨거웠다, 지나칠 만큼.

한 걸음도 더는 못 걷겠다 싶을 때, 태신의 집 현관에 도착했다. 점퍼에서 카드키를 꺼내 문을 열었다. 경쾌한 소리와 함께 문이 열리자 태신을 이끌고 안으로 들어갔다. 노란 센서등이 켜지며, 건조하고 서늘한 공기가 그들을 맞이했다. 너무 힘들어서 심장이 터질 것 같았다.

센서등과 거실 창으로 들이치는 달빛에 의지해 태신을 소파로 네려갔다. 하얀색인지 베이지색인지 구분이 가지 않는 소파에 짐짝 던지듯 태신을 눕히고, 그대로 바닥에 주저앉았다. 어깨며 이마, 등줄기가 땀에 젖어 축축했다. 하나는 소파에 등을 기댄 채 그대로 숨을 골랐다. 물을 마시고 싶었지만, 남의 집 냉장고를 열 만큼 대담하지는 못했다.

센서등이 꺼지고 거실에는 곧 달빛만 가득했다. 어둠에 눈이 익숙해지며 사물이 눈에 들어오기 시작했다. 소파와 코뿔소 같은 스투키 화분이 거실의 전부였다. 얼른 일어나 집으로 가야 할 텐데, 생각뿐 자리를 뜨지 못하고 있었다. 창밖으로 한눈에 들어오는 서울의 야경을 바라보았다. 남산 서울타워를 중심으로 도시 전체에 옅은 안개가 내려앉아 있었다. 노랗고 푸르고 희고 붉은 동그란 불빛들이 저수지 속에 잠긴 듯 부옇게 번져 보였다. 태신은 매일 이런 야경을 보며 무슨 생각을 할까.

"너, 여기서 뭐 해?"

심장이 한 길 아래로 떨어졌다. 하나는 천천히 고개를 돌렸다. 태신이 누운 채로 자신을 바라보고 있었다. 송곳처럼 날카롭고, 얼음처럼 차가운 눈빛이었다. 아니, 왜 다짜고짜 시비 걸 듯 반말이야? 억울한 마음이 들어, 하나는 눈을 동그랗게 뜨고 양보 없이 태신을 바라보았다. 이 새벽에 불려 나가 고생한 건, 나라고요. 나.

"스탠더드 브루노라는 곳에서 유건이라는 분이 상무님 술에 취하셨다고 전화를 하셨었습니다."

"너한테?"

"네."

"왜?"

"저도 모르겠습니다."

유건이 했던 말은 하지 않았다. 농담이 분명할 테니까.

태신은 팔로 눈을 가리며 한숨을 쉬듯 말하였다.

"가."

"네?"

"가라고."

얼굴이 홧홧해졌다.

모욕을 당한 듯했다.

함부로 남의 집에 들어온 침입자가 된 듯했다.

하나의 손끝이 가늘게 떨렸다. 뛰쳐나오듯 집을 나서, 푸른 공기가 가득한 새벽길을 뛰었다. 습기가 온몸에 달라붙었다.

하현달이 뒤따른다.

## 8. 나르시시스트의 공격

꿈 같았다.

새벽에 잠깐 꾼 꿈. 스탠더드 브루노라는 가게 따위는 있지도 않고, 기타 치며 술이 꼭지까지 차올라 제 몸도 못 가누던 기태신은 더더욱 없는,

꿈.

일요일 내내, 더 이상 뽑을 것 없는 잡초를 찾아 마당 텃밭을 온통 헤집었다. 봄이 깊어 가는 화단에는 아네모네, 팬지, 데이지가 야단스럽게 피어 있었다. 부모님 침대 시트부터 두나와 자신의 시트까지 걷어 내 빨간 대야에 넣고 발로 꾹꾹 밟아 빨았다. 김밥을 싸서 먹고, 요요와 놀다 끌어안고 방 안을 굴러다녔다. 오후엔 경주를 만나 집 근처 커피숍에서 끝도 없이 수다를 떨었고, 저녁엔 텔레비전 쇼 프로그램을 보며 필요 이상으로 크게

웃었다.

그럼에도, 자신의 목덜미를 파고들던 태신의 뜨겁던 체온과 잠에서 깬 뒤의 무례한 눈빛과 말투가 머리에 들러붙어 떨어지지 않았다.

결국 새벽이 되어서야 잠이 들 수 있었다.

약간의 긴장과 흥분을 느끼며 사무실로 들어서자 심각한 표정으로 앉아 있던 김 과장이 하나를 탕비실로 끌고 갔다. 어리둥절해 있는 하나에게 단도직입적으로 말을 꺼내었다.

"이 대리, 금요일에 서류 작업 하면서 뭔가 실수한 거 있었어? 아니면 상무님이 언짢아하실 만한 일을 했거나 말이야."

"네? 아니요. 별일 없었는데요."

김 과장이 곤혹스러운 표정을 지었다.

"어찌 된 일이지? 이 대리 오늘자로 경영지원4팀으로 인사이동 됐어. 아, 이거 너무 갑작스럽네."

하나는 천천히 의자로 걸어가 풀썩 앉았다. 왜지? 새벽 일 때문에? 그게 다른 부서로 발령시킬 만큼 큰일이야?

"상무님 안에 계시죠?"

"어……, 응."

의자에서 일어서는 하나를 김 과장이 잡아끌어 앉혔다.

"뭐 하려고? 설마 따지기라도 하려고?"

"네. 상무님께 여쭤 보려고요. 이해가 하나도 안 가요."

"이 대리 바보야?"

"그럼 이대로 '네, 알겠습니다.' 하고 순순히 시키는 대로 따라야 해요? 제가 무슨 감정도 없는 기계예요?"

"회사 일이라는 게 다 그렇잖아."

김 과장이 달래듯 말한다.

"그래 봤자 이 대리만 상처받아. 상무님 무서운 사람인 거 알지? 회장님보다 더했으면 더했지 덜한 사람 아니야. 회장님은 그나마 다혈질이라 사람 같아 보이기라도 하지. 상무님은 내가 옆에서 보좌하면서 질린 적도 많고, 게다가 한번 꼭지 돌면 어디로 튈지 몰라."

"무서운 분이라는 건 알죠. 그러니까 일언반구도 없이 아랫사람한테 이러지. 과장님이 무슨 말씀 하시는지는 알아요. 근데요, 저 이대로는 궁금해서 화병 날 거예요. 걱정 마세요. 웬만한 스크래치로는 이제 긁히지도 않아요. 그동안 상무님한테 하도 단련이 되어서."

하나는 발딱 일어나 탕비실을 빠져나왔다. 상무실에 노크를 한 뒤 대답도 듣지 않고 문을 열었다. 태신은 모니터와 싸움이라도 하는 듯 뚫어지게 바라보고 있었다. 그녀가 책상 앞에 서자 그제야 고개를 든다.

"이번 인사이동 이유를 듣고 싶습니다."

하나는 말을 마치고 침을 꿀꺽 삼켰다. 바들바들 떨리는 손가락을 꽉 틀어쥐었다.

"알고 싶어요?"

"네."

"후회할 텐데?"

태신은 느릿하게 말했다. '발을 뺄 수 있는 마지막 기회야.' 말하는 듯하였다. 그는 옅은 미소까지 띠었다. 1밀리미터의 오차도 없이 몸에 꼭 맞게 재단된 기천만 원짜리 슈트처럼, 미소에도 오차 없는 수치를 적용하였다.

낡은 셔츠, 낡은 점퍼, 낡은 바지, 낡은 운동화. 그런 모든 낡은 것들과는 상관이 없다는 듯. 자신의 인생에는 완벽하게 빛나는 새것들로만 가득하다는 오만한 표정. 배 속에서 똬리를 틀고 있던 분노가 일었다.

알아? 내가 정말 싫은 게 당신의 이런 모습이야.

"자신은 인간적으로나 상사로서 올바르고 관대하며, 흰 벽에 한 점 낙서 없이 완벽히 고결하다고 믿는, 약점 따위는 있지 않으며 혹여 있다 해도 약점을 보이느니 차라리 상대방을 밟아 버리는 것이 합당하다고 믿는 나르시시스트."

하나는 잠시 말을 멈추었다.

"바로 상무님이에요."

태신은 턱을 들어 올리고 고개를 약간 기울이며 어깨를 으쓱했다. 마음대로 떠들어라. 들어 주겠다. 그런 몸짓이었다.

"토요일. 그 일 때문인가요?"

뜻밖에도, 태신은 바람 빠지는 소리를 내며 웃었다. 그러고는 눈을 잠시 아래로 내리깔았다가 하나의 눈을 똑바로 바라보앗다. 야생 동물과도 같은 날것의 눈빛에 순간 겁이 일었다.

"그런 종류의 나르시시스트들은 공격을 당하면 자신이 옳다는 걸 증명하기 위해 온갖 궤변을 끌어모으거나, 최후에는 상대에게 어떤 비열한 공격이나 위협도 불사하지. 이하나 씨에게는 어떻게 해 줄까?"

"이유를 말씀해 주세요."

"나는 이하나 씨가 좋아요."

하나의 눈이 둥그렇게 떠졌다. 태신의 말은 거침없이 이어졌다.

"부하 직원으로 좋다는 게 아니라, 여자로서 이하나 씨가 좋아요. 하지만 우리 둘은 안 되지요. 용납할 수 있는 범위가 아니니까. 그래도 그동안 잘 컨트롤할 수 있다고 생각했는데, 이젠 거기에 쏟는 에너지가 아까워. 그래서 이하나 씨를 내 눈에서 안 보이는 곳으로 옮긴 겁니다. 이제 대답이 됐습니까?"

누웠다 일어났다. 새벽 2시가 넘어가고 있었다. 열어 놓은 창으로 서늘한 바람이 들어오고, 멀리서 사이렌 소리가 들려온다. 하나는 벽에 등을 기대고 남자를, 남자가 했던 말을, 남자가 말을 하며 지었던 표정을 떠올렸다.

예전에 태신의 어머니, 그러니까 기운형 회장의 부인인 한 유정이 운영하는 환미술관에서 상무실에 그림을 선물했던 적이 있었다. 3개월에 한 번씩 K가 상무실의 그림과 조각품을 교체해 주었지만 선물은 처음이었다. 풀색과 하늘색, 노란색, 주황색을 주조로, 다양한 크기의 돌들을 쌓아 올린 벽을 올려다보며 그린 듯한 그림이었다. 나중에야 그것이 파울 클레의 〈Highway and Byways〉라는 것을 알았다. '크고 작은 모든 길'이라는 제목처럼 가운데 일직선으로 뻗어 있는 길 옆으로 크기가 제멋대로인 돌들로 닦아 놓은 길들은 꺾이고 비틀린 형태로 그려져 있었다. 해서, 가운데 일직선의 길이 더 곧아 보였다.

그때까지 파울 클레가 누군지 몰랐는데, 김 과장이 유명한 화가라고 하기에 그러려니 하였다. 미술사를 전공한 부인이 파울 클레를 좋아하여 자신의 집에 모조품이 걸려 있다는 것이었다. 그런데 정작 선물의 주인공인 태신은 벽에 그림이 설치되는 동안 쳐다보지도 않았었다. 무관심과는 조금 다른, 담담하면서 고집스러운 표정으로 일만 하고 있었다. 하나가 미술관으로 감사의 꽃바구니를 배달시켰었는데, 며칠 뒤에 그가 미술관으로 꽃을 보냈느냐고 묻고는 끝이었다. 그렇게 그림에 전혀 관심이 없어 보이던 그가, 어느 날 의자에 몸을 푹 묻은 채 그림을 보고 있었다.

하나는 그때 태신의 표정을 잊을 수가 없다. 먼 기억을 헤집다 잘못하여 허공에 발을 디딘 아득한 얼굴로 그림 사이사이를 헤매던 시선. 반대로 꽉 다물고 있던 입술.

그리고 오늘 그랬다.

태신의 말을 들으며 '이 남자가 일만 하더니 드디어 미쳤구나.' 어이없어하다, 말을 마치고 입을 꽉 다문 그의 얼굴에서 하나는 언젠가의 그 표정을 보았다. 그래서 아무 말도 하지 못하고 상무실을 나와 짐을 꾸려 14층 경영지원팀으로 자리를 옮겼다.

자신을 좋아한다니. 그것도 여자로……. 꿈에도 생각해 보지 못한 일이었다. 집 앞에 데려다주었을 때의 미묘한 분위기와 설명하기 어려운 감정의 흐름에 어지럽기는 했어도, 그건 자신만의 문제라고 생각했었다.

술에서 깬 자신을 발견한 태신의 모습이 너무 차갑고 무서워, 그 숱한 의문들은 맘속 깊이 묻어 둘 참이었다.

배신감도 느끼고 자신이 한심하게도 느껴졌다. 혼자 이 감정은 뭘까? 뭘까? 같은 생각의 길을 고양이가 제 꼬리를 물으려는 것처럼 뱅뱅 도는 동안, 그는 모든 것을 끝내 놓고 통보만 남겨 두고 있었던 것이다.

좋아해? 날? 여자로?

하나는 숨을 폭 쉬고 침대에서 내려와 두나의 방으로 건너갔다. 옆에서 잠들어 있던 요요가 잠에서 깨어 에옹, 하며 따라왔다.

"두나야, 일어나 봐."

하나는 두나의 어깨를 잡아 흔들었다.

"꺼져."

두나는 잠꼬대처럼 중얼거리고 몸을 홱 틀어 누웠다. 하나는 이불을 확 끌어 내리고 어깨를 더 심하게 흔들었다. 요요가 두나의 등 위로 뛰어 올라갔다.

"아, 뭐야. 지금이 몇 신데. 언니 돌았냐? 요요, 너 내려와."

두나가 이불을 다시 끌어올리며 짜증이 가득 섞인 말로 대답하였다.

"상담 좀 하자."

"이따 아침에, 아니, 저녁때. 오케이?"

"아, 쫌. 일어나 봐, 쫌!"

"으 씨. 왜? 뭔데?"

두나가 간신히 눈을 반쯤 뜬다.

"누가 나 좋대."

"좋은 일이네. 축하혀. 됐지?"

심드렁하게 대답하고는 다시 눈을 감는다.

"근데 그 남자가 보통 때는 나한테 되게 사무적으로 굴었었거든. 요 근래에는 좀 친절했었지만, 기본이 무심이었어. 아무리 생각을 해 봐도 대체 언제부터 그랬는지 짐작도 안 가. 나 발령받고 첫날, 그 남자가 내 얼굴을 보고 걸음을 딱 멈추더니 얼굴을 이렇게 기울이면서 쳐다봤었거든. 그게 찡그린 건지 웃는 건지 애매모호한 표정이었는데, 그때였나 싶기도 하고."

"요점이 뭔데?"

"내가 그렇게 매력 있나? 첫눈에 반할 만큼?"

하나의 말에 두나가 황당하다는 얼굴로 입을 벌렸다.

"가서 잠이나 처자. 헛소리 좀 하지 말고. 드라마도 그렇게 찍으면 개연성 없다고 욕먹어. 요요야, 니네 큰언니 미쳤다."

"야, 내 얼굴이 개연성이거든. 그리고 넌 선생님이라는 게 말을 그따위로 하냐. 난 초등학교 때 선생님들은 이슬만 먹고, 화장실도 안 가고, 잠도 하늘나라 구름 위에서 자는 줄 알았다."

"됐거든요."

두나는 엎드려 누우며 베개 밑에 팔을 집어넣었다.

"언니."

"왜?"

"선생님은 방구도 잘 뀌지요."

두나는 뻔뻔스레 말한 뒤, 방귀를 뽕 하고 뀌었다. 하나는 낮게 비명을 지르며 이불 위를 퍽퍽 내리쳤다. 두나는 베개에 얼굴을 박은 채 킥킥 웃었다. 하나는 이불을 몇 번을 내려치다 두나의 등에 몸을 포개며 누워, 요요를 배에 올려놓고 머리를 쓰다듬었다.

"그러니까 나는……."

"그러니까 언니는, 그 남자가 어떤데?"

어떠냐고?

"잘 모르겠어."

"고백 받았을 때 기분이 어땠는데? 좋았어, 더러웠어?"

"처음엔 이 남자가 미쳤구나 싶었고, 그 뒤엔 마음이 여러 가지 물감으로 막 뒤섞인 기분이었어."

"그 남자가 키스하는 상상을 해 봐. 역겹지 않으면 긍정적으로 생각해 보고, 도저히 상상이 안 되면 신경 *끄고*."

키스? 키스라고? 기태신이랑 나랑? 오 마이 갓. 지저스 크라이스트 슈퍼스타. 나무아미타불 관세음보살. 하나의 얼굴이 귀밑까지 빨개졌다.

"상상하고 있구나. 히히."

놀리는 두나의 엉덩이를 한 대 때리고 천장을 바라보았다.

"중요한 건, 나랑 사귀는 건 싫은가 봐. 자기가 용납할 수 있는 범위가 아니래."

"미친놈. 요요가 왈왈대는 소리 하고 있네. 그럴 거 뭐 하러 말해."

"그러니까. 그냥 다른 이유를 대든가. 이해할 수가 없어."

용납할 수 있는 범위가 아니라니……. 나는 평범하고 조그만 약국집 딸이라서, 재벌집 도련님인 자신하고는 어울리지 않는다는 거야? 웃기셔. 나도 그쪽이랑 그럴 생각 전혀 없었거든.

하나는 바닥에 요요를 내려놓고 그대로 몸을 굴려 두나 옆에 누웠다.

만약에 지갑을 가지러 가지 않았다면.

만약에 그에게 '술을 많이 마시면 비서 자격이 없는 건가요?'라고 묻지 않았다면.

만약에 그가 집에 데려다주지 않았다면.

만약에 저번 주에 남아서 야근을 하지 않았다면. 그래서 같이 늦은 저녁을 먹지 않았다면.

아니, 애초에 새벽에 걸려 오는 전화 따위 받지 않았다면.

그랬다면 오늘 같은 황당한 일은 없었을까?

하나는 수많은 만약에를 떠올리며 잠이 들었다.

꿈을 꾸었다. 꿈에서 안개가 짙은 길 끝에 보랏빛 네온을 밝히고 있는 스탠더드 브루노가 보였다. 안으로 들어가자 천장까지 쌓여 있는 목재들과 공중에 떠 있는 의자들, 무섭게 돌아가는 드릴이 보였다. 줄이 끊어진 채 먼지 낀 바닥을 뒹굴고 있는 기타와 그 옆에 쓰러져 있는 기태신이 보였고, 회중시계를 든 토끼가 주방으로 뛰어 들어가고 있었다.

지랄 같았다.

## 9. 상무님 나빠요

하나는 엘리베이터에서 30층 버튼을 누르려다 다시 14층 버튼을 눌렀다. 벌써 보름이나 지났는데도 이런다.

경영지원4팀은 총 열여섯 명으로 그중 하나까지 네 명이 여자였다. 남자들은 모조리 기혼이었고, 여자들 중 셋은 미혼이고 유부녀인 정 과장은 열한 살 된 딸이 있었다. 초반에는 같은 팀 사람들의 호기심 어린 눈초리도 불편하고, 무엇보다 일을 처음부터 다시 배워야 한다는 것도 부담이었다. 명색이 4년차인데 어리바리하게 굴 수는 없는 노릇 아닌가. 최대한 빨리 업무 파악을 해야 했다. 매일 야근을 하고, 집에까지 가져와서 일을 하였다. 모르는 것이 있으면 염치 불고하고 직원들에게 물어보며 하나하나 알아 나갔다. 팀원들도 초반의 호기심 어린 눈길을 거두고 같은 동료로 대해 주기 시작하였다. 거기에 여

직원들과는 슬슬 친해지고 있었다.

나가서 사 먹는 것도 마땅찮았던 날, 넷은 구내식당에서 점심을 먹으며 소소한 이야기를 나누었다. 늦잠을 잔 하나는 아침을 못 먹었던 터라, 주로 듣기만 하고 부지런히 밥을 먹었다.

"다음 주말에 뮤지컬 보러 안 갈래요?"

진윤희의 제안에 전상미가 고개를 젓는다.

"그 돈이면 피부과를 한 번 더 가거나 화장품을 사겠다."

"난 딸내미 학원비에 보태겠어."

서른이 넘어서도 여드름으로 고생하는 상미와 정 과장의 시큰둥한 반응에 윤희가 하나에게 고개를 돌린다. 눈이 부담스러울 정도로 반짝반짝한다.

"하나 씨는?"

"전 뮤지컬이나 연극처럼 라이브한 건 배우들이 실수할까 봐 조마조마해서 못 보겠더라고요. 영화는 어때요?"

"윤희 씨, 회사의 인간관계는 회사에서 끝내는 거야. 왜 주말까지 끌고 가. 주중에 보는 것도 지겨워."

"정 과장님은."

정 과장의 타박에 윤희는 툴툴거리며 밥을 입에 넣었다.

"저게 누구야? 기 상무네."

상미의 말에 네 명의 눈은 구내식당 입구로 몰렸다. 정 과장이 감탄하듯 입을 열었다.

"여전히 참……, 섹시해. 저 짙은 눈썹을 한 올 한 올 뽑아 보고 싶네. 어떤 표정을 지을지 궁금해."

풉. 하나는 입가에 갖다 댔던 미역국을 뜬 숟가락을 다시 국 그릇에 넣었다.

"어우, 과장님. 너무 노골적이에요."

윤희가 깔깔대며 웃는다.

"그럼 뭐 해요. 못 먹는 감인데. 그냥 '여기 반찬이 왜 이래요?' 한마디만 해 줬으면 좋겠다. 그러면 적어도 일주일간은 반찬이 휘황찬란해지는데."

상미의 시니컬한 대답을 윤희가 받는다.

"누가 먹으려고 침을 흘리나요. 그냥 저런 나이스한 총각은 회사 생활의 인간 자양강장제 인스카스, 인간 루테인 같은 거지. 텔레비전에서도 보기 어려운 마스크잖아요. 하나 씨는 인사라도 하지 그래요?"

윤희의 말에 하나는 어색한 웃음을 지으며 밥을 크게 퍼서 입에 밀어 넣었다.

"맞다. 안 그래도 이 이야기 해 줘야지 하고 있다가 잊어 먹고 있었네. 다들 모여 봐."

구내식당은 사람들이 떠드는 소리로 시끌시끌했다. 정 과장이 몸을 앞으로 기울이자 나머지 셋도 몸을 앞으로 숙이며 모여들었다.

"저번 주말에 시댁 갔다가 들은 건데, 아버님이 15년 전까지 여기 보안과에 계셨거든. 아버님이 그러는데 기 상무가 일곱 살 때인가 납치됐었대. 납치라기보단 협상을 위한 인질이라고 해야 하나."

정 과장의 말에 하나는 입 안에 있던 밥을 꿀꺽 삼켰다. 이건 또 무슨 소리야?

"그거 정말이었어요? 인터넷에서 비화로 떠돌긴 했는데, '영화 찍고 있네.' 하고 있었는데. 웬일이야."

"더 놀라운 건 데려갔던 사람이 회장님 세컨드였다네."

"어머어머. 비화에도 그렇게까지는 안 나왔었는데."

윤희의 호들갑스러운 반응에 신이 났는지 정 과장의 어조도 들뜨기 시작하였다.

"이유가 세컨드한테 다섯 살짜리 아들이 있었는데, 자기 아들을 호적에 올려 달라고 그랬던 거래. 근데 원래 혼외 자식은 호적에 안 올린다는 게 원칙이라서 왕회장님이 어림없다 하고, 사모님은 아예 작업실에 칩거하는 걸로 반대하던 상황이었다고 하더라고."

"그럴 거 바람은 왜 피워서 애는 낳게 했대?"

"으이구, 상미 씨 조용히 해 봐요. 그래서요?"

"자세한 건 나도 잘 모르고, 일곱 살짜리가 알지도 못하는 아줌마 말을 잘 들었겠어? 기 상무가 기회를 봐서 도망치니까 그 세컨드가 잡으려 쫓는 사이에 다섯 살짜리가 엄마 따라간다고 빨간불에 길 건너다가 차에 치여 즉사했대. 여자도 그 모습 보고 달려오다가 또 차에 치였다나. 하여간 난리 난리 그런 난리도 없었다고 하시더라. 그 사건 이후로 기 상무는 곧장 영국으로 떠나서 거기서 초등학교 졸업하고 왔다잖아."

"기 상무도 꽤 스펙터클하게 살았네. 어린 나이에 충격이 컸겠다."

"기 상무도 그렇지만 그 다섯 살짜리 애도 안됐네."

"그러게. 애가 무슨 잘못이야."

"그나저나 완전히 회사 1급 기밀이었을 텐데, 과장님 시아버지는 퇴직한 지 오래됐다고 해도 이렇게 누설을 하면 안 되는 거 아니에요?"

"상미 씨도 잘 들어 놓고. 보면, 자기는 말을 해도 꼭 꽈서 하더라. 그리고 인터넷에서도 떠돌고 있다잖아. 앞으로 재미있는 이야기는 자기만 쏙 빼놓고 할 거야."

잠시 썰렁한 기운이 흐르는 동안 하나는 고개를 돌려 태신을 바라보았다. 딱 보름 만이었다. 그는 여전히 단정하고 고집스러운 얼굴로 다른 직원들과 식사를 하고 있었다. 납치를, 그것도 아버지 내연의 여자에게…… 그때의 충격으로 성격이 삐뚤어진 건가? 태신의 옆에 있던 김 과장이 하나를 발견하고 손을 들어 올려 알은체하였다. 하나는 고개를 살짝 숙여 인사를 하였다.

"이번 주 내내 그 집 게장이 먹고 싶었다고."

두나는 일어나자마자 해오름으로 밥을 먹으러 가자고 하나를 쫓아다녔다. 나름 애교라는 콧소리에 머리카락이 쭈뼛 선다.

"사람들이 죽 늘어서 있을 텐데, 그렇게까지 기다려서 먹어야겠어? 내가 피자 시켜 줄게. 집에 있자."

"난 게장, 게장, 게장. 빨간 양념이 된 게장, 게장, 게장."

"알았어, 알았어. 그럼 2시 지나서 사람들 좀 한가해질 시간에 가자."

"그 정도는 양보하지. 삶은 달걀 먹을래?"

그제야 얼굴이 확 핀다.

"믹스커피도 타 와. 근데 누가 널 스물여섯으로 보겠어. 너학교 가서 애들한테도 이래?"

"그럴 리가 있나염. 아이들 앞에선 그야말로 천사 같은 선생님이지."

두나는 부엌으로 들어가며 샐샐댄다. 어젯밤부터 해오름에 가자고 노래를 불러 댔다. 가격이 저렴한 것도 있고, 하나의 입맛에는 간이 좀 짜지만, 두나가 그 집 양념게장을 무척 좋아해서 한 달에 적어도 두 번은 끌려가다시피 했다. 부모님은 계모임 등산 때문에 아침 일찍 나가시고 하나와 두나, 요요밖에 없었다. 햇볕을 쬐며 자고 있던 요요가 일어나 하나의 배로 올라왔다. 이마를 쓰다듬어 주자 게슴츠레 눈을 뜨고는 갸릉거렸다.

"저 남자 배우 어깨 봐. 크으으으. 두툼한 가슴팍에 매끈하게 떨어지는 허리, 넘 좋고요. 파란 눈동자에 빨려 들어갈 거같고요."

달걀을 먹던 두나는 화면에 나오는 배우에게서 눈을 떼지 못했다.

"아하하. 영화 평론가가 방금 저 배우에 대해서 말한 거 들었어? 하루만 저 얼굴과 몸으로 살아 보고 싶대. 진짜 웃겨."

별로 웃기지도 않은 이야기에 두나는 아예 바닥에 엎어져서 웃었다. 요요가 하나가 먹는 달걀을 탐내며 촉촉한 코를 들이밀었다.

"요요, 안 돼. 달걀 먹는 거 아냐."

냐아.

"이번 한 번만. 아주 조금만 먹는 거다."

대답이라도 하듯 에옹, 하고 운다. 하나는 달걀흰자를 조금씩 떼어 요요에게 먹였다. 요요가 받아먹을 때마다 분홍색 까칠한 혀가 손가락을 간질였다.

몰아서 재방송해 주는 일일 연속극을 보고, 하나는 뭉그적뭉그적 일어나 욕실에서 세수하고 옷을 입었다. 해오름은 걸어서 10분밖에 걸리지 않아 외출한다는 기분도 들지 않았다. 카키색 반바지에 언제 샀는지 기억도 안 나는 〈이레이저 헤드〉 포스터가 프린트된 티셔츠를 입었다.

따라 나오려는 요요를 달래며 대문을 잠그고 골목을 나오는데, 입에 담배를 물고 있는 길 건너 건물 1층 철물점 아저씨를 마주쳤다. 또다시, 달빛이 풀어지던 그날 밤이 떠올랐다. 미간에 닿았던 뜻밖에도 뜨겁던 손가락과, 흰 물뱀처럼 하늘로 미끄러지듯 올라가던 담배 연기와, 웃음 짓자 볼에 살짝 패던 작은 보조개까지……

기태신 밑에서 3년이 넘게 있었지만, 올봄만큼 그에 대해서 생각해 본 적이 없었다.

매일, 그의 차가 멈춰 있던 곳을 지날 때면 의식처럼 생각했다. 온갖 감정이 뒤섞인 채, 바라보았다. 그럴 때면 늘, 위태롭던 기타 소리가 귓가에 맴돌았다.

그때의 일이 그에게 어떻게 남아 있는 걸까? 그 사건의 충격으로 결혼할 여자가 아니면 쳐다보지도 않겠다고 결심했던 걸까? 그날 그의 말은 그녀가 온갖 미사여구를 붙인다 하여도 뜻은 한 가지였다.

'너에게 마음은 있지만, 너는 나와 레벨이 맞지 않기 때문에 아예 눈에서 치워 버린다.' 이 얼마나 오만한 통보인가. 사람을 무슨 짐짝 취급하는 것도 아니고. 그야말로 기태신다운 말솜씨라고 생각은 하지만, 듣는 짐짝도 생각은 해 주어야 하는 거 아닌가. 게다가 그날 지었던 그 표정은 또 뭐냐고.

복잡해. 기태신, 당신이라는 남자는 이상하게 복잡한 남자인 것 같아.

옆에서 조잘대는 두나의 말을 건성으로 들으며 하나는 신호등 앞에 섰다.

3시가 가까워진 늦봄의 햇볕은 생각보다 따가웠다. 한창 뜨거울 때 나와서인지 고무 슬리퍼가 바닥에 쩍쩍 눌어붙는 것 같았다.

한옥을 개조한 해오름은 오래된 한옥 특유의 꿉꿉한 군내조차 자연스러웠다. 점심시간이 지나서인지, 테이블은 반쯤 채워져 있었다. 둘은 벽 쪽으로 자릴 잡고 앉았다. 누비 방석을 꺼내 앉았는데, 놀랍게도 대각선으로 보이는 자리에 흰 셔츠를 입은 기태신이 앉아 있었다. 정말 기태신 맞아? 이 사람이 왜 이런 곳에서 밥을 먹어? 놀라움도 잠시, 하나는 얼굴을 재빨리 반대편으로 돌렸다. 태신의 집이 효자동과 가깝기는 하지만, 소박하다 못해 약간 초라하게도 느껴지는 밥집에서 만나리라고는 생각지도 못했다. 다행히 태신은 책을 읽고 있느라 하나를 못 본 상태였다. 나름 단골이라 아줌마들과 인사까지 하며 지내는 두나는 게장정식을 주문하고 흥에 겨워 몸을 이리저리 흔들었다.

"두나야."

하나가 속삭이듯 불렀다.

"왜?"

두나의 큰 목소리에 하나는 눈치를 살피며 손가락을 입술에 갖다 대었다.

"나랑 자리 바꿔."

"왜애? 귀찮게 뭘 바꿔."

마침 아주머니가 반찬이 담긴 쟁반을 가지고 와 둘의 대화는 끊겼다. 아주머니가 가신 뒤 다시 한번 부탁해도 두나는 반찬으로 나온 부침개를 집어 먹을 뿐이었다. 하나는 상 아래에서 두나의 발을 툭 찼다.

"아, 진짜! 왜!"

두나의 목소리에 책에서 고개를 든 태신이 하나를 바라보았다. 이 전위적인 티셔츠에, 머리는 하나로 질끈 묶고, 선크림도 안 바른 이 맨얼굴을……, 어쩔까. 그는 잠시 멍한 얼굴로 하나를 바라보았다. 화장 전후가 그렇게 차이가 나나? 못 알아보는 거야, 아니면 놀란 거야? 태신이 곧 표정을 바꾸고 먼저 가볍게 고개를 끄덕였다. 하나도 주춤 인사를 하였다. 두나가 하나의 시선을 따라 고개를 돌려 태신을 바라보았다.

"아는 사람이야?"

"회사 사람."

"저 사람 때문에 자리 바꿔 달라고 한 거야?"

"너 같음 이 꼴을 보여 주고 싶겠니?"

"뭐 어때. 저 사람 혼자 먹나? 같이 먹자고 할까?"

'됐어.'라고 말릴 사이도 없이 두나가 고개를 돌려 태신에게 인사를 하였다.

"안녕하세요."

두나의 인사에 태신이 고개를 들었다.

"저 하나 언니 동생이에요. 혼자 드실 거면 같이 먹어요. 밥 혼자 먹으면 맛없잖아요."

하나는 이를 물어 신음을 삼켰다. 이럴 때면, 길에서 시든 나물을 파는 할머니를 그냥 지나치지 못하여 다 사 오고, 택배 아저씨에게 요구르트라도 건네는 두나의 자애신공 성격이 원망스러웠다. 그렇지만 거절하겠지? 저 남자가 왜 같이 먹겠어. 태신의 거절을 예상한 하나의 기대와는 달리, 그는 자리에서 일어나 하나 옆에 앉았다.

하나는 화들짝 놀라 자세를 고쳐 앉았다. 이럴 줄 알았으면 머리라도 감고 오는 건데……. 완전 낭패였다.

아주머니가 태신의 테이블에 있던 반찬을 옮겨 주고 밥과 함께 두나가 좋아하는 양념게장을 내려놓았다.

"게장 좋아하세요? 전 이거 때문에 이 집에 와요. 테이블을 합치니까 게장이 두 접시가 되네요, 헤헤."

두나의 단순한 웃음에 태신은 단정히 다물고 있던 입술을 풀며 미소를 지었다.

"언니랑 같은 부서세요?"

"아니요."

오랜만에 듣는 목소리가 새삼스러웠다.

"이번에 언니가 새로 부서를 옮겨서 업무 파악인가 뭔가 한다고 매일 늦게 퇴근했거든요. 같은 부서면 잘 좀 봐 달라고 하려 했더니, 안 되겠네요."

두나야 밥이나 먹어, 제발. 너 보통 때는 게장 한 조각이라도 더 먹으려고 말도 안 하고 먹었잖아.

태신은 대답 대신 숟가락을 들어 밥을 먹기 시작하였다. 셋은 조용히 식사만 하였다. 게장 킬러인 두나의 밥뚜껑에만 게딱지가 쌓이고 하나와 태신은 밥과 나머지 반찬들만 먹었다.

오늘따라 된장찌개는 왜 이리 짠지. 하나는 두부만 건져 반찬 삼아 밥을 먹었다. 밥을 반쯤 먹자, 도저히 안으로 더 들어가질 않았다. 한 숟가락이라도 더 먹었다간 그대로 체할 게 분명했다. 눈치를 보며 속도를 맞춰 수저를 내려놓았다. 반쯤 비워져 있는 공기를 보고 두나가 눈을 동그랗게 뜨더니 곧 능글

맞게 웃었다.

내가, 내가 저 남자에게 잘 보이려고 일부러 이렇게 먹은 게 아니란 말이다. 이두나, 넌 이따 집에 가서 죽었어.

태신이 밥값 계산을 하였다. 하나가 안 된다고 말렸지만, 가뿐히 제지당했다. 해오름을 나와 어색하게 길에 섰다. 사실 어색한 건 하나뿐이었다. 두나는 태신에게 서슴없이 말을 걸며 대화를 나누었다. 태신의 머리카락에 점점 오후로 가는 황금빛 햇살이 비단 베일처럼 쏟아졌기 때문일까. 멍하니 그 모습을 바라보던 하나는 등 뒤의 클랙슨 소리와 함께 태신에게 어깨를 잡힌 채 끌어당겨졌다.

예상치 못한 향기였다. 그건, 신선한 야생초 냄새 같기도 하고, 옅은 담배 냄새 같기도 했다. 그 냄새는 코를 지나 머리에서 마음속까지 뚫고 들어왔다.

조금, 기분이 이상하였다.

고개를 돌리자 대파와 무, 양파 등이 담긴 노란 박스를 실은 오토바이가 하나의 등 뒤를 지나 사람들 사이를 가로지르고 있었다. 근처 음식점에 채소를 배달하는 듯했다. 하나의 머리 위로 태신이 뜻 모를 숨을 길게 내쉬는 게 느껴졌다. 하나는 얼른 그에게서 떨어져 나왔다.

"인도에 웬 오토바이야."

두나가 투덜거리다 고개를 돌려 태신을 보고는 활짝 웃었다.

"방금 멋있었어요. 민첩하게 확."

둘의 대화 소리가 큰지, 자신의 심장 뛰는 소리가 더 큰지 가늠이 되지 않는다.

"밥 잘 먹었어요. 밥값도 대신 내주시고. 그래서 더 맛있었어요."

이두나, 내 동생이지만 너 정말 뻔뻔하다. 앞으로 한 달간 해오름에 같이 안 갈 거야.

"저도 잘 먹었습니다."

두나의 말에 태신이 싱긋 웃었다. 새끼손톱으로 콕 찍어 놓은 듯한 볼우물이 패였다.

하나가 잠시 머뭇거리다 태신에게 고개를 꾸벅 숙여 인사를 하던 찰나였다.

"언니가 좋아하는 밤이나 한 봉지 사 갈까?"

두나의 눈치 없는 말이 떨어지자마자 태신이 트럭으로 다가갔다. 하나는 두나에게 주먹을 쥐어 흔들어 보이고 황급히 그를 쫓아가 팔을 잡았다가 얼른 떼고 딱딱하게 말했다.

"괜찮습니다, 상무님."

태신은 그녀의 손이 닿았던 팔을 잠시 바라보다 눈이 부신 듯 눈을 가늘게 뜨고 하나를 바라보았다.

"점심 같이 먹어 준 답례예요. 이 정도는 괜찮지 않나? 아니면 내가 주는 건 싫어요?"

태신이 고개를 갸우뚱하며 물었다.

"아니요, 그게 아니라."

"그럼 됐죠? 여기 주세요."

태신은 하나의 말을 끊고 지갑을 꺼내 노점상에게 돈을 건네었다.

"일은."

"상무님."

둘은 동시에 말을 하였다.

태신이 먼저 말하라는 듯 턱을 살짝 들어 올렸다.

"내일 부다페스트로 출장 가시죠?"

하나는 태신이 건네는 밤 봉지를 받아 들며 물었다. 그가 어떻게 알았냐는 듯 묻는 눈으로 하나를 바라보았다.

"저 20일 전까지 상무님 비서였어요."

태신이 그랬었지 하고 수긍하는 듯 '아아.' 소리를 내었다.

"조심해서 잘 다녀오세요. 그리고 오늘 밥도 잘 먹었고, 밤도 잘 먹겠습니다."

하나는 밤 봉지를 들어 올리며 헤어짐의 인사를 하였다. 그는 고개를 가볍게 끄덕였다. 하나는 길게 인사를 하는 두나를 잡아끌며 걷다가 뒤통수가 당기는 느낌에 돌아섰다. 태신은 그 자리에 서서 그녀를 바라보고 있었다.

에라이, 될 대로 돼라.

하나는 두나에게 먼저 가라고 말하고 태신에게 다가갔다.

"도무지 상무님을 이해할 수 없어요."

하나는 잠시 숨을 멈췄다가 다시 말을 이었다.

"사람이 사는 데 여러 가지 예의가 있는데, 그러니까 여자와 남자 사이, 그러니까……."

하나는 횡설수설하는 자신의 입을 막아 버리고 싶었다. 좀 멋지게, 쿨하게 말할 순 없는 거니?

"그러니까 제 말은, 싫다고 눈 밖으로 치웠으면 다른 곳에서 만나도 일관성 있게 행동하시라고요. 밥 같이 먹자고 같이 먹고, 친절하게 굴고, 이런 밥 같은 것도 사 주고, 이런 거 나빠요. 안 그래도 신경 쓰였는데, 이러시면 저는 어떻게 받아들여야 할지 모르겠어요."

"이하나 씨."

"네, 상무님."

태신은 그저 웃었다. 철컥, 금고 문을 닫는 것처럼. 자신 속의 무언가를 숨기는 듯한, 조금은 자학적이면서 난처한 웃음이었다.

"나에 대해 신경 쓰지 말아요. 그럴 필요가 없는 사람이에요. 아니, 그럴 가치가 없는 사람이라고 합시다."

도대체 이 사람은, 말을 하면 할수록 뭔가 명확해지는 것이 아니라 더 이상하게 돌아가고 있다.

"저도 그렇게 생각하고 싶은데, 그러니까 제가 드리는 말씀이 그거잖아요. 신경 쓰고 싶지 않으니까, 이러시면 안 된다고요."

하나는 태신의 대답을 기다렸다. 몇 걸음 떨어진 곳에서 사람들은 슈퍼에서 내어놓은 파라솔 의자에 앉아 음료수를 마시며 이야기를 나누고 있었고, 좌판을 벌인 할머니는 고사리 껍질을 벗기고 계셨다. 이런 대화를 나누기에는 적당한 장소가 아니었지만, 시간으로는 가장 적당했다. 지금이 아니었다면,

하나는 절대 이런 말을 그에게 하지 않았을 것이다.

"미안해요. 나는 그저……."

"저는요, 미안하다는 말을 쉽게 하는 사람이 싫어요."

하나가 울컥하여 말을 끊었다.

"미안하다는데, 더 따져 물으면 상대방만 치사하게 되는 거 잖아요. 의도한 건 아닌데 이렇게 됐다. 그런 뜻이시겠죠. 상무님은 저번에 제가 물었을 때도 쉽게 미안하다고, 조심하겠다고 말씀하시고는 얼마 지나지 않아서 다른 곳으로 보내 버리셨어요. 그것도 제가 받아들이기 힘든 이유로요. 상무님 기분에 따라 내키는 대로 행동하고, 사람 마음 잔뜩 헝클어 놓고는 자신은 생각할 필요가 없는 사람이라고 또 알 수 없는 말만 하시고요. 저는 쿨하게 '어머 그러세요.' 할 수 있는 사람이 못 돼요. 상무님이 얼마나 대단한 속사정을 가지고 있고, 또 얼마나 복잡한 생각 속에 파묻혀 있는지 모르겠지만요. 상무님은 그저 나쁜 분이세요. 참 나빠요. 헝클어 놓고 풀어 줄 생각 없으시면, 아예 헝클어 놓지를 마세요. 안녕히 가세요."

하나는 속사포처럼 말을 쏟아 내고 그대로 뒤돌아서 곧장 걸었다. 둥둥대는 심장을 느끼며, 이번에는 뒤돌아보지 않았다. 몸이 잠시 휘청 흔들렸지만, 다시 바로잡고 더욱 빠르게 걸었다. 걷는데 땅이 떨리는 것 같았다. 건널목을 건너서야 둘이 동시에 말을 꺼냈을 때 그가 하려던 말을 듣지 못했다는 것을 깨달았다. 상관없었다. '일'이라는 단어가 들어간 걸로 보아, 일은 할 만하냐고 물으려던 거였겠지.

고양이 쥐 생각하시기는. 아우, 진짜 성격 이상한 사람이야.

하나는 집에 돌아와 식탁 위에 놓여 있는 밤 봉지를 째려보다가 슬며시 꺼내 입에 넣었다. 밤은 달고, 고소했다. 먹는데 목이 메어서 자꾸 물을 마셨다.

## 10. 부등호의 위치

"하나 씨."

등 뒤에서 들려오는 목소리에 하나는 몸을 돌렸다. 진윤희다. 한 손에 종이 봉지와 커피빈 종이컵이 들려 있다. 윤희는 하나를 향해 빠른 걸음으로 다가오다 짧게 소리를 지르며 커피를 다른 손으로 바꿔 들고는 손을 털었다. 종이컵에 담겨 있던 커피가 손등 위로 튄 모양이었다.

"아, 뜨거워. 정말 끝내주는 월요일 아침이다. 굿모닝이라고 인사하지 않을게. 하나 씨, 글루미 먼데이 모닝."

윤희는 한숨을 쉬며 손등에 묻어 있는 커피를 혀로 핥았다.

"글루미 먼데이 모닝."

하나는 웃으며 아침 인사를 하였다.

"일주일 중에 가장 끔찍한 때는 월요일 아침, 머리를 감기 위해 샤워 꼭지 밑으로 머리를 들이미는 순간이 아닐까."

"맞아요. 머리 위로 쏟아지는 물이 마치……."

"마치?"

"그러니까……."

적당한 표현으로 무엇이 있을까. 하나는 적절한 비유를 찾기 위해 머리를 굴렸다.

"삶의 비애가 머리 위로 한꺼번에 쏟아지는 기분?"

"맞아요. 삶의 비애가 머리 위로 한꺼번에 쏟아지는 기분."

하나는 윤희의 말에 크게 맞장구를 쳤다.

"그렇다고 때려치울 수도 없고 말이야."

"그러니까요."

하나는 웃었다.

"하나 씨, 아침 먹었어? 내가 참치샌드위치 사 왔는데, 안 먹었으면 같이 먹어요."

"먹고 왔어요."

"되게 부지런하다. 난 단 5분이라도 더 자는 게 좋은데. 근데 이거 내가 다 먹기에는 양이 좀 많은데……."

말꼬리를 흐리며 윤희는 하나를 바라보았다. 자신이 휴게실에서 샌드위치를 먹을 동안 옆에 있어 달라는 뜻이다.

"저도 커피 마실 거예요."

"아, 잘됐다. 아무래도 휴게실에서 혼자 샌드위치 먹고 있으면 좀 눈치 보이거든."

둘은 아침 햇빛을 쨍하게 반사하고 있는 빌딩으로 바쁘게 걸음을 옮겼다. 빌딩 전면의 부채꼴 광장은 출근하는 사람들과 속속 도착하는 임원진들의 자동차로 붐볐다.

막 회전문을 통과했을 때, 로비의 시선이 현관 밖으로 쏠렸다. 하나와 윤희도 자연스레 고개를 돌렸다. 태신이 차에서 막 내리고 있었다.

"기 상무네."

윤희가 혼잣말처럼 중얼거렸다. 하나는 고개를 돌려 태신을 바라보았다. 일주일 만이었다. 해오름에서 어색하게 식사를 하고, 자신이 태신에게 뭐라 뭐라 다다다다 쏘아붙인 지 말이다. 늘 그랬던 것처럼 출장을 마치고 공항에서 바로 왔을 것이다. 차에서 내린 태신은 김 과장이 건네주는 양복 재킷을 입으며 현관문을 통과하였다.

태신은 사람들의 인사에 가볍게 고개를 끄덕이고는 큰 걸음으로 성큼성큼 엘리베이터로 향했다. 출입구 옆 안내 데스크에 서 있던 리셉셔니스트 넷이 태신에게 배꼽 인사를 하였다. 더는 인사 받는 것도 피곤하다는 듯 바로 열려 있는 출입구를 통과하였다.

얼굴 살이 내려 턱선이 전보다 좀 더 날카로워져 있었다. 하긴, 부다페스트의 스케줄은 살인적으로 빡빡했을 것이니 살이 빠질 만도 했을 것이다.

하나와 윤희는 ID카드를 꺼내 출입구를 통과하고 엘리베이터로 향했다. 홀수 층과 짝수 층으로 나뉘어 운행되는 엘리베이터는 양쪽으로 여덟 대가 운영되지만, 복도에는 늘 사람들이 바글바글하였다. 상무가 서 있는 엘리베이터 앞이 비교적 한산하였음에도 하나와 윤희는 옆 엘리베이터에 섰다. 다른 사람들과 마찬가지로 상무와 엘리베이터를 같이 탈 숨 막힐 일은 만들고 싶지 않았으니까. 하지만 속속 엘리베이터 앞에 모여드는 사람들에게 밀리고 밀리다 하나와 윤희는 상무의 옆에 서게 되었다.

이 무슨 낭패람. 하나는 천천히 고개를 들어 그의 얼굴을 살폈다. 돌아보지도 않고 표정의 변화도 없는 것을 보면 그녀가 옆에 있는지도 모르는 듯하였다. 하나는 대담하게 태신을 쳐다보았다. 확실히 얼굴 살이 많이 내렸다. 눈 밑에 다크서클도 있는 것 같고, 곱던 피부도 약간 까칠해 보였다. 하루쯤 쉬고 나와도 뭐라 할 사람 없을 텐데, 암튼 회사 일은 혼자 다 하지요. 그때, 태신의 목울대가 크게 움직이는 것 같더니 휴대폰을 받았다.

"이동 중입니다. 전화 드리겠습니다."

목소리를 들으니 확실해졌다. 그는 현재 피곤하다. 그것도 몹시.

태신은 피로가 발끝까지 찰 때면 종결어미를 길게 끌어 발음하였다. 마치 술이 아주 조금 취한 듯.

그건 김 과장도 모르는, 하나만이 미묘하게 잡아낸 태신의 버릇이었다. 그런 날이면, 그녀는 빌딩 지하 아케이드의 퓨전 떡집에서 꿀을 넣은 팥소가 들어가 있는 반달 모양의 밀비지나 호박케이크, 고구마케이크 등의 떡케이크와 함께 녹차를 간식으로 내었다. 피곤하다고 커피를 들이붓는 대신, 당분이 높은 간식을 먹는 게 피로에 더 좋을 거 같아서였다. 그 일은 하나의 은밀한 기쁨이었다. 자신만이 태신의 컨디션을 알고 있다는, 무언가 자신이 필요한 일을 했다는 즐거움의 맥락이었다. 새 비서는 모를 텐데, 알려 줄까? 근데 괜한 오지랖인 거 같기도 하였다.

"하나 씨?"

딴생각에 빠져 있던 하나는 윤희의 재촉에 엘리베이터 안으로 들어갔다. 상무가 같이 타서인지 엘리베이터 안은 가끔 들리는 헛기침 소리 외에는 조용했다. 경쾌한 멜로디와 함께 문이 열릴 때마다 사람들은 상무에게 가벼운 목례와 함께 엘리베이터에서 내렸다. 뒤통수가 바늘로 콕콕 찔리는 듯한 느낌이 들었지만, 감히 고개를 돌려 쳐다볼 용기는 생기지 않았다.

드디어 14층에 도착했다. 양손에 들린 커피와 샌드위치 때문에 엉거주춤 움직이는 윤희의 뒤를 따라 엘리베이터에서 내린 뒤, 하나는 슬그머니 고개를 돌려 엘리베이터 안을 바라보았다.

닫혀 가는 문틈으로 태신과 눈이 마주쳤다.

문은 곧, 닫혔다.

[경주야.]

문자를 입력하고 보낼까 말까 고민하다, 결심한 듯 보내기 버튼을 눌렀다.

[왜?]

휴대폰 게임이라도 하고 있었는지 곧장 답이 날아온다.

[점심 먹었어?]

[ㅎㅎ 뚝배기불고기로 배 터지게 먹었다. 너는?]

[설렁탕. 근데, 내가 접때 식당에서 상무 만났던 이야기한 거 기억나?]

[응. 왜?]

[그때……, 밤 사 줬다고 했잖아.]

[엉.]

[오늘 출장 갔다 온 거 봤는데 얼굴이 반쪽이 됐더라고. 예전에 눈치 봐서 떡 같은 거 사다가 간식으로 내고 그랬거든. 밤도 얻어먹었는데, 답례로 떡 좀 사다 줄까?]

[아니, 와이?]

경주로부터 뜨악한 표정의 이모티콘이 연달아 세 개가 도착하였다.

[아니. 그게 그때 밤 얻어먹은 게 꼭 빚진 거 같아서.]

하나는 노란 병아리가 두 날개를 모으고 땀 흘리는 이모티콘을 보내었다.

[ㅎㅎ 그게 아닌 거 같은데.]

[아니긴 뭐가 아냐.]

[너 수상하다고. 솔직히 말해 봐. 너 상무한테 관심 있지?]

[미쳤냐.]

분노하는 병아리와 바닥에 종이를 집어 던지는 병아리를 연달아 전송하였다.

[사는 건 산다 치고, 어떻게 갖다 줄 건데? 상무실에 가서?]

[김 과장한테 슬쩍 주는 거지.]

[김 과장은 의심 안 할까?]

[너 자꾸!!!!!! 진짜 아니라니까아아아!]

병아리가 엎어져 우는 이모티콘을 보내며 어떤 분이 이모티콘을 만들었는지, 이분에게야말로 떡 한 시루 대접하고 싶은 기분이 들었다. 감정을 백배는 더 잘 표현하게 해 준다.

[ㅎㅎ 알았어. 울기는. 떡 주지 마. 이상해.]

[이상해?]

[응. 네가 꼭 답례할 필요도 없는 거잖아. 밤 한 봉지가 뭐라고 답례까지 하냐. 너네 상무한테 만 원이 돈이겠니. 껌 종이로도 쓸걸. 되레 답례라고 떡 오면 황당할 듯.]

[맞아. 그렇겠지.]

하나는 손에서 휴대폰을 내려놓고 책상 아래에 숨기듯 놓아둔 종이봉투를 내려다보았다.

떡은 이미 사 두었었다. 사 놓고는 어찌할까 고민하다 결국 경주에게 상담을 한 건데, 역시나 주지 말라고 하였다. 경주는 태신이 하나에게 좋아한다고 말한 것을 모른다. 그동안 서로의 자잘한 고민까지 다 말해 왔지만, 태신의 그 말은 차마 할 수가 없었다.

경주의 말이 맞다. 떡을 주는 것이 순수한 답례의 의미라고 하나가 아무리 규정을 한들, 객관적으로 봤을 땐 오버하는 거다. 어쩌면 경주의 말대로 상무와의 끈이 끊어지지 않게, 답례랍시고 떡을 줄 생각을 했는지도 모른다.

그렇지만 그래도 되는 걸까? 이상하게도 그날이 마지막이라는 생각이 들지 않았다. 그건 뭐랄까, 아직은 자전거가 굴러가야 할 때라는 것이다. 그도 자신도 아직은 멈출 때가 아니었다.

태신에 대한 감정이 무엇인지 명확히 결론을 내릴 수는 없다. 단순하게 말하자면, 그를 생각하면 마음이 아팠다. 그가 어린 나이에 세상의 어두운 비밀에 대해서 너무 빨리 알아 버린 것이 애틋해서도, 자신은 신경 쓸 필요 없는 사람이라는 멜랑콜리한 말 때문에도 아니다. 그런 것에 흔들리기엔, 하나는 이미 사춘기를 지났다.

그건, 그가 슬프기 때문이다.

길가의 자그마한 노란 들꽃처럼, 아이의 손에서 놓여져 하늘로 올라가는 보라색 풍선처럼, 망가져 버린 꽃무늬 양산처럼, 퇴근길 직장인들의 주름진 옷처럼, 건반을 눌러도 소리가 나지 않는 피아노처럼, 낡은 놀이터에 마지막까지 남아 있는 아이처럼 그리고 흙냄새가 나던 그의 낡은 점퍼와 운동화처럼……

그의 아무렇지 않아 하는 표정과 말과 몸짓에서, 오래도록 슬픔을 억눌러 온 자의 향을 맡을 수 있었기 때문이다. 자신이 그의 슬픔을 덜어 줄 수도, 구원해 줄 수도 없다는 것을 안다. 쓸데없는 오지랖이라고 해도 할 말은 없다.

다만, 그의 얼굴이 조금은 부드러워졌으면 좋겠다. 가끔이라도 새끼손톱으로 콕 찍어 놓은 듯한 보조개를 보여 줬으면 좋겠다. 현재로서는 그것이 전부이고 그럴 방법을 찾는 것뿐이었다. 한편으로는 '네가 뭐라고 기태신을 신경 써. 너한테 에너지 쏟는 게 아까워 눈앞에서 치운다는 사람이잖아.' 하는 생각도 들었다. 30층의 그는 14층의 자신이 이런 고민을 하는 것도 모르고 일만 하고 있겠지.

"내 마음 나도 모르겠다."

하나의 긴 한숨 소리에 옆자리 윤희가 몸을 뒤로 빼고 그녀를 바라보았다.

아직 완전히 익히지 못한 업무에 잡생각까지 겹쳐 일의 진척은 더디기만 하였다. 결국 상미의 퇴근 인사를 받고서 두 시간이 지나서야 퇴근할 수가 있었다. 시간은 이미 10시 반을 넘어서고 있었다. 엘리베이터 버튼을 누르려 팔을 들다 손가락에 대롱대롱 매달려 있는 종이봉투를 바라보았다. 결국 이러지도 저러지도 못한 채, 고스란히 집에 들고 가게 되었다. 언제나 배고픈 두나만 웬 떡이냐며 신나겠다.

엘리베이터 문이 열렸다. 생각에 잠겨 있다 다소 멍한 표정으로 고개를 든 하나는 태신을 발견하고는 얼굴을 굳혔다. 하필이 순간에, 이 엘리베이터라니. 높지도 않은 확률에 당첨된 것이 행운인지 불운인지 모르겠다.

탈까, 말까?

짧은 시간 동안 수십 번의 생각이 교차한 끝에 하나는 어색한 태도로 고개를 숙여 인사하고 한 걸음 뒤로 물러섰다. 엘리베이터에 타지 않겠음을 태신에게 표현한 것이다. 문이 닫히고, 손에 든 종이봉투가 갑자기 무겁게 느껴져 왼손에 들고 있던 봉투를 오른손으로 옮겨 잡았다.

그때 닫혔던 엘리베이터 문이 다시 열렸다.

"타요."

태신의 목소리에는 짜증과 명령이 반쯤씩 섞여 있었다.


엘리베이터의 숫자가 10층을 가리켰을 때, 태신이 느릿하게 입을 열었다.

"바래다준다고 하면, 싫다고 하겠지."

혼잣말처럼 가라앉은 말이어서 긴 한숨 소리 같기도 하였다. 하나가 고개를 돌리자 태신도 하나를 바라보았다. 우묵한 눈빛에 하나는 조금, 어지럽다고 생각하였다.

엘리베이터는 6층을 지나고 있었다. 하나는 당연한 거 아니겠냐는 얼굴로 그를 바라보았다. 온종일 그의 생각에 머리가 복잡해 야근까지 한 주제에 왜 이러는지 자신도 알 수 없었다.

아니, 알고 있었다. 이 순간이 바로 터닝 포인트였다.

대답에 따라 자신의 일상은 새로운 국면을 맞이하게 되는 것이다. 평온, 안정, 행복의 자리에 위치한 부등호가 혼란, 불확실, 상처, 슬픔의 자리로 방향을 뒤바꾸게 될지도 모르는, 해피

엔딩보다 해피엔드가 될 가능성이 큰 상황으로 말이다.

지금의 부등호를 유지하는 방법은 간단했다. 현재 짓고 있는 이 새침한 표정을 유지하며 대답 없이 엘리베이터에서 빠져나가면 되는 일이었다.

하나가 입을 열었다.

"아뇨. 데려다주세요."

부등호가 제자리에서 뱅그르르 돌기 시작하였다.

## 11. The point of no return

부처님 오신 날이 가까워진 도시는 커다란 꽃송이다. 나무와 나무 사이에 매달린 꽃등에서 스며 나온 노랗고 붉은, 분홍과 초록의 꽃불이 차창에 길게 꼬리를 늘어뜨리며 지나간다. 하나는 꽃등의 꼬리 빛을 잡으려는 듯 손가락을 갖다 대었다가 떼기를 반복하였다. 차 안은 고요하다. 아니, 잔뜩 부풀어 오른 애드벌룬이 차 안을 차지한 듯, 갑갑하다. 이러다 압력에 못 이겨 차 밖으로 튕겨 나가도 놀랍지 않으리라. 누군가 침묵을 깨야 한다면, 바로 자신. 출장 잘 다녀왔냐는 말은 흔해서 하기 싫다. 차창 밖의 알록달록한 꽃등을 보다 하나는 내내 궁금했던 것을 묻기로 한다.

"상무님."

"음?"

"왜 꽃을 싫어하세요?"

"꽃?"

"네."

"혹시 그때 그림 때문에 묻는 건가?"

"꼭 그 일 때문은 아니고요. 상무실에는 꽃이 약간 금기 같아서 이유가 궁금했어요."

신호등의 불이 주황색으로 바뀌었다. 태신이 횡단보도 앞에 차를 멈추었다. 한 무리의 사람들이 길을 건넌다. 11시가 넘은 시간임에도 길에는 택시를 잡으려는 사람들과 걷는 사람들로 가득하였다.

"예뻐서인가."

"예뻐서 싫으셨던 거라고요?"

"아마도."

"와……."

어이가 없다.

"예쁜 게 왜 싫어요?"

"……글쎄, 마음이 쓰이니까?"

선문답도 아니고, 도대체 무슨 대화를 나누고 있는 건지. 마음이 쓰여서 싫다는 건, 마음이 쓰이는 모든 것들이 싫다는 말인 걸까?

"앞으로는 그냥 예뻐해 주세요."

"왜?"

"제가 꽃 같잖아요."

하나의 농담에 태신이 큰 소리로 웃었다. 그가 지금까지 이렇게 크게 웃는 걸 본 적이 없었다. 너무 뻔뻔했나.

광화문삼거리에서 좌회전하며 태신이 툭, 무심히 소리를 채우듯 손을 뻗어 오디오를 작동시켰다. 곧 남자의 비장한 목소리가 차 안을 채운다.

"어, 〈오페라의 유령〉의 〈The point of no return〉이죠? 이 노래 좋아해요. 돌아갈 수 없는 지점이라니 어딘지 슬프기도 하고 비장하기도 해요."

하나의 오버스러운 반응에도 태신은 어깨만 으쓱하였다.

"별로."

심드렁한 데다 멋대가리 없는 대답은 그다워 새삼스럽지도 않았다. 운전에만 집중하고 있는 듯해, 하나는 조용히 노래를 듣기 시작하였다.


Past the point of no return.

No backward glances.


태신과 자신은 지금 어느 선에 서 있는 걸까.

돌아갈 수 있는 지점일까,

돌아갈 수 없는 지점일까.


"태워 준다는 상무님이나, 태워 달라고 한 저나. 우리 이상한 거 같아요. 아니, 이상해요."

뮤지컬 넘버가 클라이맥스에 다다르며 차 안에도 긴장감이 흘렀다. 태신은 핸들을 돌리며 천천히 말을 하였다.

"하나 씨는 왜 태워 달라고 했어요?"

"상무님은 왜 태워 주겠다고 하셨어요?"

"내가 이상한 사람이니까."

"그런 대답, 재미없어요. 상무님은 되게 진지한 것 같은데, 보면 무엇 하나도 진지하지 않은 거 같아요."

하나의 말이 끝남과 동시에 노래도 끝나면서 집에 도착해 있었다. 태신이 시동을 끄자, 음악도 멈추고 계기판의 불빛도 꺼졌다. 어두워진 차 안으로 창백한 달빛이 들이친다.

"이유라……."

태신의 나직한 목소리에 하나는 옆에 놓았던 종이봉투를 힘껏 쥐었다. 숨 막힐 것 같은 고요가 뾰족한 바늘이 되어 살갗을 콕콕 찌르는 것 같은 이 느낌은, 그가 자신을 좋아한다고 말했던 그날과 같았다.

"말하지 마세요."

하나는 도마뱀의 꼬리를 단칼에 내리치듯 그의 말을 끊었다.

"듣고 싶지 않아졌어요. 상무님이 그날처럼 막 폭탄 던질 것 같아."

그가 하하 웃었다. 짧은 웃음이 지나간 자리에 긴 침묵이 내려앉았다. 그는 아무 말도 하지 않았고, 하나는 차에서 내리지 않았다. 그동안 바람은 방향을 바꾸었고, 구름은 흘렀고, 달은 조금 더 옆으로 자리를 옮겼다.

"이하나."

자신을 부르는 낮은 목소리에 하나가 고개를 돌리자 그와 눈이 마주쳤다. 태신은 그녀의 얼굴을 조용히 들여다보다 길쭉한 손가락을 하나의 턱에 가볍게 갖다 대었다.

"그 먼 곳에서도 네 입술이 떠올라, 가끔 어지럽곤 했어."

그리 말하고는 엄지로 그녀의 입술을 지그시 눌렀다.

하나의 얼굴이 순식간에 달아올랐다. 태신의 손목을 잡아 아래로 끌어내렸다. 순순히 손을 아래로 내려 주는가 싶던 태신은 순식간에 손목을 비틀어 하나를 끌어당겼다.

짧은 입맞춤이었다.

열감기에 걸렸다. 37.2도. 정상보다 조금 높은 체온. 그럼에도 발밑에는 솜이 깔려 있는 것 같고, 세상은 볼록거울을 통해 바라보는 것 같다. 타이레놀만 먹고 버티려 했지만, 윤희의 성화에 점심시간을 이용해 근처 내과를 다녀온 참이다.

도망치듯 차에서 내렸다. 터질 것 같은 심장과 달아오른 얼굴을 식히느라 창문을 열어 놓고 밤새 뒤척였다. 생각을 떨쳐내고자 귀에 이어폰을 끼고 라디오도 들었지만, 디제이의 멘트 한마디도, 음악 한 소절도 듣지 못한 채, 선잠과 혼란스러운 꿈을 넘나드는 혼몽한 밤을 보냈다. 다시 눈을 뜬 것은 새벽 4시였다. 가벼운 두통에 이마에 손을 대자 미열이 느껴졌고, 이어폰이 꽂혀 있던 귀에선 얼얼한 통증이 일었다. 새벽 라디오 프로그램의 첫 곡으로 어쿠스틱 기타 음악을 들으며, 열려 있는 창문으로 푸른 새벽이 가고 아침이 다가오는 것을 지켜보았다. 그러다 어느 순간, 자신이 아무것도 보고 있지 않다는 것을 깨달았다.

기태신을, 생각하고 있었다.

아침 5시. 새벽과 아침이 자리를 바꾸는 시간.

눈물이 흘렀다. 쓸데없는 감상과 혼란스러운 감정이 뒤범벅된 눈물을 뚝뚝 흘렸다. 그러자 미열만 있던 이마의 열이 치솟듯 올랐다.


구두의 앞코를 멍하니 바라보며 사람들 틈에서 엘리베이터를 기다리던 하나는 엘리베이터의 도착음에 고개를 들었다. 경쾌한 소리와 함께 열린 엘리베이터 안에는 열감기의 원인인 태신이 서 있었다.

그에게 향하는 마음 그대로 끝까지 가 보고자 결심했다 해도, 자신은 아직 생은 물론이고 남녀 관계에서 일어나는 일에 어찌 대처해야 하는지도 모르는 어린애와 같았다.

사람들은 오도카니 서 있는 하나를 함부로 지나치며 엘리베이터 안에서 나오고 들어갔다. 자신을 바라보고 있는 태신의 시선을 외면하며, 하나는 얼굴을 돌렸다. 도저히 엘리베이터를 탈 수 없었다. 아무리 다른 사람들과 함께라 할지라도, 그와 한공간에 있을 수는 없었다. 닫히는 엘리베이터 문을 바라보며 안도한 것도 잠시, 거의 닫혔던 엘리베이터 문이 다시 열리더니 태신이 밖으로 나왔다. 하나는 뒤로 몇 걸음 물러서다가 몸을 돌려 빠른 걸음으로 걷기 시작하였다.

아직은 그의 얼굴을 볼 자신도, 대화할 자신도 없었다. 하나는 필사적으로 걸음을 옮겼다. 3년을 넘게 근무했지만 늘 다니는 동선 외에는 돌아다녀 보질 않아서, 마치 낯선 곳을 헤매는 것 같았다. 오직 앞만 보고 걸음에 속도를 내다 둔중한 부딪힘에 짧은 비명을 지르며 손에 들고 있던 지갑과 약봉지를 바닥에 떨어뜨렸다.

"어이쿠. 괜찮으세요?"

부딪힌 남자는 재빨리 손을 뻗어 넘어지려는 하나를 잡아 주었다. 아픔보다는 갑자기 부딪힌 데 놀라 심장이 쿵쿵 뛰었다.

"괜찮습니다."

하나의 지갑과 약봉지를 주워 준 남자는 눈앞에 들어오는 까만 구두에 고개를 들었다. 구두의 주인이 기태신임을 알아본 남자는 곧바로 몸을 세우며 인사를 하였다. 태신은 가볍게 고개를 끄덕였다.

태신의 시선이 자신이 쥐고 있는 것에 향해 있다는 것을 알아챈 남자가 충성스러운 사냥개가 포획물을 내밀듯 재빨리 그에게 지갑과 약봉지를 내밀었다. 건네받은 태신은 그대로 큰 걸음으로 성큼성큼 걷기 시작하였다. 둘이 하는 짓을 황망히 쳐다보고 있던 하나는 태신을 잡기 위해 거의 뛰다시피 걷기 시작하였다. 아슬아슬하게 잡힐 듯, 그러다 놀리듯 속력을 내며 걷는 그를 따라 커다란 꽃병이 그려진 유화가 걸린 복도를 지나고, 300호는 족히 돼 보이는 동양화가 걸린 복도를 지났다. 몇 분의 추격전 끝에 태신은 상설 전시관인 디지털갤러리 옆 비상구로 문을 열고 들어갔다. 그 전까지는 가열하게 쫓아갔지만 막상 그가 비상구로 들어가자 하나는 멈칫할 수밖에 없었다. 자신의 앞에서 점점 각이 좁아지며 닫히는 비상구 문 앞에서 갈등하던 하나는 과감히 문을 열고 그를 쫓아갔다. 태신은 계단을 올라가고 있었다.

"상무님."

그를 따라 계단을 오르며 불렀지만 태신은 걸음을 멈추지 않았다. 하나가 그를 쫓아 힘껏 계단을 올라갔지만, 역부족이었다. 커다란 남자의 걸음도 걸음이지만, 열감기에 약해진 몸으로 하이힐을 신은 채 계단을 빠르게 오르는 건 상상 이상으로 힘들었다.

"상무님. 상무니─임."

하나가 숨을 헐떡이며 그를 부르자, 그제야 태신이 걸음을 멈추고 몸을 돌렸다.

"왜?"

"제, 지갑, 주세요. 약도요."

숨이 차 띄엄띄엄 말하며 손을 뻗었다.

"직접 와서 가져가."

태신의 대답에 하나는 기가 막혀 그를 올려다보았다. 모래주머니가 매달린 것 같은 발을 힘겹게 끌어 올리며 태신을 향해 올라갔다. 겨우 올라가 지갑을 잡으려 손을 뻗었지만 태신은 지갑과 약봉지를 든 손을 머리 위로 치켜들었다. 이 남자, 진짜 지금 뭐 하자는 거야. 하이힐 굽으로 태신의 발등을 꽉 밟고 싶은 충동을 누르며 하나는 까치발을 하고 손을 뻗었다. 역부족이었다.

"자꾸 이러시면, 저 정말 화낼 거예요."

"나는 이미 화가 나 있는데."

태신의 나직한 말에 하나는 모든 움직임을 멈추었다.

"왜 도망쳐?"

"제, 제가 언제요. 오히려 제가 상무님을 쫓아왔죠."

하나의 대답에 태신이 한 걸음 가까이 다가왔다. 하나는 주춤 뒤로 물러섰다.

"고작 입맞춤에 이렇게 도망치면 안 되지."

"도망치지 않았어요."

"그럼?"

질문과 함께 또 한 걸음.

"저는 그러니까. 당황스럽고, 아직 어떻게 판단을 내려야 하는지도 모르겠고, 판단을 내리지 못했으니 어떻게 행동해야 하는지도 모르겠고, 이런 상태에서 상무님을 뵈니까 놀라워서, 그래서, 그러니까, 그런 거예요."

태신의 움직임에 따라 뒷걸음치던 하나는 등에 닿는 벽의 서

늘함을 느꼈다. 그의 푸른색 넥타이의 매듭이 바로 눈앞에 있었다.

"저 감기 걸렸어요. 더 이상 가까이 오면 상무님한테 감기 옮을 거예요."

"상관없어."

쥐도 궁지에 몰리면 고양이를 무는 법이다. 태신은 분명히 감기에 걸려도 상관없다고 하였다. 감기에 걸린 이유도, 무겁고 열에 들뜬 몸으로 이리저리 끌려다닌 것도 이 사람 때문이었다.

"감기나 걸려 버려요."

하나는 충동적으로 고개를 들어 그의 입술에 자신의 입술을 갖다 대었다.

차가운, 입술이었다. 어쩌면 자신의 열에 들뜬 입술이 뜨거워서 더 그렇게 느껴졌는지도 모른다. 하나는 뽀뽀라고 말하기도 우스운, 그저 갖다 대었던 입술을 주춤거리며 떼었다.

태신은 꼼짝하지 않았다. 하나는 고개를 숙여 태신의 넥타이 매듭만 바라보다 겨우겨우 고개를 들었다. 그는 조금은 놀란 듯, 조금은 다정한 듯, 어찌 보면 여전히 무표정한 듯 보이는 얼굴로 자신을 내려다보고 있었다. 하나는 천천히 고개를 다시 숙이며 이 자리에서 벗어날 방법을 미친 듯이 궁리하였다. 자신이 저지른 짓은 혼자가 되었을 때 곰곰이 생각해 보면 될 것이고, 지금 당장은 이 자리를 벗어나는 것이 최선이었다.

"이하나."

"네?"

너는 왜 이렇게 예쁘니. 가슴 아프게. 신경 쓰이게.

"그렇게 해서 감기가 옮겠어?"

태신이 웃음 섞인 말과 함께 하나의 목덜미를 감쌌다. 그녀는 눈을 둥그렇게 뜨며 그를 올려다보았다. 흐르던 공기가 멈추었다.

태신의 고개가 숙여지며 하나의 고개가 들렸고, 입술이 닿았고, 저절로 눈이 감겼다.

길고 달콤한, 어쩌면 씁쓸한, 입맞춤에.

## 12. 첫 번째 아닌 두 번째

"언니, 좀 괜찮아? 아직 뜨겁네."

두나가 땀에 젖은 이마에 손을 갖다 대었다.

"내가 퇴근하면서 자두랑 복숭아를 세트로 사 올게."

"기특해라. 내가 먹고 싶어 하는 걸 어떻게 알았어?"

"내가 쫌 언니 입맛을 알잖아."

"매일 이렇게 착하면 얼마나 좋아. 두나야, 창문 좀 열어 줄래?"

"괜찮을까?"

"공기가 텁텁해서 그래."

"알았어."

두나는 착하게 대답하며 창문을 열었다.

"와, 언니 날씨 되게 좋다. 햇빛이 짱해. 언니가 좋아하는 작약이 피기 시작했어. 살구나무에도 꽃 핀 것 봐. 모과나무는 잎이 엄청 무성하다."

"누워서 쳐다보고 있자니, 《마지막 잎새》가 떠오르네."

"잎이 너무 무성해서 죽을 염려는 없겠다."

두나의 농담에 하나는 희미하게 웃었다. 발갛게 열이 오른 얼굴에 제법 시원한 바람이 와 닿았다.

"나 이만 출근할게, 언니 푹 자. 요요야, 큰언니 등에 올라가서 꾹꾹이 하면서 안마 좀 해 줘."

두나가 마지막으로 이마에 손을 대 보고는 방을 나갔다. 영원히 뒤를 종종 쫓아다니며 같이 놀자고 떼쓸 것 같았던 동생이 남기고 간 향긋한 화장품 냄새를 맡으며 하나는 눈을 감았다. 창밖의 나무가 아침 바람에 한꺼번에 흔들리며 고운 모래가 쓸리는 소리를 내었다. 그 틈새로 엄마가 거실과 부엌을 오가는 소리, 냉장고를 여닫는 소리, 수돗물이 쏟아지는 소리, 낡은 거실 바닥이 삐걱대는 소리, 엄마와 아빠가 서로에게 나직이 말을 건네는 소리가 아득하게 들려왔다.

어렸을 적, 잠에서 깨어서도 눈을 감은 채 엄마와 아빠가 두런두런 대화를 나누는 소리를 들었던 기억이 떠올랐다. 약국의 일이며, 대출금 이야기, 결혼하지 못한 외삼촌에 대한 걱정, 동네 사람들에 대한 이야기까지……. 그때의 평화스럽고 따스했던 기억이 새삼스러워 하나는 이불깃을 끌어 올렸다. 요요가 이불 안으로 파고들었다. 품에 꼭 끌어안았다.

답답한지 요요가 에옹, 하고 울었다.

결근한 거 모르겠지, 그 사람은?

이 시간쯤이면 태신은 30층 자신의 집무실에서 조간 회의를 주재하고 있을 것이다. 주름 한 줄 가지 않은 하얀색 드레스 셔츠에 선명한 색의 넥타이를 매고, 긴 눈매로 팀원들을 날카롭게 바라보며, 진지하고 차분한 낮은 목소리로 말이다. 물과 커피를 번갈아 마시고, 뭔가 마음에 안 드는 게 있으면 손가락으로 관자놀이를 두드리기도 하면서.

하나는 손가락으로 입술을 만져 보았다. 정말 그 사람의 입술이 자신의 입술에 닿았던 게 현실이었을까. 까슬한 혀가 자신의 혀를 휘감고 부드럽게 빨아들였던 것도, 목덜미를 단단히 감쌌던 커다란 손도, 긴 입맞춤이 끝난 뒤 이마에 닿았던 그의 떨리던 숨결까지도 모두 다.

숨을 쉴 때마다 뜨거운 숨결이 이불에 닿았다 얼굴로 퍼졌다. 이불을 걷고 화장대 위로 손을 뻗어 휴대폰을 집어 내렸다. 문자도 부재중 전화도 없다.

하나는 휴대폰을 손에 꼭 쥔 채 잠이 들었다. 혹시라도 전화가 온다면 바로 받아야 했으므로.

"오랜만이야, 형."

태신은 들고 있던 비닐봉지를 땅바닥에 내려놓았다. 올해로 서른다섯 살이 된 장나무는 두 팔로 두르면 겨우 양손 끝이 닿을 만큼 두툼하였다. 그 나무 앞에 빨대가 꽂힌 바나나우유와 건담 로봇이 놓여 있었다.

"어머니는 형이 아직 일곱 살짜리 어린애인 줄 아신다니까. 이거 반갑지?"

태신은 비닐봉지에서 소주병을 꺼내며 흔들어 보였다. 소주 뚜껑을 열어 나무 주위에 한 병을 골고루 뿌린 뒤 바닥에 함부 로 주저앉았다.

이제 겨우 5월 말이었지만 공기는 불이 붙은 것처럼 뜨거웠 다. 그 공기 속에는 사방을 둘러싸고 있는 녹차 밭에서 뿜어져 나오는 옅은 비린내가 섞여 있었다. 검은 비닐봉지에서 꺼낸 두 번째 소주의 뚜껑을 열어 병째 한 모금 길게 들이켰다. 독하 고 짜릿한 알코올이 식도를 바짝 조이며 내려갔다. 태신은 앞 에 놓인 바나나우유와 건담을 물끄러미 바라보다 건담을 들어 올렸다.

부―우―웅.

입으로 소리를 내며 건담이 하늘을 나는 듯 공중으로 팔을 휘휘 돌렸다. 원색이 칠해진 플라스틱 로봇은 햇볕에 당장 폭 발이라도 할 것처럼 뜨겁게 번쩍였다. 다섯 살 이후로 이런 장 난감을 가지고 논 적이 없었다. 유일한 오락거리는 바둑과 수 영이었다. 영국에서 같이 생활했던 김준수와 유현정은 수업이 없는 주말이면, 영국 아이들과 자연스럽게 어울리게 하고 말 문이 트이게 할 목적으로 수영장에 데려갔었다. 벌써 28년 전 이다.

태신은 몇 분 동안 건담을 가지고 놀다 다시 제자리에 내려놓았다. 소주를 또 한 모금 길게, 끝까지 들이켰다. 시선은 나무 끝을 향하였다. 햇빛을 하얗게 튕겨 내는 잎들이 마치 흩날리는 눈발처럼 보였다. 빈속에 급하게 들이켠 술은 배 속을 홧홧하게 덥히며 온몸을 돌아다니기 시작하였다. 태신은 미소 지었다.

순수한 슬픔과 순수한 안도, 순수한 분노와 순수한 체념, 이 모든 것들의 100퍼센트 순도가 마음에 들었다. 몽롱한 열기와 빛, 빛남과 하나……, 이하나.

달빛이 드리워진 담장 아래에서 서성이는 발걸음. 봄. 푸른 안개. 노란색. 부드러운 털. 상냥한 연두색. 차가운 물 같은 웃음. 보송보송. 갈망. 잡을 수 없는 꿈. 열망. 조바심. 기대. 뜨거운 숨 막힘과 설렘. 나의 꽃. 그리고…….

생애 처음으로 느꼈던 떨림.

"……형."

대답이라도 하듯 숲 속의 나무들이 바람에 쏴아아— 한 방향으로 흔들렸다.

"아니다. 내가 형이라고 부르는 거 싫을지도 모르겠다."

숲을 통과한 바람이 몰고 온, 비릿한 녹색의 냄새가 맡아졌다.

"그러니까, 기태신 씨."

태신은 비밀을 말하는 듯 속삭였다.

"난 내 인생을 증오해."

바람 한 줄기가 이마를 치고 지나갔다.

"그래서 당신한테 미안하지 않아."

그는 자리에서 일어나 나무를 향해 허리를 깊게 굽혀 인사를 하였다. 그러고는 천천히 별장으로 걸음을 옮겼다. 뜨거운 햇볕이 정수리에 내리꽂혔다.

눈을 뜨자 스테인드글라스 창문을 통과한 빛이 색색으로 거실 바닥을 물들이고 있었다. 태신은 소파에서 휘적휘적 일어나 거실 벽을 따라 걸으며 길고 넓은 창문들을 모조리 열었다. 창문이 열릴 때마다, 참고 있던 기침이 터져 나오듯 붉은 저녁 햇살이 들이닥쳤다.

태신이 거대한 저택 같은 별장을 처음 방문한 건 28년 전, 봄의 절정이 지나간 이맘때였다. 커다란 철제문을 지나 산을 배경으로 성처럼 서 있는 저택을 향해 검은색의 커다란 차를 타고 갔던 그날을, 아직도 선명하게 기억하고 있다.

가는 비가 내리는 날이었다. 자꾸 습기가 차는 차창을 연신 소매로 닦아 내며 밖을 바라보던 그는 녹차 밭 중간 즈음에 생뚱맞게 서 있는 한 그루의 나무를 유독 오래 바라보았었다.

지금보다 훨씬 젊은 할아버지의 초상화와 함께 아버지, 어머니, 형의 초상화가 걸려 있는 거실에 그를 홀로 남겨 두고 어른들은 하얀 보자기에 싸인 네모난 상자를 들고 밖으로 나갔다. 흐린 날씨 때문이었는지 벽 곳곳에 달린 브래킷이 노란 불빛을 뿜어냈고, 태양빛을 받지 못한 스테인드글라스 창문은 회색 물감이 밴 듯 가라앉아 보였다. 홀로 남게 된 그는 소파 위에서 방방 뛰며 놀다, 그것도 지겨워 얌전히 앉았다. 거실에 꼼짝 말고 있으라는 아버지의 명령도 명령이었지만, 집이 워낙 크고 미로 같아 탐험할 엄두조차 나지 않았다.

혼자 있는 것이 슬슬 무서워져 벽으로 다가가 길고 커다란 창문을 밀어 보았다. 어린아이의 힘으로도 가볍게 열린 창문은 발코니로 연결되어 있었다. 멀리 나무 앞에 모여 서 있는 어른들이 보였다. 그가 차 안에서 오래도록 바라보았던 그 나무였다. 발코니로 나가자 차가운 빗방울이 머리통을 때리듯 떨어졌다.


비에 잔뜩 젖어 번들거리는 발코니의 난간을 붙잡았을 때였다. 우산도 쓰지 않고 서 있던 어머니가 땅바닥으로 쓰러지며 악을 쓰고 몸부림을 치기 시작하였다. 깜짝 놀라 난간에 올려놓았던 손을 거둬들였다. 가슴을 쥐어뜯으며 뒹구는 그녀의 모습은 새끼를 잃은 한 마리 짐승일 뿐이었다. 멀리 떨어진 이곳까지 흡사 수천 마리의 까마귀가 한꺼번에 우는 것 같은 울음소리도 들려왔다. 미미한 구토증과 함께 두려움을 느꼈지만 눈을 뗄 수도 귀를 막을 수도 없었다. 그사이 굵어진 빗줄기는 다섯 살의 그를 흠뻑 젖게 만들었다.

겨우 다섯 살이었다. 그럼에도 광기에 휩싸인 상황의 중심에 자신이 서 있다는 것쯤은 본능적으로 알아채고 있었다.

아버지의 부축을 받으며 흠뻑 젖어 들어온 어머니에게 주머니에 들어 있던 젖은 손수건을 내밀었다. 어머니는 그를 물끄러미 바라보다 손수건을 받아 들었다. 어머니의 손은 손끝이 움츠러들 정도로 차가웠다.

손수건을 받아 든 어머니가 물끄러미 자신을 바라보다 '착한 아이구나.' 하고 떨리는 목소리로 말하였다.

그 순간부터, 그는 자신을 버렸다.
그 순간부터, 그는 아무것도 아니었다.

손안의 진동을 느끼며 눈을 떴다. 액정에 뜬 이름을 보고 하나는 벌떡 일어나 목소리를 가다듬었다.

"네."

— ……내가 깨웠어?

"아니요. 네. 아니, 괜찮아요."

— 집 앞이야.

"우리 집……요?"

— 응.

"나갈까요?"

당황하여 바보 같은 질문을 하였다.

— 나올 수 있으면.

"5분만 기다려 주세요."

대답도 기다리지 않고 휴대폰을 내려놓았다.

아아, 어떡하지. 비비크림, 비비크림 어딨지? 아니, 아니. 우선 세수부터. 방을 나서서 욕실까지 걸어가는데 나무 바닥의 삐걱거림이 유난히 크게 들렸다. 안방에서 아빠의 기침 소리가 들려 그 자리에서 얼어붙었다가 다시 종종걸음을 옮겨 욕실에 들어가 바람과 같은 속도로 세수를 하였다. 방까지 발끝으로 후다닥 걸어 들어와 재빨리 비비크림을 찾았다. 거의 다 썼는지 튜브를 끝까지 쥐어짰건만 새끼손톱만큼도 나오지 않았다. 선크림을 대신 바르고 파스텔 톤의 체크무늬 원피스를 입고 현관문을 나섰다.

정말로 태신이 대문 앞에 서 있었다. 기태신이 새벽에 집 앞에 서 있는 날이 올 거라고 감히 상상조차 했을까. 하나는 흥분과 두려움에 바들바들 떨리는 손가락들을 깍지 끼며 그에게 걸어갔다.

다가오는 하나를 바라보는 태신의 표정은 반쯤 무심하고, 시큰둥해 보이기까지 하였다. 하나는 그의 앞에서 걸음을 멈추었다. 태신의 시선은 하나의 얼굴을 향해 있었지만, 정작은 아무것도 바라보고 있지 않은 것 같았다.

태신이 천천히 입을 열었다.

"넌 나의 첫 번째가 될 수 없어. 그래도 나와 함께할 수 있겠어?"

낙엽이 쓸리는 것처럼 건조한 목소리였다.

어느 집 동네 개가 짖기 시작하였다.

## 13. 달을 따 주는 마음으로

"다른 여자가 있다는 뜻인가요?"

조용히 물었다.

"아니. 여자는 너 하나야."

그럼, 나는 그 뜻을 어떻게 이해해야 하나요? 하나는 목구멍까지 치밀어 오르는 질문을 꾹 눌러 삼켰다. 묻는다고, 답해 주지 않을 것이다. 언제나 그랬던 것처럼 애매한 표정만 짓겠지. 하지만 태신이 이 말을 꺼내기까지 그 자신과 얼마나 싸웠을지는 알 수 있었다. 자신이 정해 놓은 길 이외에는 돌아보지 않았을 사람. 그 길에서 벗어나면 당장 죽기라도 할 것처럼 앞만 보고 걸었을 남자다.

"이 조건이 상무님이 저를 용납할 수 있는 범위인가요?"

"아마도."

"제가 첫 번째이길 요구하면요?"

"끝."

"삭막한 전제 조건이네요. 굳이 말하는 이유가 뭐예요? 적당히 달콤한 말을 주워섬기는 게 유혹하기엔 더 편했을 텐데요."

"나중에 배로 골치 아파지니까."

"이런 일 자주 있었나요?"

"아니. 이전에도 없었고, 이후로도 없을 거야."

"그럼 이리 오만하게 구는 건, 제가 거절하기를 바라고 있기 때문인가요?"

"한편으로는."

하나는 태신을 물끄러미 바라보다 눈을 꽉 감았다. 결정을 내려야 하는 이 짧은 순간, 그녀는 우습게도 그의 낡은 점퍼를 떠올렸다. 그리고 아무것도 필요 없이 그저 둘이면 된다는 생각을 하였다. 나와 당신. 거기에 내가 할 수 있는 최선들. 그것만 생각하자고.

옅은 바람이 불어오고, 그 바람 속에 태신의 체취가 느껴졌다.

"좋아요. 첫 번째가 되길 요구하지 않겠어요."

"즉흥적으로 대답하지 마."

"쉽게 대답한 거 아니에요."

"후회하게 될 거야."

"각오하고 있어요."

"결국 날 미워하게 되겠지."

하나는 어깨를 으쓱했다.

"그때가 온다면, 마음껏 미워할게요."

긴장을 했던 걸까. 꼿꼿했던 태신의 몸이 부드럽게 이완되는 것이 느껴졌다.

"상무님."

"응?"

"그럼 이제부터 제가 상무님의 여자 친구가 된 건가요?"

태신이 피식 웃으며 고개를 끄덕였다. 그의 웃는 얼굴을 보자 갑자기 쑥스러워져 하나는 고개를 숙였다. 여.자.친.구. 입속으로 천천히 발음하는데 배시시 기분 좋은 웃음이 나왔다. 발끝만 바라보다 고개를 들었다.

"상무님 저한테 잘못 걸리신 거예요. 첫 번째, 두 번째 다 떠나서, 저는 연애에 대한 환상이 무지무지 많거든요. 하늘의 달을 따 달라고 할지도 몰라요."

"그건 불가능한 일이잖아."

하나가 소리 내어 웃었다.

"어휴, 그럴 땐 그냥 '따 줄게.' 하는 거예요. 동화 중에 달을 따 달라는 공주님 이야기가 있어요. 달을 따 달라고 마구 조르는 공주님께 피에로가 초승달 모양의 손톱만 한 금목걸이를 선물해 주면서, 그게 하늘에 있던 달이라고 했어요. 공주님도 그게 진짜 달이라 믿고 받은 거겠어요? 그게 다 마음인 거예요. 달까지 따 주는 마음."

태신이 옅은 한숨을 내쉬었다.

"아니, 뭐, 그렇다고요."

"……달까지 따 주겠다는 마음으로, 노력할게."

세상에 이렇게 달콤한 말이 있을까. 하나는 얼굴에서 목까지 홧홧해지는 것을 느꼈다. 자신도 모르게 웃음이 나와 손으로 입을 막았다. 기태신이 저런 말도 할 수 있다니.

어디가 끝인지는 모르겠지만, 일단은 내달려 보기로 하였다. 풀숲을 헤치다 가시에 찔리더라도. 때로는 길을 잃고 헤매고 또 헤매어도. 끝끝내 절벽으로 내밀리게 되는 때가 오더라도. 욕심을 더 부린다면, 이왕이면 좋은 기억으로만 남길. 둘 다 큰 상처 없이 말이다.

"이만 갈게. 잘 자."

"상무님도요. 조심해서 들어가세요."

태신은 그녀의 어깨를 힘주어 잡은 뒤에 손을 떼었다.

하나는 수줍게 손을 흔들고 몸을 돌려 대문을 밀었다. 꿈쩍도 하지 않는다. 좀 더 힘을 주어 문을 밀어 보아도 쇠붙이의 덜컹거리는 소리만 날 뿐, 열릴 기미조차 없다. 초인종을 누를 수는 없었다. 휴대폰이라도 들고 나왔으면 두나를 깨우면 되는데, 급하게 나오느라 챙기질 못했다. 아, 창피해. 하나는 입술을 잘근잘근 깨물었다.

"사, 상무님."

조심스럽게 태신을 불렀다.

"대문이 잠겼어요."

하나의 말을 잠시 이해하지 못했는지, 태신의 반듯한 이마가 찌푸려졌다.

"……담 좀, 넘어가 주세요."

하나가 손가락으로 가리킨 담을 바라보고 시선을 그녀에게 옮겨 진심이냐는 표정을 지었다. 하나가 고개를 끄덕이자, 손목시계를 풀었다. 이어 양복 상의와 넥타이를 하나에게 건네주고는 심호흡을 한 뒤 단번에 담장 위로 솟아올랐다.

"우와, 상무님 최고."

과장된 하나의 응원에 태신이 담 위에서 바람 빠지는 웃음소리를 내었다.

"어두우니까 조심하세요."

하나의 말이 끝나기도 전에 그는 마당으로 뛰어내렸다. 발을 잘못 디디며 넘어졌는지, 둔탁한 소리와 함께 담 너머로 나지막한 신음이 들렸다.

"상무님, 상무님. 괜찮으세요?"

하나는 속삭이듯 외쳤다. 태신이 움직이나 싶더니 상추밭 옆, 수돗가에 놓인 스테인리스 세숫대야가 시멘트 바닥을 뒹구는 소리가 요란하게 울려 퍼졌다. 동시에 잠자고 있던 동네 개들이 전부 짖기 시작하였다. 하나와 태신은 순간적으로 움직임을 멈추었다. 다행히 식구들은 깨지 않았다.

태신이 옷에 흙을 묻힌 채 대문을 열어 주었다.

"어디 다치신 데 없어요? 발목은 괜찮아요? 어떡해."

하나는 흙이 묻은 하얀 셔츠를 손으로 털어 내며 얼굴이며 다른 곳을 살펴보았다.

태신이 대답 없이 흙을 털어 내는 하나의 손을 잡았다. 잡힌 손부터 발끝까지 짜릿해졌다. 하나는 천천히 고개를 들었다.

"분위기가 다 깨졌어."

"그러게요."

말은 그렇게 했지만 서로 바라보며 웃었다.

그가 차로 향하는 걸음마다 달빛이 조용히 따라갔다. 하나는 그의 뒷모습을 끝까지 바라보고 집으로 들어갔다.

새벽 3시였다. 연애를 시작하기로 한 시간.

아침에 두나가 요요를 혼내는 소리에 잠에서 깨었다.

"요요, 너 도대체 어젯밤에 뭔 짓을 한 거. 상추들이 쓰러지고 짓밟히고 난리가 났어."

요요가 억울한지 에옹에옹, 울었다.

"뭘 잘했다고 울어. 큰언니 일어나면 이를 거니까, 각오하고 있어!"

하나는 조용히 이불을 뒤집어썼다. 요요야, 미안.

## 14. 어떤 혼합물의 퍼센트

토요일, 을지로입구에 있는 백화점은 서울 시내의 쇼핑객을 다 쓸어 담은 듯 북적거렸다. 그동안 출근용 정장은 백화점이 아닌 인터넷 쇼핑몰을 이용했었지만, 이번만은 매장에서 옷을 샀다. 허리를 타이트하게 잡아 주는 스모킹 디테일의 풍성한 주름 스커트가 꽃잎처럼 퍼지는 우윳빛 원피스였다.

가격을 확인한 두나가 혹시 로또 된 거냐고 물었지만, 하나는 직장 생활 4년차이니만큼 한 벌쯤은 st가 아닌 정품을 사고 싶다고 둘러대었다. 두나는 100만 원에 가까운 가격에 거품을 물었지만, 하나에게 잘 어울린다고 말해 주었다.

식구들이 모두 잠든 시간, 하나는 새 원피스를 입고 마당에 나가 재활용품 박스에 있는 신문지와 구두를 가지고 들어왔다. 방바닥에 신문지를 깔고 구두를 신고는 차렷 자세로 거울 앞에서 보았다. 은은한 스탠드 불빛 때문인지는 몰라도 이보다 더 예쁜 자신의 모습을 본 적이 없었다. 태신이 자신의 모습을 보고 예쁘다고 해 준다면 98만9000원쯤은 아깝지 않을 것 같았다.

요즘의 하나는 누군가 말을 걸어 입을 열라치면 바로 웃음이 터져 나올 것 같은 기분이었다. 첫 연애의 기쁨은 옆집 담벼락의 붉은 장미처럼 피어올랐다.

둘의 연애가 그저 달콤하거나 순탄하기 때문이 아니었다.

태신은 토요일 자정까지 일하는 것도 모자라, 요 몇 주간은 일요일도 반납하며 일하고 있었다. 3주 전, 둘이 막 연애를 하기로 한 직후, 기 회장이 태신에게 CCO란 타이틀을 맡겼다. 태원전자와 협력 중인 정보기술 기업을 비롯한 해외 대형 유통업체 등과의 커뮤니케이션을 책임지는 자리로서, 태원SDI, 태원전기 등을 포함한 그룹 계열사 간 업무를 조정하면서 그룹의 지배력을 높여 가는 동시에, 그룹 전반에 걸친 경영 수업을 받는 자리였다. 수십 명이 태신을 새로이 보좌하고, 각 사업 총괄과 해외 지사, 법인도 그의 업무를 지원하였다. 거기에 자유롭게 능력을 발휘할 수 있도록 김종인 부회장 직속의 독립 조직으로 만들어졌다. 태신이 김 부회장에게 직접 보고하면 되는 시스템이었다.

김 부회장은 이를테면 태신의 담임교사였다. 일반적으로 다른 그룹의 후계자들이 주요 계열사를 두루 거치며 경영 수업을 받는 것과 달리, 태신은 전문 경영인들로부터 멘토링을 받았다. 재무에 관련해선 경영기획실 최인수 사장, 영업에 관해선 국내영업사업부 강병인 사장에게 받는 식이었다.

새로운 조직의 틀을 잡아 가야 하기에 태신은 당연히 몇 배로 더 바빴다. 그럼에도 밤 몇 시가 되었건 퇴근길에 들러 하나의 얼굴을 보고 갔다.

밥은 잘 먹었는가. 하루는 어땠는가. 그런 내용이었고, 시간은 채 10분을 넘기지 않았다.

그럼에도 연애의 흥분은 그녀의 기쁨을 감히 꺾을 수 없었다. 그가 매일 보러 와 준다는 것. 뇌의 한 부분과 하루의 한순간 태신이 자신을 생각하는 공간과 시간이 있다는 것. 그것은 사막의 모래 폭풍 속에서 겨우겨우 수분을 빨아들이며 자라난 선인장을 보는 듯한 애틋한 마음이었다. 언젠가 선인장을 뚫고 나온 가시에 찔릴 것이라는 분명한 예감을 덮어 버리는 소박한 기쁨이었다.

특별한 기분으로 아침을 맞이했지만, 정작 태신을 회사에서 볼 확률은 지극히 낮았다. 원치 않을 때는 잘도 마주치더니, 마주치길 바라는 요즘은 누가 장난이라도 치는 듯 볼 수가 없었다.

점심시간 때, 하나는 태원플라자 식당가에서 냉면을 먹자고 가볍게 말하였다. 월요일마다 태신이 김 부회장과 함께 플라자 식당가에서 식사를 하기 때문이었다. 적어도 하나가 비서로 있을 때는 그러했었다.

월요일이라 빌딩 내 식당가에서 점심을 해결하려는 사람들이 많았는지, 식당마다 사람들이 들어차 있었다. 평양냉면집에서 10분 정도 기다렸다가 자리를 잡을 수 있었다.

겨자와 식초를 넣은 물냉면을 반쯤 먹어 가고 있을 때, 태신과 김 부회장이 식당 안으로 들어왔다. 식당 안 사람들이 냉면을 입에 채운 채 일어났다. 하나 또한 자리에서 일어났다. 반백의 김 부회장은 손을 저으며 편히 먹으라고 말하고는 안쪽으로 들어갔다. 태신이 예의 단정한 얼굴로 그 뒤를 따랐다. 그의 시선이 스치듯 하나에게 머물렀다. 지나갔다.

식사를 마치고 구두를 신으며 태신이 있는 쪽을 돌아보니, 그는 허리를 반듯이 세워 앉은 채 김 부회장의 말을 경청하고 있었다.


후식을 먹자며 빌딩 2층에 있는 커피숍으로 몰려갔다. 커피숍은 테이크아웃을 해 가는 사람들과 테이블에 앉아 수다를 떠는 사람들로 북적였다. 열에 아홉은 손에 아이스커피를 들고 있었다. 여름이 점점 가까워지고 있었다.

"하루 매상이 얼마일까요? 이 커피숍이 내 거였음 좋겠다."

커피숍을 둘러보던 상미의 말에 윤희가 눈을 가늘게 떴다.

"여기 김 부회장 사모 친정 여동생이 운영권 가지고 있다는데요."

"뭐가 그리 복잡해. 그냥 김 부회장 처제가 하고 있다고 하면되지."

정 과장의 말에 윤희가 '아, 그렇지.'라는 말과 함께 깨달음의 표정을 지었다.

"윤희 씬 참……, 가끔 보면 신기하도록 청순해, 뇌가. S대 맞아?"

둘의 대화를 들으며 하나는 시럽을 잔뜩 넣은 아이스커피를 길게 한 모금 마셨다. 쓰고, 달콤했다. 주홍색 스트로를 잡아 빙빙 돌렸다. 플라스틱 컵 속의 얼음이 달각거렸다.

덥다. 점점 더워지고 있구나, 생각하며 유리창을 통해 하늘을 올려다보니 멀리서 헬리콥터 한 대가 지나가고 있었다. 헬리콥터는 장난감 같았고, 두꺼운 유리에 차단된 창밖의 풍경은 무성영화의 한 장면처럼 고요하였다.

커피숍 안에 제니스 이안의 〈At seventeen〉이 흐르기 시작하였다. 하나는 아이스커피를 한 모금 더 마셨다.

윤희의 뮤지컬 이야기가 끝나고, 인간 피로 물질인 백 차장에 대한 성토가 이어졌다. 하나는 스트로를 잘근잘근 씹으며, 왼쪽 귀로는 음악을 듣고, 오른쪽 귀로는 대화를 들었으며, 창밖의 하늘을 바라보는 동시에, 머릿속으로는 태신을 생각했다. 단정한 얼굴에 무섭도록 진지한 표정으로 꼿꼿하게 앉아 있던 그를.

"자기들도 들었지? PT 때 최 부장 지랄하니까, '그러게 말입니다. 저도 그건 좀 아니라고 했었는데, 정 과장이 워낙 고집이세서.'라고 했던 거. 진짜 알반지 끼고 그 기다란 인중 한 대만 때렸음 좋겠다."

정 과장의 말에 다들 웃음을 터뜨렸다. 윤희가 하나의 팔뚝을 치며 웃는 바람에 하나도 정신을 차리고 따라 웃는데, 테이블 위에 올려놓았던 휴대폰이 부르르 진동을 일으켰다. 액정에 '요요'라고 떠 있다. 하나는 하나, 둘, 셋, 숫자를 세고는 들으라는 듯이 큰 목소리로 전화를 받았다.

"응, 엄마."

휴대폰 너머로 잠시 침묵이 흘렀다.

— 엄마 아닌데.

"밥 먹었어. 엄마는?"

태신이 낮게 웃었다.

— 그때 그 비상구에서 봐요.

"뭐? 정말? 엄마, 잠깐만."

하나는 손가락으로 휴대폰을 가리키며 팀원들에게 양해를 구하고는 계단으로 향하였다. 태신의 웃음소리가 하나의 마음속에서 찰랑찰랑 넘칠 듯 흘러 다녔다. 하나는 휴대폰을 손에 꼭 쥔 채, 날아갈 듯 계단을 내려갔다. 꽃잎이 피듯 치맛단이 둥글게 부풀었다. 비상구로 향하는 동안 나풀나풀 치맛단이 무릎을 기분 좋게 스치고, 하이힐이 바닥에 부딪히며 경쾌한 소리를 내었다.

비상구 문을 열자, 반듯한 어깨가 눈에 들어왔다. 태신이 몸을 돌렸다.

수줍어져, 하나는 그 자리에서 멈추었다. 태신이 손을 뻗어 허리를 잡아 자신에게 끌어당겼다. 얼굴이 붉게 달아올랐다.

"잘 먹었어요?"

"네. 상무님도 맛있게 드셨어요?"

태신은 대답 대신 고개를 끄덕였다.

"그 집 맛있죠? 만두도 맛있어요."

"그런가?"

"네."

태신은 계단에 앉은 뒤, 하나에게 손짓을 하였다. 하나는 치마를 모아 그의 옆에 앉았다. 원피스가 지저분해지는 것 따위는 신경 쓰지 않았다. 태신이 머리를 벽에 기대었다.

"10분 있다가 깨워 줘."

"알람 하라고 부르신 거예요?"

"응."

"어제 못 주무셨어요?"

'응.' 대답을 하며 그의 커다란 손이 하나의 손을 찾았다. 손가락을 엇갈려 잡으며, 태신이 한숨 비슷한 깊은 숨을 내쉬었다.

비상구의 길쭉한 창문을 통해 들어온 햇빛은 구름의 흐름에 따라 하얗게 탈색한 듯 환하게 바닥을 비추다가, 금세 어두워지고, 다시 환해지며 짧은 순간에도 명암을 달리하였다.

하나는 멍하니 그 모습을 바라보다 고개를 돌려 태신의 얼굴을 살펴보았다. 단정하게 빗어 넘긴 그의 머리카락 중 몇 가닥이 이마 위에 흩어져 있었다. 그 머리카락을 제자리로 넘겨 주고 싶었지만, 짧은 그의 잠을 방해하고 싶지 않았다.

구름이 완전히 태양을 지나갔는지 따가운 햇볕이 들이쳤다. 눈부심에 눈을 찌푸린 하나는 태신을 바라보았다. 빛은 그에게도 무자비하게 쏟아지고 있었다. 하나는 손수건을 꺼내 최대한 활짝 펴 그의 얼굴로부터 햇빛을 막았다. 얼굴에 그늘이 지며 찌푸려 있던 미간이 펴졌다.

몇 분이 지났을까. 빛은 여전했고, 팔은 아파 왔다.

"하지 마. 팔 아파."

태신은 눈을 감은 채 손수건을 들고 있는 하나의 팔을 잡아 아래로 내렸다.

"더 자요. 아직 10분 안 됐어."

태신은 고개를 저으며 눈을 떴다.

"계속 이러고 있었어?"

"아니요. 방금 햇빛이 갑자기 너무 강해져서."

태신은 하나가 쥐고 있는 손수건을 물끄러미 바라보더니 자리에서 일어났다. 하나도 따라 일어섰다.

"닮았어."

태신은 대답 대신 엉뚱한 말을 하였다.

"네?"

"손수건에 그려진 병아리, 둘이 닮았어."

하나는 트위티가 프린트된 손수건을 내려다보았다. 이마가 튀어나오고 볼이 터질 것 같은 얘랑 닮았다고?

"병아리가 아니라 트위티라는 카나리아예요."

하나의 샐쭉한 대답에 태신이 눈을 가늘게 뜨며 웃음 지었다.

"저 갈래요."

새침하게 뒤돌아서는 하나를 태신이 팔을 뻗어 끌어안았다.

"일 열심히 해, 트위티."

태신이 등을 툭툭 치며 장난스럽게 말했다.

사무실로 돌아와 옆자리의 윤희에게 트위티를 보여 주었다.

"저랑 닮았어요?"

"안 닮았는데. 하나 씨는 얼굴이 갸름하잖아. 이마도 안 튀어나왔고. 왜, 누가 닮았대?"

"네. 하나도 안 닮았죠?"

"닮았어."

맞은편 상미의 말에 둘 다 고개를 돌렸다. 상미는 모니터를 응시한 채 말을 이었다.

"하나 씨 집중할 때 입 안에 바람 넣는 버릇 있잖아. 그럴 때 트위티 닮았다고 생각한 적 있어."

"제가 그런 버릇이 있어요?"

"어머, 그러고 보니까. 하나 씨 볼에 바람 좀 넣어 봐."

"이……, 이렇게요?"

그날 밤 전화한 태신은 아직 회사라고 하였다. 트위티의 일로 새침하게 굴겠다는 생각은 날려 버렸다. 그에 대해서는 한없이 관대해지는 자신이 낯설게 느껴질 때가 있었다. 그가 어느 시간에 전화를 걸어도 상관이 없었고, 언제든 집 앞이라며 나오라고 해도 나갈 수 있었다. 때로는 이런 급속한 감정적 변화가 무서울 때가 있었다. 그는 제자리인데 혼자서만 거침없이 빨려 들어가고 있다는 느낌이 들기도 하였다. 낯설고 불안했지만, 벗어나고 싶지 않은 달콤함이었다.

그가 왜 자신을 좋다고 하는지 궁금해 한참 동안 거울을 바라보기도 하였다. 그녀가 물을 수도 없었고, 대답해 줄 그도 아니었다.

그동안 남녀 간의 사랑은 100퍼센트의 기쁨과 달콤함이라고 생각했었다. 둘 사이의 소소한 다툼은 초콜릿을 좀 더 달콤하게 느끼게 하는 쌉싸름한 첨가물 같은 것.

지금 그녀가 그에게 가지고 있는 마음은 열정과 연민의 혼합체였다. 식구들과 거실에서 텔레비전을 보며 과일을 먹다가도 휴대폰이 울린 것 같아 방으로 뛰어가는 마음. 자고 있는 그의 얼굴에 햇빛이 들이치면 막아 주고 싶은 마음의 혼합물 같은 것. 어떤 것의 퍼센티지가 높은지는 가늠할 수 없었다.

## 15. 클레멘타인

산을 오르는 발에 힘을 주었다. 인왕산에 오른 지도 8년째에 접어든다. 습관은 아교처럼 끈끈하고 덕지덕지 눌어붙어, 몸과 정신이 우물의 바닥을 칠 때면 발은 저절로 산으로 향했다.

여름으로 향하는 나무 냄새가 짙었다. 발밑으로는 흙과 나뭇잎이 밟히는 소리가, 머리 위로는 숲을 통과하는 바람에서 휘파람 소리가 났다. 투둑. 소리가 나는 방향으로 고개를 돌리자 청설모 두 마리가 나뭇가지를 흔들며 가지에서 가지로 빠르게 움직인다. 청설모의 길고 검은 꼬리가 치고 간 나뭇잎이 바닥으로 떨어졌다. 태신은 허리를 굽혀 나뭇잎을 주웠다. 아직 녹색이 단단히 여물지 않은 연둣빛 잎사귀였다. 코에 잎사귀를 대고 냄새를 맡자, 불현듯 묻어 두었던 기억들이 몸속에서 뿌옇게 일어난다.

유리구슬이 부딪치는 것처럼 맑았던 유현정의 웃음소리가, 커다랗고 따뜻했던 김준수의 손이, 금요일 오후에 구워 주었던 머핀 냄새가, 언젠가 그녀가 떠 주었던 까슬까슬한 모헤어 스웨터의 감촉이, 싸늘하고 축축했던 영국의 날씨가, 비에 젖으면 검게 미끈거렸던 거리가, 짙은 자주색 재킷에 고동색과 붉은색의 줄무늬 넥타이가, 앞코가 둥글었던 검은 구두의 교복 차림이, 동양인이라고는 혼자였던 학교의 붉은 벽돌 같은 것들이…….

떠올랐다.

현정은 잘 웃었다. 웃을 때면 도톰해지는 눈두덩과 맑은 웃음소리가 좋아, 학교가 끝나면 데리러 오는 그녀에게 그날 있었던 일들 중 재미있었던 것을 떠들어 대곤 했다. 그럴 때면 현정은 까르르 웃으며 태신의 손을 꽉 잡아 주었다. 비가 오는 날이면 부침개를 부쳐 주기도 했고, 겨울이면 목도리를 직접 떠 주기도 하였다. 흐트러진 태신의 목도리를 고쳐 매 주던 그녀의 볼은 영국 장미처럼 순연한 분홍색이었다.

현정에 비해 준수에 대한 기억은 좀 더 단선적이다. 키가 크고 건장했으며, 머리는 항상 짧게 다듬었던 그는 태신에게 수영과 바둑을 가르쳐 주었다. 군더더기 없는 단답형 말투에 말수가 적었지만, 현정이 놀릴 때면 얼굴에 홍조가 일기도 했다.

그들은 완벽한 가족이었다. 김준수는 과묵하지만 듬직하고 성실한 아빠 역이었고, 유현정은 소박하고 따뜻한 엄마 역, 태신은 책 읽기를 좋아하는 예의 바른 아들 역이었다.

어머니와 아버지가 어떤 기준으로 김준수와 유현정을 선택했는지 모르겠지만, 탁월한 선택이었다. 지금 그에게 조금이라도 따스하고 인간적인 면이 있다면 그건 그 둘의 덕분일 것이다.

김준수의 우직한 애정과 유현정의 다정함이, 그에게 지어 주었던 따뜻한 미소와 몸짓이 돈으로 산 것이라고는 믿지 않는다. 그렇게 믿을 수는 없다. 그것은 그의 유년을 송두리째 부정하는 동시에 외로움과 허무를 향해 정면으로 마주 서는 행위이기 때문이다.

어쩌면 둘은 결혼하여 아이를 낳고 살고 있을지도 모른다. 김준수가 유현정을 사랑한다는 것은 어린 그의 눈에도 자명했으니까. 사내아이나 계집아이, 혹은 둘 다를 낳고서, 자신에게 해 주었던 것처럼 김준수는 수영과 바둑을 가르쳐 주고, 유현정은 털실로 아이들의 스웨터나 목도리를 떠 주며 완벽한 가족으로 살아가는 모습을 상상하기는 쉬웠다.

1년에 한두 번쯤 찾고 싶은 충동이 들기도 하였다. 찾아서 무엇을 하고 싶은지 자신조차 정확히 알 수 없었지만, 일단은 확인하고 싶었다. 자다가 걸핏하면 울던 소년을 기억하는지. 비 오는 날이면 부침개를 해 달라고 졸랐던 소년을 기억하는지. 확인하고 싶었다.

내가 당신들을 소중한 기억으로 간직하고 있듯이 당신들도 그래 주기를. 하지만 그런 것은 언제나 두려운 일이었다.

그때의 자신은 '나'와 지금의 '기태신' 중간에 서 있었다. 온전히 '나'도 아닌 '기태신'도 아닌, 중간의 그 '무엇'으로 존재했던 '자신'의 기록을 다시 들춘다는 것은 무서운 일이었다.

반복되는 악몽을 꾸다 울음을 터뜨리면, 현정은 잠옷 차림으로 달려와 자신을 품에 안아 주었다. 등을 토닥토닥 두드려 주며 나지막이 노래를 불러 주었다.

**내 사랑아, 내 사랑아, 나의 사랑 클레멘타인. 늙은 아비 혼자 두고 영영 어딜 갔느냐.**

그 노래를 부를 때의 현정의 목소리는 눈을 감아도 알 수 있을 만큼 축축이 젖어 있었다. 봄, 여름, 가을과 겨울이 지나고 다시 봄이 돌아오자 태신은 더 이상 울며 잠에서 깨지 않게 되었다. 1년에 두 번 아버지가 방문하셨던 것을 제외하면, 영국에서의 생활은 안전하고 평화로웠다. 가능한 한 길게, 평생을 외국에서 떠돌지언정 태신은 그들과 함께 살고 싶었다.

바람과 달리 그들과의 생활은 한국으로 귀국하며 끝이 났다. 공항에서 둘은 이 세상에 없었던 것처럼 사라졌으니까.

태신은 다시 악몽을 꾸기 시작하였다. 물론 울며 잠에서 깨어도 달려와 줄 사람은 없었다. 그런 밤이면 이불을 덮어쓰고 현정의 목소리를 떠올리며 노래를 불렀다.

**내 사랑아, 내 사랑아, 나의 사랑 클레멘타인. 늙은 아비 혼자 두고 영영 어딜 갔느냐.**

무섭고, 고독했으며, 처량한 밤이었다. 하지만 그들을 찾아 달라고 떼쓰지 않았다. 강하지는 못했지만 영리하기는 했으니까. 아침이면 말끔한 얼굴로 식탁에 앉았다.

그런 자신을 고요한 눈으로 지켜보는 이가 어머니였다. 처음 손수건을 건넸던 그날과 그다지 변함이 없는 모습으로, 하나 우묵하게 깊어진 눈으로 밤새 울어 붉어진 자신의 눈을 알아보고 따뜻한 물을 건네주었다.

'울지 마렴.' 마음을 읽은 듯 다정히 말하고 등을 토닥여 줄 때마다, 태신은 인두로 등을 지지는 것 같았다. 따뜻한 물이 입 안에서 펄펄 끓어올라 혓바닥을 익혀 버리는 듯하였다.

귀국하고 반년까지 어머니가 가까이 다가오면 저절로 몸이 긴장되었다. 어느 순간 그녀가 굳은 얼굴로 자신의 따귀를 후려쳐도 이상할 것이 없다고 생각하였다.

원망하지도 억울해하지도 말고 기꺼이 맞을 것을 다짐했다. 어쩌면 때려 주기를 바랐었던 것도 같다. 그러나 어머니는 장엄하기조차 한 깊은 호수였다. 물안개가 피어오르고, 둘러싼 나무숲의 청량한 냄새로 가득한, 누구도 훼손할 수 없는 초연한 존재. 그런 어머니를 두고 다른 여자를 탐했던 아버지를 이해할 수 없었다.

엄마라는 여자.

기억 속의 그녀는 언제나 침침한 어둠 속에 있었다. 아무렇게나 자란 머리를 아무렇게나 묶고 언제나 술 냄새가 났던, 뭉개진 이목구비로 남아 있는, 어머니와는 정반대로 완벽하게 훼손되어 있던 여자. 가끔 입을 벌려 자신에게 말하는 장면이 떠오른다. 입만 벙긋벙긋대며 목소리도 생각나지 않는 그녀는 음성이 지워진 낡은 무성영화의 한 장면처럼 남아 있다.

사춘기에 접어들며 아버지를 닮아 가는 얼굴을 뭉개고 싶은 충동이 일었다. 목소리가 굵어지고 수염이 나는 자신이 혐오스러워 먹은 걸 모조리 토해 내기도 하였다.

성장과 음식에 대한 혐오를 극복하게 된 것도 결국, 어머니의 큰 키였다.

어머니의 아들이라면 유전학적으로 키가 클 것이라는 생각.

형도 분명 긴 팔다리에 건장한 뼈대로 자랐을 것이라는 생각이 들었다. 그날부터 매일 하루에 2리터씩의 우유를 마시고, 식사를 거르지 않았다. 토기가 올라올 때면 입을 주먹으로 막고 코로 깊은숨을 내쉬며 참아 내었다. 곧 다른 아이들과의 2년이라는 간격은 평균에서 늘 한 뼘쯤 큰 키로 메울 수 있었다.

그런 자신의 마음 또한 어머니는 늘 알고 있었다. 아침 식탁에 앉으면 우유를 건네주고, 골고루 먹을 것을 채근하였다.

'골고루, 천천히, 꼭꼭 씹어 먹어, 태신아.'

태신아. 기태신. 어머니의 입에서 태신이라는 이름이 나오면 도둑이 된 것처럼 발이 저렸다. 때로 자신이 어머니의 진짜 아들이었으면 하는 절박한 욕망이 들 때면, 다른 여자의 남자를 탐했던 제 어미를 닮은 것 같아 소름이 끼쳤다.

그랬기에 자신의 갈망을 심연의 더 밑바닥으로 감추었다.

30분쯤 산을 오르자 약수터가 나왔다. 머리가 하얗게 센 할머니가 페트병에 약수를 받고 있었다. 등은 땀에 젖은 지 오래였고, 관자놀이에서 턱으로 흘러내린 땀이 뚝뚝 운동화 위로 떨어졌다. 태신은 멈춰 서서 숨을 깊게 들이쉬었다. 산의 차갑고도 습한 공기가 폐를 가득 채웠다. 이처럼 폐가 터질 것 같아 오로지 숨을 쉬는 일에만 집중하는 단순한 시간이 좋았다.

땀이 식기를 기다리며 숨을 내뱉는 동안, 네 개의 페트병에 물을 가득 채운 할머니가 자리를 비켜 주었다. 고무줄에 매달려 있는 손잡이가 긴 바가지에 물을 받아 한 모금 길게 들이켰다. 달고 차가웠다.

그사이 50대로 보이는 중년 부부가 올라왔다. 여자는 앓는 소리를 내며 돌바닥에 주저앉았고, 남자는 양팔을 넓게 벌리며 제자리 뛰기를 하였다. 싫다는 여자를 남자가 억지로 끌고 온 듯 여자는 바닥에 앉은 채 투덜거렸고, 남자는 양팔을 크게 휘두르며 제자리걸음을 걸으면서 숨을 내쉬었다.

할머니가 가방에 약수가 든 페트병을 넣고는 등에 메었다. 물의 무게에 잠시 뒤로 휘청하였지만 곧 자세를 바로잡고 돌을 단단히 디디며 아래로 내려가기 시작하였다.

태신은 물끄러미 그 모습을 바라보다 다시 산을 오르기 시작하였다. 중년 부부의 웃음소리가 등을 쳤다. 태신은 나지막이 노래를 부르기 시작하였다.

"내 사랑아, 내 사랑아, 나의 사랑 클레멘타인. 늙은 아비 혼자 두고 영영 어딜 갔느냐."

나뭇잎 사이를 뚫고 들어온 햇빛에 태신은 눈을 감고 자리에 멈춰 섰다. 가슴속에 자리 잡고 있던 한 겹의 막이 찢어지듯 붉게 벌어졌다.

태신은 하나와 마지막까지 사랑이 아니기를 바란다.

이건 감정의 무엇.

표현할 단어를 찾을 수 없는 감정의 무엇, 그뿐이길 바란다.

10만큼 마음이 있다면 1 정도만 보여 줘야 한다. 그것이 관계의 종말을 알고 있는 자로서의 예의이자 의무였다. 언제나 곁에 있어 줄 것처럼 따뜻하게 손을 잡아 놓고, 순식간에 사라지는 일을 당하는 건 자신만으로도 충분하였다.

마치 기다렸다는 듯 반했었다.

왼손 첫 번째 손가락이 증거처럼 까닥거려 주먹을 쥐었었지.

여자의 곁에 서면 펄펄 끓는 물에 빠진 듯했다. 하지만 아무리 숨이 막힐 것 같아도 그대로 지낼 수 있었다. 처음 바래다주던 그날, 자신을 향해 웃어 주지 않았다면. 어항 속 물고기처럼 어항의 이쪽 끝과 저쪽 끝을 헤엄치며 그저 바라보는 것만으로 만족해하다. 어느 날 그녀가 자신에게 어울리는 흠 없이 반듯한 남자를 만나 떠나는 모습을 어항 속에서 지켜보았을 것이다.

아니다. 이건 비열한 자기 합리화일 뿐이다. 호시탐탐 기회를 노렸지. 여자의 눈에 조금의 호의가 보이자마자 기회를 잡아챈 것이다. 이기심으로. 욕심으로. 어쩌면 억울함으로.

어차피 그녀는 자신이 가질 수 없는 존재였으니까. 가짜인 자신이 그렇게 눈부신 여자를 가질 수는 없으니까. 이름조차 물려받은 모조품이니까. 이런 자신이 그녀를 손에 쥐는 순간 꽃은 시들고, 별빛은 꺼지며, 강에는 검은 물이 흐르고, 그녀는 더 이상 웃지 않을 테니까. 그건 살아 있는 지옥이 될 테니까.

하나 그런 자신의 옆에는 정반대의 열망을 가진 또 다른 '그'가 있었다.

'그'는 자신이 그녀에게 다시없을 사랑이길 바란다. 관계의 끝은 가장 사랑할 때, 사랑이 절정에 치달았을 때이길 바란다. 첫 번째, 두 번째 혹은 꼴찌가 되더라도 잊히기보단 깊은 상처가 되길 바란다. 무딘 칼이 되어 고통스럽게 여자의 가슴을 찌르길 바란다. 꽃은 다시는 피지 못하고, 별은 소멸하며, 강에는 검은 물이 범람하길 바란다.

그녀가 더 이상 웃지 않게 되길, '그'는 바란다.

'그'를 생각하며 평생 불행하길 바란다.

'그'를 향해 세상의 모든 악담과 저주를 퍼붓더라도 자신을 잊지 않길 바란다.

그 남자는 또한 세상에 그녀와 그, 단둘뿐이길 바란다. 마실

물도, 숨 쉴 공기도 필요 없으며, 딛고 있는 땅도, 하늘도, 태양
도, 지구도, 우주도, 아무것도 없이, 오직 그녀와 자신 둘만이길
바란다.

불보다 뜨겁고, 폭풍보다 강력하며, 피할 수 없어 흠뻑 맞을
수밖에 없는 장대비 같은 사랑. 깊이를 알 수 없는 우물보다,
넓이를 알 수 없는 바다보다, 저 하늘에 빛나는 별보다 잊지 못
할, 잊히지 않는, 잊힐 수 없는 사랑이길 바란다.

여자의 몸에 자신을 각인시켜 절대로 지워지지 않는 흔적이
새겨지길 바란다.

자신만을 바라보고, 자신에게만 꽃 같은 웃음을 지어 주길
바란다.

너의 인생에서 남자는 나 하나뿐이길.

나의 인생에도 여자는 너 하나뿐일 테니.

이 감정도, 열망도, 괴로움도, 욕망도, 욕심도, 꿈같은 기쁨
도 결국 너에게로 귀결됨을……

생이 그에게 던져 준 굴레나 불행, 외로움 따위는 감당할 수
있었다. 그런 것들은 두려움이라는 감정에 비하면 아무것도 아
니었다.

곁에만 있어 주어도 행복하였다. 아니, 사실 행복이라는 것
이 무엇인지도 그는 알 수가 없었다. 다만 김준수, 유현정과 함
께 지냈던 시간으로 되돌아간 듯하였다. 세상과 전쟁을 치른다
는 느낌 없이 숨을 쉴 수 있었으며, 누군가를 생각하며 미소 지
을 수 있다는 것이, 누군가 자신을 따뜻하게 바라봐 주는 느낌

이 어떤 것이었는지 기억났다.

자신을 나약하게 만드는 모든 것들을 버려야 함에도, 버려야 한다는 사실이 자신을 더욱 나약하게 만듦을 깨닫고 말았다.

산의 끝에 다다랐다. 시원한 바람이 이마에 스며들었다. 태신은 깊게 숨을 들이쉬었다. 발밑에 서울 시내가 펼쳐져 있다. 눈으로 하나의 집을 가늠하며 휴대폰을 꺼내 단조로운 벨소리를 들었다.

뚜루룩, 뚜루룩.

한 번,

두 번,

세 번.

여기는 기태신. 이하나 나와라, 오버.

"이게 뭐예요?"

하나는 그가 내미는 물통을 받아 들었다.

"인왕산 약수."

"약수요?"

태신은 고개를 끄덕였다.

"산에 갔다 오셨어요?"

"응."

하나는 키득키득 웃었다. 태신이 '응.'이라고 대답할 때가 좋았다. 그 간단한 대답이 자신에게 열린 마음 같았다.

"우리 커피 마시러 가요. 요기 연두라는 커피숍이 있는데 정말 맛있어요. 가게 지나갈 때마다 언제 꼭 같이 마셔야지 했었어요."

하나가 태신의 팔을 잡고 이끌었다. 그는 순순히 따랐다.

연두는 2층짜리 가정집의 1층을 개조한 연한 하늘색 기와가 얹어진 가게였다. 안으로 들어가자 커피 향과 볶은 커피 빈 냄새가 희미하게 떠다니고, 비틀스의 〈Hey, Jude〉가 흘러나왔다.

둘은 케냐AA를 두 잔 주문하고 카운터 테이블 스툴에 걸터앉았다. 40대 초반으로 보이는 바리스타가 능숙한 솜씨로 커피에 뜨거운 물을 붓자 진한 커피 향이 연기처럼 공기 중으로 퍼졌다. 그 모습을 지켜보다 하나가 태신의 귓가에 속삭였다.

"연두가 커피와의 인연이라는 뜻이래요. 제 동생이요, 여기 커피 마신 후부터 다른 곳 커피는 다 맛없다고 할 정도예요."

"좋은 말인데, 왜 귓속말로 해?"

태신도 하나에게 귓속말을 하였다.

"왠지 부끄러워서요. 이런 말은 왠지 주인이 없는 곳에서 해야 할 것 같아."

태신이 하나를 가만히 바라보다 귓가에 입을 대고 나지막이 웃었다. 따스한 숨결이 하나의 목덜미에 비누 거품을 몰랑몰랑일게 하는 듯 간지러워, 저절로 어깨가 움츠러지고 발가락에 힘이 들어갔다. 때마침 바리스타가 커피를 건네주었다.

커피를 들고 밖으로 나와 천천히 통인동 쪽으로 걸어가기 시작하였다.

남색 반바지 밑으로 무릎에 짙은 갈색 딱지가 앉은 꼬마가 팔로는 장난감 칼을 휘두르고 입으로는 '슉슉, 얍얍.' 소리를 내며 둘 사이를 뚫고 지나갔다. 하나는 커피가 든 손을 재빨리 위로 올렸다. 그 팔의 반동에 커피가 튀어 그의 손등으로 흘러내렸다.

"아, 어떡해."

하나는 그의 얼굴을 올려다보았다. 태신은 하나를 처음 보는 것처럼 물끄러미 바라보고 있었다. 하나도 말끄러미 그의 우묵한 눈을 바라보았다.

"뜨겁나요?"

태신은 바로 대답하지 않았다. 그가 침묵하는 사이, 커피는 태신의 손바닥과 손등을 가로지르며 바닥에 떨어졌다.

"……너무."

"어떡하죠?"

"글쎄."

태신은 흘러나온 커피를 물끄러미 바라보다 다른 쪽 소매로 손등을 닦아 내었다. 커피가 떨어진 엄지와 검지 사이가 발갛게 되어 있었다. 하나는 입을 동그랗게 모아 후후 손등을 불었다. 숨이 모자라는지 눈에 뜨거운 기운이 몰렸다.

"하나야."

다정한 목소리였다. 이상하게도 '뜨겁나요?'라는 물음과 '글쎄.'라는 답이 가슴에 박혀, 하나는 고개를 들 수가 없었다. 둘의 관계 같아서. 그 숨겨진 뜻이 마음을 아프게 해서, 하나는 고개를 들 수가 없었다.

"이하나."

마음을 감추고, 하나는 고개를 들어 방긋 웃었다.

"왜 자꾸 불러요. 하나 여기 있어요."

태신이 손을 내밀었다. 하나가 손을 맞잡자 태신이 꾸욱 힘주어 잡고 걷기 시작하였다. 꽉 잡힌 손에 금방 땀이 배었지만, 천 년 전부터 손을 잡고 있었던 사람들처럼 둘은 손을 놓지 않았다.

창성동을 지나고 통인동을 지났다. 많은 나무와 길, 가게, 사람들의 목소리와 웃음소리와 자동차와 버스, 수많은 불빛을 지나치고, 바람을 뒤로 보냈다. 그리고 통의동 어느 좁은 골목에서 깊은 입맞춤을 나누었다.

그 골목은 세상이었으며 우주였고, 오직 둘뿐이었다.

비가 몇 번 내리는 사이, 날은 점점 무더워졌다.

집 안마당 능소화가 담장 밖으로 줄기를 끝없이 뻗어 가며 주황색 꽃을 뭉텅뭉텅 피우기 시작하였다.

## 16. 하늘을 갖다 주고 싶은 마음

비는 잠을 뒤척이게 할 만큼 무섭게 내리꽂혔다. 나뭇잎 위로 떨어지는 빗소리는 닫힌 창문을 비집고 들어왔다. 침대에서 내려와 창문을 열자 굵은 빗줄기가 창틀을 치고 방 안으로 달려들었다. 순식간에 손목은 물론이고 얼굴이며 잠옷 앞섶도 흠뻑 젖었다. 하나는 한참을 서서 비를 고스란히 맞았다. 그제야 가슴속의 불길이 서서히 잠잠해지면서 잠에 이를 수 있었다.

비에 젖은, 축축한 잠이었다.

다음 날 대문을 나서자 전날 밤 내린 작달비에 능소화가 담 아래에 흩뿌려진 듯 떨어져 있었다. 하나는 구두 끝으로 떨어진 능소화의 홍적빛 꽃잎을 눌렀다. 바닥의 빗물이 배어 올라와 짓이겨지며 꽃잎은 금방 검게 짓물러졌다. 내일이면 떨어진 수만큼 꽃이 새로 필 것이다. 능소화의 그 끈질긴 생명력이 집착같이 느껴져 징그러웠다. 다시 한번 발끝에 힘을 주어 꾹 눌렀다.

태신이 출장을 떠난 지 2주가 되어 가고 있었다.

저녁을 먹은 다음 날 태신은 헝가리 부다페스트로 20일 일정의 출장을 떠났다. CCO를 맡은 후로 한 달에 최소 한 번은 출장을 갔지만 이번처럼 긴 일정은 처음이었다.

하나는 하루도 빠짐없이 메일을 보냈다. 당신의 하루는 어땠는지. 서울의 날씨는 이랬는데, 그곳의 날씨는 어땠는지. 나는 무엇을 먹었는데 식사는 잘 챙겨 먹고 있는지를.

소소한, 아무것도 아닌 이야기들로 가득 채웠다. 틈이 날 때마다 수신 확인을 하고, 받은 편지함을 체크하였다. 읽었다는 표시는 있었지만, 답장은 없었다. 혹시나 하는 기대는 실망으로, 곧 체념으로 변하였다. 바쁘다는 것은 알고 있었다. 하지만 이해와 용납은 다른 차원이었다.

마음 한구석에서 '넌 태신에게 결국 그 정도밖에 되지 않는 존재야.' 하는 자조가 똬리를 틀며 단단히 자리 잡았다. 그 자조는 유리구슬이 되어 몸속을 돌아다녔다. 저들끼리 챙강챙강 부딪치며 잘게 부서지기도 하고, 부서진 파편들이 가슴을 콕콕 찌르기도 하였다. 그럼에도 아무 일 없다는 듯, 하나는 명랑하게 메일을 꼬박꼬박 쓰고, 망설임 없이 보내기 버튼을 클릭하였다.

가끔은 어쩌다 이리되었나, 스스로가 한심도 하였다.

보름. 딱 보름 만에 태신에게서 메일이 한 통 도착하였다. 습관적으로 메일을 확인하던 손이 마우스를 꽉 움켜쥐었다. 떨렸다. 기쁘다기보다는 기묘하였다. 누군가 가슴에 커다란 북을 갖다 놓고 둥, 둥, 둥, 제 흥대로 치는 듯하였다.

네 줄짜리 짧은 메일이었다.

저녁 식사 전 옷을 갈아입으러 호텔에 들렀으며, 부다페스트의 하늘이 무척 아름답다는 내용이었다. 누가 볼까 겁이 나 윈도우 창을 닫았다. 손이 가늘게 떨렸다. 눈은 서류에 박혀 있었지만 머릿속은 태신에게 보낼 답장으로 가득하였다. 모두 퇴근한 사무실에서 모니터만 바라보다 한 자, 두 자 써 나가기 시작하였다.

드디어 답메일을 받고 놀랐다고, 혹시나 몸이 아픈 건 아닌지 걱정이 됐었다는 식으로, 몇 줄 쓰다 지우고 몇 줄 쓰다 지우기를 반복하였다. 10시가 되었을 때 신경질적으로 노트북을 끄고 퇴근하였다. 물론 답메일은 쓰지 못한 채였다.

부모님께 퇴근 인사를 할 때도, 발밑을 뱅글뱅글 도는 요요를 안으면서도, 세수를 하고 이를 닦으면서도, 두나의 재잘거림을 들으면서도, 심야 오락 프로그램을 보며 습관적으로 웃으면서도 머릿속은 온통 답메일에 대한 생각뿐이었다.

보내지 말까 싶기도 했다. 이제야 네 줄짜리 메일만 달랑 보낸 게 괘씸하기도 했다. 하지만 결국 방에 들어가 노트북을 켜고 키보드에 손을 올려놓았다. 매일 시작하던 인사말을 쓰기 시작하였다. 전날 비가 많이 내렸으며, 덕분에 습하고 더운 날씨였다고 썼다. 출장은 힘들지 않았냐고 쓰고, 부다페스트의 하늘은 어떤지 궁금하다고도 썼다. 기다리던 영화가 개봉했는데 같이 보면 좋겠다고 썼다가 지우고, 대신 점심시간 때 여직원들끼리 체부동 토속촌까지 가 한 시간을 기다려 삼계탕을 먹었다고 썼다.

하나는 소소한 이야기로 화면을 가득 채우다 또다시 모조리 지워 버렸다. 하얗게 된 화면을 노려보다 한숨을 쉬었다. 다른 말을 하고 싶었는데, 정말 하고 싶은 말이 있는 것 같은데, 그게 무엇인지 자신도 알 수 없었다.

열어 둔 창문으로 한 줄기 바람이 들어왔다. 대충 묶어 올린 머리에서 빠져나온 머리카락이 흔들렸다. 하나는 눈을 감았다. 오랫동안 눈을 감은 채 습한 공기와 무지근한 바람을 느꼈다. 그의 단호하던 뒷모습을 떠올렸다. 한 번도 뒤돌아보지 않고 걷던 발걸음과 반듯하고 각진 어깨를 떠올렸다.

하나는 눈을 천천히 떴다. 자판에 다시 손을 올려놓고 한 글자씩 또박또박 쓰기 시작하였다.


'그 하늘을 갖다 주세요.'

단 한 줄의 답메일을 보냈다.

노트북을 끄고 침대에 누웠다. 뜻밖에 잠은 달았다.

1시 20분. 손에 쥐고 잠들었던 휴대폰의 진동에 깨었다. 태신은 집 건너라고 하였다. 하나는 잡히는 대로 옷을 입었다. 잠에서 깬 요요가 에옹, 하며 하나가 옷 입는 것을 바라보았다. 따라 나오려는 요요를 막으며 방문을 닫았다. 현관에서 신발이 제대로 신겨지지 않아 조바심이 났다.

현관을 나섰다. 달은 밝고, 공기는 습하였다. 계단을 내려가는 다리가 마블링이 일어나는 것처럼 후들거렸다. 태신 앞에서 주저앉는 건 아닌지 걱정이 될 정도였다. 주먹으로 허벅지를 탁탁 쳤다.

길 건너, 태신이 차에 기대어 고개를 숙이며 담배에 막 불을 붙이고 있었다.

"상무님."

하나는 길 건너편에서 태신을 부르며, 손을 흔들었다. 태신이 담배를 문 채 고개를 들었다. 2차선 도로 위를 차 두 대가 연달아 지나가는 동안 둘은 마주 선 채 바라보았다. 하나는 천천히 길을 건너 태신의 앞에 섰다. 덥고 습습한 공기에는 담배 냄새가 배어 있었다.

독하고, 쓰고, 따갑고, 어지러운 공기였다.

얼굴선이 좀 더 날카로워진 것을 제외하고는 피곤해 보이지 않았다. 집을 뛰쳐나올 때의 기세는 어디로 갔는지, 하나는 어색하여 괜히 빠져나온 머리카락을 귀 뒤로 넘겼다.

"오셨네요."

"응."

"몇 시에 도착하신 거예요?"

"저녁 7시쯤."

'아.' 하며 하나는 고개를 주억거렸다.

"회사에 갔다가?"

"응."

"피곤하지 않으세요?"

"괜찮아."

"출장은?"

"늘 그렇지."

그의 목소리는 담담하였다. 극적인 포옹이나 그리웠다는 사랑의 말 따위는 없었다. 둘은 21일이 아니라, 21년 만에 만난 것처럼 어색하였다. 태신이 차갑게 느껴져 하나의 마음이 툭, 아래로 처졌다. 그럼에도 하나는 고개를 들어 태신에게 활짝 웃어 보였다.

"피곤하지 않으세요? 내일 봐도 되는데, 왜 오셨어요. 얼른 가서 쉬세요. 저도 자다 나왔는데, 그만 들어가서 잘게요."

하나는 손을 흔들고 몸을 돌렸다. 눈물을 참기 위해 입술을 깨물었다. 왜 이리 형편없이 약해졌는가 싶어 또다시 스스로 한심했다.

"이하나."

낮은 목소리로 하나를 돌려세운 태신이 주머니에서 꺼내 내민 것은 사진엽서였다. 부다페스트의 노을 진 하늘이 찍혀 있었다. 불빛이 하나둘 켜지기 시작할 때쯤의 시간이고, 하늘이었다. 하나는 엽서를 물끄러미 바라보다 고개를 들었다.

"그만 갈게. 잘 자."

태신은 그대로 몸을 돌려 차를 향해 걷기 시작하였다. 그를 부르고 싶었지만 목소리가 나오지 않았다. 하나는 엽서를 움켜쥔 채 집으로 들어갔다. 서럽기도 하고, 안심이 되기도 하고, 눈물이 나올 것 같기도 하고, 웃음이 나올 것 같기도 하였다. 운동화를 벗다 엽서를 뒤집었다.

'하늘을 갖다 주고 싶은 마음.'

큼직한 글씨로 그 열한 자가 또박또박 적혀 있었다.


하늘을. 갖다. 주고. 싶은. 마음.


여름, 한낮의 아지랑이 같은 열기가 온몸을 감싸고 돌았다. 그 열기란 참으로 낯선 것이어서 어떻게 받아들여야 할지 알 수 없는 종류였다. 늪을 향해 한 발을 집어넣은 것 같기도 하였다. 빠져나올 수 없는, 어둡고 질척이는, 늪의 밑바닥을 향해 걸음을 뗀 것 같은. 그럼에도 어찌 되어도 상관없을 것 같다는 오만한 기분이 머리끝에서 발끝까지 솟구쳐 올랐다.

하나는 엽서를 손에 꽉 쥔 채, 그대로 현관문을 나섰다.

길 건너에 그대로 서서 자신을 기다리고 있어야 할 태신이 보이지 않았다. 하나는 태신의 집을 향해 뛰기 시작했다. 치맛단이 무릎을 휘감아 돌고, 새의 빈 배 속에 있는 듯 발소리가 좁은 길모퉁이를 따라 울렸다. 점점 숨이 차올랐다.

새벽, 그의 집으로 가는 자신의 행동이 미래에 어떤 결과를 가져올지 짐작할 수는 없었다. 오직 그리움과 불안, 기쁨의 '대상'을 찾아가 그의 '온전한 실체'를 확인하고, 확인받고 싶을 뿐이었다.

결국 산다는 건, 이런 거 같다고 생각했다. 찰나의 순간과 순간들의 결정이 모여, 현재와 미래뿐 아니라 과거도 만드는 것이라고. 적어도 하나 자신에겐 그런 거 같다고. 명징한 해답이나 오차 없는 계산 같은 건 삶에 적용할 수 없다고. 다만 이 '순간'에 충실할 뿐이라고. 그러니 더 이상 둘의 마지막 장면을 상상하며 지레 체념하거나 주춤 물러설 수만은 없다고.


철문을 지나 계단을 뛰어올라 초인종을 눌렀다. 가쁜 숨을 몰아쉬며 코끝에 송골 올라온 땀을 닦아 내었다.

도르래가 굴러가는 소리가 나며 문이 열렸다. 태신의 목에는 아직 채 풀지 못한 넥타이가 매달려 있었다. 태신은 하나를 바라보며 천천히 넥타이를 풀어 한 손에 감아쥐었다. 이 시간에 왜 여기를 왔냐는 질문 같은 것은 없었다. 태신의 표정은 놀란 것 같기도, 하나를 기다리고 있던 것 같기도 하였다.

"내가 다시 나올 줄 몰랐나요?"

"너에 대해선 모든 확률이 반반이야."

"반반이라도 기다려 보지. 왜 그냥 가 버렸어요."

태신은 하나를 빤히 쳐다보았다. 머리 위로 별은 반짝였고, 드러난 팔의 솜털이 일어나는 소리가 들릴 만큼 사위는 고요하였다. 둘의 시선이 공중에서 부딪쳤을 때, 태신은 모든 것이 우습다는 듯 고개를 저었다.

"사는 건, 출구를 찾아 미로를 헤매는 것과 같아. 그런데 걷다 보면 불운이란 것이 어둠 속에 숨어 있다 뛰쳐나와 칼로 긋고 도망치지. 베인 부분을 움켜쥐고 상처가 아물기를 바라며 쓰러질 듯 말 듯 다시 미로를 헤매다 또다시 칼에 베이는 것의 반복이야. 그 미로엔 때론 화살표가 그려져 있고, 꽃이 피어 있기도 해. 그것들을 희망 삼아 미로의 출구를 찾아 매일매일 돌아다니는 거야. 늙어 죽든가, 과다 출혈로 죽든가, 벽에 머리를 박고 죽든가 할 때까지."

태신은 그럼에도 너와 함께하고 싶었다고 말하고 싶었다. 넌 그 미로의 꽃이라고도 말하고 싶었다. 아니, 넌 그 미로의 불운이라고 말하고 싶었다. 아니다. 그는 아무 의미 없는 말들을 지껄이고 있을 뿐이다.

"그런 빙빙 돌리는 어려운 말, 난 몰라요. 왜 기다리지 않았어요? 내가 나오든 말든 상관없었나요?"

태신은 눈을 질끈 감았다가 떴다. 하나는 엽서를 쥐고 있는 손에 힘을 주었다.

"지금은 밤이고."

태신은 말을 멈추었다.

"넌 아름다우니까."

태신이 하나를 끌어안았다. 불처럼 뜨거운 입술이 하나의 입술에 와 닿았다. 자연스럽게 둘의 입이 벌어지고, 기다렸다는 듯 혀가 얽혔다. 태신이 얼굴을 비틀며 좀 더 깊게 파고들었다. 하나는 저절로 힘이 들어가는 손가락으로 태신의 셔츠 앞섶을 잡았다. 습한 밤바람이 드러난 종아리를 감고 지나갔고, 감은 두 눈에 검은 흡반이 기름처럼 번져 나갔다. 하나는 옷깃을 잡은 손에 더욱 힘을 주었다.

소름 끼치도록 뜨겁고 예민하게 느껴지는 혀는 한낮의 탈색된 햇볕보다 따갑고, 설탕 시럽처럼 끈적했다. 태신의 혀가 목젖까지 닿을 정도로 깊게 파고들었다. 혀의 뿌리 끝까지 빨아들이듯 휘감아 잡아당기고 입 안을 살살이 훑었다. 서로의 타액이 섞이고 누구의 혀인지 그것조차 알 수 없게 되어 버렸다.

수천 개의 별이 머리 위로 떨어지고, 달맞이꽃이 일제히 고개를 돌렸다. 어느 집 흰 비단잉어가 첨벙, 연못 안에서 짧게 진저리를 쳤다.

새벽이 가까워졌다.

여름을 맞이한 마당은 모든 것이 넘쳐 났다.

화단은 다른 색과 다른 향을 뿜어내는 꽃들로 가득했고, 텃
밭은 하루가 다르게 커 가는 상추며 오이, 고추와 부추, 얼갈이
배추로 빽빽했다. 마당에는 밤새 떨어진 살구들이 여기저기에
뒹굴었다.

하나는 오리걸음으로 걸어 다니며 떨어진 살구들을 소쿠리
에 집어 담았다. 살구잼을 만들 생각이었다. 아침 9시 반이었
고, 살구를 주우러 다닌 지 10분도 채 되지 않았는데도 티셔츠
가 땀에 젖어 등에 찰싹 달라붙었다. 모과나무에 붙어 있는 매
미가 커다란 확성기처럼 시끄럽게 울어 댔다. 하나는 일어서며
살구 한 알을 모과나무를 향해 집어 던졌다. 아랑곳없이 매미
의 울음은 계속되었다.

소쿠리에 가득 찬 살구를 마당 수돗가에 있는 붉은 고무 함지박에 부었다. 우르르 소리를 내며 주홍빛이 섞인 노란 열매들이 함지박 안을 굴러다녔다. 그렇게 줍고 채우기를 두어 번 반복하자 살구가 반쯤 찼다. 이 정도면 잼 세 병쯤은 너끈히 나온다.

'지금은 밤이고, 넌 아름다우니까.'

태신의 말이 떠오르며 얼굴이 붉어졌다. 어쩜 그런 낯간지러운 말을 태연하게 할까. 하나는 괜히 밀짚모자를 벗어 부채질하며 물을 틀었다. 미지근한 물이 나오는가 싶더니, 곧 찬물이 콸콸 쏟아졌다. 얼굴 양옆으로 길게 늘어뜨리고 있던 수건을 찬물에 적셔 다시 머리에 두르고 모자를 썼다. 정수리가 시원하다.

"하나 뭐 하니?"

잠에서 깬 아빠가 러닝에 반바지 차림으로 마루 끝에 걸터앉아 신문을 펴 들었다.

"살구잼 하려고."

"엄마는?"

"엄마 옆집 찬우네 고추랑 상추랑 외할머니가 보내 준 왕죽이랑 이것저것 좀 갖다 준다고 갔어."

"이 아침부터?"

"응. 아마 수다 좀 떨고 오실 거 같은데."

아빠는 고개를 끄덕이며 신문을 읽기 시작했다. 하나는 몸을 돌려 함지박에 손을 넣어 휘휘 살구를 씻기 시작하였다.

"그러고 보니 다음 달이 장모님 생신이네."

"응. 올해는 7월 21일이에요. 그날이 금요일이라서 엄마, 아빠랑 두나는 먼저 내려가고, 나는 목요일에 퇴근하고 저녁때 내려가야 할 거 같아. 금요일은 연차 낼 거예요."

매해 여름이면 내려가는 외가의 마을 들머리에는 마당바우라는 커다란 빗돌이 세워져 있다. 시외버스에서 내려 마당바우가 서 있는 고샅길로 접어들면 돌담길이 이어지고, 곧 팽팽하게 물이 올라 눈이 아플 만큼 녹색이 차오른 논이 눈앞에 펼쳐졌다. 때로 풀밭에서 개구리가 튀어 올라, 두나와 손을 잡고 소리를 지르며 뛰기도 하였다. 느티나무 그늘 정자에서 마을 어른들과 자주 장기를 두셨던 외할아버지가 작년에 돌아가셔서 이제는 외할머니 혼자 누렁이 한 마리와 살고 계신다. 외삼촌이 미국으로 이민을 가신 터라 엄마가 서울로 모셔 오려 했지만, 외할머니는 시골집을 떠나려 하시지 않았다.

"회사 일은 어때?"

"괜찮아요."

"일이 힘든 건 아니고?"

"응."

"그만둬도 돼."

하나는 살구 씻기를 멈추고 아빠를 향해 몸을 틀었다.

"엥? 무슨 말이야?"

"부서 바뀐 뒤로 부쩍 기운도 없는 거 같고, 안색도 안 좋은 거 같고 해서 그래. 많이 힘들면 그만둬도 돼. 하나야, 아빠 아직 너 밥 먹여 줄 능력은 돼."

푸후후 웃음이 나왔다. 아빠, 내 안색이 안 좋았던 건, 어떤 델리케이트한 남자가 속을 썩여서 그랬어.

"내가 그렇게 힘들어 보여?"

이런 대화가 쑥스러운지 아빠는 여전히 신문에 시선을 둔 채 헛기침만 하였다.

"아빠. 아빠. 아빠. 아빠!"

아빠는 하나가 연신 불러서야 하나의 얼굴을 바라보았다.

"일도 이제는 많이 익숙해졌고, 힘든 것도 없어. 그래도 아빠가 그런 말 해 주니까 왠지 든든하다."

"그럼 다행이고."

아빠는 고개를 끄덕이며 다시 신문을 읽기 시작하였다. 하나는 다시 몸을 돌려 살구를 두어 번 더 헹구고 함지박 물을 비워 냈다. 물이 비워지며 수돗가 바닥으로 떨어진 살구를 물에 씻어 입에 넣었다. 달큼한 맛이 입 안에 퍼졌다. 작년에는 새콤한 맛이 더 강했는데 올해는 단맛이 더 난다.

"아빠, 나 이것 좀 마루까지 같이 들어 줘."

아빠가 읽던 신문을 접고 일어섰다. 매미는 여전히 시끄럽다.


부녀가 거실에 마주 앉아 함지박에 들어 있는 살구의 껍질을 벗겨 내고 씨를 빼내어 커다란 냄비에 담았다. 그제야 일어난 두나가 휘적휘적 방에서 나왔다. 하나의 잔소리에 얼굴에 물만 묻히고 나와 함께 살구를 다듬으면서도 연신 하품을 하였다. 틀어 놓은 텔레비전에서는 퀴즈 프로그램을 하고 있었다. 부모님이 계신 일요일 오전엔 채널이 항상 KBS1에 맞춰져 있다. '퀴즈 대한민국'이 끝나면 'TV쇼 진품명품', 그 뒤에는 '전국노래자랑', '영상앨범 산'까지가 순서다. '퀴즈 대한민국'이 끝날 때까지 살구 껍질을 다 벗겨 내고, '영상앨범 산'이 끝날 때까지 잼을 완성하는 게 목표였다. 요요는 옆으로 몇 번 지나다니며 살구를 탐내더니, 어느새 선풍기 앞에서 식빵 굽는 자세로 잠이 들었다.

손질한 살구를 가스레인지에 올려놓았을 때, 옆집으로 마실 갔던 엄마가 동네 소식을 한 아름 안고 돌아왔다. 네 식구는 둘러앉아 양푼에 식은 밥과 텃밭에서 뜯은 부추와 상추를 넣고, 청양고추를 넣어 칼칼하게 끓인 된장찌개로 간을 맞추어 썩썩 비벼 먹었다. 하나는 밥을 먹는 동안에도 틈틈이 나무 주걱으로 살구잼을 저어 주었다.

침이 고일 만큼 달콤한 냄새가 풍겨 나왔다.

[뭐 하세요?]

문자를 보내 놓고, 가슴이 두근두근 뛰었다. 답이 안 오면 어쩌지? 혹시 오늘도 회사에 나갔을까? 휴대폰을 꼭 쥐고 다른 손 새끼손가락으로 살구잼을 콕 찍어 맛을 보았다. 향긋한 냄새가 입 안 가득 퍼지며 혀끝에서 잼이 사르르 녹아내렸다. 더운 날,

선풍기에 의지해 가스레인지 앞에서 살구를 조린 보람이 있었다. 손안에서 휴대폰이 진동을 일으켰다. 재빨리 문자를 확인했다.

[가회동. 식사 중.]

문자를 보고 맥이 풀려 창가에 올려놓은 물병을 바라보았다. 인왕산 약수. 아까워 마시지도 못하고 고이 모셔 두고만 있었다. 지금 마셔 버릴까. 손안에서 휴대폰이 다시 진동을 일으킨다.

[두 시간 후 출발.]

[그럼 놀러 가도 돼요?]

도도도독 버튼을 눌러 문자를 보냈다.

[응.]

하나는 욕실로 뛰어 들어갔다. 땀에 젖은 몰골이 말이 아니었다.

초인종을 몇 번 누르다, 햇빛도 피할 겸 그늘이 진 계단에 앉았다. 열에 달궈진 계단은 뜨끈했다. 막 오후 4시에 접어든 길에는 밖에 나와서 노는 꼬마는커녕 강아지 한 마리도 보이지 않았다. 다만 시끄럽게 울어 대는 매미들과 맞은편 집의 새하얀 벽을 타고 피어난 새빨간 덩굴장미가 햇빛을 튕겨 내어 눈이 부셨다.

에코백에서 자두를 꺼내다 입고 있는 다홍색 시폰 원피스에 손톱이 스쳤다. 가느다란 실이 손톱 끝에 매달려 허공을 가로지르더니, 치마에 조개껍데기 같은 주름을 만들었다. 다시 제자리로 튕겨진 가느다란 실은 불에 그슬린 것처럼 꼬불꼬불하게 뭉쳐졌다. 이로써 보풀이 하나 더 늘었다. 작은 튤립이 수백 송이 그려져 있는 이 인디언풍의 원피스는 하나가 제일 좋아하는 옷이다. 고등학교 2학년 때 산 옷이니까, 9년 가까이 되었다. 동네에 새로 생긴 보세 가게에 걸려 있는 것을 보고 한눈에 반했었는데, 고등학생이 입기에는 꽤 비쌌던 옷이라 엄마를 몇 날 며칠 졸랐었다. 지금은 많이 낡아 군데군데 까슬하게 보풀이 일어나 있지만, 하나에겐 그 보풀마저도 사랑스러운 원피스였다.

자두를 베어 물자, 아삭하는 소리와 함께 시고 달콤한 즙이 주르륵 흘러나왔다. 혀로 입술을 핥고 입가로 흐르는 즙을 손등으로 닦아 냈다. 자두 냄새를 맡았는지, 파리 한 마리가 윙하며 날아왔다. 파리를 손으로 휘휘 저어 쫓으며 시계를 바라보았다. 4시 8분. 2시 20분쯤 통화를 했으니, 태신은 곧 도착할 것이다. 그가 자신을 오래 기다리게 하지 않으리라는 근거 없는 믿음이 하나에게는 있었다.

자두를 한 입 더 베어 무는데, 길모퉁이를 돌아오는 태신의 차가 보였다. 하나는 계단에서 발딱 일어섰다.

태신이 흰색과 분홍색 작약 한 다발을 내밀었다.
"할아버지 정원에서 몰래 꺾어 왔어."

하나는 선뜻 받아 들지 못하고 바라만 보았다.

"안 받아? 버려?"

"아뇨, 아뇨!"

성급히 말하고 조심스럽게 받아 들었다. 발레리나의 튀튀 같은 꽃잎에 얼굴을 가까이 대자 아까시 향과 비슷한 달콤하고 따뜻한, 깊은 향이 났다.

향이 머리끝까지 차오르며, 행복해졌다.


태신이 옷을 갈아입으러 올라간 사이에 에코백에서 식빵과 살구잼, 참외와 자두를 꺼냈다. 유리컵에 작약을 꽂아 아일랜드 식탁 가운데에 놓고, 살구잼을 바른 식빵을 접시에 올려놓았다. 참외와 자두는 한 번 더 헹궜다.

식탁 앞에 서니 거실이 한눈에 들어왔다. 밤에는 몰랐는데, 거실엔 스투키와 상아색 소파 외에도 창 상단에 검은색 블라인드가 촘촘히 접혀 있었다.

낮에 보니 기분이 조금 이상하였다. 같은 공간임에도 다른 곳 같았다. 태신이 계단을 내려오는 소리가 들렸다.

"여기."

태신이 불쑥 카드키를 내밀었다. 하나가 문득이 올려다보자, 카드키를 들고 있는 손을 까딱까딱하였다. 그가 손을 움직일 때마다 시원한 향이 코끝으로 스며들었다.

"다음부터는 밖에서 기다리지 마."

하나는 조심스럽게 카드키를 받아 들었다. 꽃과 카드키. 달콤함에 머리가 어지러울 지경이다. 이 사람은 이런 것들이 나에게 어떤 의미인지 알까.

"이게 뭐야?"

"제가 만든 살구잼을 바른 토스트예요."

태신이 입을 커다랗게 벌리고는 한 번에 토스트의 절반가량을 집어넣었다. 우물우물 씹으며 냉장고를 열어 찬물을 꺼냈다.

"어때요?"

하나의 질문에 태신은 손을 들어 올려 기다리라는 몸짓을 하였다. 꿀꺽. 목울대를 크게 움직이며 토스트를 넘기고는 물을 마셨다.

"너무 달진 않아요?"

태신은 '음.' 하고 길게 소리를 내며 생각하는 척하더니, 남은 토스트를 마저 입에 넣었다. 하나는 태신의 입가에 묻은 빵가루를 털어 주었다.

"하나 더 발라 줄까요?"

태신이 고개를 끄덕였다. 하나는 노릇하게 구워 온 식빵에 살구잼을 바르다 멈추었다.

"근데 맛은 있어요?"

태신은 가벼운 입맞춤으로 대답을 대신하였다.

집을 구경시켜 달라는 말에 태신은 망설임 없이 하나의 손을 잡았다.

2층으로 올라갔다.

침대 위의 시트가 구겨진 채 반쯤 바닥에 내려와 있고, 침대 주변에 책 몇 권이 뒹굴고 있었다. 그 외에는 오디오 세트와 스탠드 그리고 침대만 있는 단출한 공간이었다.

3층으로 올라갔다.

3면이 책장으로 빙 둘러져 있고 1인용 소파와 그 옆에 기다란 스탠드만이 있었다. 2층과 마찬가지로 단순했다. 책장의 칸 사이사이 빈 공간이 없을 정도로 책이 빈틈없이 쌓여 있고, 바닥에도 어지럽게 책이 널려 있었다. 가까이 다가가 보니, 경제·경영서부터 사회과학 서적과 역사서, 소설까지 다양했다.

"이 책들 다 읽으신 거예요?"

"장식용이야."

태신의 대답에 하나는 까르르 소리 높여 웃었다.

손을 잡고 4층 옥상으로 올라갔다.

옥상에는 담배와 라이터가 올려져 있는 나무 의자만 문가에 덩그러니 놓여 있고, 그 외에는 아무것도 없었다. 옥상으로 발을 디디자마자 '아.' 하는 탄성이 절로 나왔다. 콘크리트에서 올라오는 숨 막힐 듯한 더운 공기와 함께 서울이 발아래에 있는 듯 펼쳐졌다. 옥상에서 내려다보는 경관도 경관이었지만, 이곳에 정원을 꾸민다면 말 그대로 공중정원이 될 것이다.

"여기 굉장해요."

하나는 몸을 돌렸다. 한 줄기 바람이 불어 원피스의 튤립들이 옷 속에서 춤을 추었다. 바람에서 희미한 비 냄새가 느껴졌다. 하늘을 올려다보았다. 비구름이 빠르게 움직이고 있었다.

언제 담배를 꺼내 물었는지 태신이 하나를 감상하듯 바라보며 담배 연기를 내뿜었다. 담배 연기는 더운 공기 속에서 황산 냄새처럼 떠돌았다. 하나는 태신에게 다가가 그의 손가락 사이에 있는 담배를 빼내었다.

"저는 상무님이 담배 피우는 모습이 좋아요. 다른 사람들 담배 냄새는 싫은데, 이상하게 상무님한테서 나는 담배 냄새는 좋아요. 왜 그럴까요?"

하나는 태신의 눈을 보며 천천히 담배를 입에 물었다. 깊게 빨아들였다가, 바로 터져 나오는 기침에 콜록대었다.

"어휴, 이걸 도대체 어떻게 피워요. 너무 독해."

태신이 하하 웃었다.


소나기는 갑작스러웠다.

어느새 하늘을 빼곡히 채운 비구름은 구슬만 한 빗방울을 쏟아 냈다. 하나는 집 안으로 뛰어 들어가, 재빨리 덧문을 닫아 태신이 들어오는 것을 막았다. 그러고는 멍한 표정을 짓는 태신을 보며 혀를 쏙 내밀었다. 소나기는 거침없이 그의 머리와 어깨로 쏟아졌다. 태신이 손바닥으로 유리창을 탁탁 쳤다. 하나는 고개를 흔들었다. 태신은 비에 점점 흠뻑 젖어 갔다. 빗물이 머리카락 끝에 매달렸다 뚝뚝 떨어졌으며, 얼굴을 타고 흐르기도 했다. 더 이상 참지 못하겠는지 태신이 힘껏 팔을 뻗어 문을 열었다.

하나는 비명을 지르며 계단을 뛰어 내려갔다. 3층을 지나 2층으로 내려갔다. 1층까지 내려가다간 중간에서 붙잡힐 것 같아 2층 침실로 뛰어 들어가 벽 쪽 침대 오른편에 섰다. 태신이 걸음을 늦추며 맞은편에 섰다.

"잡히면, 각오해."

"하나도 안 무섭네⋯⋯요."

말이 끝나기도 전에 태신이 침대를 밟고 넘어왔다. 잡히려는 순간 침대 뒤편으로 돌아 아슬아슬하게 피해 다시 3층으로 뛰어 올라갔다. 책장으로 빙 둘려 있는 벽으로 달려간 뒤, 몸을 돌렸다. 태신이 막 마지막 계단을 올라오고 있었다. 더 이상 도망갈 구석이 보이지 않았다.

하나는 태신을 향해 해사하게 웃었다. 설마 옥상으로 데려가 똑같이 비를 맞히지는 않겠지.

태신도 웃음을 지었다. 그 웃음을 보니, 차라리 비를 맞는 게 나을지도 모르겠다는 생각이 들었다.

하나는 천천히 옆걸음으로 책장을 따라 걸었다. 태신의 머리 끝에 매달려 있던 빗물이 똑, 하고 바닥으로 떨어졌다. 태신이 천천히 책장을 따라 걸었다. 마치 먹이를 포획하기 직전, 거리를 가늠하는 짐승의 몸짓 같았다. 둘은 원을 그리듯 서로 마주 보고 걸음을 떼었다. 어느새 방 안은 낡은 책 냄새와 비 냄새로 가득했다. 틈이 보이는 순간, 하나는 2층으로 이어지는 계단을 향해 잽싸게 달려갔다. 반사적으로 움직인 태신의 손끝이 하나의 원피스에 스쳤다 떨어졌다.

아아, 한 걸음만 더. 간절한 바람은 깨져 계단을 딛기 직전 결국 붙잡혔다. 하나는 비명을 질렀다.

"악, 잘못했어요. 상무님. 상무니임."

태신은 하나의 어깨를 잡아 돌려세워 그대로 품으로 끌어안았다. 하나는 웃음을 터뜨리며 그의 목에 팔을 둘렀다.

단단하면서 차갑고도 뜨거운 몸이었다.

그의 심장이 하나에게 느껴질 정도로 빠르게 뛰고 있었다. 빗물이 그대로 하나의 원피스에 스며들었다.

"잡았다."

태신이 안은 팔에 힘을 주었다.

"상무님한테서 비 냄새가 나요."

"너에게선 달콤한 냄새가 나."

하나의 목덜미에 태신이 얼굴을 묻었다. 하나는 숨을 멈추고 움직이지 않았다. 공기도 움직임을 멈추는 듯했다.

"이 냄새가 어디서 나는 건가 늘 궁금했어."

태신이 하나의 목덜미에 입을 맞추었다. 간지러워 어깨를 움츠렸다. 목덜미에서 시작한 입맞춤은 턱과 볼, 귓불과 이마로 올라가더니 입술로 내려앉았다.

태신은 조심스럽게 하나의 입술에 자신의 입술을 겹쳤다. 하나는 자연스레 입술을 벌려 태신을 받아들였다. 태신은 안은 팔에 힘을 주며 좀 더 집요하고 거칠게 혀를 빨아 당겼다. 키스가 깊어짐에 따라 호흡이 점점 거칠어져 갔다. 잠시 입술을 떼고 가쁜 숨을 내쉬며 서로 바라보았다.

태신이 하나의 입술을 깨물었다. 하나도 태신의 입술을 깨물었다. 절박한, 거친 입맞춤이 이어졌다. 입 안에서 희미한 피 맛이 느껴졌다. 세상의 끝에서 세찬 비에 흙탕물이 튀는 좁고 울퉁불퉁한 길을 걷는 기분이었다. 절대 떨어져서는 안 돼. 떨어진다 해도 뒤돌아보지 마. 그대로 굳어 버릴 테니까.

태신이 하나를 번쩍 안아 올렸다. 하나는 태신의 머리카락 사이로 손가락을 집어넣었다. 비에 젖은 머리카락이 뱀처럼 손가락에 휘감겼다.

"We're heading into a rough sea."

하나의 말에, 태신이 희미하게 웃었다.

소나기는 여전히 세차게 내렸다.

## 18. 250쪽

화요일, 점심을 먹고 들어오는데 기운형 회장이 김종인 부회장을 필두로 임원들을 이끌고 로비로 들어서고 있었다. 태신은 다른 임원들과 함께 다섯 번째 줄에 있었다. 엘리베이터를 타기 위해 흩어진 구슬처럼 퍼져 있던 사람들이 홍해가 갈라지듯 양쪽으로 붙으며 기 회장을 향해 허리를 숙였다. 자세가 곧고 강골인 기 회장이 지나간 뒤에도 남자들은 허리를 펴지 않았다. 하나는 숙였던 고개를 살짝 들어 태신을 바라보았다. 회색 넥타이를 매고 있었다. 저 색은 별로 안 어울리는데. 얼굴을 바라보니 심상하게 맞물린 입술이 어딘지 권태스러워 보인다.

그때, 엘리베이터 앞에 선 기 회장이 옆에 있던 김 부회장에게 뭐라고 말을 하자, 임원들 사이에서 웃음이 터져 나왔다. 웃음은 곧 물결처럼 엘리베이터를 타려고 기다리던 사람들에게로 퍼져 나갔다.

하나와 윤희도 분위기에 휩싸여 따라 웃었다. 윤희가 하나를 툭툭 치며 귓속말을 하였다.

"뭐라고 한 거예요?"

"저도 못 들었어요."

"어휴, 참. 이럴 때 내가 월급쟁이라는 게 뼈저리게 느껴진다니까. 다들 바보같이 웃고 있는 모습이라니."

하나는 그저 웃으며 태신을 바라보았다. 웃음기 따위, 흔적조차 보이지 않는 태신을 보며 하나는 슬며시 웃음을 지웠다.

당신은 나무다. 제 몸에 거친 껍질을 두른, 독한 나무.

7월에 접어들며 경주는 자신이 운영하는 플라워숍의 꽃꽂이 수강생과 새로운 연애를 시작했다. 보통보다 살짝 작은 키에 뱃살이 귀엽게 잡힐 만큼 통통하다는 그 남자는 한의사였는데, 아픈 환자들에게 치이며 점점 메말라 가는 감성을 적셔 주기 위해서 수강한다고 해, 처음부터 경주를 웃게 했다고 한다. 말이 많지는 않은데, 툭툭 내뱉는 말이 엉뚱하고 재미있어 그 남자가 오는 수요일 저녁 클래스는 웃다 보면 어느새 시간이 훌쩍 지나 있다고 했다. 언제부터 사귀었는지도 모르게, 정신을 차리고 보니 사귀고 있더라고. 승민이 때처럼 순수한 열정으로 불타오르지는 않지만, 숯불처럼 뭉근한 열기가 이제는 더 좋다고 했다. 무엇보다 몸이 허약한 거 같다며 한약을 세 첩이나 지어 준 것이 좋았다고. 경주는 장난스럽지만 조금은 쓸쓸하게 웃으며 말했다.

그런 경주에게 하나는 태신의 이야기를 하지 못했다. 그는 자신의 비밀이고, 자신도 그의 비밀이었기 때문이다.


매미도 지칠 만큼 무더운 날들이 지속되었다. 살구는 나무 윗부분에 몇 개만 남아 있고, 아름답던 작약도 전부 졌다. 대신 그 자리를 새빨간 로즈제라늄과 붉고 흰 달리아가 채웠다. 로즈제라늄은 물을 줄 때 잎을 만지면 장미 향이 공중으로 퍼졌다. 그럴 때면 향을 맡으려는 듯 요요가 에옹거리며 펄쩍 뛰어올랐다.

8월 첫째 주 수요일, 태신은 중국으로 출장을 떠났다. 열흘간의 일정이었다. 하나는 여전히 매일 이메일을 보냈고, 태신은 여전히 읽기만 할 뿐 답장은 없었다.

중복을 하루 앞둔 날 밤, 태신에게 전화가 왔다. 출장 중에 전화한 것은 처음이라 하나는 휴대폰에 뜬 번호를 보고 눈을 의심했다.

"상무님?"

— 지금 어디?

어쩜 그동안 잘 지냈냐는 인사도 없나요.

"집요."

— 그럼 우리 집으로 가 볼래?

"왜요? 무슨 일 생겼어요?"

— 일단 가.

맨발에 슬리퍼를 신고 통화를 하며 태신의 집으로 걸어갔다. 여름밤의 후텁지근한 공기가 얼굴에 척척 달라붙었다. 중국 날씨는 어떠냐는 질문에, 태신은 더워서 돌기 직전이라고 대답했다. 하나는 여기의 달은 초승달인데 그쪽 달도 그러냐는 바보 같은 질문을 하기도 했다.

"저 목요일 밤에 외할머니 생신이라 외갓집에 가요."

금요일은 태신이 귀국하는 날이었다. 말없이 휴대폰 너머로 바스락거리는 소리만 들렸다.

— 외갓집은 어디야?

"충북 보은요."

태신은 대답하지 않았다.

"서운해요?"

— 응.

잊고 있었다. 이 남자는 때론 지나치게 솔직해진다는 걸.

"토요일엔 올라올 거예요."

달래듯 말했다.

— 그러든지.

어휴, 애 같기는.

"도착했어요."

카드키를 대자 삐릭 소리와 함께 문이 열렸다. 주인이 비운 집은 열대야의 밤임에도 왠지 모르게 서늘하였다.

— 3층으로 올라가.

"뭔데요?"

태신은 심각한 말투로 찾아야 할 것이 있다고 대답하였다.

"올라왔어요."

— 왼쪽 벽 책장 밑에서 네 번째, 옆으로 세 번째 칸 여섯 번째 책을 뽑아 봐.

"피터 드러커의 《NEXT SOCIETY》 맞아요? 뽑았어요."

— 250쪽.

250페이지를 넘기자 10만 원짜리 수표 석 장이 끼워져 있었다.

"이게 뭐예요?"

— 내일 중복이잖아. 식구들이랑 삼계탕 사 먹어.

하나는 웃음을 터뜨렸다.

"식구들 다 먹고도 남겠어요."

— 후식도 먹어.

진지한 태신의 대답에 하나는 또 한 번 웃었다.

다음 날 저녁, 식구들과 대추와 인삼이 들어 있는 삼계탕을 먹고 커다란 수박을 후식으로 먹었다.

꿀맛이었다.

시골집에 도착했을 땐 9시 뉴스가 막 시작되는 참이었다. 대충 씻고 밥상을 받았다. 외할머니가 옆에 앉아 손으로 죽죽 찢은 가지무침을 밥 위에 얹어 주었다. 뜨끈한 밥과 말캉한 가지, 짭조름한 국간장 맛과 고소한 참기름 냄새가 뒤섞이며 입 안을 가득 채우는가 싶더니, 꿀떡 목구멍으로 넘어간다. 밥솥에 함께 쪄 낸 뒤 국간장으로 간을 하고, 파, 마늘, 참기름을 넣어 조물조물 무친 가지무침은 하나가 제일 좋아하는 반찬이다. 가지무침에 우렁된장찌개, 민들레장조림으로 밥 한 그릇을 뚝딱 비우고, 입가심으로 식혜를 마셨다.

"어휴, 정신없이 먹었다."

외할머니가 기특하다며 엉덩이를 두들겨 주었다. 하나는 배시시 웃었다. 어른들이 두나는 친탁을 했고 하나는 외탁을 했다고 말하곤 했는데, 특히 생김새뿐 아니라 웃을 때 살짝 휘어지는 입매며 사뿐한 걸음걸이, 길쭉한 손가락 같은 것들까지 외할머니를 많이 닮았다고 했다. 하나는 할머니 무릎을 베고 벌렁 누웠다.

"밥 먹고 바로 누우면 소 된다."

외할머니의 말에 하나는 '음매음매.' 소리를 내었다. 외할머니는 크게 웃으시며 하나의 등을 쳤다. 우스운 말이지만, 할머니에게선 할머니 냄새가 났다.

노란색 모노륨 장판에 자잘한 꽃무늬 벽지가 발라진 방은 낡았지만 정갈했고, 오래된 것들이 내는 냄새가 배어 있었다. 벽에는 돌아가신 외할아버지의 사진과 두 분이 칠순 잔치 때 찍은 사진, 외삼촌네 가족사진, 하나와 두나의 대학 졸업 사진이 금색 테두리 액자에 끼워져 나란히 걸려 있었다. 외할아버지

사진을 물끄러미 바라보다 고개를 돌렸다. 방 한구석에 놓인 화투장과 노란 고무줄로 둘둘 말린 고물 라디오, 목침 그리고 장기판이 보인다. 금방이라도 외할아버지가 '어흠어흠.' 헛기침을 하며 들어올 것 같아, 괜스레 방문으로 눈길을 보냈다.

"언니, 민화투 칠래?"

"됐어."

"치자. 점 10원. 응? 응?"

손을 휘휘 젓는데, 휴대폰이 가방 속에서 울렸다. 하나는 무릎걸음으로 걸어가 휴대폰을 꺼냈다. 태신이다. 발딱 일어나 마당으로 나갔다. 보라색 고무 슬리퍼가 제대로 신겨지지 않아 엄지발가락으로 슬리퍼 앞부분을 잡고 질질 끌며 담장 쪽으로 걸어갔다. 담장을 타고 올라 피어 있는 노란 호박꽃이 달빛에 뿌옇게 빛났다.

"여보세요."

— 나.

"알아요. 흐흐."

— 흐흐는 뭐야?

"좋아서요."

태신이 나지막이 웃었다.

— ……보은이야?

"네."

— 세 시간 뒤에 전화할게.

"지금 어디 가는 중이에요?"

— 아니. 가려는 중이야, 보은으로.

"네?"

— 기다려.

'기다려.' 짧게 말하고 태신은 전화를 끊었다. 하나는 멍하니 휴대폰의 액정이 꺼지는 걸 바라보았다. 지금 여기로 온다는 거야? 나왔을 때와 마찬가지로 슬리퍼를 질질 끌며 방으로 걸어갔다.

두나에 외할머니까지 셋이 둘러앉아 민화투를 치면서도 흘끔흘끔 시계를 쳐다보았다. 운전하는 태신의 모습과 어두운 차에서 빛을 내고 있을 내비게이션이 물이끼처럼 머릿속에 들러붙어 끊임없이 반복되었다. 도착 지점이 보은으로 설정되어 있을 내비게이션. 그가 밤을 뚫고 그 위치를 따라 액셀러레이터를 밟고 있다. 가슴속에서 거친 나뭇가지들이 제멋대로 흔들렸다. 딱지가 진 곳을 참을 수 없어 자꾸자꾸 긁듯, 태신에 대한 생각은 쓰라리면서도 시원했다.

시골의 밤은 일찍 찾아온다. 오직 달빛과 별빛뿐 네온사인이 없는 시간은, 해가 지면 저녁을 재빨리 먹어 치우고 밤이 들어선다.

11시가 조금 지나자 식구들은 모두 잠들었다. 하나는 30분간 가만히 누워 있다, 식구들이 깊게 잠든 것을 확인하고 조심스럽게 밖으로 나왔다. 돌담길을 지나 고샅길을 빠져나왔다. 깜깜한 밤에 빛을 내뿜고 있는 휴게소 자판기에서 밀크커피를 뽑아 들고, 300년은 더 된 것 같은 느티나무 아래 평상으로 걸어갔다. 시골의 여름밤은 서늘해 손에 든 종이컵의 온기가 반가웠다. 하나는 껴입고 나온 흰색 카디건을 한 번 더 여몄다.

밤을 향해 깊은숨을 내쉬었다. 어디선가 뻐꾸기가 울더니, 새가 나뭇가지를 차고 하늘로 푸덕 날아오르는 소리가 들렸다. 하나는 소리가 난 곳으로 고개를 돌렸다. 어둠 속에서 숨 자락이 풀려 나간다. 따뜻한 종이컵의 온기를 손끝으로 끌어 올렸다.

태신과 함께한 뒤부터 하나는 밤을 점점 사랑하게 되었다. 밤은 검은 어둠 속으로 비밀을 숨겨 두는 시간. 그리하여 서로가 서로의 비밀인 둘이 비로소 얼굴을 마주하고 쓰다듬을 수 있는 시간이었다.

밀크커피를 홀짝였다. 휴대폰 액정의 시간을 확인하였다. 11시 50분. 검은 밤하늘을 올려다보았다. 이름이 기억나지 않는 시인이 밤하늘의 눈꽃이라고 표현했던 별들이 하늘 가득 반짝거리고 있었다. 2만 5000년 만에 당도한다는 별빛들이 저리도 많이, 눈이 아릴 만큼 번쩍이고 있다니. 그저 저리 빛을 내기 위해 저 긴 시간을 달려온 것일까.

간간이 무서운 속도로 지나가는 트럭이나 자동차들과 반비례하며 시간은 천천히 흘렀다. 한 시간은 된 것 같은데 고작 5분이 흘렀을 뿐이다.

휴대폰이 신경질적으로 울렸다.

— 정확히 보은 어디야?

태신의 목소리에 희미한 짜증이 배어 있었다.

"마로면 적암리예요. 국도를 따라오다 보면 커다랗고 하얀 위성 안테나가 보여요. 거기서 300미터 정도 떨어진 도로 옆에 적암휴게소라는 간판이 보일 거예요. 거기에 있어요."

— 15분만 기다려. 다 왔어.

심장이 두근거렸다. 평상에 앉아 있지 못하겠기에 주변을 왔다 갔다 걸어 다녔다. 10분쯤 지났을까. 산 옆구리로 나 있는 도로의 코너를 돌아 빠르게 움직이는 불빛이 보였다. 하나는 평상에 다시 앉았다. 눈으로 헤드라이트의 노란빛을 좇았다. 점점 가까이 다가온 불빛은 휴게소로 통하는 시멘트 길을 무서운 속도로 진입해 느티나무 앞에서 거친 소리를 내며 멈추어 섰다. 타이어의 마찰음이 적막한 시골 공기를 날카롭게 찢었다.

태신의 차였다.


하나는 평상에 그대로 앉아, 그가 차에서 내려 걸어오는 모습을 빤히 바라보았다. 흐트러짐 없는 차림의 그는, 잘못된 곳에 불시착한 외계인처럼 어색했다. 태신은 하나의 앞에 서서 넥타이를 느슨하게 풀었다. 다소 피곤하고 화가 난 것 같았지만 반대로 몸 전체가 기묘한 활기를 띠고 있었다. 무엇보다도 강한 눈빛에 소름이 일었다.

"나 왔어."

"보고 있어요. 내일 귀국하시는 거 아니었어요?"

짧은 침묵이 흘렀다.

"일찍 끝나서 앞당겼어. 안 반가워?"

"무슨 말씀을."

태신이 얼굴을 찌푸렸다.

"반갑다는 거야, 안 반갑다는 거야?"

조금만 더 뺄질거렸다간 정말 화를 낼 것 같다. 하나는 평상 위로 올라서서 태신을 내려다보았다. 태신이 고개를 들어 하나를 바라보며, 고개를 옆으로 기울였다. 가뜩이나 딱딱하게 생겨서 인상을 쓰다니. 거기에 반듯한 울림이 있는 목소리라 평소에도 권위적인 느낌이 드는 말투인데, 짜증이 더해지니…… 완전 멋지잖아.

"뭐 하는 거……."

그의 말이 채 끝나기 전에, 하나는 두 팔을 뻗어 태신의 목을 감으며 안겨 들었다. 태신이 반사적으로 하나를 끌어안았다.

"너무너무, 너어무 보고 싶었어요. 상무님이 이렇게 내 앞에 있는 거 꿈만 같아."

태신은 하나를 안은 팔에 힘을 주었다.

하나는 자판기에서 밀크커피를 뽑아 태신에게 건네주고, 자신이 마실 율무차를 선택했다. 태신은 그 뜨거운 걸 한 번에 반을 목구멍으로 흘려보냈다.

"뜨겁지 않아요?"

"시원해."

"어휴, 어르신. 숭늉 드쎄요?"

하나의 말이 자못 재미있다는 듯, 태신이 하하 소리 내어 웃었다.

"자판기 커피는 원래 이렇게 맛있어?"

"자판기 커피에는 미원을 넣는대요."

태신이 뜨악한 표정을 짓더니, 들고 있던 종이컵을 내려다보았다.

"어휴, 어르신. 왜 이렇게 순진하쎄요."

이번에는 하나가 깔깔 웃었다. 태신이 피식 웃으며 손가락으로 하나의 이마를 쿡 눌렀다.

태신은 마시고 남은 빈 종이컵을 휴지통으로 던졌다. 컵은 휴지통의 둥근 모서리를 치고 아슬아슬하게 들어간다.

골인.

하나는 마시던 율무차를 태신에게 건네주었다. 태신은 남아 있는 율무차를 마저 마시고 농구공을 던지듯 머리 위로 두 팔을 뻗어 컵을 던졌다.

또 골인.

하나의 '우아—.' 하는 박수에 태신은 어깨를 으쓱하며 소년처럼 웃었다. 그 웃음을 보는 하나의 가슴이 푹 꺼져 들었다.

왜인지는 알 수 없었다.

비터 스위트. 눈앞의 그는 늘 달콤 쌉쌀한 초콜릿 같다.

하나는 태신의 팔짱을 꼈다. 마치 늘 그래 왔다는 듯 태신은 하나의 관자놀이에 가볍게 입을 맞추었다.

"이런 작은 마을까지 내려와 휴게소를 차린 사람들은 어떤 사람들일까?"

태신이 불쑥 입을 열었다.

"글쎄요. 다 알지는 못하지만 한 가족은 알아요."

작고 깡말랐던 휴게소 주인아주머니와 하관이 넓적하고 눈동자가 유난히 번쩍이던, 늘 심각한 표정의 주인아저씨. 그리고 두부처럼 물렁하고 흰 피부였던 남매를 떠올렸다.

"중학교 때까지 매해 여름방학을 외가에서 보냈었거든요. 초등학교 3학년 여름방학 때 내려오니까 휴게소가 생긴 거예요. 휴게소집에 남매가 있었는데 첫째는 저랑 동갑이었고, 둘째는 제 동생보다 한 살 어렸나 그랬어요."

주인아주머니는 말이 없었지만, 굉장히 부지런했던 기억이다. 휴게소에서는 마을버스나 고속버스 표도 팔고, 수세미나 귀이개 같은 간단한 생활용품들과 과자, 음료수, 술과 마른안주거리와 더불어 잔치국수와 우동도 팔았다. 주말이면 구병산으로 등산을 오던 사람들이 제법 되어서 일요일의 휴게소는 늘 사람들로 북적거렸었는데, 아주머니는 작은 몸집을 재게 움직이며 표도 팔고 잔치국수나 우동을 내왔다. 아주머니와 반대로 주인아저씨는 휴게소에 잘 붙어 있지 않고, 아침이면 지프를 몰고 나갔다 밤에나 들어오곤 했다. 잠결에 외할머니가 동네 아주머니들과 화투를 치며 주인 남자가 바람을 피우는 것 같다고 말하는 것을 들은 적이 있었다. 읍내 다방 마담과 눈이 맞아, 하루 종일 다방에 죽치고 앉아 기둥서방 노릇을 한다는 말이었다.

"서울에서 살다가 내려왔다고 하더라고요. 걔 딴에는 저도 서울에서 온 데다가 동갑이니까 같이 놀고 싶었던 모양인데, 전 이미 동네 친구들이 있었거든요. 걔가 또 동네 애들하고는 안 놀았어요. 둘이서만 놀자고 하더라고요."

그 애는 늘 머리띠를 하고 원피스를 입었다. 학교 운동장에서 애들과 놀 때도 멀찍이 서서 바라보기만 했었다. 동네 아이들 누구도 그 아이에게 같이 놀자고 하지 않았었다. 하나도 마찬가지였다. 그때는 그 애에게 말을 거는 것이 동네 아이들을 배신하는 것처럼 느껴졌었다.

"걔네 집에 피아노가 있었어요. 그때 우리 집 형편이 별로 안 좋았었거든요. 나중에 들었는데, 약국 낼 때 대출받은 거에 그때 할아버지가 간암이셔서 병원비까지 돈 들어갈 곳이 너무 많았었더라고요. 3학년 봄에 옆옆집에 작은 피아노 교습소가 생겼었는데, 제가 막 다니고 싶다고 졸랐었어요. 엄마가 계속 안 된다고, 전공할 것도 아닌데 왜 다니냐고 그러시고. 제가 울며불며 밥도 안 먹고 그래서 결국 다니게 됐었어요. 바이엘 상권이 끝났을 즈음인데, 엄마가……."

하나는 거기까지 말하고 멈추었다.

"재미없죠?"

태신은 고개를 저었다.

"계속해."

"엄마가 교습비 대신 교습소 청소를 해 주고 있었던 걸 알게 됐어요. 너무 창피해서 막 울면서 화를 냈었어요. 그깟 7만 원 때문에 나를 이렇게 창피하게 하느냐고. 피아노 학원 애들도 다 알고, 소문 다 났다고. 엄마도 창피하고, 가난한 우리 집도 다 창피하다고. 나 이제는 못 다닌다고, 아니, 안 다닐 거라고 소리 빽빽 지르고. 엄마는 시간도 남는 김에 겸사겸사 그런 건데 뭐가 창피하냐고 하시다가 우시고, 결국 아빠한테 등짝 한 대 맞고 집에서 쫓겨나서 대문 앞에 서 있고 그랬었어요."

하나는 어색하게 웃었다. 둘은 휴게소 계단을 내려와 느티나무 쪽으로 천천히 걸었다.

"그래서 그만뒀어?"

하나는 고개를 끄덕였다. 어린 나이의 자존심이었다.

"그런 차에 외가에 내려오니까, 휴게소집에 피아노가 있었던 거예요."

둘은 어느새 2차선 도로의 노란 중앙선을 따라 걷고 있었다.

"어, 우리 중앙선을 따라 걷고 있었네요? 어서 갓길로 나가요."

그때 트럭과 자동차 한 대가 연이어 둘 옆으로 빠르게 지나갔다. 바람이 일 만큼 빠른 속도였다.

"다들 집으로 가는 중이겠죠?"

하나는 차들의 빨간 후미등을 바라보았다.

"저 차들요. 저렇게 빨리 운전하는 건, 그만큼 빨리 집에 가고 싶기 때문일 거예요."

"밤이라 속도 내기가 좋아서야."

하나는 눈을 흘겼다.

"휴게소집 이야기는 그게 끝?"

"아, 그 애가 같이 놀아 주면 피아노 치게 해 주겠다고 해서, 그래서 마론인형을 가지고 신데렐라놀이를 했었어요. 걔가 신데렐라랑 왕자, 저는 계모 겸 이복 언니들 역을 했었어요. 한창 그 재미없는 인형놀이를 하고 있는데, 두나 우는 소리가 나는 거예요."

그 여자애의 남동생은 희고 둥근 얼굴에 선 두 개를 그은 듯 작은 눈을 가진 꼬마였다.

"남자애가 과자 가지고 줄락 말락 하면서 약 올려서 두나가 끝내 울었던 거예요. 그 과자 아직도 생각나요. 새우깡이었어요. 성질 같아서는 그놈 머리 한 대 쥐어박고 두나를 데리고 나왔을 텐데, 그놈의 피아노가 뭐라고, 그거 한번 쳐 보겠다고 모른 척했어요. 그러다 신데렐라가 왕자랑 결혼하고 드디어 피아노를 칠 수 있겠다 싶었는데, 걔네 아버지가 읍내에 가셨다가 평소보다 일찍 돌아오셨던 거예요. 걔가 저랑 제 동생한테 그만 집에 가라고 그러는데, 너무 열 받아서 마론인형 목을 확 뽑아 버렸어요. 그 뒤부터 서울에 올라갈 때까지 그 애랑 같이 안 놀았어요. 알은척도 안 했고요."

말을 하고는 괜히 웃었다. 지금 생각하면 어렸을 때의 자신은 여름 햇볕에 달구어진 작고 단단한 돌멩이 같았다. 열정적이고 고집이 세었으며, 발끈 화를 내고 당돌했다. 그리고 한시도 가만히 있지 못하고 언제나 뛰어다녔다.

"피아노 사 줄게. 세상에서 제일 좋은 걸로."

태신의 세상 진지한 표정에 하나는 소리 내어 웃었다.

"5학년 때, 집안 살림이 나아지면서 아빠가 제일 먼저 피아노를 사 주셨어요. 학원도 다시 다녔고요. 그런데 막상 좀 더 쳐 보니까 영 소질도 없고 재미도 없어서 체르니 30까지만 치고 말았어요. 오히려 두나가 체르니 50까지 배웠어요. 사실 휴게소집 그 애를 생각하면 마음이 좋질 못해요. 그 애는, 음."

하나는 잠시 말을 멈추었다.

"그 애는 아주아주 수줍은 성격에 아빠를 무서워했던 애였는데, 그걸 몰랐어요. 다음 해에도 우리는 서로 모르는 척 지나쳤어요. 사실 걔가 저한테 몇 번 말을 걸었는데, 제가 무시했어요. 어린 마음에 자존심이 너무 상했었나 봐요. 그러고 나서 5학년 방학 때 내려와 보니까 휴게소 주인이 바뀌어 있더라고요. 그 뒤로 대여섯 번 정도 주인이 바뀌었어요."

짙은 갈색의 반질반질한 새 피아노 건반을 두들기며, 하나는 휴게소집 여자애를 용서하기로 했었다. 여름방학 때 시골에 가면, 이제 초등학교 고학년이니만큼 관대하게 먼저 놀자고 해야겠다고.

그해 여름, 시골로 내려가는 버스 안에서 연습했던 인사말은 건넬 수 없었다. 휴게소집이 옷가지만 챙겨 말 그대로 야반

도주했기 때문이다. 피아노도 마론인형들도 버려둔 채.

마을 사람들은 주인아저씨가 도박을 하다 전 재산을 들어먹은 거라고 했다. 애초에 서울에서 내려왔던 것도 도박 때문이었다고. 서울에서도 손꼽히는 부자로 살다가 전 재산 홀딱 날리고서 새로 살겠다고 이 구석진 시골까지 내려왔지만, 제 버릇 남 못 주고 또 손을 댔다가 결국 휴게소마저 들어먹었다고. 그날 밤 하나는 잠들기 전에 조금 울었던 것 같다.

세상이 블랙홀처럼 느껴졌었다. 그 애는 떠난 것이 아니라, 어떤 커다란 구멍 속으로 빨려 들어간 것 같았다. 다시는 빠져나오지 못할 검고 깊은 구멍 속으로. 두 눈을 손바닥으로 꾹 누르면 불규칙한 패턴들이 어지럽게 펼쳐지는 그런 공간 같은 곳으로. 무서워져 옆으로 침 흘리며 자고 있던 두나를 꼭 껴안고서야 잠에 들 수 있었다.

그 애는 어디서 어떻게 살고 있을까. 그 얄밉던 남동생도, 한시도 가만있는 법 없이 싹싹하고 부지런했던 주인아주머니도 그저 잘 지내고 있기를 바랄 뿐.

소문으로 상주 시내에서 야채 몇 가지를 내놓고 노점을 하고 있는 걸 봤다고도, 아주머니가 식당에서 음식을 나르고 있는 걸 봤다고도, 다리 밑에 천막을 치고 살고 있는 걸 봤다고도, 심지어 가족 전부가 차에 탄 채 물에 빠져 죽었다는 소릴 들었다고도 하는 사람들이 있었다. 하나는 그 어떤 소식도 믿지 않았다.

"잘 지내고 있을 거야."

하나는 태신을 빤히 올려다보았다. 태신은 하나를 내려다보며 무연하게 웃었다.

"그럴 거야. 걱정하지 마."

마음을 다독여 주는 주문 같은 말이었다.

오랜 시간 동안 가슴속에 품어 왔던, 외갓집에 내려와 휴게소를 바라볼 때마다 줄이 끊겨 더 이상 소리가 나지 않는 피아노가 된 것처럼 말로 할 수 없던 미안함이 어루만져지는 듯했다. 5학년 여름, 하나는 동네 친구들에게도 외할머니와 외할아버지께도 휴게소집 이야기는 한마디도 하지 않았었다. 그 이후로도 휴게소집에 대해선 말한 적이 없었다.

어쩌다 이 이야기가 나왔을까. 아아, 태신이 이런 곳에서 휴게소를 하는 사람은 어떤 사람일까 궁금해했었지. 글쎄, 어떤 사람들이 이곳까지 내려와 휴게소를 할까. 그리고 휴게소를 떠나면, 그들은 어디로 가는 걸까.

"그렇겠죠? 그 애도 어쩌면 지금, 남자 친구에게 방학 때마다 서울에서 내려왔던 못된 여자애에 대해서 웃으며 이야기하고 있을지도 몰라요. 꼭 그랬으면 좋겠어요."

태신이 고개를 숙여 입을 맞추었다. 하나는 눈을 감으며 태신의 목에 팔을 둘렀다. 옆으로 자동차가 클랙슨을 길게 울리며 지나쳐 갔다. 아마 한밤중 도로 가운데 서 있는 둘을 보고 놀랐으리라. 둘은 마주 보며 그저, 웃었다.

그 뒤로 한참 동안 중앙선을 따라 걸었다. 하나의 말에 태신이 웃기도, 태신의 엉뚱한 말에 하나가 웃기도 하였다. 태신은 걸으며 하나의 어깨 위에 손을 올리기도, 허리를 가볍게 잡기도 하였다. 그리고 틈만 나면 입을 맞추었다. 그 모든 것들이 한 점 이물감 없이 자연스러웠다. 태신은 하나와 마주 보며 이야기를 하기 위해 뒤로 걷기도, 갑자기 앞으로 빨리 달려가 그 자리에 서서 하나가 걸어오는 모습을 바라보기도 하였다. 그가 손을 뻗으면 하나는 그의 손을 잡았다. 서로의 손이 떨어졌다가도, 다시 서로의 손을 찾아 붙잡았다. 그사이 새벽이 지나가며 별들도 하나둘 눈을 감았다.

태신의 차가 산허리를 돌아 사라질 때까지 바라보고, 몸을 돌려 휴게소를 물끄러미 둘러보았다. 시간이 흘렀음을 보여 주듯 벽 군데군데 금이 가 있고, 처음엔 베이지색이었던 벽에 발린 페인트는 바람과 먼지에 회색빛으로 변해 있었다. 유리문에 걸린 자물쇠는 녹이 슬었고, 비닐로 '휴게소'라고 적힌 글씨에서 'ㅠ'와 'ㅔ'가 3분의 1쯤 떨어져 있었다.

지금의 이 모습을 영원히 기억할 것이다. 아침이 되기 직전의 시간, 카디건을 여미게 할 만큼 서늘한 공기와 사방에서 진동하는 나무 냄새와 풀벌레 소리와 뻐꾸기의 울음소리를. 시각, 촉각, 후각, 이 모든 것들이 뒤엉켜 하나의 이미지가 된 이 순간을. 이제 이 휴게소는 그 애뿐만이 아니라, 태신까지 떠올리게 하는 공간이 되었다. 하나는 집을 향해 천천히 걸음을 옮겼다. 밤사이 풀에 내려앉은 이슬이 맨발목을 적셨다.

"어디 다녀오니?"

잠에서 일찍 깬 외할머니가 소쿠리를 들고 마당에 서 계셨다.

"일찍 깨서 한 바퀴 돌았어요."

밤을 새운 사람 특유의 창백한 얼굴을 못 알아볼 할머니가 아니다. 할머니는 예사롭지 않다는 눈빛이었지만 더 이상 묻지 않으셨다. 그저 아침이 되려면 아직 멀었으니, 좀 더 눈을 붙이라고 말씀하시고는 텃밭으로 가셨다.

하나는 방으로 들어가 두나 옆에 조심스럽게 누웠다. 깊은 잠에 빠져 있는 두나는 배를 긁더니 하나를 향해 모로 누웠다. 5학년 어느 여름밤처럼, 두나를 끌어안았다. 그리고 짧고 깊은 잠을 잤다.

엄마와 아빠는 아침 일찍감치 읍내에 나가, 들고 갔던 장바구니 세 개가 터질 만큼 장을 봐 왔다. 외할아버지가 돌아가시고 혼자 된 외할머니가 처음으로 맞는 생신이라 엄마는 좀 더 신경을 쓰는 듯했다.

하나는 동그랑땡을 부치며 졸다가 두 번 데었다. 외할머니는 낮잠을 자라고 채근하셨다. 두나는 자꾸 동그랑땡을 집어 먹었다.

## 19. 아, 一아, 一아, 一아.

토요일 점심을 먹고 서울로 출발하였다. 휴게소 앞에서 마을 버스를 타고 보은 시외버스 터미널까지 갔다가 서울행 버스로 갈아타야 한다. 아직 방학인 두나와 뒤늦은 여름휴가를 시골에서 보내기로 한 부모님은 다음 주 토요일에 올라오기로 하였다. 외할머니가 바리바리 싸 준 나물이며 떡, 부침이 들어 있는 쇼핑백을 들고, 가족들과 함께 느티나무 아래 정자에 앉아 버스를 기다렸다. 그사이 외할머니는 올라가며 먹으라고 휴게소에서 마른오징어와 박카스 두 병을 사 와 하나의 손에 쥐어 주셨다.

버스를 기다리는 동안 여름 바람이 불었다.

300년도 더 된 느티나무는 시원하게 흔들렸다.

매미는 쏴— 길게도 울었다.

두나가 동그랗고 크기가 고른 돌멩이 다섯 개를 주워 와 공기놀이를 하였다. 손등이 바나나 모양처럼 잘 휘는 두나는 공깃돌을 올렸다 하면 다섯 개였다. 꺾기를 할 때 '왁.' 하고 놀래 주었지만, 다섯 개를 전부 잡고 혀를 쏙 내밀었다. 버스가 도착했다.

보은 시외버스 터미널 대합실은 환한 대낮임에도 비 내리는 오후처럼 어둑하였다. 여행객으로 보이는 외지 사람들은 지친 얼굴로 의자에 앉아 있고, 마치 유니폼인 듯 하나같이 화려한 꽃무늬가 프린트된 블라우스에 선캡을 쓴 아주머니들은 마치 싸우는 것처럼 커다란 소리로 수다를 떨었다. 얼굴이 새까맣게 탄 아이들은 대합실 안을 뛰어다녔고, 한 노부부는 여러 개의 보자기를 다리 밑에 두고 의자에서조차 구부정하게 앉아 있었다. 서울행 버스표를 끊은 하나는 그들 틈에 껴 앉았다. 가방에서 휴대폰을 꺼내 만지작거리다 다시 넣었다.

냉방이 되지 않는 대합실은 덥고, 어둡고, 시끄러웠다. 너무 더워, 꿈속인지 현실인지 지옥인지 구분이 가질 않았다. 손수건을 꺼내 콧잔등을 닦아 냈다. 외할머니가 사 준 박카스를 하나 꺼내 마셨다. 달짝지근한 자양강장제는 더위에 지쳐 미지근하였다.

20분쯤 기다렸다 버스에 올라타, 출발하자마자 잠이 들었다. 꺾인 목이 아파 잠에서 깨었을 땐 출발한 지 30분이 지나 있었다. 차창 커튼을 열어 창밖을 보았다. 녹색의 논이 보이고 빨강,

파랑 슬레이트 지붕의 옛날 집과 새로 지은 집들이 섞여 있는 마을에 아파트 한 동이 덩그러니 서 있었다. 저런 곳에는 도대체 어떤 사람들이 살고 있는 걸까. 시골 마을 한가운데 덩그러니 서 있는 아파트는 어느 날 지구로 뚝 떨어진 비행선만큼 신기하였다.

휴대폰을 꺼내 태신에게 전화를 걸었다. 휴대폰은 꺼져 있었다. 하나는 다시 잠이 들었다.

집에 도착하니 오후 5시였다. 집에 도착하자마자 요요를 불렀다. 잠에서 깬 요요가 하나를 보자마자 에옹에옹, 하고 울며 안겨 들었다. 혼자 있었던 게 제법 불안했는지, 하나가 샤워하는 동안에도 문 앞에서 계속 울어 댔다.

선풍기 바람에 머리를 말리며, 옆에 바짝 붙어 앉아 있는 요요에게 백설기를 조금씩 뜯어 먹여 주었다. 머리를 말리며 선풍기 앞에서 '아아아—.' 소리를 내었다. 누가 자신의 입에 손을 갖다 댔다 뗐다를 반복하는 듯, '아, —아, —아.' 하는 소리가 났다. 입 안이 바람으로 가득 찼다.

아, —아, —아, —아.

당신은 어디에 있나요.

아, —아, —아, —아.

에옹, 하는 소리가 나 고개를 돌리니 요요가 외갓집에서 들고 온 쇼핑백에 기어 들어갔다가 쇼핑백이 쓰러지는 바람에 뒤집혀 버둥거리고 있었다. 쇼핑백 밖으로 삐져나온 뽀실뽀실한 찹쌀떡 두 개가 사랑스러웠다. 하나는 그대로 쇼핑백을 들어 올렸다. 요요가 쇼핑백 속에서 배를 보이고 누운 채 하나를 멀뚱히 쳐다보았다.

"요요야, 언니가 비행기 태워 줄게."

하나는 쇼핑백을 들고 마루를 뛰어다녔다.

밖은 아직도 환했다.

저녁 7시 40분에도 태신의 휴대폰은 여전히 꺼져 있었다. 무던한 척하려던 마음은 접고 자리에서 일어섰다. 샌들을 신는데 요요가 애처롭게 울었다. '일찍 올게.' 머리를 쓰다듬어 주고 목도 긁어 주고는 집을 나섰다. 한 손에는 시골에서 싸 온 백설기와 동그랑땡이 들려 있었다.

초인종을 눌러도 대답이 없었다. 계단에 앉아 기다리려다, 결국 문을 열고 들어갔다. 집 안은 묵은 공기로 가득 차 있었다. 냉장고에 음식을 넣어 놓고 거실 창을 열었다. 하루 동안 침전되듯 쌓였던 후텁지근한 열기가 진흙처럼 물컹 밀려 들어왔다. 이 시간에도 매미는 시끄럽게 울었다. 여름날, 저녁 8시의 푸르스름함이 도시 위로 가라앉고 있었다.

소파에 멀뚱하게 앉아 있다, 또다시 잠이 들었다. 하루를 잠으로 보내는 듯했다. 아니, 하루가 죄다 꿈속 같았다.

인기척에 눈이 떠졌다. 소파 옆의 스탠드가 낮은 조도로 켜져 있고, 컵에 물 따르는 소리가 들렸다. 태신이 집에 온 모양이다.

어떻게 잠에서 깼다는 표시를 내야 할까 생각하다가, 마른침을 삼켰다. 하나, 둘, 셋.

"저도 물 마시고 싶어요."

졸음이 묻은 목소리가 새어 나왔다. 기지개를 켜듯 팔을 쭉 뻗으며 일어났다.

"일어났어?"

"언제 왔어요?"

"좀 전에."

"허락 없이 들어왔어요."

"잘했어."

태신이 건넨 차가운 물을 마셨다. 목구멍을 따라 내려가는 물길이 느껴질 만큼 차가웠다.

"휴대폰도 꺼져 있어서."

"가회동에 다녀왔어."

하나는 '아아.' 고개를 끄덕였다.

"할아버지와 있을 땐 휴대폰 꺼 놓거든."

"담소?"

태신이 피식 웃었다.

"대화는 거의 안 해."

"그럼요?"

" '밥은 먹었냐. 반찬은 무에였냐.' 그런 거 물으시면 '예, 개구리 반찬이요.' 대답하고 필사하시는 동안 앉아 있어. 아, 오늘은 먹 갈아 드렸다."

태신이 새삼스레 하나를 빤히 바라보았다. 그 눈길이 수줍어, 하나는 두 손으로 얼굴을 가렸다. 발가락이 둥글게 말렸다.

"가리지 마."

"그렇게 쳐다보면 부끄러우니까 그러죠."

"하나야, 얼굴 가리지 마."

태신의 목소리가 절박하게 느껴졌다. 당신, 무슨 일이 있는 건가요? 하나는 얼굴을 가렸던 두 손을 천천히 떼어 냈다. 태신이 손을 뻗어 하나의 얼굴을 쓰다듬었다. 그의 손길을 따라 얼굴이 자연스럽게 기울어졌다.

열린 거실 창으로 여름밤의 바람이 들어왔다. 블라인드가 바람에 흔들리며 철컥거렸다. 시간은 느리게 흘러갔다.

"이상하지."

"뭐가요?"

태신은 머뭇거렸다. 말을 해야 하는지, 해도 되는 것인지 가늠하는 것 같았다.

"응? 뭐가요?"

"……서울에 아무도 없는 거 같았어. 너도 내가 없을 때, 그랬을까?"

하나는 천천히 고개를 끄덕였다. 태신이 희미하게 웃었다.

"네가 돌아와, 안심이 돼."

태신이 고개를 숙여 입을 맞추었다.

"정말, 안심이 돼."

자기 자신을 안심시키려는 듯, 태신은 한 번 더 말하였다.
'정말.'이라고.

## 20. 부암동

너의 옷을 벗기고, 꿈에서 수천 번 그려 보았던 희고 흰 살결에 떨리는 입술을 맞추었다. 오늘 밤, 두려워 흔들리는 네 두 눈동자는 모르는 척하겠다.

나는 밤을 사랑한다. 거리의 누추함과 낮의 선명함, 세상의 진실을 감추는 밤의 은밀함을. 그 은밀한 어둠을 보석처럼 장식하는 희고 붉은 불빛들을 좋아한다. 이 집을 선택했던 이유 중 하나도 밤과 제일 가까울 수 있는 곳이었기 때문이다. 그러나 그것은 짝사랑과 같아 밤은 나를 알지 못했다. 세상에 나 혼자였으니, 죽음이 내일 당장 문 앞에서 서성인다 해도, 그다지 아쉬울 것이 없었다.

이 세상에서 사라진 뒤, '나'에 관한 것은 아무것도 남지 않고 소멸되기를 바랐다. 누구도 '나'를 기억해 주지 않기를 원했다. '나'는 그저 '태원그룹의 기태신'이라는 존재로만 기억되길 원했다.

한때는 얼른 시간이 흐르기를 바랐다. 아침에 눈을 뜨면, 그대로 늙은이가 되어 있었으면 했다. 마르고 주름진 손에 물길처럼 튀어나온 핏줄을 바라보며, 시간이 드디어 흘렀음을 감사할 노인이. 그때면 모든 의무와 죄의식에서 벗어나, '이제 그만, 충분했어.' 스스로의 어깨를 두들기며 다독이고는, 얇아진 다리로 천천히 그리고 힘겹게 걸으며, 그동안 지나쳤던 풍경들을 바라볼 수 있는 늙은이가 되어 있었으면 했다.

하지만 이제는 시간이 흐르지 않기를 바라고 있다. 이 시간이 흘러 어느 순간에 이르면 네가 내 곁을 떠날 때가 올 테니, 시간은 그만 멈추었으면 좋겠다. 꼭 흘러야 한다면, 밤만이 지속되었으면 좋겠다.

대학 졸업반이었던 해, 겨울 한 계절 동안 부암동 꼭대기, 바로 이곳에서 방 한 칸을 얻어 살았었다. 더 이상 견딜 수 없다고 생각했던 어느 날, 입은 옷 그대로 집을 나섰다. 석 달간의 보증금을 내니, 지갑에는 라면 한 봉지 살 돈도 남지 않았다.

할 줄 아는 것이 하나도 없었다. 옆방 아저씨를 따라 창신동 새벽 인력시장을 나갔다. 신참이었기에 체감온도가 영하 15도 밑으로 떨어지는 추위 속에서도, 합판이며 땔 수 있는 것은 모조리 넣고 불을 때는 드럼통 앞에는 서지도 못했다. 겨울 새벽은 얼굴이며 귀를 쑥 잡아당기면 그대로 뜯길 것처럼 추웠다. 그렇게 서 있다가 봉고차를 타고 가서, 어느 날은 이삿짐을 날랐고, 어느 날은 벽돌 등짐을 졌고, 또 어느 날은 사모래를 갰다. 그곳에서 나는 '어이.' 혹은 '야.'로 불렸다.

처음 받은 일당으로 가스버너와 냄비, 라면 두 개, 세숫비누와 칫솔과 치약을 샀다.

두 번째 받은 일당으로 라면 두 박스와 담요와 연탄을 샀다.

세 번째와 네 번째 받은 일당으로 연탄 100장을 샀다.

다섯 번째 받은 일당으로 소주 한 박스를 샀다.

그 뒤부터는 일을 나가지 않았다.

골방에서,

소주를 마시고, 라면을 먹고, 연탄을 갈고, 잠을 잤다.

골방에서,

라면을 먹고, 소주를 마시고, 잠을 자고, 연탄불을 자주 꺼뜨렸다. 그런 날이면, 문 앞에 세워 둔 소주의 물은 얼고 알코올은 얼지 않았다. 그 얼지 않은 알코올은, 마시면 목이 바로 뜨끈해질 만큼 독했다.


겨울은 더디게 흘러갔다.

봄은 오지 않을 듯했다.


진달래꽃이 간신히 산꼭대기에 도착했을 때, 골방으로 어머니가 찾아오셨다.

'집에 가자.' 단 한마디를 하셨다. 나는 남은 라면과 연탄과 가스버너를 옆방 아저씨에게 선물로 드렸다. 소주는 다 마셔, 드릴 것이 없었다. 대신 공병을 팔면 담뱃값이라도 나올 거라며, 문 앞에다 병 스무 개를 조르륵 세워 놓았다. 어머니는 그동안 꼼짝 않고 서 계셨다. 허름한 점퍼를 걸쳐 입고, 봄빛에 눈을 찡그리며 휘적휘적 어머니를 따라나섰다. 차 한 대조차 다닐 수 없는 좁고 가파른 골목길을 어머니를 앞세워 내려갔다. 어머니는 확인하듯 자꾸 뒤를 돌아보셨다. 어머니의 눈엔, 뜻밖에도 커다란 눈물방울이 맺혀 있었다. 나는 고개를 숙였다. 내 허름한 점퍼 주머니엔 더 이상 어머니께 드릴 손수건이 없었다.

그해 겨울, 나는 도망치지도, 행복하지도, 심지어 자유롭지도 못했다.


이 밤을 기억해라.

너와 내가 처음으로 밤 아래, 몸을 함께 뉘었던 날을.

너는 마지막 순간에 눈을 감았고, 나는 너의 손을 잡았다. 밤 속 하늘의 별빛은 눈부셨다.

## 21. 기태신 그리고 기태신

잠깐의 잠에서 깨어 태신을 찾은 곳은 옥상이었다. 그는 옥상 가운데, 낡은 의자에 앉아 담배를 피우고 있었다. 어두운, 그래서 드문드문 보이는 교회의 붉은 네온 십자가와 북악스카이웨이를 따라 켜져 있는 노란 가로등이 선명한, 그런 시간이었다. 하나는 문 뒤에 서서 그가 담배를 다 피울 때를 기다렸다. 담배를 다 피우면 지금 막 일어나 당신을 찾았다는 듯이, 난 아무것도 몰라요, 하는 얼굴로 문을 열어야지 생각했다.

태신이 다 피운 담배꽁초를 버리고 다시 한 대를 물었을 때, 하나는 팔을 뻗어 문을 열었다. 그를 향해 걷는 다리가 후들거렸다.

그를 뭐라고 불러야 할까.

'그'는 '기태신'이 자신의 이름인 동시에 이름이 아니라고 하였다. 자신은 이름이 없었다고. 정확히는 죽은 생모가 무어라 불렀던 것 같은데 기억이 나질 않는다고 하였다. 어머니도 아버지도 자신의 진짜 이름은 모르는 것 같다고. '기태신'은 영원히 따라잡을 수 없을 만큼 눈부시도록 명민했던 형의 이름을 물려받은 것이며, 그 전에는 누구의 호적에도 오르지 못했던, 공식적으로는 세상에 존재하지 않았던 아이였다고 하였다. 그의 목소리는 담담했다. 하나는 그저 눈을 꼭 감았을 뿐이었다.

하나는 앉아 있는 태신 앞에 섰다. 담배를 문 그가 고개를 삐딱하게 들어 올리며 담배 연기를 뿜어내었다. 태신은, 말한 것에 대해 후회하는 것 같기도 하고 후련해하는 것 같기도 하였다. 아니다. 읽을 수 없는 눈빛이었다.

하나는 태신의 입에서 담배를 빼내어 옥상 끝으로 던졌다. 담배는 긴 포물선을 그리며 바닥에 떨어졌다. 곧 작은 불꽃이 바닥에서 튀어 올랐다. 하나는 다리를 벌려 태신의 허벅지에 걸터앉았다. 눈을 맞추며 태신의 풍성한 머리카락에 손을 넣어 빗어 내렸다. 반듯한 이마를 만지고, 눈썹 모양을 따라 손가락을 움직였다. 그런 하나를 태신은 물끄러미 바라보기만 하였다.

"상무님요. 엄청 잘생겼어요."

뜬금없는 하나의 말에 태신이 옅은 웃음을 지었다.

"……후회……하나요, 나한테 말한 거?"

"어느 면으론."

"비밀이라서요?"

"약점이라서. 언제나 멋진 남자여야 하는데, 이렇게."

태신은 양팔을 활짝 폈다.

"가짜라는 걸 내 입으로 말해 버렸으니, 기분이 엉망이지."

그는 다섯 살 땐 일곱 살의 형을 떠올리며 일곱 살의 기태신이 되기 위해 노력했고, 일곱 살 땐 아홉 살의 기태신이 되기 위해 노력했다고 했다.

아홉 살 땐 열한 살이 되기 위해 노력했고, 열한 살 땐 열세 살이 되기 위해, 열세 살 땐 열다섯, 열다섯일 땐 열일곱, 열일곱일 땐 열아홉, 열아홉이었을 땐 스물한 살의 기태신으로 살기 위해 노력했다고. 하지만 형은 언제나 자신보다 두 발짝 앞서 걷고 있었다고 했다.

하나는 담배 냄새가 희미하게 남아 있는 태신의 입술에 입을 맞추었다. 할짝 핥고 살짝 깨물기도 하였다. 손바닥으로 태신의 긴장이 느껴졌다.

"이렇게 진짜인데. 달콤하고 따뜻한 입술을 가진 진짜요."

하나는 태신을 물끄러미 바라보았다. 외롭고, 고독한 눈이었다. 그만큼 깨끗한 눈이었다. 간절한 마음이 되어 그의 이마에 입을 맞추었다.

"이 집은."

태신은 잠시 말을 멈추었다.

"실패로 끝난 내 도망의 증거야."

던지듯 말하고, 태신은 얼굴을 찌푸렸다.

"스물네 살 때, 스물여섯의 기태신이 아닌 스물넷의 나로 살기 위해 도망쳤었지. 석 달 버티다 다시 기어들어 갔어. 처음으로 아버지께 얻어터지고, 할아버지는 집을 나갔던 그 날짜의 수만큼 나를 찾지 않으시더군. 다시 석 달이 지나 겨우 뵈었을 때 '약해 빠진 놈.'이라고 딱 한마디 하셨어. 대외적으로는 그룹 입사를 앞두고 긴 여행을 다녀온 것으로 되어 있었고. 말짱한 얼굴로 회사를 다녔지. 일을 아주아주 열심히 했어. 스스로에게 놀라워할 만큼. 그래도 늘 부족한 것 같았지. 난 스물여섯의 기태신이었으니까. 스물여섯의 기태신은 그 정도로 만족해서는 안 되었거든. 여기가 한계다, 하는 선을 뛰어넘어 한계치를 경신하며 일하다 침대에 누우면 이곳이 떠올랐어. 기절할 듯이 피곤해도 이곳만 떠올리면 스스로에게 분노가 치밀었지. 나약한 새끼. 한심한 새끼. 도망치는 것 하나 제대로 못 하는 놈. 그렇게 스스로를 비웃다 여기를 사 버렸어. 집을 짓고, 매일 아침 눈을 뜨면 다짐했지. 다시는 도망치지 말라고. 너는 도망칠 수 없다고. 결코 도망쳐서는 안 된다고."

태신이 자조하듯 피식 웃었다.

"나는 겨우 이런 놈이야, 이하나."

느릿하게.

"아주……, 형편없는 놈이지."

말하였다.

"너를 안지 말았어야 했는데."

하나는 고개를 저었다.

"내가 당신을 안은 거예요."

태신이 희미하게 웃었다.

"후회는 안 해. 나는 뻔뻔스러운 놈이거든."

태신은 손을 뻗어 하나의 머리카락을 귀 뒤로 넘겨 주었다.

"이런 나에게서 도망치려면 지금이야. 내가……, 알량한 양심으로 널 놓아줄 수 있을 때."

"비겁해."

"응. 비겁하고 비열해."

"그래도 좋아요. 전에 상무님이 결국엔 자신을 미워하게 될 거라고 했었죠. 그때도 지금도 내 대답은 같아요. 미워할 때가 되면 실컷 미워할게요. 지금은 아니에요. 지금은 그냥, 좋아만 하고 싶어요."

"동정이야?"

하나가 소리 내어 웃었다.

"이렇게 근사한 남자를요? 난 상무님이 멋있어서 좋아요. 그러니까 연애하기로 했죠. 어떤 여자가 '넌 내 첫 번째가 될 수 없어.' 이렇게 말하는 남자랑 연애하겠다고 하겠어요."

하나는 검지 두 개를 자신의 눈두덩에 갖다 대었다.

"이렇게, 멋짐 콩깍지가 씌었으니까."

"이하나."

하나의 농담에도 태신은 웃지 않았다. 다만 낮은 목소리로 이름을 불렀다.

"네."

"……하나야."

"……네."

태신은 두 손으로 하나의 얼굴을 감싸고 입을 맞추었다. 하나는 태신의 머리카락과 어깨를 조용히 쓰다듬었다.

🐝

뜨거운 심해로 가라앉는 것 같아 하나는 결국 눈을 감았다. 허공으로 손가락을 활짝 펼치자 곧 다섯 개의 손가락이 파고들었다. 마지막의 마지막까지 붙잡으려는 듯, 팔이 얽히고 다리가 얽혔다. 눈을 뜨자, 바다 눈을 보게 되었다. 바닷속 동식물의 사체가 분해되면서 심해로 떨어지는 모습이 마치 하늘에서 내리는 눈과 같다는 바다 눈을. 푸르도록 검은 눈동자에서 바다 눈처럼 떨어져 내리는 남자를 발견하였다. 아름답고 슬퍼, 하나는 다시 눈을 감았다. 다리로 남자를 감고 팔로 꼭 감싸 안았다.

🐝

잠든 태신의 이마에 입을 맞추고, 이불을 덮어 주고 집을 나섰다. 골목은 좁고, 조용하고, 어두웠다. 집들의 불은 모두 꺼져 있었으며, 꽃들은 향을 감추고 있었고, 도둑고양이들조차 몸을 숨기고 있었다. 잠들어 있는 골목에 울리는 자신의 발소리를 들으며, 하나는 조금 울었다.

알게 된 비밀이 너무 무거워.

세상이 너무 아무렇지 않아.

드러난 목덜미가 시릴 만큼 조용해.

조금 울었다.

그리고 집에 도착해 침대에 눕지도 못하고 마루에서 기절하듯 잠이 들었다.

전화벨 소리에 잠에서 깨었다. 후드득후드득 비가 세차게 내리고 있었다. 마당에 가라앉아 있는 옅은 회색이 저녁 어스름 때문인지 비 때문인지 분간이 가질 않았다. 오랜 잠을 잔 것 같기도, 아주 짧은 잠을 잔 것 같기도 했다.

엄마로부터의 전화였다. 뉴스에서 전국적으로 큰비가 내리고 있다는데, 서울도 비가 많이 오고 있으면 마당에 나가 텃밭에 비닐을 씌우라는 전화였다.

'응, 아니. 자다 일어나서 그래. 여기도 좀 내리네. 응, 알았어, 엄마.' 잠긴 목소리로 대답하고 전화를 끊었다.

끊어진 수화기를 쥔 채 열어 둔 마루의 긴 미닫이창을 통해 바깥을 내다보았다. 비는 두꺼운 실을 양끝으로 팽팽하게 잡아당긴 것처럼 일직선으로 죽죽 내리고 있었다.

'많이도 내리네.' 툭 내뱉고는 벌떡 일어나 우산을 받쳐 쓰고 마당으로 나갔다. 비는 과연 굵고 맹렬해, 우산 위로 투둑―툭 툭, 조그만 돌멩이들이 떨어지는 것 같았다. 우산 밖으로 팔을 뻗자, 투두두두두둑, 손등 위로 떨어진 빗물이 파편처럼 튀며 퍼졌다.

비닐을 씌우고 마루로 다시 들어와서 보니, 종아리며 치마, 팔까지 몽땅 젖어 있었다. 그새 집 안에는 흙냄새와 섞여 생선 껍질 냄새 같기도 한 비릿한 비 냄새가 꽉 차 있었다. 하나는 어둑해진 마루를 서성이다, 그대로 주저앉았다.

빗물이 묻은 팔을 천천히 쓸어내리며 멍하니 바깥을 바라보았다. 불을 켜지 않은 마루는 어둠이 한 뼘 더 내려앉아 있었다. 어둠이 낮게 가라앉은 마루에 앉아, 이렇게 10분만 더 내린다면 남아 있는 능소화가 다 떨어지겠다는 생각을 하고 있는데, 요요가 에옹, 울며 다가와 옆에 앉았다. 손을 뻗어 보드라운 등을 쓸어내렸다. 손이 차서인지 몸을 떨며 에옹, 하고 다시 한번 운다.

계속 계속 떨어지는 빗물에 능소화 한 송이가 또 떨어졌다.

## 22. 밥이여, 밥이여

　헤어지려면 지금.

　내달리기엔 결정된 미래.

　인어공주의 물거품, 카이를 잃어버린 눈의 여왕, 도착하지 못할 도로시의 무지개, 앨리스의 영원히 깨지 못할 낮잠.

　폭탄을 던지고 태신은 상하이로 출장을 가 버렸다.

　괘씸해.

　불을 끄고 누워 천장을 바라보고 있자니, 불안하고 괘씸해 자리에서 일어섰다. 낡은 원피스에 캔버스를 신고 집을 나섰다. 초승달이 위태롭게 매달려 있고, 인공위성인지 별인지 모를 것들이 점점이 박혀 제 몸을 태우고 있었다. 산에서 뿜어내는 짙은 공기를 들이마시며 간간이 켜져 있는 가로등을 지나,

태신의 집으로 천천히 걸어 올라갔다. '괘씸해. 미워. 보고 싶어.' 세 단어를 번갈아 중얼거리며.

집에 도착해 문을 열고 들어갔다. 더운 공기로 꽉 찬 적막한 거실 한가운데 서서 어둠에 잠긴 서울을 내려다보았다. 이 자리에서 도시를 내려다볼 때 어떤 기분일지 궁금해했던 적이 있었다. 그것은,

빠져나갈 수 없는 거대한 미로.

커다란 무덤의 풍경.

가슴 안쪽이 어느 지점 아래로 툭 떨어졌다. 하나는 태신에게 전화를 걸었다. 출장 갔을 땐, 먼저 전화 오기 전에는 전화하지 말기. 스스로 불문율처럼 지키던 규칙을 어겼다. 아홉 번의 신호음 끝에 태신이 전화를 받았다.

— 응, 하나야.

하나야.

자신의 이름을 다정하게 부르는 목소리에 마음속에서 '괘씸해.'라는 단어는 뺀다.

"여기 상무님 집이에요."

하나의 당돌한 말에 태신이 낮게 웃었다. 그 웃음소리가 좋아 '미워.'라는 단어도 뺀다.

"보고 싶어요. 왔으면 좋겠어, 지금."

하나의 말에 수화기 저편은 짧은 침묵으로 응수하였다. 답을 기다리며 창가로 다가갔다. 유리창에 뜨거워진 이마를 갖다 대었다. 휴대폰으로 깊은 탄식 같은 대답이 들렸다.

— 그래.

보고 싶다는 말을 마음속에 한 번 더, 더하였다.

— 그러자.

밤 3시에 도착한 태신은 조금 더 깊어진 눈으로 하나의 앞에
섰다. 상하이에서 비즈니스 제트기로 두 시간, 김포에서 한 시
간. 오는 내내 이건 미친 짓인 거 같다고 말했다. 하나는 그저
태신의 휘어진 짙은 눈썹과 긴 눈매를 찬찬히 바라보았다. 그러
다 손을 뻗어, 태신의 입술에 새겨진 가느다란 선을 천천히 쓸
어내렸다. 이 가느다란 선이 그의 본질이라는 생각이 들었다.

비틀어진 운명이 그어 버린 완강한 빗금.

발끝을 들어 그 입술에 가만히 입을 맞추었다.

두렵지 않다면, 거짓말.

하지만 지금,

그를 사랑하는 것 말고는

더는 할 것도 없었다.

입을 맞추고 뒤로 천천히 물러섰다. 태신이 하나가 물러난
만큼 다가오며 재킷을 벗더니 넥타이 매듭을 비틀어 헐겁게 했
다. 하나는 살포시 웃었다. 단정한 머리카락을 흩뜨리고, 그 안

으로 손가락을 집어넣어 꽉 끌어안고 싶다는 생각을 했다. 2층 계단이 뒤꿈치에 닿았다. 뒤로 한 계단, 또 한 계단 위로.

드레스 셔츠의 단추를 풀며 태신도 한 계단, 또 한 계단 위로.

"두 시간, 길어야 두 시간 반밖에 없어."

"낭비하면 안 되겠네요."

"응."

팔을 뻗어 하나를 가볍게 안아 들었다. 하나는 태신의 허리에 다리를 감았다.


원피스의 지퍼를 내리기 쉽게 침대에 누운 채 허리를 들어 올렸다. 어깨가 드러나고 가슴 아래로 원피스가 내려갔다. 열대야의 후텁지근한 공기가 살갗에 스며들었다. 하나는 자신을 바라보는 태신의 얼굴을 쓰다듬었다. 소년이었던 얼굴을 떠올려 보고, 도망쳐 추운 겨울을 보냈던 스물넷 청년의 얼굴도 떠올려 보았다.

태신이 하나의 등 뒤로 손을 집어넣어 자신의 다리 위로 일으켜 앉혔다. 갑작스런 움직임에 짧은 웃음이 터졌다. 잦아든 웃음을 끝으로 서로의 눈을 맞추며 태신의 넥타이를 마저 풀어 바닥에 떨어뜨리고, 드레스 셔츠의 단추를 풀었다. 하나, 둘 그리고 셋.

몸을 기울여 드러난 태신의 넓은 어깨에 입술을 갖다 대었다. 맥박이 힘차게 뛰고 있는 목덜미에 입술을 누르고, 곧 이 남자의 육체 중 제일 부드럽고 말랑한 곳일 귓불을 물어 부드럽게 빨아들였다.

'하.' 태신이 깊은 곳에서 나오는 듯한 한숨과 함께 하나의 얼굴을 잡아 자신을 바라보게 하였다. 어쩐지 부끄러워 고개를 숙이자 태신이 손가락으로 턱을 들어 올려 입술을 포개었다. 서로의 말캉한 혀가 뒤엉키고 숨결이 섞였다. 커다란 손이 등을 쓸어내리며 목덜미를 시작으로 어깨를 지나 가슴에 입을 맞추었다.

"오는 동안 너를 안을 생각만 했어. 이렇게."

말과 함께 하나의 등을 단단하게 잡아 앞으로 끌어당기며 가슴을 밀어 올리듯 입 안으로 넣고 빨아들였다. 뜨겁고 까슬한 혀가 가슴을 둥그렇게 굴렸다 깨물었다, 다시 빨아들였다. 풀어 주는 듯하다 다른 쪽 가슴을 입 안에 넣고 혀를 휘감았다.

입술이 닿는 곳마다 붉은 점이 번져 나간다. 몸이 비틀리고 손톱 끝까지 달아올랐다.

"그리고 이렇게."

가슴 사이를 혀로 길게 쓸어내렸다. 뒤로 밀리듯 몸이 침대에 눕혀졌다. 태신이 하나의 옆구리에 입을 맞추더니 겨드랑이를 타고 올라와 쇄골을 살짝 깨물고 목덜미, 턱, 볼, 관자놀이, 이마에 차례로 입을 맞추었다. 곧 열린 입술 틈으로 입술이 와 닿고 서로의 혀가 뒤엉켰다.

하나의 가느다란 손가락이 태신의 머리카락 사이로 파고들었다.

오늘은 그가 좋아한다는 밤이 되어 그를 감싸고 싶었다. 달빛이 있으면 있는 채로 옅게, 없으면 몸에 짙게 흡수되어 버리는. 이 사람의 외로움과 공허를 떠맡을 짙은 밤이. 그러니,

밤이여, 밤이여.

흐르더라도 더디게, 느릿하게 물러가 주렴.


얼마큼의 시간이 지났을까. 온몸 구석구석 자신을 새기던 태신이 하나의 몸 안으로 등을 크게 굽혔다 쭉 펴며 자신을 밀어넣었다. 아득한 저 물밑으로 가라앉는 것 같았다. 뜨겁고, 기이했으며, 무겁고, 깊었다.

아직 끝이 아니었다는 듯, 허리가 잡혀 들어 올려지더니, 더 밑바닥으로 태신이 밀고 들어왔다. 마침내 끝까지 하나의 몸에 자신을 담은 태신이 뜨거운 한숨을 뱉어 내었다. 하나의 고개가 자꾸 뒤로 젖혀지자 태신이 두 손으로 목을 받쳤다.

시선이 얽히며 태신이 목을 받치고 있던 한 손을 빼내 하나의 땀에 젖은 머리카락을 귀 뒤로 쓸어 넘겨 주었다. 귓바퀴를 따라 손가락을 움직이다 고개를 숙여 속삭였다.

"비행기에서 상상했던 것보다 더 뜨거워."

부끄러워 손바닥으로 태신의 입을 막았다. 태신의 긴 눈시울에 웃음이 배었다. 그 웃음에 가슴이 벅차오르며 연결되어 있는 부분이 녹아들 듯 열이 나기 시작했다. 더욱 안으로 빨아들이며 안 그래도 빡빡한 곳이 한 치의 틈 없이 조여졌다. 순식간에 짙어진 눈빛으로 태신이 천천히 움직이기 시작하였다. 강

하게 파고들고 휘젓는 감각에 하나는 태신의 팔을 움켜쥐었다. 몸 안, 감각의 정점을 겨냥하여 밀고 들어오고, 또 밀고 들어올 때마다, 아직은 아릿한 통증과 함께 온몸에 화상을 입는 것 같았다. 몸에 열꽃이 피어오른 듯 붉어졌다. 사물이 형태를 잃으며 뭉그러져 갔다. 오직 느끼고 볼 수 있는 건 자신의 안에 있는 그와 맞닿은 뜨거운 몸. 그리고 아름다운 남자의 얼굴. 여름밤의 뜨거운 바람에 창문 블라인드가 붕 떠오르다 창틀에 부딪히는 소리가 희미하게 들렸다.

태신이 목을 숙여 목덜미를 끌어당기며 먹어 치울 듯 키스를 퍼부었다. 혀와 혀가 휘감기며 서로를 빨고 당기고 깨물었다.

이토록 뜨겁고.
이토록 격렬하고.
이토록 달콤한.
밤에.

"하나야."

10분 아니면 20분 정도 까무룩 잠이 든 모양이다. 귓가에 속삭여지는 목소리에 눈을 떴다. 침대에 걸터앉아 자신을 깨운 태신은 샤워는 물론 옷까지 완벽하게 갖춰 입고 있었다. 깜짝 놀라 침대에서 벌떡 일어나 앉았다.

"어떡해. 잠들었나 봐."

"일어나지 마. 말없이 가면 서운해할 것 같아서 깨웠어."

태신은 하나의 이마에 가볍게 입을 맞추고 일어섰다. 하나는 서둘러 침대에서 내려와 맨몸에 원피스를 입었다.

"괜찮아. 더 자."

하나는 고개를 저으며 팔을 뒤로 돌려 원피스 지퍼를 잡았다. 태신이 피식 웃더니 하나를 끌어당겼다. 머리카락을 모아 앞으로 늘어뜨린 뒤 팔을 둘러 지퍼를 올리기 시작하였다. 지퍼가 올라가는 소리에도 몸이 떨려 양복 깃을 그러쥐었다가 놀라 재빨리 놓았다. 태신의 긴 눈시울에 또다시 웃음이 배었다. 지퍼를 다 올린 태신의 손이 느릿하게 등을 타고 내려오다 허리를 감싸 잡았다. 고개를 숙여 이마와 입술에 입을 맞추고 목덜미에 얼굴을 파묻고 숨을 깊게 들이마셨다. 잠시 그대로 있다가 목덜미에 새기듯 입술을 꾹 누르고 몸을 떼었다. 하나는 태신의 체온이 사라진 것이 아쉬워 찔끔 눈물이 날 것 같았다. 앞서 내려가는 태신을 따라 계단을 내려갔다. 반쯤 내려갔을까. 태신이 걸음을 멈추고 몸을 돌렸다.

"뭐 잊은 거 있어요?"

태신이 대답 없이 손을 내밀었다. 커다란 손 위로 희고 가느다란 손이 올려졌다. 태신이 맞잡은 손에 힘을 주며 계단을 빠른 걸음으로 내려가기 시작했다. 하나의 높은 웃음소리와 함께 원피스가 둥그렇게 부풀어 올랐다.

현관문 앞에 선 태신이 하나의 정수리에 손을 올려놓았다.

"다녀올게."

"……네."

순순한 대답과 달리 애달픈 마음에 하나는 태신의 허리에 팔을 둘렀다.

"전화 없어도 서운해하지 마."

하나의 머리를 쓸어내리며 달래듯 말하였다. 여전히 태신의 품에 얼굴을 묻은 채 고개를 끄덕였다.

"상하이 하늘도 갖다 줄까? 매연 때문에 제대로 보이지도 않지만."

태신의 농담에 그제야 얼굴을 들었다.

"정말……, 가기 싫군."

말과 함께 힘껏 껴안았다. 휘청, 몸이 흔들릴 정도였다.


태신이 탄 차가 모퉁이를 돌아 완전히 사라질 때까지 끈질기게 바라보았다. 몸을 돌리자 가느다란 햇살이 눈을 찔렀다. 새벽이 지나 여름의 이른 아침이 시작되고 있었다. 그제야 출근해야 한다는 생각이 들었다. 한 시간 정도 잠잘 여유가 있었지만 이대로 잠들면 저녁때까지 잘 것 같았다.

그 사람, 피곤할 텐데.

괜한 짓을 한 건가 뒤늦은 후회가 밀려들었지만, 이내 고개를 저었다.

아니야. 이렇게 행복한걸.

그도 분명 자신과 같을 거라고. 미친 짓이었지만, 그래서 행복했다고 생각할 것이다. 문득 속옷 없이 원피스만 입고 있다는 것을 깨달았다. 아무도 없는 길에서 하나는 원피스를 꾹 쥐었다.

행여, 바람이라도 불어올까 싶어.

## 23. 이렇게 불쾌한 사랑

"영감들이 주는 술을 다아— 마셨지."

한밤중에 하나를 불러낸 태신은 술에 잔뜩 취해 있었다. 전국경제인연합회 세미나 애프터 파티에서 샴페인으로 시작해 폭탄주로 끝난 술 배틀을 벌였다고 했다.

"누구와 배틀을 했는데요?"

"한영 최이규랑, DS 박정환, 미래 윤석영, KB 이도—오흠. 셋은 그—음방 나가떨어졌는데, 하, 최이규 그 자아—식이랑 끝까지 마셨어. 옆에서 영감들은 신 나서 따르고 또 따르고. 우리 기운형 회—에장님의 명예를 위해 주저하지 않고 마셔어— 었지."

단어 중간중간을 길게 늘어뜨리며 느릿느릿 말을 했지만, 얼굴이 너무 말짱해 과연 술에 취한 게 맞나 싶었다. 하지만 방심

할 수는 없는 법. 언젠가 스탠더드 브루노에서 멀쩡히 기타를
치다 쓰러졌던 모습이 떠올랐다.

"술을 마―않이 마시면 말이야. 여기 이마에 제3의 눈이 번
쩍 떠진다."

태신은 손가락으로 자신의 이마를 가리켰다.

"제3의 눈으로 멀쩡한 척 사람들을 쳐다보며 술을 마시는 거
야. 그러면 아무도 내가 술에 취했는지 모―올라."

"얼마나 마셨어요?"

"그걸 셀 수 있으면, 제3의 눈은 떠지지도 않아."

한심해 입이 저절로 벌어진다.

"제3의 눈으로 봐서 그런가. 못생겨 보이네, 이하나."

말하고는 하나의 양 볼을 잡아 옆으로 주욱 잡아당겼다.

"어이구, 못난이."

"므르구요?"

입술이 당겨져 제대로 발음이 되지 않는다. 태신이 고개를
숙여 입을 쪽 맞추었다.

"못난이."

장난치며 또 쪽쪽.

"못난이."

"하즈 마요."

하나의 항의에도 몇 번 더 입을 맞추고서 볼에서 손을 떼었다.

"술 냄새 나요."

하나는 양 볼에 손바닥을 대며 투정하듯 말하였다.

"그래서 싫어?"

"……아뇨."

다 좋아요. 당신이 뭘 하든, 다 좋아.

마음으로 속삭이는데 태신이 와락 껴안더니 번쩍 들어 올려 뱅뱅뱅 돌기 시작하였다. 하나는 터져 나오는 비명을 막기 위해 손으로 입을 막았다. 몇 번을 돌았을까. 태신이 하나를 내려놓고 즐겁다는 듯 소리 내어 웃었다. 둘은 어지러움에 비틀거리며 서로를 잡은 채, 킥킥대며 웃었다. 태신이 술 취하니까 좋은 점도 있었다.

귀여워진다는 것. 혈기를 주체할 수 없는 소년 같았다. 둘의 웃음소리가 어두운 공기 중으로 비눗방울처럼 터져 나갔다.

"우리 팔각정 가자. 내가 끝내주는 야경을 보여 줄게."

"지금요?"

"응, 지금."

태신이 하나의 손을 잡고 도로변으로 뛰었다. 맞잡은 손은 뜨거웠고, 열대야의 덥고 습한 공기가 둘을 휘감았다.

택시를 잡아탄 태신이 놀랍도록 말짱한 얼굴로 택시 기사에게 정중하게 말하였다.

"기사님, 팔각정 부탁드립니다."

"와아아아아아아아아아아아아아아!"

태신은 어린 소년처럼 소리를 지르며 한밤중의 팔각정을 뛰어다녔다. 하나도 따라 뛰어 보았지만 결국 포기하고 그 자리에

서서 태신이 한 바퀴 한 바퀴 돌 때마다 눈으로만 좇았다. 레스토랑 영업시간이 끝났음에도 야경을 즐기려는 서너 커플이 남아 있었다. 괴성을 지르며 뛰어다니는 태신을 손으로 가리키며 웃는 커플도 있었다. 가로등만 켜져 있는 것이 다행이었다.

시선을 좇는 것만으로도 어지럽다 느낄 때쯤 태신은 뛰기를 멈췄다.

"나 술이 깬 거 같아?"

"음, 아직 20퍼센트 정도는 남아 있는 거 같아요."

태신이 하하 웃었다.

"맞아, 아직 덜 깼어. 넌 내가 술 취했다는 거 알아도 돼. 다른 사람들은 알면 안 되지만. 너는. 너만."

"사람들이 아는 게 싫어요?"

태신이 고개를 끄덕였다.

"나는."

강조하듯 검지를 폈다.

"기태신이니까. 알코올 따위에 걸음을 휘청이면 안 되지."

그 말을 끝으로 태신은 다시 뛰기 시작하였다. 멈출 줄 모르고 계속 계속 뛰어다니는 태신은 하늘의 새가 되고 싶은 것 같았다. 점점 가속도를 내다 땅을 차고 뛰어 올라 날고 싶어 하는 듯했다. 해서 모든 것을 던져 버리고 싶은 듯했다.

가슴이 아팠다. 코끝이 시큰해지고 눈가가 뜨거워지려 해 이를 악물고 고개를 흔들었다. 결국 참지 못하고 달려가 태신을 붙잡았다.

"그만."

잡은 태신의 온몸은 수증기가 피어오를 듯 땀에 흠뻑 젖어 있었다. 턱에서 땀이 뚝뚝 떨어지고 셔츠는 몸에 착 달라붙었다. 가쁜 숨을 내뱉는 얼굴은 고통스러운 듯 일그러져 있었다.

"그만 뛰어도 돼요."

더 이상 뛰지 못하도록 팔을 벌려 꽉 안았다. 태신의 땀이 입고 있는 원피스에 스며들었다. 이 사람의 슬픔을 조금이라도 흡수해 덜어내 줄 수 있다면, 옷이 전부 젖더라도 상관없었다. 기꺼이 환영이었다.

"술주정해 버렸군."

태신의 허탈한 말투에 하나는 고개를 저었다.

"고개 들어 봐. 얼굴 보고 싶어."

"싫어요."

울 것 같은 얼굴을 보여 주고 싶지 않았다.

"이하나."

간신히 고개를 든 하나를 태신은 물끄러미 바라보았다.

"……불쾌해."

"술주정한 거 아니에요. 그러니까 불쾌해하지 마요."

"아니."

그는 어깨를 으쓱하고는, 하나를 떼어 내고 뒤로 몇 발짝 물러섰다. 잠시 침묵이 흘렀다.

"너 그리고 내가."

"……."

"불쾌해."

어지러웠다. 태신의 말 때문인지, 여름의 더운 공기 때문인지 구분이 가질 않았다. 태신은 고개를 들어 구름이 빠르게 흘러가는 하늘을 바라보다 하나에게 시선을 옮겼다. 이마에서 눈과 코, 입술까지 처음 본 사람처럼 꼼꼼히 바라보았다.

"······이렇게 불쾌한 사랑이라니."

"······."

"참을 수 없게."

사랑.

사랑, 이라니.

발바닥이 간지러웠다. 태신에게 등을 돌려 팔각정을 벗어나 북악스카이웨이를 따라 걷기 시작했다. 무성한 여름 나무들이 줄기를 쭉쭉 뻗어 건너편의 나무와 잇닿아 아치를 이루어, 마치 거대한 구렁이의 배 속 같았다. 공기는 미지근하고, 두근대며 떨리는 숨은 귓가를 가득 채웠다.

사랑······.

사랑, 이라니.

당신이 사랑이라는 단어를 입에 담다니.

어깨가 잡히는가 싶더니, 몸이 돌려졌다. 그의 손길에서 벗어나기 위해 몸을 뒤틀었다.

이번에는 한 팔이 잡혔다.

손을 뻗어 태신의 손을 잡아떼었다.

다시 잡히고, 다시 떼어 내었다.

밀어내었다.

끌어당겨졌다.

몸을 비틀었다.

태신이 양어깨를 움켜쥐었다. 그의 팔을 잡았지만 꿈쩍도 하
지 않았다. 둘의 호흡이 엉컸다.

"좋아하면 좋아하는 거고 사랑하면 사랑하는 거지, 이렇게 불
쾌한 사랑은 또 뭐예요. 그렇게 말하면 멋있어 보이는 줄 아나."

하나는 태신을 똑바로 바라보았다.

"조금도 안 멋있어."

하나는 잡힌 어깨를 틀어 태신에게서 벗어났다.

"당신은 불쾌하지만, 나는 두려워요."

좋아서. 점점 더 좋아져서. 그런 자신에게 사랑이라는 말을
하다니.

태신이 완벽한 어른의 모습으로 사람들을 휘어잡던 연수원
에서의 마지막 날을 떠올렸다. 자신을 기묘하다는 듯 바라보던
상무실에서의 첫날도. 처음으로 했던 말이 뭐였더라. 자신을
소개하는 김 과장의 말에 '아—.'가 전부였지. 그대로 상무실로
들어가 버려 당황했었다. 상사인 기태신에게 기대했던 모습과
완전히 달랐으니까.

말이라고 할 수 없었던 '아—.'를 시작으로 함량 미달이라는
말도 들었고, 여자로 좋아하기에 눈앞에서 치워 버린다는 소리
도 들었다. 되짚어 보면 비현실적인 일들의 연속이었다. 그런
데 결국 이렇게, 서로를 사랑이라 부르게 되다니.

당혹스러워하는 태신의 얼굴 바라보았다. 좀 전의 심각한 어른은 사라지고 어쩔 줄 몰라 하는 소년이 서 있었다. 덩치는 커다래서, 귀여워. 아아, 정말 콩깍지가 몇 겹으로 씐 게 틀림없다.

"그냥······."

하나는 두 팔을 활짝 폈다.

"안아 주세요."

태신이 힘주어 하나를 끌어안았다. 맞닿은 뜨거운 몸이 으깨지는 것 같았다.

"너는 내 것이지?"

끌어안은 채, 태신이 물었다.

"그렇지? 너는 내 것이지?"

"네."

나는 당신의 것.

당신은 나의 것.

두렵고 불쾌한 것들이 우리에게 달라붙어도.

당신은 나의 것. 또한,

나는 당신의 것.

하늘은 온통 나무의 그림자로 가득 차 있다. 하나는 태신의 축축한 등을 감싸 안았다. 그에게서 외로운 물고기의 냄새가 났다. 짭짤하고 비릿한.


그 밤, 태신은 자꾸 하나를 깨물었다. 가슴을 혀로 휘감다가도 갑작스럽게 깨물어 하나가 어깨를 밀어내기도 하였다. '하지 마요.' 말하는 입술조차 깨물어 복수로 허리를 다리로 휘감은 채 어깨를 꽉 물기도 하였다. 선명한 잇자국에 '아프죠?' 물어도 '아니, 조금도.' 답하며 또 깨물었다. 목덜미며 가슴, 팔, 엉덩이, 허벅지, 발목까지 곳곳에 흔적을 남기듯. 나중에는 통증인지 쾌락인지 모를 정도였다. 마침내 태신이 몸 안으로 파고들었을 때엔 온몸이 경련을 일으키듯 부들부들 떨렸다. 중력이 없는 허공으로 떠오르는 것 같아 태신의 목에 팔을 둘렀다.

그해 여름, 집마다 줄기가 휘어지도록 붉은 장미꽃이 피었다.

둘은 두 개의 스푼처럼 나란히 포개어 누워, 창문을 통해 바람결에 살랑대는 장미를 바라보곤 하였다. 그 자리에서 장마철 굵은 빗줄기에 떨어지는 장미꽃 잎도 바라보았으며, 비 없는 태풍이 장미꽃 줄기를 뜯어낼 것처럼 후려치는 풍경도 보았다. 비에 젖어 가는 블라인드도, 바람에 흔들리는 블라인드도, 불안하게 흔들리는 창문도 그대로 바라만 보았다. 때론 들이친 비에 침대가 젖기도 했다. 하나, 함께할 수 있는 시간은 언제나 절박하도록 아까워, 둘은 아무것도 하지 않고 나란히 포개어 누워만 있었다.

어느 날엔 옥상 의자에 나란히 앉아 맥주를 마시며 쓸데없는 농담을 주고받았다. 자주 입을 맞추었다. 이어폰을 나눠 끼

고 노래를 들었다. 또 입을 맞추었다. 4분의 3박자에 맞춰 왈츠
도 추었다. 춤을 출 때마다 황금빛 섞인 붉은 햇살이 태신의 목
부터 어깨를 휘감아 돌았다. 하나는 아주아주 나중에 그를 떠
올린다면, 그의 목에서 어깨까지 들이치던 황금빛 붉은 햇살을
먼저 떠올릴 것 같았다.

행복한 낮과 밤이 지나고 하나가 없는 새벽이 가까워 오면,
태신의 마음속 불안이 들개처럼 짖어 대기 시작했다. 그럴 때
면 태신은 언덕을 뛰어 내려가 하나의 집 앞을 서성대었다. 불
이 꺼진 하나의 방을 바라보며, 잠들어 있을 평온한 얼굴을 떠
올렸다. 고운 이마와 긴 속눈썹, 웃는 듯 휘어진 입술, 부드러
운 뺨과 흰 따뜻한 손을.
　그 손이 더듬더듬 자신의 귀를 막아 주는 상상을 하였다. 하
면 고요한 물밑의 물고기가 되어 지느러미로 춤을 추며 평화롭
게 헤엄칠 수 있었다. 새벽이 지나 아침이 다가오면 언덕을 천천
히 걸어 올라와 출근 준비를 하였다. 조금도 피곤하지 않았다.

그러니까, 그해 여름엔 집집마다 줄기가 휘어지도록 붉은 장
미꽃이 피었었다.

## 24. 센티멘털 워크

유난히 짧았던 가을이 지나고, 유달리 추운 겨울이 다가왔다.

외할머니가 으름덩굴 열매와 밤을 한 박스 보내 주셨다. 상자 속의 갈색 으름 열매는 다 익어 쩍 벌어진 것도 있고, 아직 벌어지지 않은 것도 있었다. 밤은 쪄 먹고, 으름 열매는 냉동실에 넣어 뒀다가 생각날 때마다 하나씩 꺼내 숟가락으로 퍼먹었다. 씨가 많아 먹기엔 불편했지만 단맛이 진하고 포실포실 사르르 녹는 것이 소프트 아이스크림 같았다. 엄마 몰래 으름 열매를 덜어다 태신에게 갖다 주었다. 스푼으로 검은 씨를 정성껏 발라내어 과육만 입에 넣어 주었다. 태신이 맛있게 먹는 모습을 보니 뿌듯했다.

그는 여전히 일을 많이 했고, 출장을 자주 다녔으며, 하나를 많이 사랑해 주었다.

하나는 엎드려 노트북을 보고 있는 태신의 허리에 머리를 올려놓고 책을 읽다가 그대로 몸을 굴려 등에 올라가 몸을 포개었다.

"인간침대는 과학입니다. 아, 편해라."

맨투맨 티셔츠 안으로 손을 집어넣었다.

"인간난로는 그린에너지입니다. 아, 따뜻해라."

태신이 소리내어 웃었다. 하나는 태신의 목덜미에 고개를 묻었다. 좋은 냄새가 났다.

"일할 거 많아요?"

"조금만. 금방 끝나."

"네."

얌전하게 대답하고 티셔츠 안에 넣은 손을 꼼지락거렸다.

"이하나."

"네?"

"지금 뭐 해?"

"기다리고 있는데요."

새침하게 답하고 손가락을 위로 피아노 건반을 누르듯 슬금슬금 움직였다. 겨드랑이를 지나 가슴의 작은 돌기를 손가락으로 꾸욱 눌렀다.

"하지 마."

"뭘요?"

"이런 거."

말이 끝나기 무섭게 태신은 노트북을 덮고 그대로 몸을 돌렸다. 그러고는 그의 갑작스러운 행동에 놀라 몸을 일으켜 도망치려는 하나를 붙잡았다.

"장난 안 칠게요."

"늦었어."

"나 배고파요."

"나도 고파."

하나를 바라보며 옷 속에 손을 집어넣어 그대로 스웨터를 위로 들어 올리고는 머리를 집어넣었다. 이어 브래지어도 위로 밀어 올려 드러난 가슴을 입 안 가득 물었다. 그 감촉은 몹시 섬세하고도 자극적이어서, 따뜻한 공기에도 하나의 몸에 오소소 소름이 일었다. 혀끝의 작은 움직임만으로도 온 점막까지 부풀어 오르는 듯하였다. 호흡이 형편없이 흐트러지며, 저절로 눈이 감기었다.

세상은 냉동고처럼 꽝꽝 얼어 있었다. 둘은 귤색 가로등 빛에 의지해 채 녹지 않은 눈들이 구석구석에 남아 있는 언덕길을 조심스럽게 내려가기 시작했다. 맞바람이 불 때마다 걸음을 멈추고 비명과 같은 웃음소리를 내며 서로를 품에 안았다.

"안 되겠다. 차로 가."

"으응. 싫어요."

"너 감기 걸려. 머리라도 완전히 말리고 나올걸."

샤워를 한 뒤 배가 고프다며 대충 머리를 말리고 나온 것이 마음에 걸리는 모양이다. 하나는 고개를 저었다. 차로 가면 편하겠지만, 이렇듯 깜깜하고 살이 에일 듯 추운 거리를 함께 걷고 싶었다.

"나 얼마나 튼튼한데요."

태신이 고집에 졌다는 듯 하나의 목도리를 다시 꼼꼼히 둘러 주고 자신의 목도리를 벗어 한 번 더 귀까지 올려 둘렀다. 눈만 동그랗게 나온 모습이 된 하나를 안듯 태신이 끌어당겼다. 둘은 한 덩어리가 되어 걸음을 옮겼다. 따갑도록 매서운 바람이 몰아치면 본능적으로 서로를 품에 안았다. 그러길 반복하며 10분이면 도착할 우동집에 20여 분 만에 도착하였다.


사진작가와 요리사인 남자 둘이 의기투합하여 운영하는 우동집은 저녁 시간이 지나서인지 식사보다는 술과 안주를 먹는 테이블로 3분의 1쯤 차 있었다. 둘은 우동 두 그릇과 크런치유부초밥, 생맥주 두 잔과 풋콩을 주문했다. 태신의 앞머리가 찬 바람에 헝클어져 있어, 하나는 손을 뻗어 머리카락을 정리해 주었다. 태신이 그 손을 잡아 깍지를 끼고 손가락으로 하나의 손등을 쓸어내렸다.

"배고프겠다."

하나는 허기진 표정을 지어 대답을 대신하였다.

"메뉴에 있는 거 다 먹어."

태신의 실없는 농담에 풀썩 웃는데 머리에 두건을 쓴 남자가 쟁반을 들고 왔다.

"우동과 유부초밥, 맥주 나왔습니다."

불에 구운 두툼한 파가 한 쪽씩 들어가 있는 우동이 둘 앞에 각각 놓이고, 녹색 줄무늬 접시에 담긴 유부초밥 두 개가 가운데에, 맥주 두 잔과 풋콩이 담긴 볼이 그 옆에 놓였다. 두건을 쓴 남자가 머뭇거리다 입을 열었다.

"양이 부족하면 말씀하십시오."

"네. 감사합니다."

매끈하게 대답하고 젓가락을 들었다. 태신은 하나가 통통한 우동면을 입에 넣는 걸 확인하고 자신의 우동을 먹기 시작하였다. 우동을 먹은 하나의 눈이 반달처럼 휘었다.

"맛있어?"

"네. 면발이 입 안에서 춤을 춰요."

하나가 어깨춤을 추며 천진하게 대답하였다. 크런치유부초밥을 입어 넣더니, '음, 으음.' 감탄사를 뱉으며 유부초밥을 들어 태신의 입에 넣어 주었다.

"맛있죠? 열 개도 먹을 수 있을 거 같아요."

"열두 개 먹어."

까르르. 하나가 몸을 젖히며 웃었다. 그 단순하게 웃는 모습에도 태신은 몸이 뜨거워지며 여자를 안고 싶어졌다. 욕망을 다스리고자 맥주잔을 들었다. 잔을 입에 대려는데, 하나가 '잠깐만요.' 말하며 자신의 맥주잔을 들어 '짠.' 입으로 소리를 내며 건배를 하였다. 차가운 맥주가 목구멍을 타고 흘러내렸다. 맛있는 음식, 사랑하는 사람, 차가운 맥주. 둘은 더할 나위가 없었다.

담백한 우동과 함께 먹는 쌉쌀한 맥주의 맛이 색달라, 새로운 맛을 발견한 듯 서로 즐거워했다. 많이 웃고, 많이 먹었다. 하나는 가끔 누군가가 바라본다는 느낌에 고개를 들어 가게를 둘러봤지만, 둘을 바라보는 사람은 없었다.

식사를 마치고, 녹색 풋콩을 안주로 맥주를 마셨다. 고소한 풋콩이 맥주와 제법 어울려 벌써 세 볼째 주문하였다. 하나는 풋콩을 까는 태신의 손끝을 물끄러미 바라보았다.

연애를 하자던 태신은 자신이 두 번째가 될 수는 있어도 첫 번째가 될 수는 없다는 말을 했다. 하나는 그 첫 번째가 무엇인지 열심히 고민한 적이 있었다.

회사도 부모도 죽은 형도 아니었다.

바로 '상상 속 기태신의 삶'이었다.

언제나 '더'가 붙는 삶.

지금보다 더 유능하고, 더 강력하며, 빈틈없이 더 자신을 단련해야 하는. 나약함이나 실수, 패배 따위는 용납하지 않는 삶.

실존하지 않아 상상해야 하는 그 삶은 언젠가 그의 얼굴을 마모시키다, 손가락의 지문까지 닳게 할지도 모른다. 하나는 태신의 두 손을 잡아 가만히 입을 맞추고는 그의 지문을 자신의 손가락에 새기듯 엄지손가락을 마주 대었다.

언제일지는 모르지만 꼭 말해 줄 것이다. 기태신, 당신은 따뜻하고 강하다고. 그런 자신을 절대 잊어서도 버려서도 안 된다고.

"뭐 하는 거야."

"지지지징. 지문 입력 중입니다."

하나는 기계음을 따라 해 말하였다.

"입력 완료. 수수료는 풋콩 한 알."

하나가 '아.' 하고 입을 벌렸다. 태신이 풋콩을 입에 넣어 주었다. 세상에서 제일 맛있는 풋콩이었다.


가게를 나서기 전, 태신은 올 때처럼 목도리 두 개를 하나에게 둘러 주었다. 가게를 나서자 덥다 싶었던 공간에서 맥주까지 마셔 열이 오른 얼굴에 찬 공기가 탄산수처럼 와 닿았다. 턱을 들어 올려 찬 공기를 만끽하며 양팔을 벌려 춤을 추듯 거리를 걸었다. 올려다본 밤하늘에 떠 있는 그믐달이 너무 예뻤다. '달을 봐요.' 태신에게 말하려 몸을 돌리던 참이었다.

왜 얼음 언 곳이 없을 거라 생각했을까. 바닥에 고여 있던 물과 함께 며칠 전 내린 눈이 가장자리에 울퉁불퉁 얼어붙어 있는 곳이었다. 발이 걸리며 순식간에 중심을 잃고 휘청, 오른발이 왼쪽으로 미끄러지고 왼발이 꺾이더니, '어어.' 소리와 함께 코미디 영화의 느린 화면처럼 벌러덩 차가운 길바닥에 넘어졌다. 다행히 머리는 안 깨졌지만, 이런 모습을 태신에게 보이느니 차라리 기절하는 게 나을 것 같았다.

빛보다 빠른 속도로 일어나 앉았다. 완전히 일어서려다가 자신을 부르는 커다란 태신의 목소리에 그대로 주저앉아 두 손으로 얼굴을 가렸다.

"괜찮아? 못 일어나겠어? 병원 가자."

한쪽 무릎을 꿇은 태신이 걱정스러운 목소리로 빠르게 말하였다. 이렇게 놀란 모습은 처음 보는 것 같았다. 하나는 한 손을 뻗어 괜찮다는 표시로 태신의 팔을 잡았다.

"창피해 죽을 거 같은 거 빼고는, 괜찮아요."

둔중한 통증과 더불어 길바닥의 찬 기운에 엉덩이가 시렸지만 부끄러움에 비하면 아무것도 아니었다.

"우스꽝스럽게 넘어지다니."

목도리를 끌어올려 얼굴을 감췄다.

"나 흉했죠? 막 개구리처럼 넘어졌어."

"넘어지는 거 못 봤어."

"거짓말하지 마요."

"진짜."

태신이 목도리를 손으로 눌러 내리고 고개를 기울여 눈을 맞추었다. 달래듯 고개를 숙여 무릎에도 입을 맞추었다.

"진짜라니까."

말하는 눈시울에 걱정이 배어 있는 것이, 넘어지는 모습을 본 것이 틀림없다.

"창피해."

얼굴을 더 숙여 목도리에 얼굴을 파묻었다. 태신이 목도리를 좀 더 내렸다.

"업어 줄까?"

"걸을 수 있어요."

"그래도."

태신이 등을 내밀었다.

"업혀."

"싫어요."

말은 그렇게 하며 태신의 목에 팔을 뻗었다.

"중심 잡으며 걷기 어려울 텐데. 잘못해서 둘 다 넘어지면 어떡해요."

"안 넘어져."

"아이, 걱정되는데."

여전히 말로만 거절하며 등에 업혔다. 가뿐히 몸을 일으킨 태신이 걷기 시작하였다.

"무겁죠?"

"아니. 업힌 것도 모르겠는걸."

공중에 둥실 떠 가는 느낌에 태신의 넓은 등에 뺨을 갖다 대었다. 밤하늘의 그믐달은 여전히 예뻤다. 왜 겨울이 되면 달은 더 하얗게 빛날까, 달도 어는 걸까 궁금해하며 허밍으로 노래를 부르기 시작하였다. 차갑다 못해 솔잎 냄새가 나는 것처럼 느껴지는 추운 거리에서. 태신에게만 들릴 만큼 작은 목소리로.

하나는 스트라이프 패턴으로 패치워크한 담요를 덮고 보리차를 두 손으로 감쌌다. 집진기로 매일 빨아들여도 아차 하는 순간 솔솔 쌓인다는 톱밥이 발아래에 굴러다녔다. 밖은 이틀째 폭설이 내리고 있었다. 지하에 위치한 스탠더드 브루노 작업실에는 라디에이터 두 대와 전기히터 한 대만 있었지만, 무릎 아래까지 내려오는 두툼한 오리털 파카를 입고 몸을 쓰며 일하는 유건과 창식은 추위를 못 느끼는 듯했다. 하긴 파카도 벗고 소매를 걷어붙인 채 자신이 만든 의자를 꼼꼼히 살피는 태신도 있었다.

하나는 김이 오르는 보리차를 후후 불어 한 모금 마셨다.

도면 작업을 제외하고 대략 열흘이면 만들 수 있다는 의자를 태신은 14개월에 걸쳐 시간이 날 때마다 조금씩 만들었다고 했다. 보통 두세 달, 바쁠 때면 반년에 한 번씩 브루노에 와 직접 디자인한 대로 도면을 그리고, 재단을 하고, 대패를 치고, 샌딩을 하고, 모서리를 다듬고, 조립을 하고, 서너 번 하는 오일 작업도 여섯 번이나 해 완성해 냈다고 하였다. 의자를 만든 날보다 술 마신 날이 더 많았다는 유건의 말은 믿지 말라고 하였다.

공방에 같이 들어선 둘을 보고 유건은 내 이럴 줄 알았지, 하는 표정을 지었지만 별다른 말은 하지 않았다. 스스로 목수라 부르는 그는 핀 율과 이케아를 동시에 사랑한다고 했다.

마른 수건으로 의자의 마지막 먼지까지 닦아 낸 태신이 무릎을 펴고 일어섰다.

월넛으로 만든 의자는 어떠한 장식도 없이 직선과 곡선으로 이루어진 단순한 형태였다. 6도씩 깎아 내며 찾아냈다는 다리에서 등받이로 이어지는 선은 유려했다.

"이야, 드디어 완성된 거야?"

유건과 창식이 의자를 한 바퀴 돌며 꼼꼼히 살펴보았다. 무릎을 구부려 앉아 다리와 좌판, 등받이의 이어짐을 살펴보고, 손을 의자 좌판 밑으로 넣어 밑면도 만져 보았다.

"잘 만들었네. 판매해도 되겠어."

"14개월 만이에요. 단가가 얼마야. 이걸 얼마에 팔아야 돼."

유건의 말에 창식이 거들었다.

"너 연봉이 얼마지?"

"실없는 소리."

태신이 유건의 질문을 가볍게 무시하고 하나에게 고갯짓하였다.

"앉아 봐."

태신의 말에 보리차를 내려놓고 일어섰다. 일주일 전 빙판길에 넘어져 부딪힌 엉덩이가 여전히 뭉근한 잔불처럼 저릿했다. 하나는 의자 앞에 서서 앉기 전에 천천히 쓸어 보았다. 겨울에도 차갑지 않고 여름에도 뜨겁지 않은 나무의 촉감과 온도를 느끼기 위해. 그가 나무 만지기를 좋아하는 이유를 찾듯이.

"얼른."

태신의 재촉하는 말에 하나는 증명사진을 찍는 듯 의자에 단정히 앉았다. 두 손은 가지런히 포개어 허벅지 위에 올려놓았다. 의자는 나무라는 것이 놀라울 만큼 편안하게 등과 허리를 받쳐 주었다. 철의 딱딱함이나 쿠션의 탄력과는 다른, 따뜻한 물성으로 편안함을 안겨 주었다.

"어때?"

하나는 엄지손가락을 치켜들었다. 태신의 얼굴이 순수한 기쁨과 자부심으로 빛났다.

"선물."

"진짜요?"

태신은 고개를 끄덕였다.

"이 귀한걸요?"

태신이 하하 웃었다.

"봄 오면, 옥상 의자 옆에 놓아요. 나란히 앉아서 맥주도 마시고, 노을도 바라보고."

"그래."

"빨리 봄이 왔으면 좋겠다."

"금방 와."

상상만으로도 좋아 입이 방싯 벌어진다.

"그대로 앉아 있어 봐."

태신이 눈으로 사진을 찍듯 의자에 앉아 있는 하나를 찬찬히 바라보았다. 하나도 그를 마주 바라보았다. 문득 우린 아직 같이 사진을 찍어 본 적도, 서로의 사진을 찍어 준 적도 없다는 사실이 새삼 떠올랐다. 시간은 지나고, 기억은 추억으로 퇴색

되어 한때의 꿈결로 남겠지. 한여름의 장마와 폭염, 겨울의 폭설을 반복하며 서로의 얼굴과 흔적을 덮어 가다가.

"우리 사진 찍어요."

"사진?"

"응. 기념 사진요. 제 뒤에 서요."

태신이 걸어와 하나의 뒤에 섰다. 하나의 어깨에 손을 얹었다.

"유 목수님, 저희 사진 좀 찍어 주세요."

"가지가지 하는구먼. 솔로들 앞에서."

유건이 투덜대면서 하나의 휴대폰을 건네받았다. 입으로는 계속 구시렁대면서도 휴대폰 액정을 바라보며 무릎을 구부렸다, 팔을 들었다, 뒤로 움직이며 정성스럽게 구도를 잡았다.

"기태신, 얼굴 좀 풀어."

유건의 말에 하나는 어깨에 올려져 있는 태신의 손을 살짝 잡았다. 하나의 노력에도 사진에는 어색한 표정의 태신과 반대로 눈이 감겨 보일 만큼 활짝 웃는 하나가 찍혔다.

하나는 침대에 누워 휴대폰으로 찍은 둘의 사진을 바라보다, 태신의 얼굴을 확대했다. 여전히 고집스러워 보이는 짙은 눈썹에 날카로운 눈매지만, 이제는 따스한 눈빛의 반짝임을 자신은 읽을 수 있다.

'그날 진짜 불러 달라고 해서 전화했던 거예요.'

태신이 맥주를 사러 창식과 잠시 자리를 비운 사이 반쯤 웃으며 말하던 유건의 말이 떠올랐다.

'그날 스튜디오에서 재우려면 재울 수도 있었는데, 취해서, 되게 보고 싶다는 거야. 그래서 장난으로 '불러 줄까?' 했더니 그래 달래. 그래서 전화했지.'

진짜 불러 달라고 했었다니. 그래 놓고 왜 있느냐고, 가라고 했었단 말이지.

에옹.

침대 아래에서 잠들어 있던 요요가 잠에서 깨더니 침대로 뛰어 올라왔다.

"요요야, 잘생긴 남자 사진 볼래?"

휴대폰을 요요의 얼굴 앞에 놓아 주었다.

냐아.

"완전 멋지다고?"

냐아.

"언니 남자 친구란다."

에옹.

요요가 액정에 몽실한 발을 갖다 대었다.

"잘생긴 얼굴 가리면 안 된다옹."

말하며 요요의 다리를 잡아 액정에서 떼어 내고 입을 쪽 맞추었다. 휴대폰이 태신인 양 품에 안고 뒹굴었다. 때마침 문을 열고 두나가 방 안으로 들어왔다.

"언니, 왜 뒹굴어. 배 아파?"

"아니, 아니, 아아—니. 기분 좋아서."

두나가 뜨악한 표정을 짓더니 요요를 침대에서 올려 안았다.

"요요야, 언니 방에 가자. 큰언니 실성했쪄요. 아이구, 무셔. 그치?"

요요가 냐옹, 하고 울었다.

## 25. 사진

"우리 집 뽀글이가 인생이 우울해서 차 바꾸고 싶다고 하길래, 차 바꾸면 진짜 우울한 게 뭔지 보여 주겠다니까 삐쳤다."

평소에도 붐비는 빌딩 2층 커피숍은 점심을 먹고 후식 타임을 갖는 사람들로 북적여 남편 이야기를 하는 정 과장의 목소리는 한 톤 높아 있었다. 정 과장은 한심하다는 말과는 반대로 남편이 귀여워 죽겠다는 얼굴로 라테를 마셨다. 하나는 아메리카노에 설탕을 좀 더 넣을까 고민하다 그대로 마시기로 하였다.

"기 상무다."

상미의 말에 모두의 시선이 1층 로비로 쏠렸다. 태신이 미래전략실 경영진단팀 최 상무와 나란히 걷고 있었다. 둘의 뒤를 김 과장과 최 상무의 오른팔인 윤 차장을 필두로 여덟 명의 사람이 따르고 있었다.

"차세대 핵심 라인 보이네."

"다음 달 인사이동 때 기 상무 전무로 승진할 거라는 소문 있던데요."

"뭐, 2~3년 있다가 사장으로 승진하고, 또 몇 년 있다가 부회장으로 승진하고 그러지 않겠어?"

윤희의 말에 정 과장이 당연한 수순이란 듯 말했다.

"결혼 안 하나? 지금 서른다섯이잖아요."

"아직까지 안 하는 게 신기하긴 하지. 어후, 저 키에 다리 길이며 쩍 벌어진 어깨에, 얼굴은 단정하게 생겨서리 왠지 더 야해 보여. 침대에서 어떨지 상상력 막 자극하지 않아? 왠지 묶고서 하는 것도 좋아할 거 같아."

정 과장의 말에 하나는 들고 있던 각설탕을 떨어뜨릴 뻔했다. 묶는 거 안 하거든요!

"과장님……, 어떻게 그렇게 대놓고 말해요. 나 살짝 존경심 들었어. 진짜 대담해."

정 과장과 윤희가 동시에 까르르 웃었다.

"그러고 보니 여자에 대해선 카더라도 들어 본 적이 없네요. 하나 씨는 뭐 아는 거 없어요?"

"애인 있다고 하던데요."

상미의 갑작스러운 말에 하나는 마시던 커피를 탁자에 내려놓았다. 가늘게 떨리는 손은 재킷 주머니에 넣었다.

"누구? 어느 집 딸? 혹시 연예인?"

"평범한 여자라는 거 같아요."

"평범하다는 게, 우리 기준이야, 저쪽 세계 기준이야?"

"일단 연예인은 아니래요."

"뭐, 어디 그룹 딸이겠지."

"하나 씨는 애인 없어요?"

느닷없는 상미의 질문에 하나는 대답할 말을 찾지 못하고 눈만 두어 번 깜빡거렸다.

"응? 애인 없어요?"

질문보다, 상미의 집요한 눈빛이 마음에 걸렸다. 갑자기, 왜 이런 질문을.

하나는 상미의 금방이라도 말할 것같이 달싹이는 입술을, 파우더로 애써 가린 여드름 자국을 바라보았다. 태신의 존재를 부정해야 할까. 그러면 이 상황을 가볍게 넘길 수 있지 않을까? 그 순간 마음속 빛이 탁, 하고 꺼졌다. 아니다. 그럴 수는 없다. 존재만은 부정하고 싶지 않다.

"있어요."

"웬일. 그동안 아무 말도 없이. 어떤 사람이야? 사귄 지 얼마나 됐어? 결혼할 사이?"

정 과장의 속사포 같은 질문이 이어졌다.

"그냥……, 회사 다녀요."

"혹시 우리 회사?"

"……아니요."

"그럼?"

"그만들 물어요. 하나 씨가 곤란해하잖아요."

윤희의 말에 정 과장은 바로 입을 다물었지만, 상미가 입을 열었다.

"정말 궁금해서. 하나 씨, 어떤 사람이에요?"

이 사람은 무엇을 알고 있는 것일까. 다른 사람과의 관계에서 늘 일정한 거리를 두고 냉소로 일관했던 사람이다. 창으로 쏟아져 들어오는 겨울 햇빛이 테이블 위로 그림자를 길게 만들고 있었다. 심장이 세차게 뛰었다.

"평범한 회사원에 좋은 사람이요."

주머니 속의 손을 쥐었다.

"평범하게 좋은 사람?"

"네."

"하나 씨, 이 사람이 평범해?"

상미가 휴대폰을 테이블에 내려놓았다.

"대박."

K는 J가 휴대폰으로 전송해 준 사진을 들여다보았다. 기태신과 이하나가 틀림없었다.

평소 이마를 드러낸 리젠트 스타일이 아닌 헝클어진 앞머리에 회색 맨투맨 티셔츠를 입고 있어 서너 살은 어려 보이지만, 기태신이 분명했다. 손가락으로 여자의 손등을 쓸고, 여자의 손에 들려 있는 유부초밥을 먹고, 맥주를 마시고, 경계를 푼 느긋한 미소와 소리 없는 웃음을 짓는 얼굴이 찍힌 사진들이 차례로 전송되었다.

집요하게도 찍었네.

마지막으로 도착한 넉 장의 사진에는 미끄러져 넘어진 여자와 그 앞에 무릎을 꿇고 앉은 기태신이 있었다. 넘어진 여자를 살피고, 무릎에 입을 맞추고서 여자를 향해 웃는 기태신은 놀랍도록 다정하고 은밀했다. 이런 은밀한 사생활을 봐도 되는가 하는 죄책감까지 들 정도였다. 기태신이 사랑할 때는 이런 얼굴인가.

"120퍼센트 폴 인 러브네."

K는 사진을 보내 준 J에게 재빨리 메시지를 보냈다.

[이 사진 어디서 받았어?]

[D한테. 꽤 빠르게 퍼져 나가고 있다고 하던데. 너 여자 누군지 알아?]

[알아.]

[역시 넌 알 줄 알았어. 누구냐?]

문자를 두들기던 손을 멈추었다. 이렇게 알려도 될까? 순한 눈매의 이하나가 떠올랐다. 자신이 알려 주지 않아도 오늘이 지나기 전에 여자의 신상은 밝혀질 것이다. 자신까지 끼어들 필요는 없다. K는 슬쩍 발을 빼기로 한다.

[다시 보니 모르는 여자다.]

[너 알고도 숨기는 거면 죽어. 알게 되면 톡해.]

[오우케이.]

　K는 사진을 차례로 다시 보았다. 두 사람 사이를 떠돌고 있는 빛나는 아우라를. 서로가 서로를 별처럼 바라보는 시선을.

　당장 오늘 저녁 6시에 있을 마크 로스코의 오프닝에서 최고의 화젯거리가 될지도 모른다. 기태신이 여자와 사진에 찍혔다는 것 때문이 아니다. 바로, 사랑에 빠졌기 때문이다.

　상무실에서 보았던 둘을 떠올렸다. 언제부터였을까. 적어도 이하나는 그땐 아니었다. 그런 감정을 숨길 만큼 대담하고 앙큼한 여자는 아니었다. 오히려 감정이 너무 드러나는 게 문제였지. 그렇다면 기태신. 이하나와 이야기를 나누는 자신을 바라보던 눈빛을 기억해 냈다. 미세하게 찌푸리던 미간과 못마땅한 듯 올라가던 입꼬리. 그때는 그림이 어지간히 맘에 안 들었나 보다 했는데, 꼭 그림만의 문제가 아니었던 것이다.

　"기태신과 이하나라, 재밌네."

　한 관장은 알고 있을까? 알면 뭐라고 하려나.

　"K."

　낮지만 또렷한 발음이 등을 쳤다. K는 천천히 몸을 돌려 자신보다 키가 큰 유정을 올려다보았다. 유정이 K의 휴대폰 앞으로 손을 내밀었다.

　"관……장……님."

　유정이 손을 한 번 더 까닥하였다. K는 공손히 휴대폰을 유정의 손에 올려놓았다. 유정이 무표정한 얼굴로 손가락만 움직여 사진을 하나씩 하나씩 보기 시작하였다. 그 모습이 너무 태연해 외려 숨이 막혔다.

"저도 아는 여자인데, 그게 제가 기 상무님 사무실에 그림 디피하면서요. 저분이 비서였거든요. 몇 년간 계속 봤는데, 착합니다. 얼굴도 사진처럼 예쁘고요. 아니, 실물이 더 나아요."

"그래서?"

네가 왜 그런 말을 하느냐는 유정의 표정에 K는 입을 다물었다. 주제넘었다. 이하나가 착하고 예뻐서 어떻다는 것인가. 한 관장의 세계에서 그 정도는 장점도 아니다.

"죄송합니다."

K는 손을 다소곳하게 모으고 시선을 아래로 내렸다. 사진을 끝까지 본 유정이 휴대폰을 내밀었다. 재빨리 받아 들고 주머니에 넣었다.

"권기순."

유정이 K의 본명을 불렀다. 정신 똑바로 차리고 들어야 할 이야기라는 것이다.

"예, 관장님."

"K는 모르는 일이야."

"물론입니다."

"김재평 의자들 도착했어?"

"예. 녹색의자 시리즈 중 2번은 말씀하신 대로 〈Black over Reds〉 앞에 두었습니다."

두 달간 전시할 마크 로스코의 작품을 관람객이 앉아서 볼 수 있게 의자를 설치하였다. 공예가인 김재평이 여러 사람이 의자에 앉으면 작품이 훼손된다고 난색을 표하며 판매를 거절했지만 한 관장의 설득에 결국 항복한 셈이다. 다른 의자들도 많은데, 곡선이라고는 없이 직선으로만 이루어진 녹색의자 시리즈에 왜 그토록 집착하나 했었는데, 전시실에 놓고 보니 처음부터 로스코의 그림과 하나의 오브제인 것처럼 어울렸다.

일 이야기로 넘어간 것이 자신에게야 다행이지만, 평온한 관장의 표정이며 목소리에 내심 놀란 상태였다. 감정이 느껴지질 않는다. 그만큼 재고할 가치도 없다고 생각하는 건가.

둘은 어떻게 되는 거지?

상미의 휴대폰을 통해 둘의 사진을 본 후 어떻게 사무실로 돌아왔는지 잘 기억이 나지 않는다. 윤희가 따뜻한 물을 갖다 줬었다. '고맙습니다.' 간신히 말하고 컵이 흔들리지 않게 마시려 노력했었다. 흔들리는 모습 보이지 마. 침착해. 끊임없이 되뇌면서. 어디까지 퍼진 걸까. 태신에게 알려야 할까. 뭐라고? 우리 들켰어요. 그런 하찮은 말로? 따위의 생각들로 터질 듯 고민하면서.

알 수 있었다.

사진을 본 순간, 달리는 자전거를 멈추어야 할 때임을.

태신도 알았으리라.

실존하는 기태신이 상상 속의 기태신의 삶을 압도하였음을. 해서 멈춰야 하는 순간임을. 지금이 아니면 멈출 수 없으리라는 것도. 이미 결정되어 있던 미래. 준비하고 있었던 결말.

물을 한 모금 간신히 넘겼을 때 회장실로 호출이 떨어졌다. 눈앞은 아득하여 아무것도 보이지 않는데, 몸이 기계적으로 움직여 걷고, 엘리베이터를 타고, 34층 버튼을 눌렀다. 엘리베이터에서 내리자 비서실 직원이 기다리고 있었다. 아는 사이였지만 인사는커녕 서로 눈도 마주치질 못하였다. 기 회장이 대노하고 있는 것일까.

회장실로 가는 긴 복도를 걷는 동안 후들후들 떨리던 다리가 태신의 얼굴을 떠올리자 더 이상 떨리지 않았다. 웃던, 심각하던, 생각하던, 당황하던 그리고 기뻐하던 태신을.

회장실에 들어가자 기 회장의 오랜 수행 비서인 진 이사가 기다리고 있었다. 고개를 숙여 인사하였다.

"죄송합니다."

진 이사가 미묘한 미소를 지으며 하나의 어깨를 토닥였다.

"허리 펴고, 당당해요. 회장님은 우물쭈물하는 거 제일 싫어하시니까."

"네."

진 이사가 노크를 하고 집무실 문을 열었다. 하나는 숨을 깊게 들이마셨다.

기 회장은 의자 등받이에 몸을 기댄 채 서류를 읽고 있었다.

"부르셨습니까, 회장님. 경영지원4팀 이하나입니다."

허리를 깊이 숙여 인사하였다. 하나의 인사에도 기 회장은 시선을 주지 않고 서류에만 시선을 고정하였다. 태신이 나이를 먹으면 저런 모습일까. 똑같은 모양의 눈썹과 단단한 눈매의 기 운형 앞에 서서 하나는 그런 생각만 하였다. 그렇게 하나의 인내를 시험하는 듯한 시간이 흐른 뒤에야, 서류를 책상 위로 내려놓으며 기 회장이 입을 열었다.

"회사 어떻게 할 생각이지?"

태신과의 관계를 먼저 물을 거라는 짐작이 빗나갔다.

"계속, 근무하려고 합니다."

차분한 목소리로 당돌한 대답을 하는 하나를 기 회장은 가늠하듯 바라보았다. 자신 앞에서 정신없을 텐데, 애써 침착하려는 모습이 가상하였다.

처음 보고를 받았을 때, 실로 오랜만에 한 대 얻어맞은 듯 띵하기도 했었다. 상대가 데리고 있던 비서였다는 데에선 헛웃음이 나왔고. 차라리 길에서 꽃을 파는 아가씨가 나았을 것이다. 그룹의 후계자와 여비서라니, 가십의 결정체였다. 또다시 어떤 가십에도 태신의 이름을 올려서는 안 되었다. 그나마 다행인 건 지금은 경영지원팀에 속해 있다고 하니, '소박한 사내 연애'로 포장할 수 있다는 것이다.

자신의 죄를 제 것인 양 짊어지고 살아가는 태신이 떠오르자 운형은 뜨거운 주먹이 가슴팍을 때리는 듯한 통증이 일었다. 인간으로 용서받지 못할 죄를 지었다. 죽으면 지옥불이 기다리고 있을 터였다. 그곳에는……, 수현, 너도 있겠지.

기 회장은 씁쓸한 미소를 지으며 자신의 앞에 서 있는 하나를 새삼 바라보았다. 평생 누구에게도 마음을 주지 않던 태신이 마음에 품은 여자다. 선이 깨끗하고 무엇보다 눈빛이 단단하며 맑았다. 떠보듯 이어 물었다.

"왜?"

"상무님을 위해서입니다."

"뻔뻔한 건가, 둔한 건가. 회사를 그만두는 게 자네나 상무를 위한 일 아니야? 소문은 금방이야. 감당할 수나 있겠어? 아니면 둘 사이에 대한 자신감이 대단한 건가."

"상무님과……."

하나는 잠시 말을 멈추고 입술을 달싹이다 결심한 듯 말을 이었다.

"상무님과는 헤어집니다. 그 부분에 대해서는 걱정하지 않으셔도 됩니다."

무거운 시선이 날아와 꽂혔다.

"내가 반대할 거라서?"

"아닙니다."

"그럼."

"……회장님께서 짐작하시는 그 이유 때문입니다."

"무슨 이유?"

하나는 차마 대답하지 못하고 고개를 숙였다. 참지 못한 기회장이 되물었다.

"이유가 뭐냐고 물었는데."

"……'기태신의 삶'에는 제가 있어야 할 자리가 없기 때문입니다. 저뿐만 아니라 상무님조차도요."

기 회장은 '허.' 탄식 같은 한숨을 내뱉었다.

"시작할 때에도, 만나는 동안에도 이런 날이 온다면 회사를 그만두어야지 생각했었습니다. 서로에게 괴로운 일이 될 테니까요. 한데 회장님을 뵈러 오며, 저의 모습을 잃지 않고 씩씩하게 회사를 다니는 것이 상무님을 위한 것이라는 생각이 들었습니다. 제 판단이 틀렸다는 것을 알게 된다면 바로 그만두겠습니다. 그때까지만이라도 기다려 주십시오, 회장님."

하나가 깊게 허리를 숙였다.

"감히……, 부탁드리겠습니다."

"내가 둘 사이 반대 안 한다면, 반대 안 하는 정도가 아니라 환영한다면 어떻게 돼?"

기 회장의 뜻밖의 말에도 하나의 단정한 얼굴은 변함이 없었다. 담담히, 그러나 분명한 어조로 말하기 시작하였다.

"9년 전, 상무님은 자신을 찾기 위해 도망쳤지만 실패했다고 했습니다. 다시는 도망치지 않기 위해 실패의 증거로 부암동 집을 지었다고요. ……저희에게 있어 가장 큰 장애물은 누구의 반대도 아닌, 바로 상무님 자신입니다. 스스로를 부정하고, 미워하는 서른셋의 기태신이요. 오늘의 소란은 다시 한번 선택의 순간이 왔다는 신호일 뿐입니다. 회장님, 저는, 전, 상무님이 자유롭고 행복해지길 바랍니다. 저와의 사랑 때문이 아닌, 상무님 스스로를 받아들이고 미워하지 않음으로요. ……그건 누구도 대신해 줄 수 없는, 상무님이 극복해야 할 문제라고 생각합니다. 시간이 얼마나 걸릴지, 아니면 영영 그 순간이 오지 않을지도 모르지만……, 제가 지금 할 수 있는 건, 저를 지키며 상무님을 기다리는 것뿐입니다. 그 끝이 어떤 것이든지요."

담담한 목소리와 달리 눈자위는 점점 붉어졌다.

"나의 반대나 허락 따위는 아무런 영향을 끼치지 못한다?"

기 회장의 시니컬한 목소리에 하나는 시선을 아래로 두었다.

"죄송합니다."

"그 녀석이 끝까지 이대로 살겠다고 하면? 기태신 고집 대단한 거 알지?"

"그것 또한……, 받아들일 수 있습니다. 상무님이 선택한, 상무님에게 제일 좋은 것일 테니까요."

"어리석군."

"……."

"네 인생만 허비하고 끝날 수도 있어."

"……각오하고 있습니다."

무거운 침묵이 흘렀다.

"나가 봐."

다시 한번 고개를 깊이 숙여 인사를 하고 회장실을 나섰다. 기 회장은 하나가 문을 닫는 걸 확인하고 다시 등받이에 몸을 기대었다. 의자를 빙글 돌려 창밖 하늘을 바라보았다. 무거운 마음에 늑골이 뻐근하게 벌어지는 듯하였다.

……지독한 놈.

14층에 도착해 엘리베이터에서 내리자 윤희가 기다리고 있었다. 윤희의 걱정스러운 얼굴에 하나는 애써 웃음을 지었다.

"괜찮아요."

윤희의 손목을 가볍게 잡았다 놓고, 허리를 반듯하게 펴고 걷기 시작하였다. 지나가는 사람들의 호기심 어린 시선이 몸을 뚫고 들어와 꽂힌 채 진동하는 것처럼 느껴졌지만, 참아 낼 수 있었다. 다만 태신. 지금쯤 알고 있겠지. 자신처럼 불려 가는 걸까. 회장님께 무어라 이야기를 할까.

'그 녀석이 끝까지 이대로 살겠다고 하면?'

눈에 눈물이 그렁그렁 맺히며 순식간에 온몸의 힘이 빠져나갔다. 처음으로 헤어진다는 실감이 와 닿았다.

헤어지는구나.

우리가.

이렇게.

마음이 파삭, 소리와 함께 부서지며 몸이 두 쪽으로 갈라졌다. 양옆으로 벌어지던 몸이 허방하게 기우뚱 흔들렸다.

헤어지는구나.

우리가.

하나는 윤희의 팔을 붙잡고 웃는 듯 우는 얼굴로 간신히 말하였다. 입술이 바르르 떨렸다.

"저, 저 좀, 잠시만 붙잡아 주세요."

하나의 얼굴을 본 윤희가 팔짱을 끼며 자신 쪽으로 끌어당겼다.

"좀 더 기대도 돼요. 괜찮아요. 괜찮아, 하나 씨."

윤희에게 끌려가듯 기대어 걸으며, 하나는 되뇌었다.


헤어지는구나.

우리가.

이토록 갑작스럽게.

전조도 없이.

## 26. 도망갈까

거울을 바라보며 목도리를 둘렀다. 핏기 없는 입술이 마음에 안 들어 입술을 깨물다 립글로스를 발랐다. 밖에서 태신이 기다리고 있었다. 마지막 모습이 될 수도 있으니까, 예쁘게 보이고 싶었다. 아주, 예쁘게. 그 모습으로 기억하게. 거울 속의 모습을 다시 한번 확인하고 방문을 나섰다. 후들후들 떨리는 다리에 힘을 주느라 허리가 뻐근하였다.

태신은 비뚤어진 넥타이에 헝클어진 머리를 한 채 차에 기대어 서 있었다. 걸어오는 하나를 바라보는 태신은 무표정하였다. 하나는 에메랄드색 커피 자판기에서 밀크커피 두 잔을 뽑아 태신에게 한 잔을 내밀었다.

"춥죠? 자, 미원이 들어간 맛난 커피 대령입니다."

태신에게 건네고 자신도 한 모금 마셨다. 날씨가 추운 만큼 커피는 뜨겁고 달았다. 둘은 오직 커피를 마시는 것만이 전부인 것처럼 아무 말도 하지 않았다.

이별의 말이란 얼마나 쓸모없는 것인지.

이대로 커피를 다 마시고 손을 흔들어도 충분할 것 같았다.

"커피 잘 마셨어."

태신이 밀크커피를 단번에 들이켜고 종이컵을 구겨 함부로 코트 주머니에 넣었다.

"이하나."

하나는 종이컵을 물끄러미 바라보다 고개를 들었다. 자신을 내려다보고 있던 태신과 눈이 마주쳤다. 검은 밤인데도, 태신은 햇빛에 눈이 부신 듯 눈을 찌푸렸다.

"잘살아."

하나는 그저, 태신의 머리카락을 쓸어 올려 주고, 비뚤어진 넥타이를 바로잡아 주고, 무표정한 얼굴을 쓰다듬어 주고만 싶었다. 태신이 느릿하게 말을 이었다.

"나 같은 가짜는 재빨리 잊고, 진짜 좋은 남자를 만나. 진짜 사랑을 하고, 결혼도 하고, 아이도 낳으면서 행복하게."

말끝에 자기 자신이 참을 수 없다는 듯 태신이 허공을 향해 웃었다. 잠깐의 침묵 뒤.

"도망갈까, 우리?"

농담하듯 말하였다.

"세상 끝으로 기어들어 가서, 자고, 먹고, 사랑하고. 또 자고……, 먹고……, 사랑하고. 그렇게……, 지겨워질 때까지. 모든 게 우스워질 때까지."

"……그 모든 게 끝나면 또다시 집을 짓고요?"

하나는 조용히 물었다.

"그래, 아주 거대한 궁전을 짓는 거야. 모르지. 이 모든 감정이 다 사라지고 나면 초라한 오두막도 짓지 않을지. 어때?"

태신이 빈정대며 말하였다. 눈 밑이 붉다 못해 푸르게 변해 갔다. 한마디 한마디 할 때마다 말이 사포가 되어 태신 스스로를 긁어내리는 듯하였다.

하나는 마시던 커피를 바닥에 내려놓았다. 조심스럽게 팔을 뻗어 태신의 머리카락을 쓸어 올리고, 넥타이를 바로 매어 주었다. 그리고 두 손을 활짝 펴 태신의 얼굴을 감싸 안았다. 태신이 고개를 떨구었다.

"고개 들어요."

태신이 고개를 저었다.

"나를 봐요."

태신은 고집스러웠다. 하나는 처음으로 태신보다 키가 컸으면 좋겠다는 생각을 하였다. 그래서 품에 가득 안아 주고 싶다고.

"나는 행복했어요. 행복만 했어요. 고마운걸요. 앞으로 누구를 이렇게 사랑하고, 또 사랑받겠어요."

"……"

"모든 시간이 흐른 뒤, 상무님에게 한 줌의 시간만 남았을 마지막 순간에요. 날 찾아와 준다고, 그것만 약속해 주세요."

"……안 해. 안 가. ……못 가. 어떻게 가."

하나가 희미하게 미소 지었다.

"인색해라."

"이하나."

"기태신 씨."

손가락으로 태신의 뺨을 찬찬히 매만졌다.

"이름 부른 거 처음이죠. 그동안 싫어할까 봐 부르지도 못했네. 오늘만이라도 실컷 불러야지. 기태신. 기태신. 기—이태신. 나에게는 그저 서른셋의 남자. 기태신은 이하나가 자신을 얼마나 사랑하는지 몰라. 도망가자면 진짜 도망갈 수 있다는 것도 모르고."

태신이 이를 악무는 소리와 함께 하나를 힘껏 끌어안았다. 그의 절망이 고스란히 자신의 몸에 스며들어 와 몸이 아플 지경이었다.

"폭음하지 말아요."

태신의 등을 쓰다듬었다.

"혹사하듯 일하지도 말고요. 그리고……, 꼭 해 주고 싶은 말이 있었어요."

태신으로부터 몸을 떼어 내 얼굴을 바라보았다. 고통이 가득 차 푸르게 번진 눈을 보며 또박또박 말하기 시작하였다.

"기태신. 당신은 누구보다 따뜻하고 강한, 멋진 사람이에요. 그러니 내가 사랑했죠. 나를 믿고 조금은 자신을 좋아해 줘요. 당신을 위해서 그리고 나를 위해서."

태신이 부정하듯 고개를 저었다.

"해 줘요, 응?"

그 앞에서 절대 눈물을 흘리지 않으려 했는데, 어느새 맺힌 눈물이 하나의 뺨을 타고 흘러내렸다. 한겨울 밤 흰 꽃처럼 웃었다.

울었다.

웃었고, 울었다.

벌써 두려웠다. 혼자 남을 그가. 숨이 끊어질 것처럼 태신이 그리울 자신이.

날이 몹시도, 추웠다.

상미가 사과의 의미로 어색하게 건넨 커피를 기꺼이 마셨다. 정 과장은 여전히 유머스러웠고 윤희는 다정하였다. 사람들의 호기심과 수군거림은 끈질겼으나, 태신을 향한 자신의 그리움만큼 끈질기지는 않았다. 때로 회사를 계속 다니는 것이 무모한 짓인가, 태신에게 해가 되는 일인가 되짚어 보았다. 확신이 흔들릴 때면 옷을 벗고 거리를 걷는 것 같았다.

그럴 때일수록 일을 아주아주 열심히 하였다. 태신이 매번 기록을 경신하듯 일했다는 말처럼. 그렇게 정신없는 하루를 보내고 집으로 걸어갈 때면, 머리는 톱밥으로 가득한 뇌에 물을 들이부은 듯 몽롱했고, 손발은 누군가 잡아당기면 그대로 뜯어질 것 같았다. 피곤할수록, 꿈 없이 잠을 잘 수 있어 좋았다. 태신이 왜 혹사하듯 일을 했는지 알 것 같았다. 시간을 보내고 생각을 없애기에 나쁘지 않은 방법이었다.

때로 보고 싶어 참을 수 없을 때면 회색 벽이 우둘투둘한 집을 찾아갔다. 밤이 새도록 기다려도 그 집엔 불이 켜지지 않았다.

당신은,

어디에,

또다시,

외로운 집을 짓고 홀로 살아가려는 것인지.

해가 바뀌어 태신은 서른넷이 되었고, 전무로 승진하였다.

'축하해요.' 하나는 휴대폰 사진 속 태신에게 축하의 말을 건네었다. 요요가 니야, 하고 울며 하나의 손등에 머리를 비벼 대었다. 두나가 문을 열고 겨울 사과가 담긴 접시를 갖다 주었다. '언니 이거 다 먹어야 돼.' 머뭇거리며 말하는 모습이 예뻤다.

한겨울에도 이토록 싱싱하고 단 사과를 먹을 수 있다니.. 입안에서 부서지는 사과처럼, 계절의 경계가 낡은 둑처럼 무너져 갔다.

그래도 겨울이었다.

우리가 이별한 계절.

## 27. 그림자

"언제까지 어리석게 굴 거야."

침묵 속의 식사 끝에 기 회장이 입을 닦은 냅킨을 내려놓았다. 유정이 손을 뻗어 말리듯 기 회장의 팔을 잡았다.

"아직 식사 중이에요. 이따가 둘이서 조용히 이야기하는 게 어때요."

"당신도 같이 해요. 아들 이야기야."

뜻을 알 수 없는 감정이 유정의 얼굴에 나타났다 사라졌다. 태신은 그저 천천히 물을 마셨다.

"말해 봐."

감정을 감춘 유정이 자리에서 일어났다.

"복잡한 이야기 같은데, 관여하고 싶지 않아요. 두 부자가 이야기하세요."

"여보."

"태신아, 나는……, 네 뜻을 존중할게."

기 회장의 부름은 무시한 채, 유정은 태신의 어깨를 토닥이듯 가볍게 쥐었다 떼었다.

"와인이라도 준비할까요?"

"괜찮아요."

"아. 태신아, 이거. 승진 선물이야."

유정이 카드키를 내밀었다.

"요즘 집에 안 들어가고 호텔에서 지낸다며. 한남동에 있는데 조용하고 괜찮은 집이야. 회장님은 마뜩찮아 했지만 내가 밀어붙였어."

가볍게 말하는 유정의 표정은 목소리만큼 편안해 보였다.

"당장 오늘 밤부터 들어가서 생활해도 될 만큼 준비되어 있어. 괜히 바깥에서 생활하지 마."

태신은 카드키를 물끄러미 바라보다 자리에서 일어나 받아들었다. 유정과 눈을 맞추며 희미하게 미소를 지었다.

"감사합니다."

고개를 끄덕인 유정이 기 회장을 짧게 건너다보고 다이닝룸을 나갔다. 문이 닫히길 기다렸다 기 회장이 말을 시작하였다.

"어떻게 할 거야. 이렇게 끝낸 거야?"

"예."

"'예.' 그 한마디가 다야? 좀 더 설명해 봐."

"드릴 말이 더 없습니다. 남녀가 사귀다 헤어지는 일, 흔하지 않습니까."

"흔한 일이다……."

기 회장이 낮게 읊조리는 동안 태신이 자리에서 일어섰다.

"이만 물러가겠습니다. 내일 회사에서 뵙겠습니다, 회장님."

"앉아."

단호한 기 회장의 목소리에 태신은 다시 자리에 앉았다. 기 회장의 시선이 태신에게 떨어지지 않은 채, 한동안 침묵만 이어졌다. 긴 숨을 내쉬며 기 회장이 입을 열었다.

"넌 날 아버지로 대하는 것보다 회장으로 대하는 걸 편안해 해. 회장과 임원으로 대화하면 몇 시간이고 할 수 있지만, 아버지와 아들로는 10분도 견뎌 내기 힘들어하지. 지금도 딱 튀쳐 나가고 싶은 표정이군."

"기업 하는 집에서 머리 굵어진 아들과 아버지 사이가 좋은 집, 몇 없습니다. 아버지도 할아버지와 많이 부딪치셨잖습니까."

"사이는 안 좋아도 할아버지가 죽으라고 하면 죽는시늉도 했지. 그런데 넌 뻣뻣하다 못해 마지못해 상대해 준다는 태도야. 건방지기 짝이 없어."

"기업인으로 아버지를 존경합니다."

"그 말은 아버지로는 존경하지 않는다는 말이군."

"꼭 그런 뜻은 아닙니다."

"너 날 원망하고 있어?"

"아닙니다."

"그럼 기태신. 너, 널 미워해?"

단도직입적인 기 회장의 질문에 묵묵히 맞은편 그릇 모서리에 시선을 두고 있던 태신이 눈을 들었다.

"그 아이가 그러더라. 니들 사이의 가장 큰 장애물은 스스로를 미워하는 네 자신이라고. 맞아?"

태신은 쉽사리 입을 열지 못하였다. 하나를 떠올리자 보이지 않는 손이 목을 움켜쥐고 성대를 누르는 듯하였다. 눌린 성대에서 신음 소리가 흘러나올까 앞에 놓인 물잔을 들어 비운다.

"대답 못 하는 거 보니 맞나 보군. 나는 섬세하질 못해서 네 마음을 완벽히 이해하지는 못하겠어. 그래도 이유는 알지. 네 형으로 사는 게 억울해? 비굴하게 느껴져?"

아버지는 이렇듯 늘 간결하다. 우회하지 않고 직진으로 파고든다. 왜 주춤거리냐는 듯. 왜 쓸데없는 낭비를 하냐는 듯. 이런 아버지를 뒤흔든 그 여자가 태신은 처음으로 궁금해진다. 남아 있는 기억 속, 완벽하게 훼손되어 있는 여자의 어떤 것이 저토록 명료하고 단단한 남자를 처음이자 마지막으로 궤도에서 이탈하게 만들었을까.

"……억울하지도 비굴하게 느끼지도 않습니다."

"그럼."

"받아들일 뿐입니다."

"좋아. 받아들인 인생에 그 아이는 왜 못 받아들이겠다는 거야. 너희들 서로 좋아하잖아."

"……태원 기태신의 것이 아니기 때문입니다."

"태원 기태신의 것이 아니다⋯⋯라. 이게 그 아이가 말한 '기태신의 삶'이군. 태원 기태신과 너를 분리하며 지금까지 살았어?"

태신은 답을 하지 않음으로 긍정하였다.

기가 막히는군. 기 회장이 허탈하다는 듯 혼잣말처럼 말하였다.

"오늘 속 시원하게 다 말해 봐. 우선 나부터 말하지. 시간이 지나고, 네가 나이를 먹으면 자연스럽게 내 뜻을 이해할 거라 믿었어. ⋯⋯널 세상으로부터 보호하고 싶었다. 평생 따라붙을 추문을 꼬리표처럼 달고 살게 할 수는 없었어. 최고는 아닐지언정 최선의 판단이었고, 지금도 그 생각엔 변함없어."

그동안 시선을 마주치지 않았던 태신이 기 회장의 눈을 똑바로 바라보았다.

"추문으로부터 보호하고 싶었던 것은, 이 집안 그리고 태원 아니었습니까?"

기 회장의 눈빛이 험악해지며, 순간적으로 목소리가 튀듯 높아졌다.

"되지도 않는 소리. 너, 지금까지 그렇게 생각했었어?"

"차라리 그 이유였다면 이 모든 문제가 단번에 해결되기에 여쭙는 겁니다."

"뭐?"

"제가 이 집안과 회사를 위해 제 인생을 바쳐 희생하고 있다고 생각했다면, 아버지 말씀대로 반항과 시위는 물론이고 생색도 내면서 여자와 당장 결혼하겠다고 했을 테니까요. 애초에 숨기며 사귀지도 않았을 겁니다."

기 회장의 입매가 굳어지며, 물잔을 쥔 손에 힘이 들어갔다. 남아 있는 물을 끝까지 마시고 자리에서 일어섰다.

"술이 필요한 게 맞군."

렉에서 와인을 꺼내 들어 코르크 마개를 뽑아내고 물잔에 콸 콸 쏟아 부었다.

"너도?"

태신은 물잔 입구를 손바닥으로 덮으며 자신 쪽으로 끌어당 겼다.

"한 사람은 맨정신이어야 하지 않겠습니까."

기 회장의 눈빛이 순간 짙어지며 단번에 술을 반쯤 비웠다. 잔을 소리 나게 내려놓고 태신을 응시하였다.

"네 말은 시작부터 틀렸다는 거네."

"예, 틀리셨습니다."

"계속해 봐."

"아버지가 하신 최선의 판단으로 셋이 동시에 부정당했으니 까요. 어머니, ⋯⋯형 그리고 저."

태신은 말을 멈추고 눈을 감았다 떴다.

"아버지, 앞에 앉아 있는 저는 누구입니까?"

"내 아들 기태신."

거침없이 답한다.

"형은 누구입니까?"

"⋯⋯또한 내 아들."

"그럼 어머니는 누구의 어머니입니까?"

"……."

"저는 기태신이지만, 기태신이 아닙니다. 형도 마찬가지이고, 어머니 또한 기태신의 어머니이지만 아니기도 합니다. 그 말은 아버지의 판단이 세 명을 동시에 세상에서 없애 버리신 거라는 겁니다. 세상에서 사라진 제가, 마찬가지로 사라진 사람을 대신하고 있습니다. 그럼 저는 존재하는 것일까요, 존재하지 않는 것일까요. 영국에서 돌아와 처음 외가 친척들을 만났을 때를 기억합니다. 일종의 시험대였죠. 외할머니의 눈빛에 겁을 먹었었습니다. 모든 것을 다 안다는 눈이었거든요. '내 손자가 아니구나.' 금방이라도 말씀하실 것 같아 몸이 뻣뻣해지고, 심장이 터질 것 같았습니다. 한데 그저 노인의 눈이었을 뿐이었습니다. 그 주름진 눈에 지레 겁을 먹었던 것은 '저'였고, 감정을 숨기고 의젓하게 안겼던 건 손자 '기태신'이었습니다. 여기서 안긴 건 저였을까요, 형이었을까요."

"듣기만 해도 머리가 아프군. 한 가지는 알겠어. 그래서 10년 전에 집을 나갔던 거야?"

"예. 자유롭게 저로 살고 싶었거든요."

"그런데 왜 다시 기어들어 왔어. 그 잘난 너로 살지. 왜, 태원의 기태신을 버리고 나니 아쉬웠나?"

기 회장의 공격적인 말에도 태신은 흔들림 없이 담담하게 입을 열었다.

"벗어나지 못하는 저를 알게 되었거든요. 어머니, 형, 심지어 아버지에게서도요. 그래도 수확은 있었습니다. '기태신'이라는 근사한 페르소나를 만들 수 있었으니까요. 회장님의 기준에 도달했을지는 모르겠지만, 그동안 맡은 역할을 꽤 잘 해내왔다고 생각합니다. 어느 순간엔 그것이 바로 저 같았으니까요. 이렇게 살면 끝까지 살아 낼 수 있겠구나 싶었는데……, 이하나라는 변수를 만난 겁니다. 막을 틈 없이 혼자 반하고, 혼자좋아하다, 결국 뻔뻔하게 다가갔습니다. 넌 두 번째라는 말을 했다는 걸 면죄부처럼 내세우면서요. 예, 보기 좋게 사랑에 빠졌습니다. '기태신'이 아닌 '제'가요. 그러다 '저'의 욕망이 '기태신'을 넘어섰음을 깨달았습니다. 해서, 여자를 버렸습니다. '기태신'을 버릴 수는 없었으니까요."

"도무지 이해가 안 가. 네가 기태신으로 살아간다 해서 그 아이를 만나지 못할 게 뭐야. 누구를 대신했든 결국 너잖아. 너로서 만나면 되는 거 아니야? 내 판단이 너를 위해서였든 집안을 위해서였든, 네 형을 대신해서 살아왔다는 것이 똑같듯이 말이야. 그래, 제일 큰 피해자는 너야. 그 점은 나도 애석하고 미안하게 생각한다. 네가 이렇게 괴로워할 거라는 걸 알았다면 절대 그런 결정을 내리지 않았어."

태신이 고개를 저었다.

"아니요. 저는 가해자입니다, 아버지. 피해자는 어머니죠."

흔들리는 기 회장의 눈빛을 바라보며 태신은 나지막이 말을 이었다.

"어머니 말입니다. 저를 위해서였다는 그 판단으로 일방적인 희생을 강요받으신 어머니요."

"허."

기 회장은 기가 막힌다는 듯 남은 술을 마저 마시고 탁, 소리
가 나게 잔을 내려놓았다. 방어하듯 팔짱을 꼈다. 뚫어지듯 태
신을 바라보다 입을 열었다.

"드디어 진짜 이유가 나왔군. 좋아, 계속해."

"그건 폭력이었습니다. 진짜 아들을 잃은 여자에게 무참히
휘두른 폭력이요. 어머니에게 무슨 말로 그 잘난 판단을 설득
하셨던 겁니까. 저 아이는 잘못이 없다고? 모든 것은 집안을 위
해서라고? 아니면 모두를 위해서라고요? 설마 어머니를 위해서
라고요? 결국 아들을 죽게 한 여자의 자식을 지키자는 거였잖
습니까. 그런 어머니 앞에서."

태신이 이를 악물며 말하였다.

"어찌 뻔뻔스럽게 나로 살며 행복하겠다고 나섭니까."

"내 아들이기도 했어. 나는 괴롭지 않았을 거 같아? 네가 상
상도 할 수 없을 만큼 자책했어. 그래도 누군가는 수습을 해야
했기에 피눈물을 흘리며 했던 거야. 왜 그건 생각을 안 해."

"예, 괴로우셨겠지요. 괴로우셔서 변변한 무덤도 없이 나무
아래 묻으셨죠. 어머니에게서 충분히 슬퍼할 시간도, 위로받아
야 할 권리도 빼앗으시면서요. 한데 그 자격, 누가 주었습니까.
아버지 스스로요? 아버지는 그저 어머니의 처분만 기다리셔야
야 했어요. 설사 저를 길바닥에 던져 놓고 사람들의 손가락질
을 받게 하겠다고 했어도 아버지는 납작 엎드리셔야 했습니다.

그것이……."

"절대!"

기 회장은 팔짱을 풀며 단호한 목소리로 태신의 말을 잘랐다.

"시간을 되돌려도 난 그렇게 안 해. 무슨 수를 써서라도 널 보호할 거야. 그래, 방법이 잘못됐지. 너 하나 보호하겠다고 죽은 아들, 그 어미를 짓밟았어. 인정해. 해서 평생에 걸쳐 갚고 있고, 죽어서도 갚을 생각이야. 그러니까 넌 이제 그만해. 네가 왜! 이, 이, 이런 말도 안 되는 죄책감에 스스로를 비하하고 고통을 자처하는 거야. 잘못은 내가 저질렀는데!"

"제가 그 여자의 자식이니까요!"

"기태신!"

"예! 기운형 회장님!"

"그 지독한 말, 고집……."

과거의 어느 즈음을 헤매며, 태신의 얼굴에서 누군가를 찾아내듯 기 회장은 태신을 바라보았다. 태신은 시선을 피해 고개를 돌렸다.

"저에게서 그 여자 얼굴 찾지 마세요."

"끝까지……."

기 회장은 허탈한 웃음을 지었다. 자리에서 일어나 몇 걸음 서성이다 아일랜드 테이블에 두 손을 짚었다. 기억을 더듬는 듯 그의 시선이 한 곳에 머물렀다.

"처음 만난 건 스물, 다시 만났을 땐 스물일곱, 모든 일이 벌어졌을 땐 서른둘이었다. 어리고 미숙했지. 결단을 내려야 할 때 내리지 못했고, 받아들여야 할 때는 회피했고, 멈춰야 하는 것을 알았어도 멈추지 못했어. 그리고 네 말대로 최악의 선택을 하고는 최선을 다했다 착각하며 지금껏 살아왔다."

"그건 부정不貞이었습니다."

회장의 입가에 회한의 미소가 희미하게 떠올랐다 사라졌다.

"그래, 부정이었다. 내 손으로……, 부정으로 변질시켰지. 그 모든 시작은 기만이었다. 이 감정은 아무것도 아니다 치부하고, 외면하고, 멈출 수 있다, 잊을 수 있다 자신한 나의 오만. 너도 나와 똑같아. 나의 오만에 너의 알량한 양심까지 섞였지."

기 회장은 고개를 돌려 비스듬히 태신을 바라보았다.

"막을 틈 없이 반한 걸 알았으면 거기서 끊었어야지. 왜 시작했어."

칼에 찔린다면 이런 느낌일까. 뱃가죽이 타는 듯한 고통 속에 하나의 얼굴이 여러 겹으로 층을 이루며 선명해졌다가 서서히 어둠 속으로 사라졌다. 어둠 속으로 같이 빨려 들어가는 듯 몸이 앞으로 숙여졌다. 눈을 질끈 감았다 떴다.

"대단하십니다."

중얼거리듯 말하고 팔을 뻗어 와인병을 끌어당겼다. 넘치듯 와인을 잔에 가득 부었다.

"기어이 술을 마시게 하시는군요."

건배하듯 잔을 든 뒤 단번에 끝까지 비웠다.

"이렇게 철저하게 마음을 닫고 살 작정이었으면서 왜 마음 가는 대로 두었어. 왜 자청해서 문제를 만들었지. 마조히스트야?

고통을 즐겨?"

기 회장은 공격을 멈추지 않고 바로 말을 이었다.

"그 아이, 아주 마음에 들었어. 내 앞이라고 주눅 들지도 않고, 이해판단 빠르고, 인내할 줄도 알더군. 미련한 면도 있는 것 같지만 그것도 장점으로 쳐 줄 수 있을 만큼이고. 네가 흔들지 않았다면 어울리는 좋은 남자를 만나 굴곡 없이 잘살았을 거야. 너도 모르진 않았을 거 아냐."

태신의 눈이 붉게 물들었다.

"알아. 머리로는 안 된다 안 된다 하면서도 대책 없이 끌렸을 거야. 어쩔 수 없었겠지. 사랑이 그렇게 그림자 같은 거다. 조금의 빛만 있어도 발끝에 따라붙지."

"너도 나와 다를 바 없다, 이 말씀이시면 충분히 알아들었습니다."

"아니. 넌 아직 기회가 있다는 말을 하고 싶은 거다."

태신은 와인을 들어 이번에는 잔에 정확히 3분의 2까지만 따랐다. 분노를 막듯 천천히 들이켜고는 한숨같이 되뇌었다.

"기회……."

"그래."

빈 잔을 빙글빙글 돌리던 태신이 천천히 입을 열었다.

"……한 가지, 한 번쯤은 제가 원하는 것을 갖고 싶었습니다. 그것이……, 사랑이라는 것을 알면서도 시작했죠. 멈출 수가 없었거든요. 무책임하고 이기적이었습니다. 그래도 다짐한 건 있었습니다. 여자가 다치지 않고 안전할 수 있을 만큼만, 모든 것이 끝났을 때 마음 아픈 며칠, 쓴웃음 몇 번. 그 정도로 끝낼 수 있을 만큼만 다가가자고요. 매일 더 깊어지는 것을 알면서도 하루만 더. 이 정도는 괜찮겠지. 아직은, 아직은, 하며 스스로를 속였습니다. 그러다 결국, 가끔. 아니, 자주. 아무것도 모르는 척, '어머니, 저 사랑하는 여자 생겼습니다. 그 여자와 결혼하고 싶습니다. 애도 낳고 싶습니다.' 이렇게 저질러 볼까 싶기도 했습니다. 어머니는 늘 그러셨듯 품어 주셨겠죠. '축하한다. 잘 생각했다.' 대답해 주셨을지도 모르겠네요. 그렇게 어머니를 기만하며 살면서도, 그 여자와 함께 있는 한 아주 행복했을 겁니다. 그리고 알량한 양심 때문에, 행복한 만큼 억지로 불행하려 했을 겁니다. 하지만 제가 불행하지 않다는 것을, 어머니의 단 1퍼센트도 불행하지 않다는 것 또한 분명 알았을 겁니다. 그런 제 모습이 선명하게 보였습니다. 알면서도 일을 저지르는 건, 이번 한 번으로 충분했습니다. 멈춰야 할 때가 왔고, 멈췄을 뿐입니다."

기 회장이 긴 한숨을 내쉬며 눈자위를 문질렀다.

"질렸어. 대화가 뫼비우스의 띠 같아. 이제 보니 넌 네 괴로움을 가중시키려고 그 애와 사건 거야. 죄책감에 이별의 괴로움까지 얹어서 실컷 괴로워하려고. 스스로를 벌주려고 환장한 놈한테 무슨 말을 해."

"아버지의 말씀이 맞을 겁니다."

"그 아이, 정말 이렇게 놔 버릴 거야?"

"저보다 좋은 남자 만나야지요. 이렇게 비뚤어진 놈 말고요."

태신은 굳어 버린 듯한 무릎에 힘을 주어 자리에서 일어섰다. 무거운 다리를 이끌고 걸어 다이닝룸의 문손잡이를 잡았다.

"기태신."

손잡이를 잡은 채 고개를 외틀었다.

"평생을 후회로 살아온 사람으로서 마지막으로 말하마. 네가 아무리 숨고 도망쳐도 정면으로 마주 봐야 할 때가 한 번은 분명히 온다. 그때……, 피하지 않았으면 해. 나처럼 모든 것이 너무 늦어 버리기 전에."

태신은 답하지 않고 손잡이를 돌려 문을 열었다.


거실에서 기다리고 있던 유정이 건네주는 코트를 받아 들고 허리를 숙였다. '선물 다시 한번 감사합니다.' 흐려진 마음에 인사가 불분명한 발음으로 뭉개졌다. '태신아.' 하고 부르며 잡으려는 유정의 손을 피해 현관을 나섰다.

겨울 찬바람이 얼굴을 긁어내렸다. 못내 따가워 저절로 얼굴이 일그러졌다.

## 28. 자유

주말의 넘치는 시간을 어찌하지 못하다 경주가 운영하는 플라워숍에서 아르바이트를 시작하였다. 경주는 묻지도, 섣불리 위로하지도 않았다.

고마웠다.

툭 치면 온몸이 파삭 깨질 것처럼 얼어붙은 주말 새벽에 양재동 꽃시장에 가기 위해 반포대교를 지나는데 멀리 보이는 동작대교의 불빛이 눈을 찌르는 것 같아 눈을 감았다. 그렇게 감은 눈, 어둠 속에 도시라는 거대한 무덤 위를 밟고 살아가는 태신을 가두었다.

눈 속에 갇힌 태신이 무덤 위 미로와 미로를 유령처럼 떠돌았다.

매일 최고가를 기록한다는 가격에 경주가 손을 떨며 구입한 꽃이 8시 반쯤 배달되면, 꽃을 정리하고 손질하는 데만 토요일 오전이 훌쩍 지났다. 정리를 끝내면 꽃가위를 쥔 손은 손바닥에 그어진 손금대로 조각날 것처럼 뻐근하였다. 점심을 먹고 커피를 마시고 수다를 떨며 오후 수업을 준비하였다.

그 모습은 멀리서 보면 나른하고 평온하였다. 다만 자신의 마음속 세상이 비뚤어져 갈 뿐이었다. 가끔 전처럼 밝은 목소리로 이야기하는, 잘 웃는 자신을 화면을 보듯 물끄러미 관찰하였다. 그건 자신이기도, 자신이 아니기도 하였다.

시간은 느리고, 빨랐다.
사랑은 깊고, 추웠다.

저녁 기초반 수업을 위해 라넌큘러스와 아네모네를 수강생에 맞춰 분배하고 고무줄로 헐겁게 묶기 시작하였다. 수강생이 세 명뿐이라 수업 준비는 금방 끝나지만, 내일 오전 9시까지 코르사주 예순 개와 꽃다발 열 개를 만들어 일산 킨텍스 행사에 납품해야 한다. 지금부터 만들기 시작해야 밤 12시 전에 끝낼 수 있었다. 경주와 초급반 수업을 담당하는 지영은 벌써 부지런히 만들고 있다. 고무줄로 묶은 꽃들을 다시 양동이에 넣고 자리에서 일어서다, 현기증이 일어 그대로 주저앉았다. 깊게 숨을 들이마셨다 내쉬었다.

"화사하고 고급스럽게는 뭘까."

손으로는 코르사주를 만들고, 머리로는 꽃다발 디자인을 고심하던 경주가 중얼거렸다.

"그래 놓고 알아서래. 이런 주문이 제일 싫다."

"쌤, 저처럼 만들면 되지 않을까요?"

밀가루처럼 희고 통통한 지영이 두 손으로 턱을 받쳐 꽃받침을 만들며 대답하였다.

"그럴까?"

"어머, 쌤. 농담으로 말한 건데, 진지하게 대답하시니 부끄럽네요."

"응. 나도 농담이었어."

"쌤!"

둘의 대화에 웃음 지으며 하나는 코르사주에 쓸 노란색 크로커스와 꽃가위를 같이 집어 들었다. 크로커스 줄기 끝을 자르는데 진한 꿀 냄새가 났다. 꽃말이,

당신을 기다립니다, 였던가.


왜 꽃을 싫어하세요?

예뻐서인가.

예뻐서 싫으셨던 거라고요?

아마도.

와…….

뭐가, 와?

예쁜데 왜 싫어요?

……글쎄, 마음이 쓰이니까?


"우리도 꽃냉장고 살까. 매일 12시 넘어 끝나는데, 새벽마다 시장 가는 것도 이젠 체력이 부친다. 그런데 우리야 월요일에 쉰다만, 하나 넌 힘 안 들어? 너 요즘 너무 말랐어. 몸이 이거 같아."

경주가 지철사로 와이어링한 아이비를 들어 올렸다. 하나는 웃기만 하였다.


앞으로는 그냥 예뻐해 주세요.

왜?

제가 꽃 같잖아요.


"어우, 눈 너무 내린다. 저녁은 시켜 먹을까?"

눈앞이 흐려진다. 언제까지 기다려야 하는 것일까. 겨울은 언제야 끝이 나는 것일까. 재빨리 눈물을 닦으려 손을 드는데, 뾰족하고 날카로운 꽃가위가 손가락을 푹 찌르며 박혔다. 붉은 피가 순식간에 꽃처럼 피어났다.

'아—.' 하나는 어리둥절한 마음으로 피가 손가락을 타고 바닥으로 떨어지는 것을 멍하니 바라보았다.

"하나야!"

경주가 티슈를 뽑아 재빨리 손가락을 감쌌다.

"찔린 거야? 얼마나 찔린 거야."

티슈를 들추자 핏물이 샘솟듯 손가락에 퍼졌다.

"안 되겠다. 병원 가자."

"괜찮아, 경주야."

애써 웃음 지었다.

"병원 안 가도 되겠어?"

"응. 조금밖에 안 찔렸어."

행동이 빠른 지영이 구급상자를 가져와 소독약을 탈지면에 적셔 손가락에 갖다 대었다. 온몸의 숨구멍이 열릴 만큼 따가웠다.

"우리 저녁으로 고기 먹을까? 피 흘렸더니 어지럽다."

"오, 좋아좋아. 여기 소풍이라고 한우 투뿔 파는 집 있는데, 눈물 나게 맛있다. 저번에 충호 씨가 사 줘서 먹었는데, 진짜 울 뻔했쟈나."

일부러 오버하며 명랑하게 말하는 경주를 물끄러미 바라보았다. 고통을 겪고 흘려보낸 사람의 눈을 가지고 있었다.

"경주야……, 미안해."

"얘가, 뜬금없이 무슨 말이야."

"그냥, 전부."

너의 고통을 이제야 알겠다. 지금에서야. 무심하게도. 이 모진 감정을 어떻게 견뎠니. 어떻게 이겨 냈니.

"그럼 오늘 네가 고기 사."

"응."

"으이구. 응은 무슨 응이야. 거기 가격 보면 눈 튀어나올걸. 오늘은 야근 독려차 사장인 내가 쏜다."

"우와앙, 멋져요! 쏴장님!"

지영이 엄지손가락을 들어 올리며 함박웃음을 지었다. 둘을 바라보며 미소 짓는 중에도 슬픔은 빈 동굴 같은 몸속에서 메아리처럼 울렸다. 추운 소년 같던 태신의 마지막 모습이 떠올랐다. 당신은 어찌 견뎌 내고 있는 것일까.

이 겨울을.

이 슬픔을.

이 그리움을. 그리고

이 사랑을.

남산3호터널 안은 3중 추돌 사고로 경찰차와 레커차, 구급차가 차로 하나를 막고 있었다. 간밤의 폭설로 가뜩이나 열악했던 도로 사정은 앞 다퉈 차로를 바꾸는 차들과, 그럼에도 빠져나가지 못하는 차들과, 뒤에서 끊임없이 진입해 들어오는 차들로 멈춰 있다는 표현이 맞을 정도로 정체 상태였다. 조수석에서 통화하던 김 차장이 몸을 돌렸다.

"인터컨티넨탈 일정 취소했습니다."

태신은 고개를 끄덕였다. 태블릿에서 눈을 떼지 않은 채였다.

"또 눈이 쏟아지기 시작했다고 합니다. 올겨울은 엄청난데요."

"잘됐네요."

"네?"

의아해하는 김 차장을 무시하고 태신은 보던 태블릿을 옆자리에 던져 버렸다. 언제부터인가 머리에서 울리기 시작한 사이렌 소리가 멈추질 않는다. 귀는 물을 들이부은 듯 먹먹하고, 눈은 바늘로 찌르는 듯하였다. 언제 잠을 잤는지조차 기억나지 않는다. 그저 알 수 있는 건, 아주 긴 겨울이라는 것. 그리고 인생이 남아 있다는 것. 우스운 건 이 모든 지루함에도 불구하고 시간은 계속 흘러가고 있다는 것이었다. 겨울은 겨울에 감싸여. 인생은 지루함에 감싸여.

"전무님."

김 차장의 놀란 얼굴을 뒤로하고 문을 열고 차 밖으로 나갔다. 번쩍이는 조명과 고함 소리와 매캐한 공기가 가득한 터널을 걷기 시작하였다. 차가운 바람이 드러난 목을 벨 듯 달려들었다.

끊임없이 처리해야 하는 일들과, 결정해야 하는 일들과, 만나야 하는 사람들과, 만나길 바라는 사람들과, 겹겹의 요구와 빼곡한 요청들의 틈 속에서도 고통은 지치지 않았다. 오히려 매 순간의 의식과 감각이 하나의 부재를 알려 왔다. 외면하려 고개를 돌리면 바로 그 자리에 매복하고 있다 달려들었다. 귀까지 찢어진 입으로 깔깔대며 시끄럽게 소리쳤다.


너는 '더' 외로워졌다.

너의 곁에 그 여자는 '더 이상' 없다.

'다시는' 여자의 달콤한 향기를 맡을 수 없다.

그 여자의 미소는 '이제' 너의 것이 아니다.

너의 선택으로, 너는 '영원히' 혼자일 것이다.

늘, 그랬듯이.


태신은 소리를 막듯 코트 깃을 위로 세웠다.

이따위 세상, 눈에 파묻혀 버렸으면 좋겠다.

모두 흔적 없이 녹아 사라져 버렸으면 좋겠다.


발길이 이끄는 대로 걸었다. 터널을 빠져나와 을지로를 지나고 명동을 통과하였다. 맞은편에서 물밀듯 밀려오는 사람들과 부딪쳐도 걸음을 멈추지 않았다. 몸이 반쯤 돌아갈 만큼 세게 부딪힌 상대가 '이봐요.' 부르는 소리에 걸음을 멈추고 몸을 돌렸다. 태신의 얼굴을 본 남자가 알겠다는 듯한 표정으로 '조심 좀 합시다.' 한층 누그러진 말투로 말하였다.

"미안합니다."

중얼거리듯 말하고 몸을 돌렸다. 등 뒤로 남자의 시선을 느끼며 태신은 그대로 다시 걷기 시작하였다. 세종문화회관을 지나고 광화문을 지나쳤다. 걸을 때마다 바람에 날리는 눈발은 사정없이 얼굴과 머리, 코트에 달라붙었다. 그렇게 우체국과 편의점, 약국을 지나 도착지였다는 듯 익숙한 집 앞에 우두커니 멈추어 서서 불이 꺼진 창문을 올려다보았다. 하나에게 가까이 온 것이다. 이내 고개를 저으며 뒷걸음쳐 눈에 젖어 번들거리는 길을 걷고, 또 걸었다.

오랜만에 돌아온 어두운 집 한가운데에서, 젖은 코트를 벗으며 나지막이 노래를 불렀다.

**내 사랑아, 내 사랑아,**
**나의 사랑 클레멘타인.**

다리를 끌듯 계단을 올라가다 멈추었다. 여름이었지. 상하이에서 날아와 밤과 새벽을 함께했던 것이. 보고 싶다는 목소리와 부드러웠던 피부를, 간지럽히던 머리카락과 붉게 물들었던 얼굴을, 촉촉했던 입술과 가느다랗던 손가락을 떠올렸다.

**늙은 아비 혼자 두고……**

노래는 끊기고, 태신은 계단에 주저앉았다.
그날 이후 홀로 울지 않았다. 술에 취해 잠시나마 잊으려고도 하지 않았다. 고운 너를 혼자 버려둔 건, 바로 비겁한 나. 그러니 울 자격도 잊으려 할 자격도 없다. 태신은 계단 위로 길게 몸을 뻗어 누웠다.

'술을 많이 마시면 비서 자격이 없는 건가요, 상무님.'

아니.

'상무님, 웃으니까 훨씬 좋아요.'

하하, 입을 벌려 목구멍에서 소리를 끄집어내었다.

'저는요, 미안하다는 말을 쉽게 하는 사람이 싫어요.'

아아, 또다시 미안.

'감기나 걸려 버려요.'

감기 따위 비교도 되지 않게 아프니 용서해 줘.

'뜨겁나요?'

응, 영원히.

'자판기 커피에는 미원을 넣는대요.'

믿을 만큼 정말 맛있었어.

'어휴, 어르신. 왜 이렇게 순진하쎄요.'

진짜 맛있었다니까.

'이 귀한걸요?'

그 말을 하던 넌, 꽃처럼 웃었지. 해 준 것은 고작 의자 하나.

벌떡 일어나 계단을 뛰어 올라갔다. 4층 옥상 문 안쪽에 덩그러니 놓여 있는 의자를 집어 들고 문을 열었다. 거친 눈보라가 무자비한 주먹처럼 온몸을 때려 왔다. 의자를 번쩍 들어 올렸다. 이딴 싸구려, 사정없이 부숴 버릴 테다. 조각조각 내 불태워 흔적도 없애 버릴 테다.

'그러지 말아요.'

하나의 다정한 목소리가 환청처럼 들려왔다.

'바보 같아.'

힘껏 내리치려던 손이 부들부들 떨렸다. 결국 힘없이 두 팔을 늘어뜨렸다.

'내'가 만든 걸 주고 싶었다. 처음부터 마지막까지 온전히 '내'가 직접 만들어 낸 것으로. 꽃 피는 봄이 오면 마주 앉아 따뜻한 두 손을 마주 잡기로 했었지.

지켜질 수 없던 약속.

분에 넘치던 행복.

의자에 주저앉아 텅 빈 두 손을 물끄러미 바라보았다. 전부였던 것을 놓아 버린 가난한 두 손을. 손바닥에 눈발이 달라붙었다. 눈송이는 스러지듯 곧 녹아내렸다. 차갑다 못해 얼어붙은 손이 점점 아프기 시작하였다.

언제까지.

언제까지.

녹아내리려고.

손은 이렇듯 차가운데.

'기태신. 당신은 누구보다 따뜻하고 강한, 멋진 사람이에요. 그러니 내가 사랑했죠. 나를 믿고 조금은 자신을 좋아해 줘요. 당신을 위해서 그리고 나를 위해서.'

태신은 고개를 저었다.

틀렸어, 이하나. 난 나약해서 냉혹한 인간이야. 점점 괴물이 되어 가고 있지. 흉측해서 나중에는 너도 고개를 돌리게 될 거야.

초봄이었던가. 기억을 더듬어 본다.

딱 한 번, 늘 술에 취해 있던 엄마가 현관문을 열어 환기를 시키고 집을 청소하기 시작했었다. 찬바람에 뒤집어쓴 이불을 질질 끌며 청소하는 엄마를 따라다니던 어린 자신의 모습이 보인다. 청소를 마친 뒤 시장에 가 두부며 파, 감자 따위를 사 와 밥을 짓고 된장찌개를 끓이던 엄마의 모습도. 뜨거운 흰밥에 된장찌개의 두부와 감자를 으깨 비벼서 입에 넣어 주었는데, 짭짤하고 고소한 것이 사탕만큼 달콤했다. 저녁을 다 먹고 앉은뱅이책상에 앉아 무언가를 열심히 쓰는 엄마의 여윈 어깨를 보며 잠들었는데, 마음이 따뜻해지며 봄이 오는 것처럼 손끝과 발끝이 간지러웠다.

그게 희망이었을까.

아침에 눈을 뜨자, 보이는 건 뒹굴고 있던 술병. 그 옆에 잠들어 있던 엄마. 그리고 익숙한 술 냄새. 그대로 눈을 감고 엄마가 깨길 기다렸는데, 도무지 일어나지를 않았다. 시간은 흐르고 배는 견딜 수 없을 만큼 고파져, 전날의 달콤했던 두부를 떠올리며 수저로 한 개 건져 먹었는데, 어찌나 짜던지. 전날 저녁의 달고 고소했던 맛은 꿈만 같은 지경이었다. 그래도 꾸역꾸역 씹어 삼켰다. 배가 고팠으니까.

정오를 훌쩍 넘어 눈을 뜬 엄마의 붉게 충혈된 흐리멍덩한 눈을 기억한다. 죽은 새의 눈처럼 영혼이 빠져나가 버린 눈. 그 눈을 보는데, 손끝과 발끝이 따가웠다.

하나야, 그건 절망이었을까. 증오였을까. 아니면, 괴물이 되려는 징조였을까.

누군가 등을 발로 꾹꾹 누르는 것처럼, 몸이 앞으로 저절로 숙여졌다. 악문 잇새로 고통이 흘러내렸다. 버티듯 태신은 고개를 들어 검은 하늘을 올려다보았다. 폭이 넓은 바람이 떨어지는 눈의 방향을 바꾸고 있었다. 이대로는 살 수 없음을, 아무 일도 없었다는 듯 살아 내기엔 너무 멀리 와 버렸음을.

어머니.

태신은 의자에서 일어섰다.

작업실에 들어온 태신을 흘긋 바라본 유정은 성형을 끝낸 달항아리를 검지와 중지를 이용해 가볍게 들어 올려 물레 앞에 있는 선반에 내려놓았다. 옆에 놓아둔 수건을 들어 붉은 흙이 묻어 있는 손은 닦고, 겉에붙였던 흰 소매를 어떤 의식처럼 천천히 내렸다.

"왔니."

평소와는 다른 건조한 음성이었다. 태신은 고개를 숙여 인사를 하였다. 유정은 긴 작업으로 뻐근한 다리를 죽 펴 스트레칭을 하였다.

"눈 오는 낭만이라도 직접 느꼈나 봐. 모습이 엉망이네. 수건 갖다 줄게."

"괜찮습니다."

유정은 어깨를 으쓱하고 허벅지를 툭툭 치며 태신을 올려다 보았다.

"많이 힘들어?"

"예."

"사랑 때문에?"

"예."

유정이 부드럽게 미소 지었다.

"솔직하네. '괜찮습니다, 어머니. 아닙니다, 어머니.' 할 줄 알았더니."

"어머니."

태신은 간절함을 담아 유정을 불렀다.

"커피 마실래?"

"슬프셨습니까, 제가 살아 있어서?"

늘 묻고 싶던 첫 번째 질문을 드디어 입 밖으로 말하였다. 당신에게 나의 존재는 어떤 감정을 일으켰는가. 당신의 놀랍 도록 경이로운 관대함은 어떤 감정에서 기인한 것인가. 태신 의 갑작스러운 질문에 움직임을 멈춘 유정이 결국, 쓸쓸하게 웃었다.

"기씨 집안 남자들 화법이란. ……그래, 슬펐다."

유정은 작업 의자에서 일어나 물속을 걷는 듯, 부드러운 걸 음걸이로 태신을 지나쳤다. 언젠가 이 순간이 올 것이라는 걸 알았으니, 서두를 게 없다는 듯했다. 선반에서 수건을 꺼내 태 신에게 내밀었다.

"닭아. 감기 걸려. 나는 뭐든 따뜻한 걸 마셔야겠다. 안 마실 거니?"

커피포트의 파란 불이 꺼지며 흰 김이 공기 중에 퍼져 나갔다. 유정은 수증기에 손바닥을 갖다 대었다. 뜨겁고, 축축하다. 곧 견딜 수 없을 만큼 뜨거워지겠지. 손을 내리고 머그잔에 물을 따랐다. 자신의 존재함이 슬펐냐고, 태신이 물었다.

슬펐는가.
슬펐다.

때론 몸속의 혈관이 보이지 않는 손에 움켜잡힌 채 잡아 뜯기는 거 같았지. 새벽녘 잠에서 깨면, 저절로 눈물이 흘렀다. 강물을 지날 때면 차를 세우고 더러운 물속으로 뛰어들고도 싶었고, 깨진 도자기로 손목을 긋고도 싶었다. 지루하고 별다를 것 없는 하루를 견뎌 내기 위해 몸을 질질 끌었다. 죽지 않기 위해 온 힘을 다해 흙을 치대고, 빚고, 만드는 족족 깨 버렸다. 그러다 어느 날부터 커다란 도자기를 만들기 시작했다.
그것은 나의 관이었다.
흙덩어리 안에 모든 슬픔과 분노와 증오를 쏟아 넣어 관을 만들고자 했다. 도자기는 점점 커져, 마침내 내가 들어가기에 알맞은 크기가 되었다. 분노와 환멸이 응축되어 검은 점으로 박혀 있는 내 관을, 너는 뜻밖에 마음에 들어 했다.

해서, 보란 듯이 거실에 두었지.

보아라.

이것이 나의 관이다. 나의 영혼이 이미 저기에 잠들어 내 육신이 올 날을 기다리고 있다.

그날 이후, 나의 삶은 결정된 것이나 마찬가지였다. 더한 불행도 없었고, 기쁨도 없었다. 어떠한 놀라움, 설렘, 기대, 좌절도 나를 흔들지 못했다. 다만, 오직 슬픔만이 나를 지배했다. 아이러니하게, 그 슬픔으로 생을 끝내고 싶었고, 그 슬픔으로 생을 이어 나갔다.

"애초에 아버지의 말도 안 되는 그 결정, 왜 받아들이셨어요."

유정은 뜨거운 김이 나는 물에 후— 길게 바람을 불어 식히다 내려놓았다. 마시기엔 아직 지나치게 뜨겁다.

"……평생에 걸쳐 복수하려고. 눈물 흘리며 몇 번 악쓰다가 퇴장해 주긴 싫었거든. 눈앞에서 오래오래, 가능한 한 길게 살아남아 매번 질기게 치부를 상기시켜 주고 싶었어. 니 아버지, 그 대단한 태원그룹 기운형. 평생 내 옆에서 꼬리 흔드는 개처럼 충성하며 늙어 죽어야 할 걸 알아. 개는 감히 목줄을 쥐고 있는 주인을 거역해선 안 되거든."

태신은 잠시 눈을 감았다 떴다. 품고 있던 두 번째 질문을 할 차례였다.

"진실로는, 절 미워하셨습니까?"

"글쎄."

유정은 딱히 대답이랄 수 없는 말을 하며 머그잔 테두리를 손가락으로 쓸었다.

"그럴 필요가 없었다. 너는 내 몫까지 스스로를, 충분히 미워해 줬으니까."

"하."

태신은 짧은 탄식을 내뱉었다. 고독하리만치 정갈한 가회동 본채에 비해 난잡하다 싶을 만큼 어질러진 작업실이 그제야 눈에 들어왔다. 여기저기 아무렇게나 놓여 있는 의자들과 종이 뭉치들, 쌓여 있는 진흙들과 깨진 채 뒹굴어 다니는 도자기들로 가득한 이 작업실이 어머니, 당신의 마음이었는가.

"너의 고독을 위로 삼았다. 너의 외로움을 위안 삼았지."

유정은 적당히 따뜻해진 물을 들어 천천히 마셨다.

"나쁘지, 않았다."

태신은 허공을 향해 실소했다.

"만족하셨습니까? 지금까지 제 모습이요."

"마찬가지로 나쁘지는 않아. 그다지 만족스럽지도 않지만."

"아직 모자라십니까."

"지금은 피곤하다는 생각뿐이구나."

대답처럼 유정의 목소리는 낮게 잠겨 있었다.

"언젠가 이런 날이 올 거라고 짐작은 했지만, 막상 대화를 나누다 보니 그저 우스워. 적당히 모르는 척 넘기려 했더니, 네가 그 꼴로 갑자기 물어 오는 바람에 어긋났네. 이젠……, 다 귀찮아. 지겨워. 마음대로 해."

"10년 전, 왜 절 데리러 오셨습니까. 제 고독과 외로움이 부족해서였습니까?"

"어차피 니 아버지가 데리러 갔었을 테니까. 선수를 친 거야."

"그날의 눈물은 무슨 의미였습니까."

유정은 뜨거운 물을 한 모금 더 마셨다.

"기억나. 눈물이 났었지. 왜, 그랬, 을까, 그건 나도 모르겠구나. 중요하니?"

"제가……, 저를 완전히 포기했던 순간이었거든요."

유정이 희미한 미소를 지었다.

"너는 네가 가진 게 없다고 생각하지. ……근사한 외모, 타고난 머리, 비상한 능력에 태원의 압도적 후계자라는 꽃길을 깔아 주려는 할아버지, 아버지. 남들은 한 가지라도 갖길 원하는 걸 모두 가져 놓고, 한 가지가 부족하다고 불쌍한 얼굴로 와서는 힘들다……."

유정은 고개를 기울여 태신을 뚫어지게 응시하였다.

"욕심이 많다는 생각 안 들어? 한 가지쯤 없어도 되잖아."

처음으로 맨얼굴을 드러내며 조소하는 유정을, 태신은 낯선 풍경처럼 바라보았다. 풍경에 안개가 가라앉는 듯 눈앞이 뿌옇게 번져 갔다.

"……그냥 제멋대로, 내키는 대로, 구제 불능 쓰레기처럼 살 것요. 세상 모두 손가락질하고, 아버지, 할아버지 두 분 다 절 내칠 만큼요. 그것이 어머니에겐 더 큰 위로이자 위안이었을 텐데, 미처 헤아리지 못한 제가 둔하고 어리석었습니다."

"네가?"

유정은 태신의 얼굴을 매만지듯 바라보았다. 짙은 눈썹과 결벽증적인 눈빛을. 그 언젠가 보았던 눈빛이다.

"너는 그렇게 못 해. 네 아버지와 그 여자의 최고의 장점이자 최악의 단점을 그대로 물려받았거든."

실핏줄이 순식간에 터지며 태신의 눈이 붉게 물들었다. 유정은 붉게 물들어 가는 태신의 눈을 무심히 바라보았다.

"너는, 네 엄마를 닮았어. 특히 눈이."

태신이 말을 멈추라는 듯 손을 들었다. 유정은 아랑곳하지 않았다.

"그 마음이 널 괴롭힐 것을 알았지. 고통스럽게 만들 걸 알았다. 난 그걸 손쉽게 이용했을 뿐이야. 네가 벗어나지 못할 만큼만, 조금씩만 건드려 주면 됐으니까."

평생 묻지도, 알아보지도, 오기로라도 당신 앞에서는 생각하지도 않으려 했었다. 그런데 어머니 당신 입에서……. 태신은 방어하듯 뒤로 몇 걸음 물러섰다.

"……아무것도 바라지 않았습니다. 이미 주시는 것만으로도 황송해서. 아니, 어떻게 죽이고 싶은 대상에게 그렇게 관대할 수가 있을까. 어머니의 고귀함은 감히 따라잡을 수조차 없이 눈부셨죠. 그런 어머니한테서 태어난 형이 부러웠어요. 얼마나 멋졌을까. 남의 남자를 탐낸 여자한테서 태어난 나 따위는 비교도 안 될 만큼 멋졌을 그 형이, 어머니의 아들이 부러워서."


나는.

난.

매일.

그때.

죽은 아이가 나이기를 꿈꿨어.


"거역하면 안 된다고 생각했습니다. 어머니가 저를 받아들이셨듯이 저 또한 거지같은 인생, 받아들여 숨죽여 살려고 했어요. 기태신이라는 이름 더럽히지 않고, 어머니의 빛나는 아들이 이루어 냈을 그 모든 일들을 상상해 내며 오직, 반. 반만이라도 좇아가려고 죽을 듯이 노력했어요. 나의 고독을 위안 삼아? 예. 본능적으로 알았나 봅니다. 어머니 얼굴에 배어 버린 슬픔을 외면할 수 없었으니까요. 그래서 처음이자 마지막이었던 여자의 손도 놓았지요. 그 여자는 '내'가 사랑하는, '내 여자'였거든요. 어머니 아들의 이름을 뒤집어쓴 기태신이 아니라, 바로 '제'가요. 그 여자가 나한테 어떤 존재였는지!"

잠시 말을 멈춘 태신이 토해 내듯 고백했다.

" '나' 자신이었어요. 그 여자를 버리면서, 다섯 살 때처럼 또다시 나를 버린 거였어요. 나. 나! 나를! 말입니다. 나의 치욕이! 나의 죄책감이! 당신에 대한 애정이! 존경이! 이렇게 고작 쓰레기처럼! 쓰레기같이……."

태신은 말을 멈추었다. 두 손으로 얼굴을 감쌌다. 작업실에는 끔찍한 침묵이 내려앉았다. 유정이 길게 한숨을 내쉬었다.

"말하고 싶은 게 뭐야? 헤어지려고 했는데 도저히 못 헤어지겠다. 함께하고 싶다. 내친김에 결혼도 하고 싶다. 해서 모든 걸 다 갖겠다. 그거 아냐? 내가 모든 진실을 세상에 밝혀 버리면 어찌할래. 그래도 그 여자애랑 함께할 거야?"

태신은 얼굴을 일그러뜨리며 웃었다. 자기소개를 하듯 양팔을 벌렸다.

"이런 제가요?"

웃음을 지우고 손을 아래로 힘없이 늘어뜨렸다.

"……원하시는 대로 하십시오. 그럼으로써 조금이라도 편안해지고 고통에서 벗어나실 수 있다면 기꺼이 감수하겠습니다. 그런 건 애초에 두렵지 않았거든요."

자신이 자신을 피해 다녔던 시간들이 한꺼번에 몰려와 다리와 무릎, 두 팔을 잘라 내다 끝내 정수리에 박힌다. 꿀럭꿀럭 토해진 피가 관자놀이를 타고 흘러 뺨과 턱, 목덜미, 배로 흘러내렸다.

"오늘……, 그저 어떻게 살아야 하는지 여쭤 보고 싶었습니다. 처음부터 차근차근 복기해 나가듯이요. ……이상했거든요. 모든 것이 제자리로 돌아왔는데, 이전으로는 절대 되돌아갈 수 없을 만큼 전부 변해 있었으니까요. 도대체 어떻게 된 것인지, 이건 또 어떻게 받아들이고 살아가야 하는지 알고 싶었습니다. 어머니는 저 따위와는 비교할 수도 없는 고통 속에서도 결코 훼손되지 않아 보였으니까요. 하지만 이제 알았습니다. 제가 보고 있었던 건 처음부터 망가진 풍경이었다는 것을요."

이 순간 그저, 하나가 보고 싶을 뿐이었다. 흰 얼굴을 쓰다듬고 입을 맞추고는 향긋한 목덜미에 얼굴을 묻고 잠들고 싶을 뿐이었다. 피곤했다. 지독하게, 피로했다.

"10년 전, 그때 모든 걸 끝냈어야 했는데 저도 미련했고, 어머니도 미련했어요. 어차피 전 어머니를 병들게 하던 존재였는데 말입니다."

"위로와 위안이었다고 했잖아."

유정의 빈정거림에 태신은 고개를 저었다.

"아니요. 어머니가 받았다는 위로와 위안은, 서로를 괴물로 만드는 독이었을 뿐입니다. 어머니를 보세요. 그리고 저를 보세요. 그럴듯한 가죽을 뒤집어쓴 채, 속은 분노와 증오, 원망과 자책, 체념과 억울함으로 썩어 가고 있었잖습니까."

격자창 사이로 달이 보인다. 멀리 아득하게 빛나는 달이 눈을 찔렀다. 태신은 눈을 꾹 감았다 떴다.

"이번 일이 아니었더라도, 우리는 점점 서로를 쳐다보는 게 괴로워졌을 겁니다. 서로를 외면하다 참지 못한 누구 하나가 먼저 죽어 버렸겠죠. 그땐 통째로 허비한 인생이 칼이 되어 남은 사람도 찔러 죽였을 겁니다. 그러니 이제 그만. 더 늦기 전에……."

태신이 나직한 목소리로 말을 이었다. 목소리에는 오래된 피로가 묻어 있었다.

"어머니."

달이 구름에 몸을 숨긴다.

"자유로워……지세요. 저도 자유로워지겠습니다."

## 29. 유정

언제나 다른 아이들보다 한 뼘 이상 키가 컸다. 중학교 3학년이 되자, 남자 선생님들 중에서도 자신보다 큰 사람은 체육 선생뿐이었다. 아이들과 선생들의 정수리를 내려다보며, 유정은 세상은 지리멸렬하고 시시하다고 생각했다. 유일한 관심은 손안에 만져지는 찰흙뿐이었다.

방학이 일주일 남은, 매미가 시끄럽게 울고 햇살이 강렬했던 여름날이었다. 엄마의 손에 이끌려 방문한 태원그룹 기성호 회장의 가회동 집 외관은 유정의 집과 비슷했다.

정원 잔디밭 중앙에 놓인 파라솔 아래에서 미지근해진 주스를 마시며, 엄마와 안주인인 윤 여사가 나누는 대화를 얌전히 들었다. 누구네 집 첫째와 누구네 집 셋째가 약혼했다거나, 명동에 새로 생긴 양장점의 인기가 치솟고 있다거나, A회장 사모가 남자 가수를 좋아해서 생일날 불러 쇼를 했다는 시시콜콜한 이야기들뿐이었다.

지겨워.

'집 구경하고 싶어요.' 품위 있게, 엄마의 말대로 숙녀답게 순한 호기심을 가장해 물었다. 엄마의 눈빛이 흔들렸지만 모른 척했다.

유정아, 입을 벌리거나 소리 내어 웃지 말렴. 세상엔 그렇게 크게 웃을 만한 일은 없어. 유정아, 머리에 떨어뜨려서는 안 되는 흰 깃털이 올려져 있다고 생각하며 걸어. 유정아, 허리에 부목을 댄 듯 반듯하게. 유정아, 턱은 당기고. 유정아, 물속에서 팔이 움직이는 것처럼 부드럽게 움직여.

유정아.

유정아.

엄마는 잔소리를 입에 달고 살았다. 그래도 엄마의 치밀한 교육 덕분에 타인에게 자신의 큰 키가 콤플렉스가 아닌, 존중받아야 할 특별한 존재로 보이게 했다는 것을 안다.

'그러렴.' 빙긋 웃으며 허락하는 윤 여사의 눈빛이 다 알고 있다는 듯해, 유정은 조금 부끄러웠다. 윤 여사도 사실은 대화가 재미없었던 것 같았다. 어쩌면 엄마도 재미없었을 것이다. 서로가 재미없어하는 '안전한 대화'를 나누고 있는 상황은 어딘지 우스웠다.

그 집은 유정의 집보다 남성적으로 꾸며져 있었다. 마룻널을 화살 문양으로 맞댄 짙은 나무 바닥 위에는 질 좋은 소가죽으로 만들어진 검정 소파가 놓여 있었고, 300호는 족히 될 법한 유화가 벽에 걸려 있었다. 유정의 집에 걸려 있는 크리스털 샹들리에 대신 검은색 램프쉐이드가 씌워진 청동 샹들리에가 묵직한 분위기에 마침표를 찍고 있었다.

'너 뭐야.'

소년과 남자 중간쯤 목소리. 재빨리 몸을 돌린 유정의 눈앞에 목젖이 보였다. 천천히 고개를 들자 삭발에 가까운 짧은 머리, 독특하게 휘어진 고집스러워 보이는 짙은 눈썹의 강한 인상과는 어울리지 않는 흰 피부, 무엇보다 유정 자신보다 한 뼘쯤 키가 큰 남자애가 '이건 뭐야?' 하는 표정으로 내려다보고 있었다.

자신보다 키가 큰 또래 남자애는 처음이었다.

선천적 오만함과 성곽처럼 든든한 배경을 지닌 운형은 무모하리만치 대담하고 자신만만했으며, 천진하고 뜨거웠다. 운형을 떠올리게 하는 단어는 '움직임'이었다. 걷는 것조차 뛰다시피 할 만큼 에너지를 주체하지 못하는 운형의 활기가 좋았다. 목젖이 보일 만큼 크게 웃는 웃음도, 감정을 숨기지 않는 솔직함도, 거침없는 행동도. 그럼에도 선은 지키는 소년 같지 않은 엄격함까지도 좋아했다.

사과는 껍질째 먹기를 좋아했던. 한여름에도 뜨거운 물만 마셨던. 봄은 목련 때문에 싫어했던. 갑작스럽게 내리는 비를 좋아했던. 자주 가는 레코드 가게의 주인이 알은척하면 가기 싫어진다던. 잠은 언제나 11시라던. 하지만 새벽에 전화를 해도 졸린 목소리로 '어, 유정.' 하고 따뜻하게 받아 주었던. 나한테 잘 어울릴 것 같다며 리어카 좌판에서 산 머리핀을 건네주던 다정했던 소년 운형.

운형의 옆에 있으면 세상은 더 이상 시시하지 않았다. 제일 키가 큰 여자아이도 아니었다. 운형에 대한 유정의 감정은 자신의 키를 훌쩍 넘을 만큼 커져 갔다. 그건 지구가 태양의 주위를 도는 것만큼이나 당연한 감정의 움직임이었다.

둘은 LP판을 바꿔 듣고, 주말이면 종로에 영화를 보러 가거나, 운형의 테니스 시합을 응원했다. 유정의 미술 대회 입상을 함께 기뻐했고, 서로의 집을 왕래하며 같은 과외 선생에게 수업을 받았고, 결국 같은 대학에 입학했다. 그때는 현재와 미래가 선명했다.

바다가 보이는 작은 소도시 미장집 3남 2녀의 첫째. 최대한 빨리 취직하여 부모님의 어깨를 덜고, 동생들의 뒷바라지를 운명으로 받아들여야 했을 미장집 첫째 딸은 저항하고 싶었을 것이다. 운명을 바꾸고 싶었을 것이다. 더하여 세상을 변화시키고 싶었을 것이다. 국립대에 들어가기 위해 독하리만치 공부했을 것이다. 어두운 밤, 책상에서 일어서면 어지러움에 고꾸라지기도 했을 것이다. 코피가 책을 적시고, 얼굴은 점점 창백해졌을 것이다. 여자가 국립대 법학과에 수석으로 합격했을 때, 동네엔 플래카드가 걸렸을 것이다. 부모님은 돼지를 잡고 오랜만에 웃었을 것이다.

과외를 해 부모님의 생활비는 물론 동생들의 학비까지 보내던 여자는 검은 머리카락을 질끈 묶고 해진 청바지와 염색이 빠진 티셔츠를 교복처럼 입고 다녔다. 대학 입학 선물로 받았음이 분명한 검은색 로퍼는 뒤축이 전부 닳아, 조금만 더 신었다간 발바닥이 땅에 닿을 것 같았다. 그럼에도 여자는 상대를 향한 뜻밖의 친밀감, 옆에 있는 사람에까지 전염되는 생생한 활기, 반짝이는 눈빛으로 누구나 매혹시켰다. 허름한 옷과 신발 따위는 여자의 눈부심을 가리지 못했다.

하지만 운형은 여자의 옷차림을 비웃었다. 여자도 아니라고 하였다. 그럼에도 여자에게서 눈을 떼지 못했다. 운형은 여자의 으뜸가는 숭배자이자, 제일가는 배척자였다.

계집애가.

운형은 여자를 그렇게 불렀다. 이름 대신 '계집애가.'라고.

생애 처음 맞이하는 감정에 운형은 어찌할 바 몰라 하였다.

흔들리는 자신을 당혹스러워하였다. 그런 운형 옆에서 유정은
같이 흔들렸다.

배신감.

유정은 운형에게 배신감을 느꼈다. 네가 어떻게 감히. 이럴
거면 다정하지 말았어야지. 마음 뺏기게 하지 말았어야지.

운형은 학생운동을 하는 여자를 불안해했다. 몇 번, 연행된
여자를 돈을 써 경찰서 유치장에서 빼내기도 하였다. 두 번째
유치장에서 빼낸 날, 여자는 학교에서 마주친 운형을 실토라
도 하라는 듯 뚫어지게 쳐다보았다. 운형의 귀가 빨갛게 물들
었다.

운형은 학교를 거침없이 누비던 지프를 더 이상 몰지 않았
다. 강의가 끝나면 이 건물과 저 건물을 살피듯 걸어 다녔다.
축사 같다며 진저리를 치던 학교 구내식당에서 점심을 먹기 시
작하였다. 여자는 배를 채우는 것만이 의무라는 듯, 국에 찐 밥
을 푹푹 말아 먹었다. 둘은 마주 보고는 물론 가까이에서 밥을
먹은 적도 없었다. 가까이하면 저주라도 받을 것처럼 언제나
멀찍이 떨어져 있었다. 하지만 운형의 시선은 늘 여자를 향해
있었다. 10분도 채 걸리지 않는 여자의 식사가 끝나고 종종걸
음으로 학생 식당을 빠져나가면, 운형은 그제야 더럽게 맛없다
고 툴툴거리며 밥을 먹었다. 유정은 그런 운형의 곁을 친구라
는 이름으로 같이했다. 입 안을 굴러다니던 밥을 꼭꼭 씹어 먹

었으며, 앞코가 날렵한 구두를 신은 채 다리가 퉁퉁 붓도록 걸
어 다녔다.

　이토록 오랜 시간이 지나도, 바래지 않는 사진처럼 남아 있
는 장면이 있다. 여름의 언저리, 막 매미가 울기 시작했던 날,
여자는 빈 강의실에서 엎드려 잠들어 있었다. 그리고 여자와
직각의 위치에 의자를 놓고 앉아 창으로 쏟아지는 햇살을 막아
주는 운형이 있었다. 먼지가 햇빛에 금실처럼 반짝이고, 열린
창문으로 멀리서 축구 시합을 하는 소리가 희미하게 들려왔다.
몸을 뒤척이던 여자의 얼굴이 운형 쪽으로 향하였다.
　여자를 바라보던 애틋한 눈빛.
　순수한 기쁨.
　운형의 얼굴에 미소가 번졌다. 여자가 깰세라, 조심스럽게
고개를 숙여 입을 맞추려던 운형은 이내 멋쩍은 웃음을 짓더니,
손에 턱을 괴고 바라보기만 하였다. 여자만 깨지 않는다면 그것
만이 유일하게 할 일이라는 듯, 언제까지라도 여자를 바라볼 것
같았다.
　그날 밤 유정은 소리 내어 울었다. 유정에게 운형은 첫사랑
이었다.
　왜 좋아한다고 말하지 않아?
　물어본 적이 있었다.

그때 운형은 침울한 얼굴로 대답했었다.

걘 나 싫어하는 거 같아.

어떻게 알고. 그리고 네가 그런 걸 겁내? 부딪쳐 봐.

몰라. 걔한테는 모든 게 겁나. 걔 눈 본 적 있어? 이렇게 커다란데 눈동자도 크고 새까매. 그 눈만 마주치면 뭘 해야 할지 모르겠어. 그냥 다 자신이 없어져. 내가 되게 모자라게 느껴져.

마음 전부를 걸지 마. 상처받게 될지도 몰라.

충동적으로 말했었다.

'나처럼.'이라는 뒷말은 생략하였다.

유정의 말에 운형은 자신만만하게 웃었다. 자신의 인생에서 상처 따윈 있을 리 없다는 믿음으로.

운형의 웃음을 보며, 유정은 상처 주고 싶다는 생각을 했다. 자신만만함을 무너뜨리고 싶다는 욕망이 들었다. 누군가 운형을 상처 낸다면, 바로 자신이어야 한다고 다짐했다.


폭풍우가 몰아치던 밤, 우산도 없이 비를 흠뻑 맞은 채 유정의 집 앞으로 달려온 운형의 얼굴은 참담했다.

수현이를 꺼내 줘.

남산에 끌려간 남자들은 죽음에 가까운 고문을, 여자들은 죽음보다 수치스러운 유린을 당하던 시절이었다. 그리고 그녀는 누구나 한 번쯤 돌아볼 만큼 아름다운 여자였다. 이번엔 그저 '부잣집 아들'인 자신이 감당할 수 있는 일이 아닌, 권력이 필요하다고 했다.

널 좋아한다고 고백하였다.

운형의 눈에 놀라움이 스쳐 지나갔다.

뒤이어 두 가지 조건을 내걸었다. 그때 유정은 운형의 눈에서 빛이 꺼지는 걸 보게 되었다.

무시하였다. 언젠가의 다짐을 실행하는 것뿐이었다. 운형이 몇 살만 더 먹었어도 통하지 않았을 유치하고도 절박한 요구 조건을 입에서 술술 내뱉었다. 애원과 협박과 간청도 섞었다.

나는, 어, 나는, 유정아.

떨리는 목소리로 몇 마디 주억거리던 운형은 입을 다물었다.

그날은 비가 너무 많이 내렸다.


헌법재판소 소장으로 계시던 외할아버지의 힘을 빌렸다. 아주 친한 학교 친구라고. 그 아이는 아무것도 모른 채, 운 없이 그 자리에 있었을 뿐이라고. 할아비가 사랑하는 외손녀의 부탁이라고.

끌려갔던 학생들 중 여자만이 유일하게 풀려났다. 유정은 친구라는 알리바이를 완성하기 위해 이른 새벽 남산으로 마중 나갔다. 육중한 회색 철문을 나서던 여자는 어리둥절함과 자신만 풀려났다는 죄책감이 어린 눈으로 유정을 바라보았다. 운형이 말했던 그 커다랗고 새까만 눈동자를 똑바로 마주하며 너의 죄책감과 나의 죄책감 중 어느 것이 더 깊을까, 유정은 궁금해했다.

실수로라도 여자를 입에 담지 않았던 운형이 처음 약속을 어긴 건, 늦가을 법학관 등나무 아래에서였다. 뒤돌아서는 여자의 팔을 잡아 돌린 운형은 여자의 양팔을 잡고 소리를 질렀다. 주변에서 누가 보든 상관없다는 듯한 모습이었다. '계집애야, 말 좀 들어. 너 때문에 미쳐 버리겠다고. 나 도는 꼴 보고 싶어?' 화를 못 이긴 운형은 발을 구르며 소리를 질렀다. 여자의 팔을 내팽개치다시피 놓아 버리고, 운형은 여자 앞에서 끝내 울음을 터뜨렸었다.

그날 이후 지프를 다시 몰았고, 학교에선 물도 마시지 않았다. 때로 여자의 상처 어린 시선이 와 닿아도 고집스럽게 고개도 돌리지 않았다. 그리고 도망치듯 입대했다.

군 복무를 마친 운형은 그해 졸업한 유정과 결혼식을 올렸다. 다음 해 산부인과에서 우연히 만난 운형의 동기가 여자가 사법 고시에 합격해 연수원에 들어갔다는 이야기를 전해 주었다. 물론 운형에겐 전하지 않았다.

몇 년간 행복했다고 생각한다. 학교를 졸업한 운형은 착실히 경영 수업을 받았다. 무모하리만치 활기차고 솔직했던 그는 점점 자신을 단련해 여러 개의 가면을 가진 어른이 되어 갔다. 유정에게 최선을 다해 충실했으며, 태어난 사내아이는 사랑스러웠다.

완벽한 책임감. 운형이 갖고 있는 최고의 장점이자, 최악의 단점이며, 최대의 약점을 유정은 충분히 활용했다. 어차피 둘은 치기 어린 풋사랑이었을 뿐이었다고, 고작 그만큼뿐이었던 거라고 스스로 변호했다.

어느 날부터 운형의 가면에 균열이 일며, 그 틈으로 기쁨의 빛이 새어 나오기 시작했다. 몸에서 뻗어 나오는 빛이 너무 밝아 숨길 수가 없었다. 그 빛의 근원을 짐작하기란 어렵지 않았다. 언젠가 한 번은 폭죽처럼 불타올라 소진되어야 할 일이라고 생각했기에, 유정은 비교적 담담하게 받아들였다. 다만, 운형이 약속을 두 번이나 어긴 것이 조금 슬펐을 뿐이다. 그저, 어린 아들과 절에 가 아주 많은 절을 올렸고, 혀가 아릴 정도로 읊조렸다.

若惡獸圍繞 약악수위요　利牙爪可怖 이아조가포
念彼觀音力 염피관음력　疾走無邊方 질주무변방
蚖蛇及蝮蝎 원사급복갈　其毒烟火燃 기독연화연
念彼觀音力 염피관음력　尋聲自回去 심성자회거

만약 악한 짐승들에 둘러싸여 험상궂은 이빨과 발톱이 무섭더라도,

관세음보살을 생각하는 거룩한 힘으로 끝없는 먼 곳으로 달아나게 되리라.

살모사와 독사와 전갈들이 독기를 불꽃처럼 내뿜더라도,

관세음보살을 생각하는 거룩한 힘으로 그 소리를 듣고 스스로 피해 가리라.

'사라졌어. 찾을 수가 없어.' 어느 날 밤, 술에 취한 운형은 같은 말을 반복하며 눈물을 흘렸다. 드디어 불꽃이 사그라지는구나. 재가 되는구나. 유정은 안도하며, 운형의 옷을 갈아입혔다.

다음 날 아침 북엇국을 먹는 운형은 지난밤을 기억하지 못하는 듯했다. 운형은 부서진 가면을 수리하고 더 많은 가면을 만들어 쓰기 시작했다. 유정의 가정은 다시 안정을 찾았다. 사내아이는 영특했다.

끔찍한 소식은 아이의 유치원 입학식이 있던 날 살모사의 독침처럼 날아들었다. 운형이 참담한 얼굴로, 그러나 감출 수 없는 안도감으로 여자를 찾았다고, 다섯 살 사내아이가 있다고 고백하였다. 너와의 약속을 세 번이나 어겨 미안하다고 말하는 운형의 뺨을, 유정은 세 번 후려쳤다.

하늘과 땅과 사람을 삼재라 하고, 사람이 꼭 지켜야 할 강령은 삼강이라고 한다. 또 해·달·별 세 빛을 합쳐 삼광이라고 한다. 부처님의 세 가지 보물은 불보, 법보, 승보의 세 가지라 했다. 악한 짓을 해서 죽은 뒤에 가는 세계도 지옥도, 축생도,

아귀도로 삼악도라고 했다.

너는 나와의 약속을 세 번 어겼다. 나의 믿음과 헌신과 사랑을 차례로 세 번 버린 것이다. 해서 길고 길었던 짝사랑을 버렸다. 깊숙이 묻었다. 돌아보지 않았다.

여자의 전화를 받았을 때, 유정은 참을 수 없는 분노를 느꼈다. 네가 감히, 감히. 머리를 쥐어뜯을 생각이었다. 물건이란 물건은 모조리 깨 버릴 작정이었다. 여자에게 세상에서 가장 악랄한 모욕을 퍼부을 생각이었다. 경기도 외곽의 허름한 다세대 빌라 앞에 서서, 여자에게 걸맞은 집이라고 조소하였다.

페인트칠이 메마른 땅처럼 쩍쩍 갈라진 녹슨 문이 천천히 열렸다. 여자는 형편없이 마른 몸으로 간신히 서 있는 듯했다.

집은 현관을 기준으로 좁은 복도를 지나면 오른편에 화장실과 다용도실이 붙어 있고, 서너 발짝 걸음을 옮기면 커다란 방으로 이어졌다. 방의 왼쪽 벽에는 물때와 음식 얼룩에 찌든 일자형 싱크대가 놓여 있고, 직각으로 꺾인 벽에는 꽤 커다란 직사각형 창이 있었지만, 옆 빌라가 바짝 붙어 있어 창문으로 한 줌의 햇빛도 들어오지 않는, 좁고 어두운 굴 같았다. 미처 치우지 못한 술병들이 책 더미 사이사이에서, 개수대 안에서, 앉은뱅이 탁자 밑에서 굴러다녔다. 깨어 있는 시간보다 술에 취한 시간이 더 많을 것이 분명했다. 그리고 구석에 사내아이가 잠들어 있었다.

유정은 여자를 바라보았다. 다행히 조금밖에 취해 있지 않았는지, 영민하게 반짝이던 눈빛이 오래된 전구처럼 깜박거리다 간신히 켜지는 것을 볼 수 있었다.

여자는 탁자를 옆으로 치우고, 손으로 바닥을 훔쳤다. 유정은 여자가 치운 공간에 차마 앉지 못하고 그대로 서 있었다.

여자는 아랑곳하지 않고 여러 번 연습이라도 한 듯 천천히 무릎을 꿇고 상체를 깊숙이 숙였다. 먼지와 머리카락과 알 수 없는 찌꺼기들이 눌어붙은 바닥에 이마를 갖다 대었다. 그리고 뜻밖의 말을 하였다.

사모님.

사모님.

이마를 여전히 바닥에 갖다 댄 채,

아이를 데려가 주세요.

여자는 신에게 기도를 드리는 듯 유정하게 간절하게 말했다.

부탁입니다.

여자는 스스로 생을 끝내려 했다.

잠들어 있는 아이가 여자의 유일한 생의 미련이었다. 아이를 보냄으로써, 자신의 마지막 의무를 마칠 셈이라는 것을 직감으로 알 수 있었다.

여자는 자기 자신을 경멸했다.

운명에 저항하고, 세상을 변화시키겠다던 미장집 첫째 딸의 빛나던 꿈은, 숙주의 무너짐에 앙갚음이라도 하는 듯, 여자 자신을 경멸하고, 증오하게 만든 것 같았다.

불꽃을 태우고 아무렇지 않은 얼굴로 제자리에 돌아갈 만큼 뻔뻔하지 못했다. 스스로와 타협하지도, 스스로에게 변명하지도, 또한 관대하지도 못했다. 세상이 손가락질하는 아이를 낳은 자신을 용납하지 못했다. 여자는 변질에 순응하기보다, 망가지길 선택한 듯했다.

부탁입니다.

여자는 또박또박, 그러나 간절하게 다시 말하였다.

그때 몸을 몇 번 뒤척이던 아이가 눈을 떴다. 잠에서 깬 사내아이는 낯도 가리지 않고, 유정을 향해 방긋 웃었다. 온전치 못한 엄마를 대신해, 세상의 호의를 구하는 데 익숙한 웃음이었다.

여자는 아이의 이름이 '류飉'라고 했다. 기류. 이름이 바람 소리라니. 기묘하다고, 유정은 생각했다. 아이를 보내고 여자가 죽을 것 같아 거절했던 것인지, 이렇게 망가진 모습으로 너의 아이를 세상에 무릎 꿇린 모습으로 키우며 살아가라는 악의였는지 유정은 아직도 알지 못한다. 어쩌면 두 가지 다였을 것이다.

가정해 본다.

그날, 아이를 데려왔다면. 수현의 선택을 받아들였다면. 수십 번 울렸던 전화 중 한 통이라도 받았다면.

세상의 호의를 구하던 아이는 지금 고통 속에 살지 않았을까.

그리고, 어떻게 자랐을까.

나의 아들, 기태신은.

유정은 눈앞에 보이는 모든 것들을 집어 던지기 시작했다. 도자기 파편이 튀고 테이블은 넘어졌다. 눈에 보이는 대로 부서진 파편들을 발로 밟아 버렸다. 눈에서 끊임없이 뜨거운 눈물이 흘렀다. 28년간 참아 왔던 눈물이었다. 작업실 한가운데 주저앉아 몸을 둥그렇게 웅크렸다. 울었다. 부서진 파편들이 살갗을 파고들었다. 숨을 쉴 때마다 파편들이 목구멍을 할퀴며 내려갔다.

상처를 내기 위해 뽑아 들었던 칼이 빙빙 돌아 다시 내 몸에 박히는구나. 뽑아낼 수가 없구나. 뽑아내기엔 이미 지치고 늙어 버렸구나. 비명 같은 울음이 밤을 찢었다.

어느 푸른 새벽, 눈을 뜨니 눈은 녹고 목련이 피어 있었다.

고요한 푸른빛에 휩싸인 흰 목련이 어찌나 아름답던지, 푸른 뱀이 다리를 타고 허리를 지나 목덜미를 무는 것 같았다.

하나는 침대에서 몸을 일으켰다.

어느새, 봄이었다.

## 30. 도망가요

"하나 씨 친구네 플라워숍은 어디예요?"

하나가 건넨 아메리카노를 받아 들며 윤희가 물었다.

"통인동에 있어요."

"아쉽다. 집이 잠실이라 주말에 가기는 버거운데. 꽃꽂이 배워 볼까 했거든요."

"집 가까운 곳에서 하는 게 좋아요. 운동하고 비슷해서 멀면 잘 안 가게 된다고 하더라고요. 잠실이면 근처에 많을 거예요."

윤희가 고개를 끄덕이며 종이컵 뚜껑을 열고 후후 불었다.

"여기 커피 유독 뜨겁지 않아요? 저번에 아무 생각 없이 마셨다가 입천장 다 벗겨졌잖아."

후후, 다시 한번 불고 조심스럽게 한 모금 마셔 보고는 '으으음—.' 감탄사를 내뱉었다.

"그래도 커피는 참 진하고 맛있어요."

하나는 순하게 웃으며 커피를 마셨다. 호기심 어린 시선들은 여전했지만, 전처럼 집요하지는 않았다.

한동안 사람들은 회사 구내식당과 커피숍에서, 엘리베이터와 휴게실에서 들으라는 듯 태신의 결혼에 관한 소문을 이야기하였다. 이번 일로 크게 놀란 회장 부부가 결혼을 서두르고 있다고. 상대는 KH그룹의 첫째 딸 같은, 꽤 구체적인 인물들이 언급되었다. 특급 애널리스트에게 들었다는 등 믿을 만한 소식통이라는 말도 빠지지 않았다.

쫓기다 상처 입고 쓰러져 움찔대는 사냥감을 툭툭 치듯, 하나의 반응을 기대했겠지만 그들이 모르는 것이 있었다. 자신은 애초에 그들에게 사냥감이 아니었다. 그러니 쫓기지도, 상처 입고 쓰러지지도 않았다.

어깨를 펴고 자세를 반듯하게 유지했다. 미소를 잃지 않았다. 뻔뻔한, 독한, 철판 같은 단어가 자신을 수식할지언정, 흐트러진 모습 따위 보이지 않았다. 우리는 여전히 사랑을 하고 있었다. 하나에게는 그것만이 중요한 사실이었다.

"어머……."

윤희의 말에 고개를 왼쪽으로 돌렸다. 태신이 엘리베이터로 걸어오고 있었다. 함께 걷던, 이번에 차장으로 승진한 김 과장이 먼저 하나를 발견하고 얼굴을 굳혔다. 난감함이 얼굴 가득 퍼져 나갔다.

하나는 윤희의 팔을 잡고 벽 쪽 제일 끝 엘리베이터로 이끌었다. 상황을 눈치챈 사람들로 인해 엘리베이터 주변은 순식간에 정적에 휩싸였다. 아무것도 모른 채 대화에 빠져 있던 사람들까지 기묘한 정적에 고개를 돌려 상황을 파악하였다.

"하나 씨, 커피 줘요."

커피를 쥐고 있던 손을 덜덜 떨고 있었던 모양이다.

"감사해요. 늘 신세만 져요."

커피를 건네고 닫힌 엘리베이터 문만 바라보았다. 경계선이라도 그어 있는 듯 두 걸음씩 떨어져 서 있는 사람들이 비쳤다.

통렬한 후회가 온몸을 후려쳤다. 어리석었다. 회사를 그만두어야 했다. 해프닝쯤으로 끝나야 할 소란을 자신이 길게 끌고 왔다는 자책에 입 안을 깨물었다. 동시에 몇 달 만에 본 찰나의 모습에도 가슴이 저리고 목이 메었다. 바닥이 자꾸 기우는 것처럼 어지러워 눈을 감았다.

태신이 탄 엘리베이터 문이 닫히자, 사람들의 참았던 숨과 말들이 폭죽처럼 터져 나왔다. '와. 웬일. 숨 막혀 죽는 줄 알았어. 봤어?'

"먼저 올라가세요. 전 조금 이따 올라갈게요."

윤희에게 조용히 말하고 곧장 걷기 시작하였다. 시선과 말들을 피해 사람들을 지났다. 유화가 걸린 복도를 지나고, 동양화가 걸린 복도도 지났다. 디지털갤러리 옆 비상구로 문을 열고 들어갔다.

계단을 오르고 올랐다. 한 계단씩 발을 디딜 때마다 완전히 비어진, 해서 역설적으로 누구도 무너뜨릴 수 없을 만큼 강해진 태신을 떠올렸다. 더 이상 그의 곁에 자신의 자리는 없어 보였다. 아니, 그는 누구도 필요로 하지 않는 듯하였다.

숨이 찰 때까지 계단을 오르고 오르다, 주저앉았다. 숨찬 호흡이 햇빛과 뒤섞여 적막한 비상구에 파편처럼 튀었다. 무릎에 얼굴을 묻었다.

끝. 마지막. 안녕. 영원히. 수많은 단어들이 몸속을 돌아다니며 곳곳에 상처를 내었다.


시간이 얼마쯤 흘렀을까. 정수리에 쏟아지는 햇볕이 뜨겁게 느껴지며 호흡이 잦아들었다. 너무 오래 자리를 비웠다. 윤희가 걱정하고 있을 것이다. 뼈가 비어 버린 노인처럼 천천히 일어서는데, 계단을 오르는 묵직한 발소리가 들렸다. 타인과의 어색한 마주침을 피하기 위해 비상구를 나가려 몸을 돌리는데, 계단을 올라오던 발걸음도 멈추었다. 고요한 정적 속에서 하나는 고개를 돌려 계단 아래를 내려다보았다.

몸에 꼭 맞는 양복에 질 좋은 구두를 신은 더할 나위 없이 완벽한 모습의 한 남자가 서 있었다. 남자는 하나를 바라보며 다시 계단을 오르기 시작하였다. 하나, 둘 그리고 셋, 넷. 둘의 시선이 일직선이 될 때까지.

시선이 곧장 얽혔다. 그 눈빛에 그동안 긁히고 패였던 상처에 일시에 핏물이 배었다. 하나는 남자의 가슴을 밀었다. 꿈쩍도 하지 않는다. 다시 한번, 툭.

왜 이렇게 멀쩡해. 나는 죽을 것 같았는데. 어떻게 아무렇지

366

도 않다는 얼굴로 서 있어.

조금 더 힘을 주어 또다시, 툭.

말해요.

보고 싶었다고.

매 순간 괴로울 만큼 그리웠다고.

있는 힘껏 남자의 팔을, 어깨를 후려쳤다. 손에 닿는 대로 몇 번이고 내리쳤다.

말해요.

아침에 눈을 뜨는 것이 고통이었다고.

나처럼. 나처럼……, 그랬다고.

제발.

묵묵히 맞고 있던 남자는 움직임이 둔해진 하나의 팔을 잡고 그대로 끌어안았다. 벗어나려 몸을 비틀었다. 손으로 팔을 밀고, 가슴을 밀었다. 남자는 맞을 때와 마찬가지로 꿈쩍도 하지 않았다. 하나는 움직임을 멈추고 두 팔을 아래로 늘어뜨렸다. 익숙한 체취에 순식간에 눈물이 차올랐다.

"……도망가요, 우리."

울음이 밴 목소리가 형편없이 떨렸다.

"아무도 모르는 곳에 숨어서 같이 살아요. 당신 말처럼 지겹고, 시시해질 때까지. ……더 이상은 못 견디겠어."

태신이 안은 팔에 힘을 주었다.

"그래."

서로 바라보지 않은 채 주고받는 언어. 몸을 뒤섞지 않아도 영혼이 섞이는 몸짓. 서로가 서로를 깊게 포옹하였다.

　태신이 침대 위로 올라오며 입고 있던 셔츠를 벗었다. 하나가 팔을 뻗어 조금 긴 듯한 태신의 머리카락에 손가락을 집어넣었다. 소리가 사라진, 아주 고요하고도 느릿한 공기가 둘을 감쌌다. 숨을 쉴 때마다 서로의 존재가 서로의 목구멍을 타고 들어가, 서로의 몸을 가득 채웠다. 저절로 입이 벌어지고, 혀가 뒤엉키고, 몸이 겹쳐졌다. 태신이 빠듯하게 자신의 몸 안에 들어왔을 때, 하나는 아주 길었던 사막 여행을 끝내고 돌아온 방랑자를 받아들이는 것 같았다.

　우주의 끝에 도달한 듯한 깊은 잠을 이루었다.

　태신은 하나의 다리 사이에 몸을 뉘었는데, 팔은 겨드랑이 사이로 집어넣어 결박하듯 어깨를 감싸고, 얼굴은 목덜미에 묻은 채 잠들어 있었다. 하나는 손가락으로 태신의 머리카락을 빗겨 주듯 쓰다듬었다. 조금도 무겁지 않았다.

　아직은 짙은 새벽, 조금은 더 잘 수 있다. 토닥토닥 태신의 등을 두드려 주었다.

　까무룩 잠들었던 눈을 뜨니 푸른빛이 옅어진 새벽이었다. 태신의 숨소리를 듣는데, 참을 수 없게 얼굴이 보고 싶어 조심스레 몸을 움직여 태신의 얼굴을 마주 보고 누웠다. 슬픔을 감당하며 살아온 자의 얼굴이었다. 서러움에 갈비뼈가 눌리는 듯 뻐근해졌다.

하나는 얼굴을 덮은 모래를 털어 내듯, 태신의 얼굴을 매만졌다. 고집스러울 만큼 짙은 눈썹과 솟아오른 눈썹 뼈의 윤곽을 더듬고, 콧등을 쓸어내리고, 입술 선을 따라 손가락을 움직였다. 그리고,

가만가만히 입을 맞추었다.


갑작스럽게 잠에서 깨었다. 이렇게 잠에서 막 깬 순간을 어떻게 표현할 수 있을까. 시간이 칼로 절단되어 반으로 뚝 갈라진 듯한. 한 걸음 만에 이 세계에서 저 세계를 건너온 것 같은. 까마득한 잠과 선명한 의식의 극적인 접점. 어쩌면 죽음에서 삶으로 건너온 느낌. 불안한 순간, 커다랗고 따뜻한 손이 얼굴을 감싸더니, 미간에 부드러운 입술이 와 닿았다. 이마에 이마가 맞닿아졌다.

"잠 깬 거 다 알아."

태신의 목소리가 따뜻한 물처럼 귀에 스며든다. 먼저 일어나려 했는데, 자다 깨다를 반복하는 중에 태신이 먼저 일어났다. 하나는 천천히 눈을 떴다. 하룻밤 사이 모든 피로를 거둬 낸 듯한 얼굴로 자신을 바라보고 있었다.

태신이 얼굴을 틀어 하나의 볼과 턱, 목덜미에 차례로 입을 맞추었다. 무언가를 고백하는 듯 고요하고도 차분한 움직임이었다. 뼈가 비죽 드러난 하나의 야윈 어깨에 얼굴을 묻었다.

"왜 이렇게 말랐어."

"……너무 보고 싶어서요."

하나가 태신의 머리를 쓰다듬었다.

"어제……, 도망가자고 했던 거요."

말을 멈추고 입술을 깨물었다.

"도망 안 가. 내가 널 그렇게 살게 할 거 같아?"

태신이 당황하는 하나의 볼을 다정하게 쓰다듬었다.

"차, 수, 현. 내 생모 이름이야. 사진도 봤어. 자랐다는 집도 가 봤지. 예전엔 작은 미장집이었다는데 번듯한 2층짜리 양옥집이 있더라. 차수환이라고 적혀 있는 문패도 보고, 그 집에서 나오는 머리가 아주 하얀 할머니도 뵀어. ……고우셨어."

말하는 태신의 얼굴은 담담했다.

"할머니가 날 빤히 바라보시길래 허리를 깊이 숙여 인사드리고 그대로 차를 타고 서울로 올라왔지. 어두워지는 고속도로를 달리는 내내 차창을 열고 운전했는데 더럽게 춥다며 마구 욕을 하면서도 닫지 않았어. 오직 너를 보고 싶다는 생각만 했지. 하지만 이렇게 엉망인 내가 너에게 갈 수는 없고, 네가 없어서 더 형편없어지고. 악순환의 악순환."

태신이 희미하게 웃었다.

"엘리베이터에서 마주쳤을 때 아버지가 해 준 충고가 떠올랐어. 아무리 숨고 도망쳐도 정면으로 마주 봐야 할 때가 한 번은 온다고. 그 순간이 왔음을 알았지. 피할 것인가, 마주 볼 것인가. 고민할 것도 없었어. 모든 게 분명해졌거든."

태신은 하나의 눈을 마주 보고 한마디 한마디 힘주어 말하기 시작하였다.

"네가 죽으면 나도 죽어. 네가 외면해도 나는 죽어. 이하나, 이런 날 붙잡아 줘. 더 이상 도망치지 않고 제대로 살게 해 줘. 너에게 내 마음과 평생을 바칠 테니."

태신의 고백에 후드득 눈물이 떨어졌다. 그동안의 불안과 서러움이 밀물처럼 밀려왔다. 눈물을 멈추고 싶은데 자꾸 흐른다. 눈물이 흐르는 뺨을 태신은 다정하게 쓰다듬었다.

"큰일이네."

태신이 커다란 손으로 하나의 눈물을 닦아 주었다.

"우는 것도 이뻐서."

눈물을 그렁그렁 매단 채 웃고 말았다.

태신의 비서였을 때처럼, 하나는 태신의 넥타이를 매어 주고 옷매무새를 살폈다. 하나의 손이 닿을 때마다, 태신은 점점 강해졌다. 하나가 입혀 주는 세상 무엇도 뚫을 수 없는 갑옷이었다.

"오늘이 토요일이었음 좋겠어. 어제 무작정 회사를 뛰쳐나와서 사람들한테 뭐라고 사과하고 둘러대야 할지 모르겠어요."

"변명 안 해도 돼."

태신의 말에 고개를 들어 올려다보았다.

"김 차장 말로 우리 둘, 같이 땡땡이 친 거 회사에 소문 쫙 퍼졌다니까. 사내 메신저 폭발했다던데."

"어머."

얼굴이 붉게 달아올랐다.

"곤란하면 출근하지 마. 내가 처리할게."

"아니에요. 잘못했으니까, 경위서 쓰고 혼나야죠. 그냥……."

'부끄러워요.'라고 말하고 두 손으로 얼굴을 가렸다.

"으, 사람들이 우리 이야기 다 안다고 생각하니까요."

하나는 넥타이를 만지작거리다. 갑자기 넥타이 매듭을 힘주어 조였다. 태신이 숨 막힌다는 표정을 지었다.

"좋겠어요. 혼낼 사람도 없고."

"왜 없어."

"회장님요? 많이 혼나요?"

금방 걱정스러운 표정을 짓는 하나가 사랑스러워 태신은 웃음 지었다.


마지막으로 넥타이의 각도를 매만지는 하나의 얼굴을 보며, 그 어느 날의 저녁처럼 하나의 머리 위로 휘, 하고 바람을 불었다.

하나가 눈을 동그랗게 뜨며 창문을 바라보았다.

"왜?"

"창문이 열려 있나 해서요."

"바람이 불어서?"

"네. 지금……. 어."

샐쭉 눈을 흘기며 정수리에 손을 갖다 대는 여자가 사랑스러워, 태신은 입을 맞추었다. 1년 전, 그때도 이러고 싶었지. 입을 맞추고 싶어, 대신 장난을 쳤었지.

그날 바람의 정체는 결국 사랑이었다는 것을, 그때 우린 모르고.

## 31. 낙원의 오후
...................

언덕 중간 2층짜리 건물 앞에 차를 세웠다. 낡은 에메랄드색 자판기에서 커피를 뽑아 마시기 위해 자판기 옆 철물점에서 십자드라이버를 사고 1000원만 거슬러 받았다. 이상한 눈으로 쳐다보는 주인에게 나머지는 주차비라고 하였다. 태신은 보닛에 걸터앉아 뜨겁고 단 자판기 커피를 한 모금 마셨다. 정말 미원이 들어 있어 이리 맛있는지도 모르겠다.

초록색 버스가 지나가고, 교복을 입은 사내아이 셋이 장난을 치며 지나갔다. 카메라를 목에 건 대학생 커플이 아이스커피를 마시며 부암동으로 향하는 언덕길을 오른다. 길가에 심어져 있는 은행나무에 손톱만 한 연녹색의 잎이 돋아나고 있다. 완벽한 봄인 것이다.

길 건너에 하나가 서서 손을 흔들고, 팔랑팔랑 나비처럼 길을 건넸다. 태신은 종이컵을 보닛에 올려놓고 앞에 선 하나의 허리를 잡아 다리 사이로 끌어당겼다.

"갑자기 나오라고 해서 놀랐어요."

"같이 갈 곳이 있어."

"어디요?"

"가 보면 알아."

그때 등산 조끼를 입은 한 무리의 중년 여성들의 요란스러운 웃음소리가 들렸다.

"자기들, 저기 봐."

"보기 좋네. 청춘이야."

"우리도 저런 때가 있었는데 말이지. 지금은 러닝 입은 등짝만 봐도 싫잖아."

"어머, 자기, 나도야. 깔깔깔."

태신이 고개를 돌려 꾸벅 인사를 하자 목소리가 더 커졌다.

"어머. 총각 미남이야! 아가씨는 미인이고! 선남선녀네. 잘 어울려!"

"감사합니다!"

태신의 인사에 등산객들이 손을 흔들며 지나갔다. 하나가 눈을 동그랗게 뜨고 태신을 바라보았다.

"넉살 많아졌어요."

"내가?"

"네. 어쩜, 다른 사람 같아."

태신이 씩 웃고 일어서선, 못 참겠다는 듯 하나의 입술에 입을 맞추었다.

"나 요즘 세상 모든 것에 관대해."

한 시간 반이 걸려 도착한 곳은 꽤 규모가 큰 녹차 밭을 끼고 있는 별장이었다. 철제문을 지나자 유려한 등고선을 이루며 펼쳐진 녹차 밭 가운데에 서 있는 한 그루의 나무가 보였다. 하나가 고개를 돌려 태신을 바라보자 손을 뻗어 하나의 손을 잡았다.

"미리 말해 주지 그랬어요. 꽃이라도 준비하게."

"괜찮아."

차를 멈추고 몸을 돌려 뒷좌석에 두었던 종이봉투를 들어 올렸다.

"술 샀어."

장나무 앞에 선 하나가 고개를 들어 나무 꼭대기부터 점점 물이 차오르며 잎이 나기 시작한 가지를 찬찬히 바라보았다. 태신은 두어 발짝 떨어져서 그런 하나를 바라보았다.

"안녕하세요, 이하나라고 합니다. 처음으로 인사드려요."

태신이 말릴 틈도 없이 하나는 흙바닥에 무릎을 꿇고 두 번의 큰절을 올렸다.

"다음에 올 때엔 꽃이랑 과일도 준비할게요. 갑작스럽게 와서 빈손이에요."

손바닥에 묻은 흙을 털어 내고, 벌초라도 하듯 나무를 돌며 마른 낙엽들을 주웠다. 얼결에 태신도 같이 낙엽이며 자갈들을 골랐다. 두 손이 모자라, 종이봉투 안에 있는 소주와 종이컵을 꺼내 양복 주머니에 넣었다. 봉투가 절반 조금 넘게 찼을 때, 하나가 나무 주위를 휘휘 둘러보고는 이만하면 됐다 싶었는지 생긋 웃었다.

"그럼 두 분이 이야기 나누세요. 저는 녹차 밭 구경 좀 하고 올게요."

하나는 태신에게 눈짓을 하고 몸을 돌려 녹차 밭을 향해 걸어가기 시작하였다.

"하나야, 햇볕 너무 뜨거우면 별장 안에 들어가 있어."

'네에—.' 태신의 말에 하나가 몸을 돌려 환하게 웃었다.

태신은 하나의 뒷모습을 끈질기게 바라보다 주머니에 넣어뒀던 소주와 종이컵을 꺼내 땅바닥에 내려놓았다. 나무 주위에 뿌리는 대신 두 개의 종이컵에 소주를 따라 한 개는 나무 앞에 놓았다.

"마셔."

한 번에 털어 넣고, 나무 앞에 놓인 소주는 주변에 뿌렸다. 또 한 잔을 따르고, 자신의 컵에도 소주를 따랐다. 그렇게 천천히 한 병을 비우기 시작하였다.

"형."

태신이 나지막하게 불렀다. 나무는 대답이라도 하듯 바람에 제 몸을 흔들며 쏴아아— 소리를 내었다.

"형."

마지막 잔을 비우고, 나무 앞에 놓인 마지막 소주도 뿌렸다.

"미안해."

이제, 나로 살아가려고.

봐 줘.

그때 등 뒤로 그림자가 졌다. 고개를 들자 유정이 서 있었다. 당황한 태신은 벌떡 일어났다. 유정은 조금 마른 듯했지만, 표정은 어느 때보다 평온해 보였다.

"여기서 보다니, 반갑네."

태신은 고개를 숙여 인사하였다.

"벌써 한잔했구나. 나도 한잔하러 왔는데."

유정이 손에 들고 있던 양주를 들어 보였다. 태신이 재킷을 벗어 바닥에 깔려고 하자 유정이 제지하였다.

"다음에 마시지, 뭐. 너희 둘 다 취했을 텐데."

"더 마실 수 있습니다. 한 병밖에 안 마셨어요."

유정이 잔잔히 웃으며 고개를 저었다.

"나 오면서 봤어. 네 애인, 아주 예쁘던걸. 멀리서 봐도 밝고, 따뜻한 기운도 느껴지고. 다행이야."

"과분한 여자예요."

"너도 멋져."

따스한 유정의 말에, 울컥 감정이 치솟았다. 태신은 애써 눌렀다.

"괜찮으시면 인사드릴 겸 데려오겠습니다."

"그것도 다음에. 아직 준비가 안 되었어. 지금 모습도 엉망이고. 첫 만남을 이런 모습으로 할 수는 없잖니."

태신은 고개를 끄덕였다.

"가회동 집에서 나오셨다고 들었습니다."

"응. 당분간 혼자 있고 싶어서. 그런데 태신아."

"예."

"이제는 어머니라고 안 부를 거야?"

태신이 시선을 들어 유정을 바라보았다. 누구도 훼손시킬 수 없는, 자신이 존경했던 모습의 한유정이 서 있었다. 자신이 다시, 감히, 불러도 될까. 태신은 맞물린 입술을 어렵게 떼었다.

"⋯⋯어머니."

태신의 말에 유정이 미소 지었다.

"새삼 듣기 좋구나. ⋯⋯10년 전 왜 너를 데리러 왔냐고 물었지. 왜 그랬을까. 나 또한 답을 찾기 위해 많은 도자기를 만들고 그만큼 깨 버렸어. 만드는 족족 깨 버릴 수밖에 없을 만큼 흉측한 것들만 완성되었거든. 그러다 도저히 깰 수 없는 아름다운 도자기를 화덕에서 꺼내 들고 깨달았지."

유정은 말을 멈추고, 눈이 부시다는 듯 눈을 가늘게 뜨고 태신을 바라보았다.

"그때 이미 너는, 넌 내 아들이었어."

유정은 또다시 말을 멈추고 몸을 돌려 손바닥으로 장나무를 쓸어내렸다.

"그런데 네가 내 아들이면서 내 아들이면 안 된다고 생각했다. 그건 배신이었으니까. 나마저 널 받아들이면, 여기 이 아이에게 못할 짓이니까. ……그런데 또다시 아들을 잃어버린 것 같더구나. 그때만큼 고통스럽고, 허무하더구나."

태신은 고개를 숙였다. 따뜻한 바닷가에 서 있는 기분이었다. 따스한 흰 포말이 밀려와 발등을 부드럽게 적시는 것 같았다.

"나는 잠시 떠나기로 했다."

"……."

"네 말대로 이제는 자유로워지려고."

"아버지는 어머니를 사랑하세요."

유정은 쓸쓸히 웃었다.

"사랑……. 그게 뭘까. 내가 기운형에게 갖는 감정이 무엇인지 나도 모르겠다. 증오인지, 집착인지, 분노인지. ……아니면 연민인지. 확실한 건 사랑은 아니야. 그 사람도 아니지. 사랑했다면……, 사랑이었다면……, 서로를 이렇게 만들지 않았을 테니까. 그래도 그 사람에 대해서도 나에 대해서도 끝까지 들여다보고 알아볼 생각이야. 그러기 위해 아주 먼 길을 걸을 거고. 걷다가 너무 힘들거나, 깨닫게 되면 연락할 테니 헬리콥터 보내 줘야 한다."

처음 듣는 유정의 농담에도 태신은 웃을 수 없었다. 살아오는 동안 죄송했고, 존경했으며, 미워했고, 원망했다. 그리고 감히, 사랑받고 싶었던 존재였다.

"직접 모시러 가겠습니다."

"류."

유정이 처음 듣는 이름으로 태신을 불렀다.

"네 이름이야. 바람 소리 류. 성을 합쳐 기이한 바람 소리라는 뜻이라고 했다. 널 낳을 때 바람이 많이 불었다고 하더라."

류. 기이한 바람.

"나는 다 비우고 올 거야. 전부. 깨끗하게. 그럼 다시 볼 날이 언제인지 모르겠지만."

유정은 산뜻한 미소를 지었다.

"행복해지렴. 의심 없이."

유정이 팔을 뻗어 처음으로 태신을 안아 주었다.

"류."

태신은 자신에게 힘껏 손을 흔드는 하나에게 두 팔을 벌렸다. 하나의 한 손에는 야생화 한 묶음이 들려 있었다. 달려와 안긴 하나에게 야생화와 풀 냄새가 뒤섞인 달콤한 향이 났다. 태신은 힘을 주어 하나를 껴안았다.

오후 3시 24분.

꽃은 폈고, 네가 내 품에 있다.

낙원은 이곳.

의심 없이 행복하다.

센서에 출입증을 대었다. 녹색 불빛이 두어번 깜빡이더니, 띠릭— 소리와 함께 잠금장치가 해제되었다. 조심스럽게 문을 밀었다. 이른 아침이라 다소 서늘했던 복도와 달리 뺨에 닿는 사무실의 공기는 온기를 품고 있다. 정면으로 닫혀 있는 또 하나의 문이 보인다. 저 문이 바로……, 라는 생각과 동시에 다리가 후들거리고 팔이 뻣뻣해진다.

트렌치 코트의 벨트를 풀다, 스카프를 풀다, 다시 벨트를 풀었다. 한순간 맥이 풀리며 헛웃음이 나온다.

미치겠네. 뭐 하냐. 가방부터 내려놔야지. 깊은 숨을 쉬고는 책상 위에 숄더백을 내려놓았다.

기태신 상무의 집무실로의 출근 첫날.

이하나는 긴장으로 반쯤 혼이 빠져 있었다.

차창 밖으로 뿌옇게 피어오른 물안개가 보인다. 제법 부피가 느껴지는 것이 구름이 하늘에서 그대로 내려앉은 듯하다. 감상에 젖을 틈도 없이 브리프케이스 위에 올려놓았던 휴대폰이 진동을 일으켰다. 신호처럼 영동대교를 밝히던 가로등들이 일시에 꺼졌다. 아침 6시. 가로등이 꺼진 공항고속도로는 연극이 끝난 무대처럼 창백하고 건조한 민낯을 드러낸다. 우찬은 재빨리 알람이 끄고 고개를 돌려 뒷좌석에 앉아 있는 기 상무를 바라보았다. 눈을 감고 있지만 잠든 것은 아니다. 미세하게 모아진 미간이 두통이 여전함을 알려 주고 있었다.

싱가폴에서 3박 5일간의 살인적인 스케줄을 마치고 귀국해 곧장 본사로 가고 있는 중이었다. 기운형 회장이 작정을 하고 기 상무를 돌리고 있는지라, 보좌하고 있는 자신까지 과로사하기 직전. 두 달 전의 달콤했던 신혼여행은 전생의 기억처럼 아득하게 느껴질 지경이었다.

**[자기야, 나 한국 도착했엉. 오늘은 꼭 일찍 들어갈겡.]**

하트가 풍선껌처럼 부풀어 오르는 이모티콘까지 보내고서야, 너무 이른 시간에 보냈음을 깨달았다. 일어나면 보겠지 하는 예상을 깨듯 읽음 표시가 떴지만 무반응. 잠결에 확인하고 다시 잠들었나. 아니면 화가 나서? 초조한 마음에 다시 메시지를 보내려는데, 차가 급하게 속도를 줄이며 몸이 앞으로 쏠렸다. 재빨리 뒷좌석을 확인했다. 미간이 좀 더 모아졌을 뿐, 기 상무는 여전히 눈을 감고 있었다.

"앞차가 깜빡이도 없이 갑자기 끼어들어서……."

변명하는 윤 기사에게 말을 멈추라는 의미로 입술에 손가락을 갖다 대었다. 이어 뒷좌석 쪽으로 고개를 까닥했다.

'상무님.'

검지와 중지를 관자놀이에 대고 얼굴을 찡그렸다.

'두통.'

이어 손등이 위로 가게 팔을 일직선으로 천천히 뻗었다.

'운전 부드럽게.'

윤 기사가 억울하다는 표정으로 앞차를 가리켰다. 알지요. 죽일 놈의 앞차 탓이라는 거. 우찬은 위로의 뜻으로 윤 기사의 어깨를 두드렸다.


차가 인천터미널 물류단지에 접어들었을 때, 우찬이 튀어 오르듯 조수석에서 몸을 일으켰다. 덩달아 놀란 윤 기사가 또 무슨 일이냐는 불안한 표정으로 우찬을 바라보았다. 휴대폰으로 일정표를 확인하고는 머리카락 사이로 손을 집어넣어 한 움큼 쥐었다.

역시나 새 비서의 첫 출근 날이었다.

기 상무에게 아직 보고도 못 했는데.

지난번 강 비서의 일도 있어, 회장 비서실에서 직접 밑바닥에서부터 훑듯 스크리닝을 해 뽑은 사람이었다. 우찬이 미리 넘겨받은 자료로 살펴본 바, 기 상무가 마음에 들어 할 것도 안 들어 할 것도 없는, 모자람도 넘침도 없는 신입사원이었다. 다만, 기 상무가 새 비서의 출근을 아직 모른다는 게 문제였다. 차에서 내려 상무실로 향하며 '오늘부터 이하나 신입사원이 새로운 비서로 출근을……' 주섬주섬 보고하고 있을, 스타일 구겨진 자신의 모습이 떠오른다. 그 이야기를 왜 지금 하냐는 표정으로 바라보겠지.

아이고, 두야. 머리는 자신이 아프다.

문이 열린다. 하나는 의자가 뒤로 밀릴 만큼 벌떡 일어나 손을 배꼽 앞으로 모았다. 곧 보름 전 멀티비전으로 보았던 기 상무가 큰 보폭으로 성큼 들어오고, 상무보다 약간 키가 작은 남자가 이어 안으로 들어왔다.

"안녕하십니까. 51기 신입사원 이하나 인사드립니다."

씩씩하게 인사를 하고 상체를 숙였다.

하나, 두울, 셋.

숫자를 세고 몸을 세웠다. 마주 포갠 손은 여전히 배꼽에 둔 채, 입꼬리를 한껏 끌어올렸다. 그 모습이 얼마나 웃기도록 어색해 보이는지 까마득히 모르고서. 기 상무 뒤에 서 있는, 아마자신의 사수일 김우찬 과장이 고개를 옆으로 비틀며 주먹을 입에 갖다 대었다. 분명 웃음을 참는 행동이었다.

뭘 잘못했나. 하나는 기 상무와 김 과장을 눈동자만 움직이며 번갈아 바라보았다.

"방금 보고 드렸던 새로운 비서 이하나 신입사원입니다. 아주 씩씩하네요."

"아—."

태신이 고개를 살짝 기울였다. 하나는 더 이상 미소를 짓고 있다간 경련이 일 것 같아 슬며시 입꼬리를 내렸다.

어떻게 말해야 할까. 가까이에서 본 기태신 상무를…….

그는, 멀었다.

멀티비전을 통해 보았을 때보다도, 더.

한 마리의 새우젓이었을지언정 조직에 대한 소속감과 그 조직의 빛나는 리더를 바라보며 느꼈던 심리적 가까움은 연수원 운동장에서 보았을 때가 더 가까웠다. 기 상무는 무슨 생각인지 읽을 수 없는 애매모호한 표정으로 하나를 바라보다 그대로 상무실로 들어갔다.

'아—.'가 전부였다.

아—.

마음에 안 들었던 것일까. 왜? 너무 큰 목소리로 인사해서? 김우찬 과장이 '아주 씩씩하네요.' 말했던 것도 그래서였을까? 기 상무는 조용한 걸 좋아하나. 아니, 그래도 첫 인사인데 열정을 담아, 크고, 시원하게 인사하는 게 좋은 거 아냐? 격한 환영을 바란 것도 아니고, '반가워요, 잘해 봅시다.' 정도의 입에 발린 인사라도 해 줘야 하는 거 아니냐고.

이것이 재벌3세의 실체인가.

실체군.

자신이 뭘 몰랐던 것이다. 연수원에서의 모습만 보고 제멋대로 기태신 상무에 대해 환상의 나래를 펼쳤던 것이지.

"하하하."

기 상무의 행동에 김 과장도 당황했는지 과장된 웃음을 지으며 손을 내밀었다.

"김우찬입니다. 반가워요. 앞으로 잘 부탁해요."

하나는 김 과장이 내민 손을 잡고 허리를 숙였다.

"열심히 하겠습니다. 많은 지도 편달 부탁드립니다."

"상무님께서 두통 때문에 컨디션이 안 좋으세요. 원래도 말이 적으신 편이시기도 하고."

"예."

그래도 기본 예의라는 게 있지요.

"첫 번째 업무는 바로……."

김 과장의 말에 하나의 눈이 기대로 반짝였다.

"저쪽 문이 탕비실이거든요. 싱크대 왼쪽 첫 번째 서랍에 애드빌이 있어요. 물하고 같이 상무님께 갖다드리세요."

죽기 직전, 탄생부터 인생의 하이라이트가 영화처럼 눈앞을 지나간다고 했던가. 하나는 어린이집에서의 블럭 쌓기부터 초·중·고·대학 입학식과 졸업식, 도서관에서 열공하던 자신과 온갖 공모전을 준비하며 날밤을 새던 모습, 인턴 생활과 취업스터디, 태원전자 합격을 확인하고 가족들과 얼싸안고 기뻐했던 순간, 그리고 오늘 아침 흥분과 기대로 눈을 떴던 자신의 모습을 한편의 파노라마로 보았다. 태원에서의 첫 번째 업무가 상사 두통약 갖다 주는 거구나. 그것도 제대로 인사도 안 받아 준 사람에게.

"넵."

하지만 사회생활이란 현실이며 냉엄한 것. 하나는 싹싹하게 대답하고 탕비실로 향했다.


기태신 상무는 의자에 등을 기댄 채 서류 한 장을 들고 있었다. 의자를 좌우로 느리게 움직이며 서류를 읽는 모습이 묘하게 나른해 보였다. 인기척을 느꼈는지 서류를 아래로 내렸다. 시선은 곧 쟁반을 들고 있는 하나로 향했다. 굳이 몸을 일으킬 생각은 없는지, 서류만 책상 위에 내려놓았다.

"상무님, 두통약입니다."

태신이 가볍게 고개를 끄덕였다. 와, 이렇게 차갑고 거만한 사람인 줄은 몰랐다. 하나는 연수원 마지막 날 보았던 기 상무의 빛나던 모습이 실시간으로 퇴색되고 있음을 느끼며 걸음을 옮겼다. 실망은 실망이고, 일은 일. 긴장으로 쟁반을 들고 있는 손이 가늘게 떨렸다. 넘어지면 큰일이니 발걸음도 조심하며 걸었다. 그럼에도 유리컵에 담긴 물이 넘칠 듯 말 듯 호를 그렸다. 걸음을 잠시 멈추어 물이 잔잔해지길 기다렸다 다시 움직였다. 10미터 정도의 거리가 흡사 1킬로미터와 같았다.

애드빌과 물을 태신 앞에 무사히 내려놓고서야 비로소 안도의 숨이 새어 나왔다. 이제 가볍게 묵례를 하고 나가면 끝이었다. 고개를 숙이다 흡, 짧게 숨을 들이켰다.

결단코 보려고 했던 게 아니었다. 그저 자연스럽게 기 상무가 읽고 있던 종이로 눈이 갔을 뿐이었다. 책상 위의 서류는 자신의 이력서였다.

태신이 기름한 손가락으로 은박 포장에서 초록색 캡슐을 꺼내 입에 넣고 물잔을 집어 들었다. 기 상무가 자신의 이력서를 읽고 있었다는 사실이 불러일으킨 긴장감 때문이었을까. 하나의 눈에는 태신의 모든 동작이 슬로모션처럼 보였다. 캡슐이 넘어가는지 목울대가 꿈틀 위로 솟았다 내려앉았다. 홀린 듯 바라보다 쟁반을 쥔 손에 힘을 주었다.

"최선을 다하겠습니다, 상무님."

순간 왜 이 말이 튀어나왔는지 하나 자신도 알 수 없었다. 백년이 지나도 알 수 없을 것이다. 아부를 하려는 것도 충성을 맹세하려 했던 것도 아니었다. 몰라. 모른다고. 그냥 반사적으로 튀어나왔다고. 아 나, 지금 너무 비굴했다고.

독특하게 휘어진 기 상무의 눈썹이 슬쩍 위로 들렸다. 빈 캡슐 포장지를 엄지와 검지를 사용해 반으로 접었다.

"최선을 다할 필요는 없고……."

태신이 삐뚜름하게 웃었다.

"월급 받는 만큼만 하시면 됩니다."

말하고는 팔을 뻗어 하나가 들고 있는 쟁반 위에 캡슐 포장지를 내려놓았다.

"약, 고마워요. 나가 보세요."

"자, 우선 빨리 외워야 하는 사항들부터 알려 줄게요. 이 아이디로 로그인을 하면 이렇게 상무님 스케줄이 세 분류로 보일 거예요. 공개, 부분 공개, 비공개. 이중에 비공개 스케줄은 나와 하나 씨 그리고 회장님 비서실장인 진 이사님 외에는 접근이 안 돼요. 무슨 뜻일까요."

김 과장이 초등학생에게 답을 구하듯 하나의 얼굴을 바라보았다.

"유출되면 안 됩니다."

하나의 답에 김 과장이 고개를 끄덕였다.

"대부분 승계 작업에 관련된 일정들이 비공개에 들어가요. 관련 회사와 인물들은 이 폴더에 정리되어 있으니 가능한한 빨리 외우세요. 상무님 일정은 큰 줄기로는 한 달이지만 최소 사흘 단위로 한 주 전에는 리스트업 되어야 해요. 그 외 부속실에서 전달되는 자잘한 일 중 컨펌이 필요한 것들만 알려 주세요. 특히 경조사에 대한 건 빠짐없이 저에게 알려 주셔야 합니다. 큰 변동이 없는 한 금요일 4시에 우리 둘이 다음 주 일정에 대한 체크와 픽스 작업을 하고요. 그리고 여기 이 파일이 미래전략실 조직도예요. 대리급부터 외우면 좋지만 우선은 과장급부터 얼굴과 이름을 외워 두세요. 부서별, 팀별 진행 프로젝트도 물론이고요. 화살표 클릭하면 그때그때 업데이트된 내용이 보이니까 틈틈이 체크하시고요. 그리고 끝으로……."

김 과장이 말끝을 늘이며 파일명이 TCV인 폴더를 열었다.

"태원전자 사장단 리스트와 그분들 목소리예요."

"목소리요?"

"거의 비서실을 통해서 전화가 오는데, 가끔 직접 거실 때가 있어요. 그때 목소리로 누군지 알고 상무님께 연결해야 해요. 누구신지 여쭈면 대답해 주실 분들도 계시지만, 한 번 이상은 용납이 안 돼요."

하나의 놀란 얼굴에 김 과장이 슬쩍 웃었다.

"놀랐어요?"

"아, 조금요."

"모두 시간이 다이아몬드이신 분들이라 지체되는 걸 못 참으시기도 하고. 회사 내에서의 본인들 위치에 대해 프라이드도 강하시고. 뭐, 그런 거죠. 보안상 파일의 이동이나 다운은 안 되니까, 목소리는 근무 틈틈이 들어 둬요. 각자 특징이 있으셔서 외우는 데 어렵지 않을 거예요. 일단은 오전 분량은 여기까지."

으아. 하루도 아니고 오전 분량이라니.

"오후 분량도 있나요?"

"한 달 치가 있지요."

김 과장이 악마처럼 웃었다.

"아, 두통약 드릴 때 상무님께서 별말은 없으셨고?"

"네. 그냥 최선을 다할 필요는 없고, 월급 받는 만큼만 일하면 된다고 하셨는데, 무슨 뜻이신지……."

하나의 말이 끝나기도 전에, 김 과장이 '오호.' 한다.

"상무님이 농담도 하셨네."

"농담……이신가요."

"포복절도할 만큼의 농담을 하신 거죠. 1년 치를 하셨어."

"아하하. 그러셨구나."

아이고, 눈물 나게 재밌다. 하나는 영혼 없이 웃었다.

"남은 이야기는 커피라도 마시면서 할까요. 아메리카노? 믹스? 아니면 녹차? 우롱차?"

김 과장이 탕비실을 향해 고갯짓을 했다.


전자동 커피머신에서 쭉쭉 내려지는 커피에서 나는 씁쓸한 향이 탕비실을 채운다. 김 과장이 능숙한 동작으로 커피잔을 빼내 정수기에서 뜨거운 물을 채운 뒤 하나에게 건넸다.

두 손으로 받아 들고 한 모금 마셨다. 커피가 절실했다기보단, 내내 긴장되었던 마음이 이완되는 느낌이 든다. 김 과장이 자기 몫의 믹스커피를 타고서 동그란 테이블에 앉았다.

"자, 앉으시고요. 지금 할 말은 업무에 대한 건 아니에요. 그렇지만 조심해야 하는 일입니다."

뭐지. 심각하지 않은 척해서 심각한 느낌인 이 상황은. 하나는 조심스럽게 김 과장과 마주 앉았다.

"긴장 풀어요. 듣고 나면 '뭐야?' 할 수도 있으니까."

사람 좋게 미소 짓는 얼굴이 더 무섭다.

"하나 씨 SNS 따로 안 하죠? 한영 인턴 때 블로그 서포터즈용으로 만들었던 계정 빼고, 구독용 페이스 북 계정 빼고요."

"아, 그걸 어떻게……."

"회장실에서 뽑기 뽑듯 뺑뺑이 돌려 이하나 씨 발탁한 거 아니에요."

소름이 발뒤꿈치에서부터 정수리까지 불꽃놀이처럼 터졌다. 회장실에서 날 발탁한 거라고?

"전임 비서가 인수인계 안 하고 제가 하는데 이상한 거 못 느꼈어요?"

과장님, 지금 제 상태는요. 새벽부터 지금 이 순간까지 이상한 나라의 앨리스가 된 기분입니다. 머리도 안 돌아가고요. 기태신 상무의 실제 모습도 충격이었고요. 발이 바닥에서 한 5센티미터는 떠 있는 거 같거든요. 과장님이 알려 주시는 거 머릿속에 넣기에도 바빴답니다. 즉, 생각이란 걸 할 정신이 없었습니다.

이 모든 말을 삼킨 채, 하나는 어색한 미소만 지었다.

"강소진 대리였는데, 개인 SNS에 상무님 사진을 종종 올렸어요. 열일 하시는 상무님. 태원의 만찟남. 커피 마시는 상무님. 콧대 예술. 이런 코멘트로 유머스럽게요. 상무님 사진 올라갈 때마다 방문자 수 폭발하고, 댓글 많이 달리고, 신났었지. 홍보팀이나 회장실에선 상무님에 대한 대외적 호감도도 올라가고, 이미지 홍보로 나쁠 것도 없다 해서 모르는 척 넘기고 있었고요."

김 과장이 극적인 효과를 주려는지 말을 멈추고 믹스커피를 한 모금 마셨다.

"비공개 스케줄은 주로 승계 관련 일정이라서 세 사람만 알고 있어야 한다고 했죠? 20일 전에 상무님 스케줄을 도저히 뺄

수가 없어서, 동성홀딩스 대표가 직접 상무실로 왔었어요. 거기 대표가 또 잘생긴 데다 슈트발이 죽이거든. 도대체 언제 찍었는지, 강 대리가 두 사람 사진을 SNS에 올린 거야. #무슨일이야#미남곱하기미남이라니#이것이#안구복지. 진짜 무슨 생각이었던 건지. 황당해서 아직도 태그를 기억해. 1년을 넘게 상무님을 보좌했는데, 일머리 좋고 영특했던 사람이, 순간 정신이 나갔던 거지."

"아—."

무엇이 문제였는지 알 것 같았다.

"그걸 J일보 경제 담당 기자가 물어서 인터넷판 기사로 올렸고. 다음 날 바로 주식시장 출렁였고. 지금도 금감원이 도끼눈을 뜨고 지켜보고 있어요."

"그래서 그분은 어떻게……."

"표면적 자진 사표. 이례적 즉각 수리."

김 과장이 짤막하게 대답했다. 하나는 컵에 담긴 커피를 내려다보았다. 큰 실수를 저질렀다지만, 사표를 낼 정도의 일인가.

"해프닝이라면 해프닝인데, 회장님이 상무님에 관한 일에선 한 치의 자비도 없으세요."

"……네."

아들 사랑 끔찍하시다는 건 잘 알겠습니다.

"그러니 하나 씨는 지금처럼 SNS 하지 않는 게 속 편할 거예요. 들어 보니 별건 아니죠?"

별건데요.

대외적으로 호탕한 이미지인 기운형 회장의 얼굴이 떠올랐다. 그리고 보니 두 부자가 눈썹 모양이 똑같았다.

그 뒤로 퇴근까지 시간이 어떻게 흘러갔는지, 기억나는 대로 적어 보겠다.

11시. 오전 회의를 마친 기 상무와 김 과장이 화성연구소 방문을 위해 출발했다. 3시쯤 돌아오는 일정이었다. 기 상무는 ─놀랍지 않게─ 하나를 그대로 지나쳤다.

12시. 상무실로 걸려 오는 전화는 휴대폰으로 착신해 두었지만, 자리를 비운 사이 걸려 올 전화가 걱정되어 점심을 굶었다.

12시 50분. 상무실로 찾아온 부속실 직원들과 인사를 나누었다. 인상은 모두 제각각이었다. 누구도 전임자인 강소진 대리에 대해서 말을 꺼내지 않았다. 조만간 부속실 회식 때 환영회를 하자는 대화를 나누었다.

시간과 시간들 사이 틈틈이 전화를 받았다. 그중 중요해 보이는 사안들은 정리해서 김 과장에게 문자와 메일로 전달했다. 잘하고 있다는 칭찬을 받았다. 뿌듯.

1시. 기 상무의 한 달 치 스케줄을 숙지했다.

2시. 외우고 외우다 결국 전략기획실 조직도를 프린트해 데스크매트 아래에 두었다.

2시 15분. 배고픔이 극에 다다름.

2시 30분. 이어폰을 통해 들려오는 사장단 3분의 1의 목소리를 외웠다. Y는 살짝 가래가 끓는 목소리. M은 말이 빠르고 툭툭 끊어지는 발음. S는 말을 시작할 때 '어—.'를 붙이는 버릇이 있음. 목소리는 바리톤. M2는 특징 없는 평범한 중년 목소리(주의해서 들을 것). H는 흉통이 크신지 목소리가 우렁참. 그 외에 C, K, P 등의 목소리를 들으며 특징을 메모했다. 그러다 충동적으로 '기태신 상무'라 적고는 특징으로 톤은 낮은 편에 목소리에 윤기가 흐르고, 푸른 바다처럼 깊다고 적었다. 정신을 차리고 누가 볼세라 새카맣게 칠했다. 목소리에 무슨 윤기가 흐르고 푸른 바다처럼 깊어. 자신이 쓰고도 어이가 없어 환장함.

3시. 너무 무아지경으로 집중했던 걸까. 문이 열리고 기 상무가 들어오는 것도 몰랐다. 급하게 일어서다 이어폰이 귓구멍에서 꼴사납게 떨어져 나갔다. 기 상무가 잠시 멈추더니 '얜, 뭘까?' 하는 눈빛으로 바라보고 상무실로 들어갔다.

4시. 회의.

4시 30분. 배고픔도 무감각해짐.

5시. 회의2.

6시. 회장실에서의 기 상무 호출. 김 과장이 퇴근하라고 했다. 머뭇대는 자신에게 본인도 지금 퇴근할 거라고 해서 안심하고 퇴근함.

7시. 집에 도착. 샤워 후, 밥이 입으로 들어가는지 코로 들어가는지 모르게 먹었다. 요요가 냥냥대며 자꾸 치대었다. 이 개

냥이. 끌어안고 마저 밥을 먹었다. 첫 출근이 어땠는지 궁금해하는 부모님과 두나에게 반쯤 거짓말을 섞어 말하는데 울컥 솟는 서러움에 목이 메었다.

아마도 8시. 긴장이 풀리며 그대로 잠에 골아떨어짐.

이하나의 첫 출근 날 스케치.

끝.

8시. 회장실에서 저녁 식사를 겸한 면담을 끝내고 사무실로 돌아왔다. 집무실로 향하다 빈 책상 앞에서 멈추었다. 또다시 왼손 첫 번째 손가락이 제멋대로 까닥거려 바지 주머니에 손을 찔러 넣었다.

그러니까 이름이……

이하나.

태신은 속삭이듯 입 안으로 불러 보았다.

이, 하, 나.

다시 한번 천천히 불러 보았다.

이력서를 집어 들고 허겁지겁 읽어 내려갔었다. 단편적인 정보들을 눈으로 빨아들였지. 부모님과 동생, 다녔던 학교들과 나름대로 경력이라고 적어 두었던 잡다한 활동들을. 보통의 일반적인 신입사원 이력서들과 별다를 것이 없었는데, 처음 글자를 배운 아이처럼 읽어 내렸다.

취미는 독서.

지루하네.

특기는 고양이 목욕시키기.

피식, 웃음이 나왔었다.


큰 목소리로 씩씩하게 인사하던 모습이, 한껏 입꼬리를 올려 웃던 어색한 얼굴이, 연노랑 같았던 목소리가, 쟁반을 들고 자신을 향해 조심조심 걸어오던 발걸음이, 몸에서 나던 설탕에 조린 귤 냄새가, '최선을 다하겠습니다, 상무님.' 말해 놓고 스스로 놀라 발개졌던 볼이, '월급 받는 만큼만 하시면 됩니다.' 자신의 실없는 농담을 어떻게 해석해야 할지 혼란스러워하던 표정이, 책상 앞을 지나가는 자신을 빤히 바라보던 시선이, 연구소에서 돌아온 자신을 발견하고 황급히 일어서던 움직임이.


이하나의 그 모든 것들이 온종일,

태신을 어지럽혔다.


생에 처음 겪는 낯선 감각이었다.


《낙원의 오후》 끝

## 작가 후기

이 글이 종이책으로 나올 수 있었던 데에는 감사한 인연도 있지만, 무엇보다 독자님들 덕분입니다. 깊은 감사를 드립니다.

변변치 못한 사람이라 여러모로 신세를 지며 살아갑니다. 파란미디어 박대일 사장님과 이문영 주간님, 파란 식구들께 감사드립니다.

늘 알파 에너지를 주시는 김언희, 이유진 작가님께도 이 자리를 빌어 마음을 전해드리고 싶습니다. 가족들에게는 모두 건강하자는 말로 대신합니다.

감사합니다.

2019년 2월